KiWi
PAPERBACK
973

W0220826

Über das Buch:
Die Helden in Rimminens »Tütenbierroman«, drei Männer ohne Arbeit, aber mit viel Sinn für Müßiggang, treffen sich allmorgendlich an ihrem Stammkiosk, um mit ein paar Tassen Kaffee und dem einen oder anderen Bier den Kater vom Vorabend zu besiegen und zu ihren kleinen Streifzügen durch den Helsinkier Stadtteil Kallio aufzubrechen, jenen Stadtteil, den man auch aus Aki Kaurismäkis Filmen kennt. Und ganz beiläufig entfaltet sich das Spektrum gegenwärtigen urbanen Lebens.
Marschall, Henninen und Bifi haben den Zug ins geregelte Älterwerden, Job und Freundin verpasst. Die drei bleiben in Bewegung, sie warten – nicht auf Godot, sondern auf eine Gelegenheit, mal wieder zu knobeln, oder sogar auf die Liebe. Ihre Unterhaltungen sind entspannt, witzig, manchmal scharf, aber niemals zynisch. Schlagfertigkeit und sprachlicher Erfindungsreichtum zwischen Alltagssprache und Joyce machen den Humor dieses zeitdiagnostischen Romans aus, der stets mit viel Sympathie für seine Helden daherkommt und nicht zuletzt eine wunderbare Schilderung von Freundschaft ist.

Der Autor:
Mikko Rimminen, geb. 1975, lebt in Helsinki und hat bislang zwei viel beachtete Gedichtbände sowie ein Buch mit kurzen Prosatexten veröffentlicht. »Tütenbierroman« ist sein erster Roman, für den er 2004 als bester junger Autor des Jahres 2004 in Finnland ausgezeichnet wurde.

Der Übersetzer:
Stefan Moster, geb. 1964 in Mainz, lebt in Espoo, Finnland. Er hat zahlreiche Werke der finnischen Literatur (Prosa, Lyrik, Drama) ins Deutsche übersetzt und wurde 2001 mit dem finnischen Staatspreis für Übersetzung ausgezeichnet.

Sommer 2007

Mikko Rimminen

Tütenbierroman

Aus dem Finnischen
von Stefan Moster

Kiepenheuer & Witsch

1. Auflage 2007

© Mikko Rimminen 2004
(Kustannusosakeyhtiö Teos/Teos Publishers)
Aus dem Finnischen von Stefan Moster
© 2007 by Verlag Kiepenheuer & Witsch, Köln
Alle Rechte vorbehalten. Kein Teil
des Werkes darf in irgendeiner Form (durch
Fotografie, Mikrofilm oder ein anderes Verfahren)
ohne schriftliche Genehmigung des Verlages
reproduziert oder unter Verwendung elektronischer
Systeme verarbeitet, vervielfältigt oder verbreitet werden.
Umschlaggestaltung: Barbara Thoben, Köln
Umschlagmotiv: © plainpicture/llubi
Autorenfoto: © Heini Lehväslaiho
Gesetzt aus der Baskerville
Satz: Buch-Werkstatt GmbH, Bad Aibling
Druck und Bindearbeiten: Clausen & Bosse, Leck
ISBN 978-3-462-03779-1

Du, der du auf so vielen Feldzügen dabei warst,
der du an Lagerfeuern gesessen und geprahlt und
geschwärmt hast und dich im Mondschein
mit Huren vergnügt
und am hellichten Vormittag mit aller Welt
im Lager gesoffen hast, sag mir – kannst du
würfeln?

Willy Kyrklund: Die Metamorphose des Polyphemos

Im kränklichen Morgengrauen dieses an sich vielleicht wertlosen Tages bot das Sommertheater schon mit Herz und Inbrunst eine volkstümliche Szene dar.

Ein Strahl der aufgehenden Sonne fiel dank der schlotternden Spiegelung eines Fensters in höheren Sphären auf die andere Straßenseite. Dort stützte sich im instabilen Lichtkegel ein krummer Kerl auf seinen Stock und wartete.

Er hatte ein blindlings örtlich betäubt wirkendes Gesicht, das sich in kurzen Abständen punktuell an Augenwinkel, Mundwinkel oder dem leuchtenden Furunkel am Kinn zusammenkrampfte. Diese Zuckungen waren so zufällig, dass sie vielleicht angenehmer zu betrachten gewesen wären, wenn sie einem Gesetz der Symmetrie gefolgt und etwas stereoartiger und somit leichter verständlich aufgetreten wären. Jedes Mal wenn ein Morgenmensch an ihm vorüberging, griff der Alte nach den Kleidern des Passanten, um ihn in eine willkürliche Richtung zu zerren. Das sah jedoch keineswegs bedrohlich aus, sondern eher flehentlich, außerdem sagte er während des gesamten Vorgangs kein Wort. Insofern reüssierte er nicht als mitreißende Persönlichkeit, falls er denn Ambitionen in dieser Richtung gehabt hätte.

Seine Opfer wiederum wirkten, als wäre ihnen das Übel bekannt, ziemlich rasch und professionell befreiten sie sich aus den Fängen des Ärmelprüfers, und bald schien auch dieser die Lust verloren zu haben und verschwand humpelnd um die nächste Ecke.

Am Kiosk auf der gegenüberliegenden Straßenseite ließ Marschall ein Stück Zucker in den Pappbecher fallen und rührte um. Der Würfel klackte zunächst, löste sich aber in der heißen Flüssigkeit auf und kratzte nur noch leicht über den Boden, wobei er Blasen an die Oberfläche des dünnen Kaffees schickte. Die ballten sich im Strudel in der Mitte des Bechers zu einem Schaumberg, der einer Abgaswolke glich.

»Der hat sich angeblich umgebracht, der Typ, der das erfunden hat«, sagte Yni durch die Kioskluke.

Marschall spähte in den Kaffee und dann in die Umgebung, dann wieder in den Kaffee und erneut in die Umgebung.

»Die Würfelzuckerverpackung meine ich. Der Trick ist, dass man die so aufdrehen kann. Der Typ hat sich umgebracht, weil ihm klargeworden war, dass kein Mensch seine Erfindung kapiert. Alle reißen und murksen daran herum wie früher.«

»Ein Jammer«, sagte Marschall.

»Immerhin eine epochemachende Erfindung, wenn man den Dreh raushat.«

»So könnte man es vielleicht formulieren«, sagte Marschall, sog heißen Kaffee durch das kultiviert gespitzte Fischmaul in den Schlund und erblickte dann im Kioskfenster sein Spiegelbild. Es sah aus, als versuche er, den Pappbecher zu verführen. Da hatte es mit der Lippenspitzerei schnell ein Ende.

Yni fummelte an seinem Schnurrbart. »Scheiße gelaufen«, sagte er. »Oder das ist auch bloß so eine Stadtlegende.«

Marschall korrigierte seine Haltung auf dem Plastikstuhl. Man hatte auf diesem Stuhl nicht ganz das Gefühl, sein Leben auf eine solide Basis gesetzt zu haben. Die Beine wankten, als wäre der Stuhl gerade zehn Kilometer gerannt, der Tisch wiederum geriet in eine unkontrollierbare Schaukelbewegung, sobald man den Kaffeebecher darauf abstellte. Da blieb einem nichts anderes übrig, als Yni darauf hinzuweisen. Der ließ seinen Kopf aus der Kioskluke hängen und empfahl, die Fußspitze unter ein Tischbein zu schieben. Marschall tat wie ihm geheißen und sagte, das wär's dann, und das war's dann auch.

Irgendwo zwischen den Häusern verspritzte ein Einsatzfahrzeug eine Portion ersticktes Klagen. Es kamen weniger Beine als Autos vorbei, so früh am Morgen, aus diesem Grund war wohl auch der Passantenzupfer auf der anderen Straßenseite weitergezogen, in ein besseres Revier. Ringsum war an Lebendigem jetzt lediglich ein heranflatternder Schwung struppig wirkender Spatzen zu sehen sowie eine einsame Taube, die auf der Verkehrsinsel hin und her trippelte und den Eindruck machte, einen für Normalsterbliche unsichtbaren Hula-Hoop-Reifen um ihren Hals kreisen zu lassen. Nebenan lag eine große Kreuzung und in deren Achsel eine Art Platz, so etwas wie eine vergessene, schräg mit Platten gepflasterte Nische, in die zwei alte Ahornbäume vor einer Apotheke, einem Ramschladen und einer Altkleiderverkaufstelle passten, und zwischen den zwei Bäumen stand der Kiosk. Es war ein Kiosk des Modells ›Schirmmütze‹, und Yni war der Besitzer. Er hatte den Kiosk auf den Namen ›Yni's Mütze‹ getauft und trug eine Schirmmütze mit der Aufschrift ›Yni's Mütze‹.

Über Ynis Namen gab es keine gesicherten Informationen. Henninen hatte vermutet, er hieße Ynselmi, weil er immer mal wieder so aussehe.

An der Ampel hupte ein Auto. Das Massageinstitut auf der anderen Straßenseite hatte bereits seine Tür geöffnet, falls sie denn überhaupt irgendwann geschlossen gewesen sein sollte. Es stand ein muskulöser, junger

Kauz im ärmellosen weißen Hemd davor, röhrte in sein Handy und schöpfte mit der anderen Hand Luft. Vor Zeiten hatte am Fenster mit funkelnden Buchstaben gestanden: ASIA-MASSAGE. Dann hatte jemand das zweite A abgerissen. Ein rotgesichtiger, zufrieden wirkender Assi im Hawaiihemd trat aus der Tür und zwängte sich in ein Taxi.

Yni kam aus seiner Mütze und setzte sich an den Tisch. Er war traurig, weil sich sein Hofstaat um diese Zeit noch nicht am Elitetisch vor der Hintertür niedergelassen hatte und aus Mücken Elefanten oder sonst etwas machte. Für eine Weile sah er aus, als wollte er zu einem langen Wort ansetzen, aber dann fielen ihm doch noch echte Kunden zu, und er musste schnell seine Figur gerade richten, die Position seines Schnurrbarts überprüfen und sich die Hände reibend in den Kiosk eilen, um die Ankömmlinge zu bedienen. Es waren zwei Männer. Der eine war kahl und von der Sonne gegerbt, hatte den Körperbau eines ehemaligen Boxers und trug Angelzeug unterm Arm. Der andere war dünn und irgendwie verbeult, und er trug eine so dicke Brille, dass er unter Freunden bestimmt mindestens Vierauge genannt wurde. Wenn er durch seine Linsen spähte, wirkte er dermaßen hilflos, dass man gezwungen war zu denken, das ist ein guter Mensch, oder zumindest: mit diesen Augen kann er nicht durch und durch schlecht sein.

Sie setzten sich an denselben Tisch, warum auch immer, zwei freie Tische standen direkt nebenan, vielleicht waren sie einfach soziale Leute. Morgen, sagten sie, nahmen die Löffel und stakten in ihrem Kaffee. Der Apotheker nebenan öffnete die Tür und schleifte ein Reklamegestell mitten auf den Bürgersteig, als Hindernis für Omas. Darauf hieß es, überraschend viele von uns hätten Fußpilz. Von irgendwoher tauchte ein pferdegesichtiger Fixer, der mit einer Art Teppich bekleidet war, auf und versuchte im Sog des Apothekers in den Laden zu kommen. Der Apotheker drehte sich auf dem Absatz um und verscheuchte die Landplage aus seinem Windfang. Husch, husch, sagte er.

Während des Beobachtens der pharmazeutischen Randerscheinung war eine Oma mit Kopftuch an der Fußgängerampel stehen geblieben. Sie führte einen so kleinen Hund an der Leine, dass es schon ziemlich bemerkenswert war, man hätte ihn leicht für eine Bremse halten können.

»Leck mich am Arsch, was für ein kleiner Hund«, sagte einer der beiden Männer. Es war der Dünne, und es hatte entweder mit der Winzigkeit des Hundes oder aber mit seiner eigenen körperlichen Spärlichkeit zu tun, dass die Worte als ziemlich angestrengtes Hauchen herauskamen.

»Hat aber Wahnsinnseier«, entgegnete der Große. Sie lachten lang anhaltend und hölzern und schlürften einen Kaffee darauf, und dann erzählte der Große, er sei um fünf Uhr aufgestanden und angeln gegangen. In der Altstadtbucht habe er einen Hecht von sechs Kilo gefangen. Das sei kein Anglerlatein, er habe den Fisch an einen Zigeuner in Vallila verkauft.

Autos kamen. Und gingen. Zwischendurch blieben sie am Zebrastreifen stehen und ließen die Hupen tönen. Eine Straßenbahn rumpelte an die Haltestelle und schied einen Haufen Menschen aus. Einer, der noch nicht ausgeschlafen war, blieb mitten auf dem Zebrastreifen stehen und bearbeitete sein Handy, als versuchte er, die ganze Welt per Fernbedienung zu steuern und noch mehr Lärm zu erzeugen. Marschall dachte, er sollte vielleicht Henninen und Bifi anrufen, er sah auf die Uhr, es war halb neun, da begriff er, dass es vielleicht keinen Zweck hatte, und bugsierte sein Handy hintenrum wieder in die Tasche und behielt weiterhin die Umgebung im Auge. Der Wind fuhr in den Ahorn. Für einen Moment sah er in dem grünen Dach ein blaues Loch, es machte irgendwie den Eindruck, als wäre es da oben kalt.

Dann herrschte so etwas wie ein stiller Moment, der den Boden des Kaffeebechers entblößte und gewissermaßen dazu zwang, die Ärmel aufzukrempeln, die Stille zu beenden und sich noch einmal zum halben Preis nachschenken zu lassen, wenn nicht aus einem anderen Grund, dann wenigstens, weil man auf die Gewinnseite kam, wenn man oft genug nachschenkte.

Und als er vom Nachfüllen wieder an den Tisch zurückging, ergab es sich, dass die Männer ihre Vorräte leer gelacht hatten und es für das Beste hielten, zu gehen. Der Große trötete mit einer Stimme von den Ausmaßen seines Körpers einen schönen Tag und fügte noch hinzu, fahr langsam, Papa. Der Dünne nickte zum Abschied und kicherte verklemmt, dabei wurde sein Blick von den Flaschenböden auf seiner Nase über den ganzen Tisch verstreut. Und schon überquerten sie mit einer Energie den Zebrastreifen, als trampelten sie über ein Bodenmosaik, das sie für ein Götzenbild hielten, und bevor sie hinter dem Lkw verschwanden, der an der Ampel stand, drehte sich der Große noch einmal um und präzisierte die Größe des Wassertiers, das er gefangen hatte, mit den Händen auf anderthalb Meter.

»Genau«, sagte Marschall, guckte sich um und entdeckte die Hundeoma vor der Apotheke, wie war die denn dahin geraten, gerade war sie doch noch auf dem Weg über den Zebrastreifen auf die andere Straßenseite gewesen, aber jetzt stand sie jedenfalls dort und ließ den kleinen Hund in einem frappierend feierlichen Bogen auf die Eingangsstufen der Apotheke pinkeln und sah Marschall dabei missbilligend an, nach dem Motto, junger Mann, Sie führen Selbstgespräche. Da kam man sich gleich vor wie ein Schnüffler und fühlte sich so weit schuldig, dass in Richtung Oma glatt so was wie eine Bitte um Entschuldigung gemurmelt werden musste.

Dann tauchten, ganz gegen die Uhrzeit, Henninen und Bifi auf. Langsam materialisierten sie sich an der Kreuzung, wie ein Atom nach dem anderen, und offensichtlich schoben sie einen Übelkeitspflug vor sich her, denn man konnte sogar vom Kiosk aus wittern, dass sie einen fürchterlichen Kater hatten. Henninens rundes Gesicht schlug rot und grundlos gutgelaunt unter dem an einen alten Hut oder einen Appendix erinnernden Strohhaar Alarm. Er trug ein ursprünglich wohl weißes Hemd und einen unbequemen schwarzen Anzug, dem leicht anzusehen war, dass er bereits einige Übernachtungen im Park hinter sich hatte. Bifi sah in seinen ausgeblichenen Jeans, seinem weißen T-Shirt und seiner Pistolenkugeln ausweichenden Krümmung aus, als hätte er am liebsten gleich ganz aufgehört zu existieren.

Henninen marschierte zur Luke und fing an, einen betrunkenen Kalauer zu fabrizieren. Bifi setzte sich an den Tisch. Es war ihm nicht gelungen, eine Form von Gruß herauszuquetschen.

»Na«, sagte Marschall.

»Hol mir ’nen Kaffee.«

»Hol dir selbst einen«, sagte Marschall und betrachtete Bifi, der so elend aussah, dass man irgendwie versuchen musste, eine Einstellung zu ihm zu finden, es war bloß schwer zu entscheiden, ob man eher in Richtung Mitleid oder doch Ärger gehen sollte, weil seine verkaterte Erscheinung trotz allem etwas Ausgrenzendes und Neiderregendes an sich hatte.

»Hast du gehört, Henninen«, sagte Bifi und saß da und sah weiterhin so aus, als versuchte er möglichst wenig zu sein.

Er wurde Bifi genannt, weil er alles mochte, was fett war, Salami, Pizza und die Panade von Fischstäbchen, aber trotz seines verwirrenden Schlingens immer dünn blieb. Marschall wurde Marschall genannt wegen einer Brandrede, die er in der überfüllten U-Bahn gehalten und »Tagesbesäufnis von Marschall Mannerheim« getauft hatte. Die Rede hatte sich mit der lokalen Ungleichheit beschäftigt, und es machte keinen Spaß, sich daran zu erinnern.

Henninen hieß Henninen, weil sein Nachname Henninen war.

Besagtem Henninen war es nun gelungen, seinen Witz zum Abschluss zu bringen, und er setzte sich mit zwei überschwappenden Kaffeebechern an den Tisch.

»Oh zähes elendes Dasein«, sagte er mit einem gegenüber der Umwelt erschreckend affirmativen Tonfall, als wäre er nach nächtlichen gemischten Gefühlen inmitten eines Kunstwerks aufgewacht, das gar nicht mehr aufhören wollte. Dann begriff er offenbar sein imposantes Metrum und beschloss, eine Weile still dazusitzen.

Man saß also still da. Nach einer dünnen Stoßverkehrspitze beruhigte sich der Verkehr allmählich. Waren rollten vorüber: Eis, Bier, Papierartikel, eine Lkw-Ladung schmutziger Kleider für den Secondhand-Laden Uff. Der Alko um die Ecke hatte aufgemacht. Unter der zunehmenden Sonneneinstrahlung wurde die Luft immer dicker, und schon übertrug sie das bittere Zerschlagen einer ersten Flasche auf der Erde.

»Na«, traute sich Marschall zu sagen.

»Na was«, sagte Bifi.

»Na, so halt. Ich weiß nicht.«

»Na, na«, sagte Henninen. Er mühte sich damit ab, eine ernste, väterliche Miene in seine geschwollene Visage zu bringen, und das sah aus, als würde er sich eine Strumpfhose übers Gesicht ziehen.

Bifi ließ seine Kippe in den Becher fallen. Der enthielt noch einen halben Zentimeter Kaffee, es zischte bedenklich dumpf. Ein Fetzen regungsloser Qualm schwebte wie Morgennebel über dem Becher.

»Mir geht's so komisch«, sagte Bifi. »Also ich mein, obwohl ich einen hysterischen Kater hab, ist mein Körper in so schlechtem Zustand, dass ich quasi keine Chance hab, hysterisch zu sein, versteht ihr?«

»Vielleicht«, sagte Marschall. »Wenn es unbedingt nötig ist.«

»Das heißt, eigentlich wär ich gern hysterisch, das würde es quasi leichter machen. Ich kann bloß nicht.«

»Psst jetzt«, sagte Henninen.

Marschall bat um einen Bericht der Ereignisse, die zu dem wunden Zustand geführt hatten. Bifi setzte zu einer Schilderung an, begriff dann aber, dass er momentan nur gequälte Interjektionen absondern konnte, und darum brach er sein Blöken bald ab.

»Interessant«, sagte Marschall.

»Na, genau genommen gibt's nicht so viel, an das es sich zurückzudenken lohnt«, sagte Henninen darauf. »Wir waren wohl irgendwie besoffen.«

»Erinnerungswürdig erschreckend«, sagte Bifi und schlug sich mit der flachen Hand verblüffend heftig auf die Backe, es wirkte, als habe er das geübt.

»Also wir, äh, wie war das jetzt, genau, da gibt's nichts Besonderes zu erzählen, außer dass wir vom Laden in den Park sind und vom Park in so 'ne Art Taverne und von der Taverne in 'ne Bar und von der Bar in einen Pub und vom Pub dann am Wurststand vorbei zu Bifi.«

»Am Bifistand vorbei«, sagte Bifi und kam sich dabei vermutlich schon so gut wie vernünftig vor, weil er diesmal keine Anstalten machte, sich zu züchtigen.

»Diese deprimierende Bestie hat schon wieder ›Kari's Beste‹ vertilgt. Hat sich fürchterlich angehört.«

»Damit habe ich mich noch nicht näher befasst«, sagte Marschall. »Ich habe lediglich eine ›Dicke Tasche‹ gegessen, wie wir Alkheimer sagen.«

»›Kari's Beste‹ enthält eine Frikadelle, zwei Würstchen und ein Spiegelei, alles in einer Pirogge, und saumäßig Gurkenrelish«, sagte Bifi. Nachdem er das Rezept so klar und deutlich in Worte gefasst hatte, strahlte er eine Art teilreligiöses Licht aus.

»Die hat irgendwie dermaßen nach Teil gestunken, die Portion, dass mir schon von der Erinnerung schlecht wird«, sagte Henninen. »Aber was heißt hier gestunken, ich hab mir das Imbiss-Gewürge schon so oft aus nächster Nähe anhören müssen, dass es irgendwie in meinem Gehirn registriert ist oder so. Und die Übelkeit halt auch.«

»Ich glaube, ich rieche die Reste«, sagte Marschall und suchte in seiner Tasche nach den Zigaretten. »Ich möchte bloß anmerken dürfen, dass ich mir das Geschmatze ebenfalls in, wie soll ich sagen, historischer Ausdehnung angehört habe, man muss mit mir nicht reden wie mit einem Fremden, bloß weil ihr zufällig einen Kater habt und ich nicht.«

»Oho«, sagte Henninen.

»Genau. – Oder vielleicht wirklich oho. Komischer Anfall von mir, 'tschuldigung.«

»Vielleicht bist du bloß am frühen Morgen leicht reizbar oder so«, sagte Bifi.

Die Zigarette hatte sich letztendlich doch bereit erklärt, aus Tasche und Packung zu kommen, und jetzt bestand das Ziel darin, sie anzuzünden. Das köderte auf der Stelle einen hellwachen Weckamine-Freund zum Flohen.

»Haste ma zwei Kippen«, sagte er und zupfte auf der Höhe der Brust an seiner Jacke.

»Oho«, sagte Marschall. »Aber, äh, wieso gerade zwei?«

»Ich brauch zwei.«

»Aha.«

Marschall grub eine Weile nach der Packung, dann hielt er dem Bedürftigen zwei Zigaretten hin. Dieser fing nun seinerseits an, in den Taschen zu graben. Nachdem er eine Zeit lang gestochert hatte, schien er das Gesuchte gefunden zu haben und reichte Marschall eine kleine Nagelschere.

»Die kriegst du«, sagte er, und dabei zuckte sein Kopf nach links hinten, als wäre ein Haken an seinem Schädel verschraubt und daran eine Angelschnur befestigt, an der jemand von einem Fenster im Haus gegenüber zog. »Das is so was wie ein Schlüssel für die ganze Stadt. Geht bei den Schlössern von Opel und Mazda.«

»Sieh an«, sagte Marschall.

»Also danke dann, saumäßig«, sagte er und trottete davon. Den Blick auf dem Asphalt und die Schultern auf halbmast schlurfte er über die Kreuzung und sah dabei aus wie ein Ureinwohner. Bremsen jaulten, und Hupen tönten.

»Bitte. Aber nur ein bisschen!«, rief ihm Henninen nach und bemühte sich offenbar, ein bisschen aufgeregt zu wirken. Trotz des echten Bemühens klang seine vom Rauchen angekratzte Stimme dank brüllendem Kater eher verzweifelt. Dann donnerte ein Laster vorbei, und die Luft war auf einmal von einem Zittern erfüllt. Als der Laster nach links abgebogen und mitsamt seinem

Krach hinter den Häusern verschwunden war, schien es, als hätte sich alles Materielle an der Kreuzung um zwei Zentimeter verschoben.

»Wir waren irgendwo stehengeblieben«, sagte Marschall.

»Ach«, sagte Bifi. »Ich kann mich nicht erinnern, aber he, da fällt mir gleich dazu ein, dass mir das eigentlich auch egal ist.«

»Wir haben nichts mehr zu reden«, seufzte Henninen.

»Ah, jetzt fällt es mir wieder ein«, sagte Marschall. »Wir haben von der grässlichen Fleischtorte gesprochen, die du dir reingewürgt hast. Und wenn ich jetzt so daran zurückdenke, habe ich in dem Zusammenhang auch ein kleines Bekenntnis abgelassen. Reden wir nicht mehr davon.«

»Die Pirogge war gut. Also an dem Abend, bei dem wir stehengeblieben warn. Aber ich mein, dass du keinen Kater hast, das heißt doch, dass sich hier die Frage auftut, wo du gewesen bist. Uns ist das Geld ausgegangen, wir haben scheiß Zillionen Mal versucht, dich anzurufen.«

»Ist mir nicht verborgen geblieben«, sagte Marschall. »Sie haben scheiß Zillionen Nachrichten. Zum Anhören der Nachricht drücken Sie die Eins. Um die Nachricht zu löschen, drücken Sie die Zwei. Zweiunddreißig Anrufe waren es, ich hatte keine Lust, mir alle Nachrichten anzuhören.«

»So oft haben wir nicht angerufen.«

»Das bedeutet demnach, dass eine Zillion weniger ist als zweiunddreißig«, sagte Henninen. »Ist ja bekannt.«

»Na, dann warn halt auch ein paar Anrufe von meinem Mutterherz selig dabei, was red ich, Mutterherz selig, Mutterherz mein ich bloß. Was für ein Chaos. Ich müsste wahrscheinlich mal wieder mein Leben auf Vordermann bringen.«

»Sieht so aus«, sagte Henninen.

»Ich meine, der Auffassung meiner Mutter nach«, sagte Marschall.

»Was hast du denn gestern gemacht oder besser nicht gemacht?«, fragte Bifi.

»Ich hab eigentlich nicht viel gemacht.«

»Na, das wissen wir ja eigentlich schon«, sagte Henninen und legte sein Gesicht in Falten, dass es aussah, als wäre ihm etwas Außerplanmäßiges in die Nase geraten.

»Na ja, ich hab praktisch so was wie Mittagsschlaf gemacht. Hat sich dann bloß in die Länge gezogen, so gegen fünf hab ich mich hingelegt, und dann, ging-gong, wirst du nachts um zwei wach, und dann wälzt du dich erst mal drei Stunden hin und her und bist trübsinnig, und dann kommen zwei Stunden wirre Schamträume am frühen Morgen.«

»Und das haben wir jetzt davon«, sagte Bifi.

»Vielleicht hättest du echt Grund, dein berühmtes Leben auf Vordermann zu bringen«, sagte Henninen. »Und weil ich jetzt aus irgendeinem unbekannten Grund in diese ziemlich vitale Zwischenform von Suff und Kater geraten bin, lasse ich die Katze oder was auch immer aus dem Sack und frage, ob wir drei nicht alle zusammen irgendwas tun sollten, also so praktisch ganz allgemein und prinzipiell.«

»Lieber Vater, was für ein Erguss«, sagte Bifi.

»Ich kapier das mit der Schlaferei allerdings nicht«, sagte Marschall. »Selbst wenn du, was weiß ich, zwanzig Stunden gepennt hast, musst du trotzdem irgendwann ein Nickerchen machen. Und dann zieht sich das irgendwie in die Länge, es ist komisch und grauenhaft, mitten in der Nacht aus einem Nickerchen aufzuwachen. Ein bisschen so als würdest du im Kaufhaus unten in den Lift steigen und im dritten Stock vor deiner eigenen Wohnungstür ankommen.«

»Schön gesagt«, sagte Henninen. »Aber mein Entwurf für die gemeinsame Freizeitgestaltung scheint nicht unbedingt auf Gegenliebe zu stoßen.«

»Ich weiß nicht«, sagte Marschall, dem die Worte plötzlich murrend wie bei einem Unbefriedigten aus dem Mund kamen. »Um diese Zeit am Morgen muss man ja wohl nicht wirklich Pläne für einen Tag mit Aktiverholung schmieden.«

»Ich könnte zum Beispiel eine Art von Würfelspiel befürworten«, sagte Bifi.

»Das könnte man befürworten«, sagte Marschall, und das kam auch in einem überraschend negativen Ton, vielleicht hatte das wirklich mit dem Zeitpunkt und dem komischen schlechten Schlafen zu tun. »Das heißt, ich meine, das könnte man machen, und zweifellos wird es auch gemacht, ich weiß bloß nicht, ob ich so früh schon Lust hab, das ist so anspruchsvoll. Und auf eure Konzentrationsfähigkeit will ich mich auch nicht so ganz ohne Skepsis verlassen, ihr seht verflixt beziehungsweise verdammt scheiß grauenhaft aus.«

»Übel, übel«, sagte Bifi und machte daraufhin den Mund zu, und zwar so, dass die Zähne aufeinanderschlugen. Dann richtete er sein Gesicht zum Himmel und belauerte eine Zeit lang einen unglaubwürdig langsam vorwärts kriechenden Wolkenfetzen. Als er seinen Blick wieder auf die Erdoberfläche senkte, schauten seine Augen für zwei Sekunden in unterschiedliche Richtungen, als hätte er in den höheren Sphären etwas Göttliches oder sonst irgendwie Aufrüttelndes erblickt.

»Du hast gerade ausgesehen, als hättest du was Glaubensmäßiges erlebt«, sagte Marschall.

»Hab ich vielleicht auch. Das heißt, eigentlich hab ich mit Sympathie an das Würfeln gedacht, schon beim Gedanken daran geht's mir besser. Also glaub ich vielleicht daran. An den Würfel, mein ich.«

»Hmpf«, sagte Henninen.

Dann fiel erst mal niemandem mehr etwas ein, und damit geriet auch die Frage der Aktivität für eine Weile in Vergessenheit. An den Nebentischen wechselte die Besetzung, der schnelle Kaffee strömte, die Menschen bewegten sich allein oder in Trauben, irgendwie flatterhaft. Auf der anderen Straßenseite brachte der Alte aus dem Schreibwarengeschäft die Markise in Position und machte dabei einen ungeduldigen Eindruck.

Und wenn man all das Dasein auf unterschiedlichen Wellenlängen eine Zeit lang betrachtete, fand die Hand von ganz alleine den Weg in die Jeanstasche, es hatte etwas von zwanghaftem Kratzen in der Öffentlichkeit, im Grunde kam einem der Gedanke, das sollte ich nicht tun, ich habe keine Lust dazu und will es auch gar nicht, aber es blieb einem einfach nichts anderes übrig, als in der Hosentasche zu graben. Dort fand sich zwischen Schlüsseln und Groschen ein fusseliger Pokerwürfel nach dem anderen, auf denen die Damen und Könige irgendwie stumpf zwischen Kreuzen und Schippen und anderer bunter Zeichengrütze prangten, und nach einer Weile lagen vier davon auf dem Tisch.

»Vier Stück liegen auf dem Tisch«, sagte Bifi.

»Ich muss zugeben, dass dies der Fall zu sein scheint«, sagte Henninen.

Marschall tätschelte seine Oberschenkel. »Mehr hab ich nicht. Obwohl ich allerdings sagen muss, dass ich nach wie vor nicht nennenswert wach bin, ich hab bloß in der Tasche gegraben, um praktisch was zu tun, wir brauchen jetzt nicht zu spielen oder so, das heißt was ich sagen will, ist, es ginge auch gar nicht, weil es tatsächlich nur vier Stück zu sein scheinen, Scheiße, wie umständlich.«

»Ich würd schon gern«, sagte Bifi.

»Könntest du mal eine andere Platte auflegen«, sagte Henninen. »Ich krieg Kopfweh.«

»Der liegt wahrscheinlich bei mir zu Hause, der fünfte«, sagte Marschall. »Ich hab in der Nacht mit ihnen rumgemacht.«

»Rumgemacht«, sagte Bifi. »Warum machst du mit Würfeln rum?«

»Na, zum Zeitvertreib.«

»Dir scheint der Proviant auszugehen«, sagte Henninen.

»Pöh. Du tust so, als hätte ich ein heiliges Dingsbums entehrt.«

»Ich mein bloß, er könnte bei dem Kater hier halt wichtig und berechtigt sein, der Würfel«, sagte Bifi. »Dann hätten wir das Ganze quasi im Griff.«

»So was wie das Glück in den eigenen Händen?«, fragte Henninen und lächelte ziemlich selbstbefriedigt.

»Wir können den Würfel des harten Schicksals ja holen gehen«, sagte Marschall. »Bei mir ist die Kaffeequote langsam komplett. Das heißt, ich meine, wir brauchen wirklich nicht zu spielen, wir können ihn uns auch bloß angucken gehen, nachschauen, ob er noch da ist, das wäre vielleicht so eine Aktivität, wie sie Henninen verlangt hat. Zumindest würde dabei sozusagen ein bisschen Zeit draufgehen.«

»Ist alles reine Glücksache«, sagte Henninen halb rätselhaft im Schlagerton und wurde sich offenbar im selben Moment dem Ethos des Genres bewusst, worauf er die linke Hand hob und gewissermaßen sicherheitshalber anfügte: »Loiloiloiloiloi.«

»Genau«, sagte Bifi. »Ob wir jetzt würfeln oder nicht, ich könnte gut und gern ein Weilchen auf der Matratze liegen und in Ermangelung eines Fernsehers Radio hören und zum Beispiel weitreichende Pläne schmieden.«

»Das Radio ist im Arsch.«

»Man kann es aber immer betrachten.«

»Es soll daran festgehalten werden«, sagte Henninen und zerknüllte plötzlich wie in traumatischem Hass den Pappbecher zu einer kleinen Kugel und schleuderte diese in Richtung Abfalleimer. Vorbei. Infolge der gewalttätigen Handlung wippte der wackelige Tisch von einem Bein aufs andere, und für einen Moment war unklar, ob Henninen mit seinem in Passivform vorgetragenen Festhalten den vorgeschlagenen Plan meinte oder das schaukelnde Möbel.

»Wäre das damit also dann quasi so gut wie beschlossen«, sagte Marschall und versuchte Symptome einer gewissen Aufbruchbereitschaft erkennbar zu machen, indem er sein Gesäß auf der Sitzfläche nach vorne schob.

Dann standen sie auf. Das ging überraschend mühelos vonstatten. Sie riefen Yni einen Abschiedsgruß zu, der hob den Mittelfinger und lächelte befreiend hinterher. Die Sonne war über die Dächer gestiegen, und der kurze morgendliche Berufsverkehr in den Parkbuchten am Straßenrand erstarrt, in der stetig heißer werdenden Luft wirkten die Leute zusehends langsamer. Wenn man sich zu Fuß in Bewegung setzte, hatte man das Gefühl, sich als viel zu starker, schwerer Mensch in einer brüchigen Zeitlupe zu befinden, das war natürlich übertrieben, denn hier konnte nun wirklich keine Rede vom Zu-Fuß-Gehen im höheren Sinne sein.

Marschall packte den Griff und riss daran. Das Tor flog auf und schepperte gegen die Wand. Das Getöse prallte von den Treppenhauswänden ab und zerbitzelte dann wie Strom, der sich verirrt hat.

»Die Rückschlagfeder ist scheinbar ausgeleiert«, sagte Bifi und deutete an die Decke, es sah aus, als hätte er das Gefühl, durch seinen Expertenstatus einen Bonus für seine auf Männlichkeit geprüfte Persönlichkeit zu bekommen.

Sie betraten die Hofeinfahrt und schlurften zum Treppenhauseingang. Der Code funktionierte nicht, er war am Vortag gewechselt worden.

»Irgendwie schwierig heute mit den Türen«, sagte Marschall.

»Das Leben ist eine Abfolge von Türen, durch die man gehen muss«, murmelte Henninen.

Marschall zog den Schlüsselbund aus der Tasche und ächzte ins zwielichtige Treppenhaus. Auf der Kellertreppe lag allerlei seltsames Zeug herum, leere Plastiktüten, eine gebrauchte Spritze, eine halb verbrannte Gratiszeitung, gepunktete Boxershorts, die langmütig gedient hatten. Auf dem ersten Treppenabsatz lag Abdul auf dem Rücken. Er trug eine dicke Wollmütze, seine großen, blutunterlaufenen Augen glotzten, als würde er versuchen, mit dem Blick die Luft aus der deprimierenden Umgebung zu wischen.

»Grüß dich, Kamerad«, sagte er.

»Grüß dich«, sagte Marschall.

»Was müffelt hier eigentlich so?«, fragte Bifi.

»Seit ein paar Tagen schwelt das hier so. Wahrscheinlich macht im Haus gerade einer eine Heringsdiät.«

»Kranker Gestank«, sagte Bifi.

»Grüß dich, Kamerad«, sagte Abdul.

Dann hieß es, sich die unausweichlichen zwei Stockwerke hinaufzuschleppen. An der Wohnungstür musste wieder in der Hosentasche gekramt werden, irgendwie war der Schlüsselbund da wieder reingerutscht. Weil er sich beim ersten Versuch nicht fand, verkrampften die Hände, worauf die Nervosität weiter zunahm, als wollte man die Tür einem Staatsanwalt öffnen.

»Versuch jetzt mal dich zusammenzureißen, guter Mann«, sagte Henninen.

Drinnen war es heiß. Das Zimmer hatte zwei kleine, schmutzige Fenster, durch die trübes, klumpiges Licht blubberte. Marschall machte eines davon auf und drapierte die Tagesdecke auf der Matratze. Henninen ließ sich darauf fallen. Bifi setzte sich auf einen Stuhl am Tisch, Marschall auf den anderen.

In der Luft schwebte Dreck. Durch die Wand drang das dumpfe Gurgeln eines Wortbeitrags. Die Mülltüte unter der Spüle regte sich immer mal wieder von selbst.

»Darf ich euch sozusagen was anbieten«, sagte Marschall.

»Ich könnte mich trauen, eine zu rauchen«, sagte Henninen. Marschall zog eine Zigarette heraus und warf sie neben Henninen auf die Matratze. Dieser steckte sie mit einem eigenen Streichholz an und streckte sich, um sich den in der Ecke vergessenen Teller als Aschenbecher zu holen, wobei er ein sachbezogenes Stöhnen von sich gab.

»War ziemlich breit, dieser Abdul da unten im Treppenhaus, oder wie er noch heißt«, sagte Bifi.

»So hab ich's verstanden. Ich hab ihn wirklich noch nie was anderes sagen hören, als ›grüß dich, Kamerad‹ und ›Abdul, Abdul‹. Das wird dann wohl sein Name sein. Heute Morgen hatte ich alle Hände voll zu tun, überhaupt aus der Wohnung zu kommen, weil er vor meiner Tür geschnarcht hat.«

»Er fühlt sich mit diesem Treppenhaus wahrscheinlich irgendwie verbunden«, sagte Henninen. »Dabei würden sich bestimmt angenehmere Hausgemeinschaften finden lassen als dieser Schweinestall.«

»Eine Nachbarin, das heißt, die Gabriela kennt ihr ja, also die hat gesagt, dieser Abdul hätte mal 'ne Wohnung hier gehabt. Keine Ahnung. Mir macht das sozusagen nichts aus.«

»Macht nix, macht nix«, sagte Bifi. Dann war er eine Weile still und sah aus, als hätte er gerade eine seelische Erwägung grundlegender Natur laufen. »Sorry«, sagte er dann. »Mir ist nichts Besseres eingefallen.«

»Mach dir keinen Druck«, sagte Marschall.

»Ist der Würfel übrigens irgendwo zu erkennen?«, fragte Henninen.

»Ach ja. Ich glaube, ich sehe ihn im Moment gerade nicht. Er könnte irgendwo hinter der Matratze liegen, oder unten drunter, ich hab die Würfel da im Liegen hin und her geschoben.«

»Hin und her geschoben«, sagte Henninen und zog die Worte so naseweis in die Länge, dass in sein Gesicht kurzfristig ein Strauß schiefer, kursiver Linien geschrammt wurde. Dann fing er an, aus schwieriger Position Grabungen vorzunehmen, schob die Faust unter die Matratze und geriet dabei in ziemliche Verschraubung. »Leck mich fett«, sagte er und brachte sich wieder in eine liegende Position.

»Hey«, sagte Bifi. »Mir fällt da gerade was ein.«

»Der Würfel ist hier«, sagte Henninen.

»Was fällt dir ein?«, fragte Marschall.

»Du bist am späten Abend irgendwohin verschwunden.«

»Haben wir das nicht längst quasi durchgesprochen.«

»Nicht du, sondern Henninen, Herrschaftszeiten, du beziehst alles auf dich.« Nachdem er seine Gemütslage ausgeschnauzt hatte, richtete Bifi den Blick auf Henninen und redete in gewissermaßen gepresst vertraulichem Ton weiter: »Du bist letzte Nacht plötzlich vom Würstchenparadies um die Ecke verschwunden. Ich habe brav an die zehn Minuten gewartet und bin dann zum Karhupuisto und hab in der dunklen Anlage vorsichtig mit der Fußspitze ins Gebüsch getreten, weil ich gedacht hab, du bist im Suff eingepennt oder so. Und da materialisierst du dich plötzlich an der Ecke und laberst was, von wegen wir verpissen uns.«

»Ich?«, fragte Marschall. Kaum war ihm die Blödheit rausgerutscht, schlug auch schon die Scham zu, es fühlte sich an, als wäre ihm kaltes, hier und da schmelzendes Fett über Schultern und Rücken geschüttet worden. Da musste er dann schnell hinzufügen: »Ha, ha, nee, 'tschuldigung.«

»Ich hatte keinen Nerv, länger an dem Kiosk rumzuhängen«, sagte Henninen. »Also ich hatte keinen Nerv und traute mich auch nicht unbedingt, da standen nämlich Typen in der Schlange, wie soll ich sagen, da hing so was wie Gruppenjustiz in der Luft.«

»Aha«, sagte Bifi.

»Ganz zu schweigen davon, dass ich nicht gerade wahnsinnig scharf darauf war, Zeuge deiner barbarischen Essgewohnheiten zu werden.«

»Damit hätte sich leider herausgestellt, dass du

gar nicht Zeuge beim Essen gewesen bist«, sagte Marschall.

Henninen schwieg eine Weile, dann beschloss er wohl, komplett darüber hinwegzugehen, dass er ertappt worden war, aber wobei war er schon ertappt worden, dabei, dass er sich was zum Reden ausgedacht hatte. Durch sein Schweigen veränderte er sich aber und wirkte geheimnisvoll, zumindest sah man ihm an, dass er Ambitionen in dieser Richtung hatte. »Außerdem hatte ich eine Begegnung«, sagte er.

»Gott bewahre!«, sagte Marschall.

»Du hast dir dein Menü reingedrückt, und da dachte ich mir, ich geh ein bisschen auf und ab, und in dem Moment sitzt um die Ecke, gerade als ich dort hinkomme, eine Frau auf der Treppe, oder eher ein Mädchen eigentlich, und die war unerträglich schön und hatte so eine enge weiße Bluse an, und da hab ich mich neben sie gesetzt und gefragt, ob sie's aushält, wenn ich sie anspreche, und sie hat's ausgehalten.«

»Und jetzt hast du deswegen was auszuhalten?«, fragt Bifi.

»Und ob, verflucht. Sie sah irgendwie niedergeschlagen und einsam aus, wie sie da so saß, und ich dachte, wenn mir doch bloß was Aufmunterndes einfallen würde, und ich versuchte sie aufzumuntern, gleich nebenan war das Parkhaus mit der Überwachungskamera an der Einfahrt, und da fiel mir ein, wie Bifi einmal an der Polizeiwache unter der Kamera anfing zu pissen und daraufhin eine Portion Gummiknüppelpädagogik verabreicht bekam, die Story hab ich ihr erzählt, was anderes fiel mir nicht ein. Sie sah gelangweilt aus und sagte, sie geht jetzt heim, und ich wollte wissen, wieso, und da sagte sie, das weiß sie nicht, angeblich war ihr danach. Da musste man halt gehen. Ich fragte sie, wo sie wohnt. Sie sagte, sie ist siebzehn und wohnt noch bei ihren Eltern, hat aber einen eigenen Eingang, ich weiß nicht, wieso sie das betont hat, wahrscheinlich wollte sie mich bloß ärgern. Und dann ist sie einfach aufgestanden und rückwärts gegangen, und nach ein paar Metern hat sie sich umgedreht, ciao gesagt, war nett mit dir zu reden, glaub ich, und dann ist sie davongegangen. Und ich hab ihr hinterhergeguckt, und sie war so durch und durch jung, und sie hatte dieses enge Oberteil und diese Jugend-Brüste, und ich habe kapiert, dass ich diese Brüste unwiderruflich hinter mir gelassen habe, und da kam ich mir dann so scheiß alt vor, ich hab plötzlich quasi so geistig und mit ein bisschen Glück auch im künstlerischen Sinn kapiert, dass dieses Mädchen die Trauer im Oberteil trägt, dass sie sozusagen meine Trauer in ihrem Oberteil davonträgt, und dann war sie weg, nur ziemlich viel Trauer wegen irgendwas ist zurückgeblieben, bei mir.«

»Puh«, sagte Bifi. »Ziemlich, wie soll ich sagen, katerdurchsetzte Worte.«

»Und dann bin ich in die Anlage zurück und hab dich gefunden und so weiter. Insofern hatte ich also ziemlich gute Gründe, ein bisschen gereizt zu sein, falls ich es überhaupt war, das weiß ich nicht mehr so genau. Ich bin jedenfalls immer noch genervt.«

»Schon kapiert«, sagte Marschall. »Das heißt, obwohl es ja nicht unbedingt mit mir zu tun hat, ich war ja daheim, wie allgemein bekannt.«

»Das nervt, das nervt, das nervt. Der Würfel liegt hinter der Matratze, hatte ich das schon gesagt?«

»So viel zur Trauerarbeit«, sagte Bifi.

»Dann wird jetzt gespielt«, sagte Henninen, und da klingelte es an der Tür.

Marschall flüsterte, jetzt aber alle verdammt still,

Henninen sagte, verdammt still, ja, ja, worauf Marschall zurückzischte, Scheiße verdammt, im Ernst, weswegen Henninen erneut den Mund aufmachte, die Lautbildung jedoch unterbrach, weil Bifi die Situation mit einigen ausgesuchten, unsittlichen Gesten bereicherte, und nachdem er seine Bewegungsserie absolviert hatte, kamen endlich alle überein, regungslos und still zu sein.

Es klingelte wieder. Alle waren still. Henninen drückte die Zigarette auf dem Teller aus, das hörte sich absolut zu laut an. Vor der Tür trat jemand von einem Bein aufs andere, das war unangenehm deutlich zu hören, sie war irgendwie zu nah an diesem Zimmer dran, die einfache Tür, die so vielfältige Probleme bereitete. Es klingelte. Marschall legte langsam den Unterarm auf den Tisch, beim ersten Klingeln war er mitten in der Bewegung in der Luft erstarrt. Henninen lag auf der Matratze und starrte auf seine ausgedrückte Zigarette. Bifi hob die Augenbrauen und versuchte offenbar was zum Ausdruck zu bringen, vielleicht wenigstens die Tatsache, dass er auf einer gewissen Ebene auf der Höhe der Lage war.

Dann hörte man so etwas wie einleitendes Rascheln und kurz darauf Schritte, die sich entfernten. Die Aufzugtür ging auf und rumpelnd wieder zu. Ein schweres, gleitendes Geräusch prallte gegen die Wände, als sich der Lift in Bewegung setzte.

»Da war anscheinend jemand«, flüsterte Bifi.

Henninen versenkte sein Gesicht im Kissen und pfiff. Marschall starrte auf seine Schuhe und dachte, jetzt nicht Bifi anschauen, und schaute dann Bifi an, der irgendwie vulgär aussah, wie er mit seinem Zwerchfellkrampf kämpfte, und der, sobald er dem Blick begegnete, herausplatzte und prustete und johlte und mit den Gliedmaßen strampelte. Und ziemlich schnell befanden sich alle in einer Art gekrümmtem Halbweinen, die Luft ging aus, und der Bauch tat weh, aber das Krümmen ging immer weiter, und dann, nach unkontrolliert langer Zeit, merkte man, dass man das laute Lachen nur lange genug unterdrücken musste, um allmählich quasi übersäuert zu werden, und so wurde auf einmal alles dünner, und es entstand Raum und Zeit für den Grips zu merken, dass die Beherrschung sämtliche Kräfte aufgezehrt hatte und die Fortsetzung unmöglich machte, weshalb man einfach so verknotet liegen blieb, wie bei lebendigem Leib verbrannt, und nach Luft schnappte und die Tränen trocknete.

»Ja, also, ich weiß nicht, wer das war«, sagte Marschall, als sein Atem wieder lief und er es wagte, ihn zu benutzen.

»Ich schon gar nicht«, flüsterte Bifi. Er war noch immer entsetzt, oder aber es kam nicht mehr als bloßes Flüstern aus ihm heraus.

»Vielleicht der Vermieter, der hat die Angewohnheit, vor der Tür zu stehen und zu sagen, ›Sie scheinen mir so einer zu sein‹, oder es war vielleicht doch meine Mutter, die hat nämlich wiederum die Angewohnheit, zu kommen und festzustellen, ›du bist ein Taugenichts‹. Vielleicht war es auch nur Hartikainen, mein Nachbar, der hat die Angewohnheit, mir mitzuteilen, dass seine Alte wieder mal ins Waschbecken geschissen hat.«

»Vielleicht war es der Mann von der GEZ«, sagte Bifi und wirkte dabei blass und ernst.

»Wenn es der war, dann war es allerdings gut, ihn nicht reingelassen zu haben, für das kaputte Radio hätte es ein bedeutendes Bußgeld setzen können.«

»Vielleicht war er es«, sagte Henninen. Da läutete die verfluchte Türglocke wieder.

Jetzt kamen sie aber nicht dazu, sich sonderlich lange über das Läuten zu wundern. Eine Sekunde verging, vielleicht zwei oder drei, jedenfalls ertönte gleich nach dem Klingeln ein irgendwie zerstückelter Aufschrei und danach ein fürchterliches Poltern und anschließend ein Brüllen, das noch entsetzlicher war als das erste und sich ziemlich schnell zu einem schmerzvollen Geheul dehnte.

»Vielleicht könntest du jetzt der Tür entgegenkommen und diesmal einen Blick ins Treppenhaus werfen«, sagte Henninen.

»Ich kann sie ja einen Spalt weit aufmachen«, sagte Marschall, stand auf und ging auf Zehenspitzen zur Tür und machte sie einen Spalt breit auf, weiter ging es auch gar nicht. »Da ist was.«

»Das kann dieser Jemand sein«, flüsterte Bifi. »Der ist vielleicht entfesselt.«

Kaum hatte er das gesagt, fing er unheimlich an zu kichern und spähte dann gebückt und irgendwie animalisch über die Schulter, ihm war im Gesicht etwas zwischen Grinsen und Grimasse hängen geblieben.

Das Geheul fand unmittelbar vor der Tür statt. Ein Weilchen hörten sie hin und versuchten, durch den armseligen Spalt etwas zu erkennen. Dann gelang es Bifi ziemlich schnell, das Leder-Ei der Horrorszene um sich herum in Stücke zu reißen, indem er einfach sagte, kommt, wir stoßen jetzt diese Scheißtür auf.

Henninen kam zu Hilfe. Das Hindernis gab quälend langsam nach, es wurde scheibchenweise sichtbar und schien etwas Großes, Weißes zu sein, bevor es in dieses Geschoss und den jetzigen Zustand geraten war, mochte es eine Waschmaschine gewesen sein. Neben dem Apparat saß eine entsetzte Oma auf dem Boden und hielt ihr Bein fest, als befürchtete sie, es könnte alleine weiterlaufen. Ihre Jehova-Papiere waren rundum im Treppenhaus verstreut. Sie heulte leise und wiegte sich dazu im Takt.

»Das dürfte die Läuterin sein«, sagte Bifi, nachdem man sich um die Frau versammelt und sie lange genug betrachtet hatte.

»Sehr gut, Bifi«, sagte Henninen. »Nachdem wir dieses extrem wirre Problemknäuel gelöst haben, könnten wir uns zum Beispiel überlegen, was wir mit der Omi hier machen sollen.«

»Haben Sie sich wehgetan?«, fragte Marschall, etwas Besseres fiel ihm auf die Schnelle nicht ein.

»Sie antwortet nicht«, sagte Bifi.

»Scheiße, Mann, das hör ich vielleicht auch selbst.«

Die Oma setzte ihr wackliges, grelles Schaukeln fort. Sie trug ein grün-weiß kariertes Kopftuch, das ihr halb über die Augen gerutscht war. Auf ihren beuligen Backen sprossen ein paar störrische weiße Haare, und ihr Mund war strahlenförmig mit afterartigen Falten vernietet, und wegen dieser plötzlichen Assoziation fühlte man sich sofort schlecht und schuldig, man hätte für die Oma doch gern nur warme und gute und schöne Gedanken addiert, wo sie doch so eine arme Sau war.

Bifi unterbrach das geistige Umherirren jedoch. »Ich frage mich bloß, wo zum Teufel dieser Apparat eigentlich herkommt«, sagte er.

»Vielleicht gibt es dafür auch eine weltliche Erklärung«, sagte Henninen.

»Vielleicht erscheint sie uns in menschlicher Gestalt, die Erklärung«, sagte Bifi und deutete auf den nächsten Treppenabsatz.

Dort stand ein bis in die Zehenspitzen ratloser Kerl und sah aus, als hätte er schon so lange den Faden verloren, dass er dringend eine hinter die Ohren oder einen anderen Muntermacher brauchte. Hinter ihm stand eine Tür offen, und dort stand eine ungefähr gleichaltrige Frau, der die Handflächen am Mund festgeklebt waren.

»Könnte es sein, dass die hier Ihnen gehören?«, fragte Marschall.

Das weckte die beiden Gestalten offensichtlich auf. Der Mann kam breitbeinig und breitarmig die Treppe herunter, machte dabei auch durchaus einen rührigen Eindruck, konnte aber in diesem Stadium letztlich nichts anderes tun, als in einem fort zu sagen, ich kapier das nicht, ich kapier das nicht, und dazwischen immer wieder einzustreuen: verdammte Scheiße aber auch. Die Frau stieg mit vorsichtigen Schritten herab, als befürchtete sie, das ganze Haus könnte einstürzen. Die Hände hatte sie schon vom Mund lösen können. Von oben murmelte sie dem Mann zu, fluch nicht so schrecklich, und ein paar Stufen weiter unten ermahnte sie ihn noch einmal, und dann standen sie plötzlich auf demselben Treppenabsatz, fassten sich irgendwie, und nachdem sie sich dessen bewusst geworden waren, bemühten sie sich, ihre Bereitwilligkeit zu zeigen, indem sie vor der Oma niedersanken und sie beknieten, ihnen zu sagen, wie es ihr gehe.

»Ich glaube, die hat einen Schock«, sagte Henninen. »Man müsste vielleicht einen Krankenwagen rufen.«

»Na, dann ruf den verfickten Krankenwagen eben an, was stehen wir hier stocksteif rum wie die Deppen«, sagte Marschall und blieb stocksteif stehen.

»Ich ruf an«, sagte Bifi.

»'tschuldigung«, sagte Marschall.

Bifi rief an. Er ließ etwas Schnelles und Undeutliches in den Hörer sprudeln, dann legte er auf und sagte, sie kommen. Außerdem fügte er hinzu, es sei spannend gewesen, weil er noch nie die Notfallnummer angerufen habe.

Die Oma hielt sich nach wie vor das Bein. Allmählich ließ ihr Heulen nach, dafür ging die Lautenergie, falls es da eine konstante Größe gab, scheinbar auf den Mann über, der immer aufgeregter und aufgeregter lamentierte, ich kapier das nicht, ich kapier das nicht. Henninen fragte ihn, was er nicht kapiere, aber er kapierte auch die Frage nicht und lamentierte weiter.

»He, jetzt lässt sie ihr Bein los!«, sagte Bifi und deutete mit dem Finger auf die Oma, als wäre sie zur Besichtigung in einem Terrarium eingesperrt. »So schlimm sieht es gar nicht aus.«

»Es blutet jedenfalls nicht, falls du das meinst«, sagte Marschall.

»Sind Sie in Ordnung?«, fragte die Frau, vermutlich die Ehefrau des Mannes. Sie hatte die Oma an der Hand gepackt, aber sofort losgelassen, als die Oma aufhörte, sich das Bein zu halten. Vielleicht hatte sie gedacht, es sei angemessen, ihr so lange die Hand zu halten, wie sie selbst darauf konzentriert ist, etwas im Griff zu halten.

»Sie antwortet nicht«, sagte der Mann. »Ich kapier das nicht.«

»Jetzt komm endlich wieder zu dir, guter Mann«, sagte die Frau. »Du hast das schließlich alles verursacht.«

»Äh, da fällt mir eine Frage ein«, sagte Henninen und sah für einen Moment so aus, als wägte er seine Worte unter Umständen ab, in denen die zugrunde liegende Maßeinheit die Unze war. »Genau, also, ich hab bloß so gefragt, wie ist eigentlich die Maschine auf der Oma hier gelandet.«

»Ich kapier das nicht«, sagte der Mann. »Ich hab sie vor die Wohnungstür geschleift, damit sie leicht abtransportiert werden kann, dann bin ich kurz wieder rein, um Arbeitshandschuhe zu suchen, und dann plötzlich dieser furchtbare Krach und das Geschrei. Ich kapier das nicht, ich kapier das nicht.«

»Ich geh mal runter und lass die Sanitätstypen rein«, sagte Bifi.

»Die hat überhaupt nicht direkt am Treppenrand gestanden, die Maschine, ich schwör's! Ich kapier einfach nicht, wie das passieren kann, ob's hier spukt oder was.«

»Jari«, sagte die Frau und sah den Mann böse an. Es war schwer zu entscheiden, ob ihr Jari gerade in einem Tabu gestochert hatte oder ob sich hier einfach nur allgemeiner Verdruss entlud.

Dann hörte man Schritte. Alle blickten nach oben. Abdul tauchte auf, blieb auf dem Treppenabsatz stehen und wirkte kurz so, als würde das Drehbuch verlangen, dass er ein Lied anstimmt. Er kam aber gleich wieder zu sich, ging verblüffend forsch die Treppe herunter und vorbei, als wäre nichts, und zwar so auffällig, dass man ihn sich etwas genauer ansehen musste.

»Abdul«, sagte er und machte sich nach unten aus dem Staub.

»Hat der Neger vielleicht die Maschine runtergeschubst«, sagte der Mann.

»Ich glaube, das Wichtigste wäre jetzt, die Dame hier auf die Bahre zu kriegen«, sagte Henninen. »Das Gerichtsverfahren können wir danach eröffnen.«

»Ich sag bloß, dass ich dafür nicht die Schuld auf mich nehme«, sagte der Typ. »Ich hab's auch so schon schwer genug.«

»Ja, ja«, sagte die Frau.

Dann hörte man wieder Schritte. Bifi tauchte auf, und für einen Moment ergab sich die Gelegenheit, zu denken, dass er so etwas wie das Tauschobjekt für den mit magischer Geschwindigkeit hinweggespülten Abdul war. Er sah allerdings nicht so aus, als wäre ihm etwas Paranormales widerfahren, außerdem waren ihm die Sanitäter auf den Fersen, und die Überlegungen hatten erst mal ein Ende.

Bifi machte einen aktiven Eindruck, als er mit großen Schritten ankam und den Weißkitteln mit einer weltmännischen Handbewegung den Ort des Geschehens zeigte. Man hätte meinen können, dass er das Durcheinander selbst angerichtet hatte und sozusagen stolz darauf war. Die Sanitäter schenkten ihm aber keine unnötige Beachtung, sondern bückten sich, um in der Oma zu lesen wie in den Innereien eines Fisches, dabei redeten sie ihr müde und mit einer gesenkten Stimme zu, die beruhigend und intim sein sollte.

»Scheint nichts Schlimmes zu sein«, sagte einer von ihnen schließlich und stand auf. »Aber wir nehmen Sie sicherheitshalber zur Beobachtung mit.«

Sie agierten verblüffend schnell. Marschall fragte sich noch, ob man der Oma was Aufmunterndes sagen müsste, aber da hatten sie sie schon auf der Bahre aufs Kreuz gelegt und machten Anstalten zu gehen. Einer fragte den Waschmaschinenmann nach Name und Telefonnummer, Bifi hatte ihnen offenbar seine Sicht vom Gang der Ereignisse mitgeteilt, und dann gingen sie. Achduliebergott, sagte die Oma noch, als sie auf der Treppe in Schieflage geriet.

»Sprechen kann sie jedenfalls noch«, sagte Henninen.

Die Haustür fiel zu, dann war es beinahe still. Hinter Hartikainens Wohnungstür hörte man ein modriges Schnarchen. Alle schauten auf die Waschmaschine. Irgendwie machte sich das Gefühl breit, als müsste man jetzt, da die Oma in Sicherheit war, auch mal an das Maschinchen denken und sich darum kümmern.

»Könnt ihr mir helfen, die Maschine runterzutragen, zum Müll, Jungs?«, sagte der Typ, Jari hieß er wohl. Er strich sich durch die Haare und tat sich schwer, jemandem in die Augen zu sehen. »Mit der wird das nix mehr.«

»Wir helfen«, sagte Bifi und packte an einer Ecke an. Durch die Verbrüderung mit den weißen Dienstmännern hatte seine Erscheinung an Würde gewonnen, und es gelang ihm durch ein dirigierendes Husten Marschall und Henninen so schnell zu Gehilfen zu deklarieren, dass niemand dazu kam, sich eine passende Verletzung als Ausrede einfallen zu lassen. Nun reichte aber für Jari der Platz nicht mehr, und er fand auch keine Stelle, an der er anpacken konnte, weshalb er einfach die Treppe hinunter folgte und sich Mühe gab, so auszusehen, als wäre er an dem Projekt beteiligt, indem er mit gerunzelter Stirn Wendekreisberechnungen anstellte oder nach möglichen Gefahrenstellen Ausschau hielt.

Sie passte geradeso in den Hinterhof, die Maschine, weil dort schon jemand seinen abgestoßenen Schrott ausgebreitet hatte. Ein Haufen Spanplattenmöbel lag herum, und ein verbeultes grünes Cordsofa und Kartons voller Papiere und Kleider standen da, es sah aus, als würde der nächste Regentag alles in einen Berg aus grauem Mus verwandeln. Sie stellten die Maschine in einem gewissen Abstand davon ab, wie um eine Art Respekt zu demonstrieren vor dem unbestreitbaren Kummer des Räumungsguts, aber doch so nah, dass die Müllabfuhr sie als zum Gesamtkomplex gehörig interpretieren konnte.

Sie knurrten und schwitzten ein bisschen neben dem

Müll. Dann setzte der Typ plötzlich eine angestrengte Miene auf und sagte, er gehe jetzt Zigaretten kaufen, und nachdem sie seinem beinahe panisch wirkenden Abgang lange genug zugeschaut und sich darüber gewundert hatten, kehrten sie ins Haus zurück.

»Komischer Kauz«, sagte Bifi, als sie wieder vor der Tür standen, in der Hoffnung, die Schlüssel befänden sich in der Hosentasche und nicht zum Beispiel auf der Spüle.

»Da ist eine gute Waschmaschine dahin«, sagte Marschall und gab zu verstehen, dass bei ihm schon Heimweh aufkeimte, indem er als Erster in die Wohnung stürzte.

»Da ist eine gute Oma dahin«, sagte Henninen.

»Sie ist bestimmt nicht hin«, gurgelte Bifi an der Spüle, wo er Wasser aus dem Hahn trank. »Und ihre Botschaft hat sie im ganzen Treppenhaus verbreitet.«

Alle setzten sich an den Tisch. Sie rauchten, schwitzten, hin und wieder stöhnten sie leistungssymptomatisch. Nachdem sie für die Dauer der unvermeidlichen, langsamen Ballade gesessen hatten, sagte Henninen: »Sollten wir jetzt nicht vielleicht mal ein bisschen würfeln?«

»Mich beschäftigt noch die Ereigniskette von eben«, sagte Marschall. »Das heißt, im Treppenhaus hab ich das irgendwie nicht geschnallt, aber jetzt kapier ich, dass es Gabrielas Wohnungstür war, von wo die Waschmaschine abgeschmiert ist.«

Bifi ließ einen Würfel auf dem Tisch hüpfen. Aus einer Höhe von zwanzig, dreißig Zentimetern ließ er ihn auf die rissige rote Farbe der Tischplatte fallen. Dabei entstand ein nervendes, knochiges Klackern.

»Hör auf«, sagte Henninen.

»Also ich mein, ich frag mich bloß, was die Pfuscher

da oben eigentlich rumwerkeln. Die hab ich noch nie hier gesehen. Und wo steckt Gabriela eigentlich?«

»Vielleicht ist sie tot«, sagte Bifi.

»Das würde gerade noch fehlen.«

Das war eine Art Nachbarin, diese Gabriela. Die hatte Marschall notgedrungen kennengelernt, als ihre Katze nachts schlotternd und miauend vor der Tür saß. Die Not des Tieres hatte ein solches Unwohlsein ausgelöst, dass sie einfach nur mitten in der Nacht an den Türen klingeln konnten, und nach allerlei zugeknallten Türen und mordlüstigen Gute-Nacht-Wünschen hatten sie die richtige Adresse sogar gefunden. Seitdem hatte sie, also Gabriela, wortreiche Dankbarkeit an den Tag gelegt, wenn sie zu jeder beliebigen Uhrzeit mit kleinen grünen Magenbitterfläschchen vor der Tür stand, immer hatte sie sich ganz selbstverständlich an den Tisch gesetzt, um zu trinken und zu quatschen. Zweimal hatte Marschall ihr sogar Geld borgen dürfen.

In der Gegend war sie eine Art Halblegende. Am häufigsten sah man sie am Kiosk. Sie war ein verblüffend kleiner Erdgeist und hatte sommers wie winters dieselbe verschossene Daunenjacke an. Sechzig Lebensjahre drückten auf ihre Haltung und den knotigen Stock, auf den sie ihr Dasein stützte. Sie wurde Gabriela Substral genannt, ob dieser Name echt war, konnte schwer unter Beweis gestellt werden, an ihrer Tür stand jedenfalls nichts. In ihrem begehbaren Kleiderschrank unterhielt sie eine Plantage, mit Bewässerungssystem, Sonnenlampen und allem Drum und Dran. Man konnte bei ihr Gartenprodukte zum günstigen Preis kaufen, wenn man den Nerv hatte, für ein Schwätzchen zu bleiben, obwohl sie über ihr eigenes Leben nicht viel rausrückte. Aber immerhin doch so viel, dass sie vor Zeiten einen Gedichtband veröffentlicht hatte. Einmal hatte sie ihn an der Tür zur Ausleihe aufgedrängt, kleine, zerbrechliche Verse waren es, man hätte sie wie Fingernagelhalbmonde von den vergilbten Seiten pusten können.

»Joo, hoffentlich nicht«, sagte Henninen und klopfte auf Holz.

»Ich möchte nur einfach gern wissen, was das da oben eigentlich für Leute sind. Das Üble ist nämlich, wenn sie zett Be mit ihrem Grünzeug Probleme gekriegt hat, könnte das auch für mich ein bisschen Stress bedeuten, weil ich nämlich ihren Schlüssel hab. Ich hab mich ab und zu um ihre Pflanzen gekümmert und die Katze aufgeschüttelt.«

»Ach du grüne Neune«, sagte Henninen, er war offenbar ernst geworden, weil er sich nicht traute, eine kräftigere Formulierung zu benutzen. »Obwohl dir eigentlich keine strafrechtlichen Konsequenzen blühen dürften, bloß weil bei dir der Ersatzschlüssel einer Nachbarin liegt.«

»Ja, stimmt, eigentlich nicht. Irgendwie macht mir das bloß trotzdem alles Angst.«

Sie schwiegen eine Weile und runzelten die Stirn. Von der Straße hörte man den Signalton eines rückwärts fahrenden Lkw, er drang durch das offene Fenster ins Zimmer und sprang bleich und scharf und zahnwehartig von einer Wand zur anderen. Marschall hatte inzwischen die restlichen Würfel aus der Hosentasche gegraben, und Bifi hatte sie ordentlich in einer Reihe drapiert, fünf Einser lagen da. Henninen lag auf der Matratze und ließ die Asche an seiner Zigarette wachsen. Marschall dachte, man müsste was tun gegen den ganzen Verdruss, und gleich darauf, dass für diesen einen Tag langsam genug Stress zusammengekommen war, und die schnellen, kurzen Gedanken fingen an, sich zu drehen und sich gegenseitig umzuschmeißen.

Von der Straße hörte man jetzt Getöse und Verwünschungen, es klang, als wäre jemand mit dem kaputten Tor in Unstimmigkeiten geraten. Henninens lange Asche fiel aufs Bett. Er fing an, sie wegzuwischen.

»Ich müsste vielleicht mal gucken, was die da eigentlich treiben«, sagte Marschall und stand auf. Bifi sagte, dass es nichts Tödliches sein könnte. Henninen sagte, sei still, und war dann selbst beispielhaft still.

Die Tür ging gütlich auf und auch wieder zu. Marschall trat quasi zu schnell ins Treppenhaus, er hatte sich von den übereinanderstürzenden Gedanken von eben noch nicht erholt, und jetzt stand er ein bisschen so da, als hätte er im Affekt eine große, unwiderrufliche Entscheidung getroffen. Auf dem grauen Granitboden lag abgeplatzter Lack von der Waschmaschine wie Fetzen von der Haut eines Weißwals. Die Blätter und Zettel der Oma lagen ebenfalls überall herum. Noch können wir gerettet werden, stand auf einem.

Gabrielas Tür stand offen. Marschall betrat den langen, schmalen Flur, dessen Wände mit einem Material tapeziert waren, das an dickes Sackleinen erinnerte. Allerlei Schlacke hatte sich darauf abgelagert. Es roch nach kräftig gebratenem Hering. Weiter hinten hörte man ein monotones Murmeln und einzelne schlurfende Geräusche, und wenn man den Gang entlangging, war es, als hörte er plötzlich auf, wie mittendrin. Dort waren noch mehr von diesen Leuten. Eine alte Frau wühlte im Schlafzimmer im Bücherregal, in der kleinen Küche wuchtete die Frau aus dem Treppenhaus mit einem zwanzigjährigen Mädchen die Spülmaschine aus ihrem Loch. Vor den Fenstern hingen Schilfvorhänge, das Licht drang dadurch nur zufällig und gräulich in den Raum. Alle konzentrierten sich auf ihre Arbeit, und dabei entstanden üppige, pilzartige Staubskulpturen.

»Äh, ähäm«, sagte Marschall.

Sie drehten sich zu ihm um und guckten ihn in verdrehter Haltung an. Dieses Glotzen bewirkte das zwingende Bedürfnis zu reden, und die sicherste Variante schien darin zu bestehen, etwas zu der Frau zu sagen, die man schon kannte. Ihr Alter war nirgendwo zu sehen.

»Ja, also, hallo nochmal.«

»Tag«, antwortete eine Frau aus dem Schlafzimmer. Die war schneller gewesen, und da stand es dann auf einmal an zu entscheiden, ob man weiter mit der bekannten Frau reden sollte oder sich stattdessen der fremden vorstellen ging, und so erfasste dieses Ausgangsstadium Marschalls ganzes Wesen, weshalb er auf der Stelle erstarrte, die Worte blieben im Halse stecken, und alle drei Frauen sahen ihn noch immer erwartungsvoll an, die zwei jüngeren in der Küche und die ältere an der Tür zum Schlafzimmer. Zwischen Marschall und den anderen bildete sich ein zähes Häutchen, das ihn quasi vom allgemeinen und gemeinsamen Zeitlauf isolierte, der Schweiß brach aus, in den Augen schlugen die Farben Wellen, und ihm fiel nicht ein, was zu tun wäre, er konnte bloß dastehen und warten, dass etwas geschah, und dabei diese ernsten, verstaubten Menschen anschauen.

»Können wir irgendwie helfen?«, fragte das Mädchen schließlich.

»Na ja, also, die da, ich mein, sie hier hab ich schon mal gesehen«, sagte Marschall und deutete auf die Frau, die er kannte. »Also im Treppenhaus, vorhin, bei dem Hin und Her mit der Waschmaschine.«

»Ja, stimmt«, sagte sie.

»Joo, also, ich meine, ich dachte, ich guck mal, ob, das heißt, ich dachte, ob hier sozusagen alles okay ist.

Das heißt, ich bin von da unten, also ich wohn da. Einen Stock tiefer.«

Marschall hielt der am nächsten stehenden Dame das Ruderblatt hin. Sie sagte noch einmal guten Tag, vielleicht gab ihr Wortschatz nicht mehr her.

»Ja, also, ich meine«, sagte Marschall und kratzte sich die Nackenwolle.

»Das ist aber aufmerksam von Ihnen, dass Sie fragen kommen«, sagte die bekannte Frau, aber was hieß bekannte Frau, allmählich vermisste man sogar schon ihren Namen. Dann brach sie in langes, lautloses Weinen aus, es war, als hätte eine höhere Instanz oder ein hohes Tier plötzlich zum Hahn gegriffen, ihre Augen starrten ins Unerreichbare, und die Tränen rieselten ihr wie in einer Kette über die Wangen. Das Mädchen trat zu ihr und legte den Arm um die Frau, und dann schwankten sie hin und her.

»Ihre Mutter ist gestorben«, flüsterte die alte Frau, sie war unbemerkt herangeschlichen.

Das war schwer zu verstehen, alles daran. Marschall schaute auf seine Hände, sie waren auf halber Höhe stehen geblieben, als hätten diese Hände ursprünglich eine rettende Tätigkeit oder eine Reparaturmaßnahme in Angriff nehmen sollen. Da waren die Hände nun und auch diese Menschen, man musste sie ansehen und auf etwas warten, auf was auch immer, und Abfallstoffe aller Art kamen einem in den Sinn, zuerst allerdings die Frage, was das eigentlich für Leute waren, hier in Gabrielas Wohnung. Und als das stumme Dastehen kein Ende finden wollte, entstand das zwingende Bedürfnis, an irgendeinem Gedankenstück zu hobeln, um die massierte Misslichkeit von sich fernzuhalten, zu versuchen, die Beziehungen dieser Menschen untereinander zu gliedern, die Jüngste war wohl die Tochter der weinenden Frau, das war ziemlich sicher, und auf dieser Basis fiel es relativ leicht zu folgern, dass die Weinende wiederum die Tochter der älteren Frau war, warum eigentlich, wohl weil es leichter vorstellbar war, dass es sich um Mütter und Töchter handelte, in dem Schlamassel war man kaum fähig, komplizierte Verwandtschaftsverhältnisse zu unterstellen, aber dann, wenn man es genauer bedachte, bereitete die Älteste bezüglich ihres Status so etwas wie unüberwindbare Probleme, etwas war faul an ihr, an allem, oder jedenfalls an der Tatsache, dass sie nicht wirklich alle einander Mütter sein konnten, oder falls sie es waren, dann hätte eine von ihnen aller Vernunft nach auf jeden Fall schon tot sein müssen.

Und dann kam es, das Verstehen, das Begreifen, oder was es nun mal war, langsam und sicher kam es angeschwommen, wie ein Fisch, mit dem man lange ringen musste, und glotzte mit irrem Auge, und das reichte dann.

Gabriela war es. Die Tote.

Sag was, hieß es jetzt in Gedanken. Sag was. Und dann war es wieder still, und die Angehörigen warteten und guckten auf eine Art, als würden sie erwarten, dass ein Wort gesagt würde, als wäre nicht längst klargeworden, dass es sich gehörte, etwas zu sagen, und so konnte man wieder nur dastehen und denken, sag was, und nachdem dieses Kommando heftig genug geleiert worden war, hatte es allen Anschein, als könnte tatsächlich etwas aus diesem Mund hier herauskommen.

Sag was.

»Verdammte Scheiße«, sagte Marschall.

Mit einer gewissen Verzögerung drangen sie ans Ohr, die eigenen Worte, kehrten als Ächzen in der Kutte von den verstaubten Wänden zurück.

»Also, ich meine, 'tschuldigung für meinen Sprachgebrauch.«

Dann zerfiel für einen Moment alles in Stücke. Marschall schwitzte, stöhnte, wand sich und war zerknirscht, und krönte seinen ungewollten Bewegungsablauf mit einer steifen Verbeugung und war im Nu an der Tür, wo ihn die nächste Prüfung erwartete, der Mann, Kari oder Ari oder wie er hieß, Jari, der hatte wohl geschwänzt und kam nun wieder und sah aus, als hätte er eine findige Ausrede im Ärmel. Er vergaß aber offenbar, sie dort an der Tür vorzutragen, er packte Marschall am Ärmel, zog ihn in den Flur und tuschelte etwas von gedrückter Stimmung und entzündeten Verwandtschaftsverhältnissen, das Getuschel klang und roch, als hätte er sich bei einer Erfrischung Rat geholt, er erklärte, bei den Verwandten da hätte eine ziemlich angespannte Atmosphäre geherrscht, bei dem Mädchen, das Gabrielas Enkelin war, bei der mittleren Frau, die die eigentliche Tochter war und Jaris Frau, die Frau des Unterzeichneten, sagte er, und dann noch bei der alten Frau, die als Gabrielas Schwester enthüllt wurde. Und die Geschichte ging weiter, es war nicht leicht, mitzukommen, unwillkürlich wich der Blick auf die Wände aus, auf denen klamm und initiativlos die Sonnenflecken krochen, in der Luft schwebte Dreck, das zog einen irgendwie mit in ein kraftloses Abgleiten. Und trotzdem trafen einen die Wörter dann doch teilweise, als sie ihren Adressaten erreichten, es ging offenbar um so etwas wie Schuldgefühle, weil sich die Angehörigen von Gabriela nicht um sie geschert hatten, also um Gabriela, und irgendwie berührten sie die Schuldgefühle jetzt allmählich, allein war sie hier gestorben, wohl in betrunkenem Zustand hingefallen, mit dem Kopf gegen ein Möbelstück geschlagen, alles in allem hatte sie drei Wochen hier in der Wohnung gelegen, sagte Jari, bis ein Nachbar bei der Polizei angerufen hatte, weil der Kalmus angefangen hatte zu riechen.

Die Katzen hatte man lebendig gefunden, sie hatten überlebt, weil sie von ihrem Frauchen genascht hatten, das sorgte nicht gerade für Wohlsein, genau genommen wurden einem davon dermaßen die Knie weich, dass man sich am Geländer festhalten musste, wenn nicht im Namen einer durch und durch gehenden Erschütterung, so doch immerhin angesichts ehrsamer Empathie, und ein bisschen so, als würde man durch eine dicke Wolldecke noch immer das grelle Gequatsche des Kerls hören, er redete was von Pflanzen und so, darauf mochte man überhaupt nicht mehr achten, weil das eigentliche Thema ja doch lautete, dass jemand gestorben war, die Person gab es nicht mehr, und auch wenn darin eine Dimension lag in die Richtung, dass diese Gabriela einem doch nie so richtig wirklich am Herzen gelegen hatte, so war die Tatsache doch unbestreitbar, dass solche Menschen eben doch nicht jeden Tag starben, also so in unmittelbarer Nähe. Und außerdem existierte da noch der Erschütterungsanteil, dass das allgemeine Scheißbefinden und die daraus resultierende Sprachimpotenz genauso quälend und lähmend waren wie der Tod, um den es ging, und als das soziale Beben bei dieser Erkenntnis die Sache mit dem Dahinscheiden ein bisschen milderte, wurde es nach und nach auch wieder möglich, die Umgebung wahrzunehmen und festzustellen, dass Jari, Ari und auch Kari bereits wieder verschwunden waren.

»Menschenskind!«, sagte jemand in der Wohnung.

Marschall ging im Stoßgang die Treppe hinunter. Bei jedem zweiten Schritt musste er stehen bleiben, davon, dass er sich oben vor der Treppe vergessen hatte, war so ein dramatischer Schrittrhythmus hängen geblieben, und irgendwie wirkte es inmitten all der Unfähigkeit erleichternd, quasi so zu tun, als würde man einem Elaborat von Drehbuch folgen. Und wieder musste er stehen bleiben und ein befreiend schicksalhaft wirkendes Weilchen verbringen, und kaum kam er davon wieder zu sich, musste er einen Moment überlegen, wann und wieso er eigentlich auf diese Operntreppe geraten war, wenn dieses bühnenhaft zögerliche Hinabsteigen auch nur eine Minute weiterging, so schien es, würde er wahrscheinlich gezwungen sein, mit ausgestrecktem Ruderblatt ein Lied zu kreischen. Und dann war er endlich gezwungen, die Treppe hinter sich zu lassen und zu gehen.

Henninen und Bifi hingen dort, wo sie vorhin gewesen waren, als wäre kein bisschen Zeit vergangen.

»Na«, sagte Henninen, und Bifi gleich darauf: »Na?«

»Na, sie ist halt tot«, sagte Marschall und setzte sich Bifi gegenüber an den Tisch und steckte sich umständlich eine Zigarette an, damit verging immer ein bisschen Zeit und Aufmerksamkeit, das verlangsamte quasi alles.

»Oho«, sagte Bifi.

»Oho«, sagte Henninen.

»Gottverdammte Scheiße, sage ich.«

»Was ist passiert?«, fragte Henninen.

»Sie ist tot, Scheiße nochmal.«

»Ja, ja, aber was ist ihr passiert?«

»Ist offenbar über irgendwas gestolpert. Verflucht, die hat drei Scheißwochen da oben gelegen, die Katzen haben schon an ihr geknabbert.«

»Leck mich«, sagte Bifi.

»Das ist dann auch die natürliche Erklärung für diesen Heringsgestank«, sagte Henninen. »Ich mein, bei allem Respekt.«

»Ich weiß nicht, das ist irgendwie dermaßen abgefahrn, ich weiß nicht, ich hab sie nicht so gekannt oder so, aber irgendwie ist mir schon ein bisschen unheimlich jetzt.«

»Jedenfalls ist das nicht besonders toll«, sagte Bifi. »Na, ich mein, ich weiß nicht so genau, was ich meine.«

»Irgendwie ist da oben alles im Arsch. Gabrielas Schwester und Tochter sind da, das war die Tussi im Treppenhaus vorhin, und dann noch ihre Tochter, oder, Scheiße, ich weiß nicht mehr, wie rum es jetzt war. Ich war derart blockiert, in eine Bude reinzukommen, wo gerade jemand gestorben ist, ich hab geflucht und rumgeächzt und dann hab ich einfach den Abgang gemacht, Mann.«

»Das ist ganz natürlich«, sagte Henninen und klang dabei täuschend echt nach einem Doktor Eisenbart für Bewusstseinsfragen.

»Jesus, ich schäm mich vielleicht. Das heißt, es ist eigentlich nicht so wegen Gabriela, man hat ja gesehen, dass sie mit anderthalb Beinen schon im Grab stand, das ist praktisch eher so auf allgemeiner Ebene ein trauriger Fall, halt die Sterblichkeit und so, verflucht. Und eigentlich ist der Tod ja auch irgendwie ganz easy, es ist halt bloß der helle Wahnsinn, wo zu sein, wo Angehörige von so 'ner Toten sind, die Lebenden warn mir irgendwie am allerunheimlichsten.«

»Und was ist mit der Plantage?«, fragte Bifi dann und versuchte mit weit ausholender flacher Hand eine Fliege zu klatschen, die sich auf den Tisch verirrt hatte. Sie wich dem Schlag aus, flog zur Deckenlampe und prallte brummend im Lampenschirm hin und her. Von Bifis Schlag erschrak Marschall dermaßen, dass ihm das Blut in den Kopf stieg, obwohl da schon den ganzen Vormittag nichts als Tumult herrschte.

»Die Pflanzen haben wahrscheinlich die Bullen mitgenommen, der Typ hat irgendwas in der Richtung genuschelt, aber ich konnte nichts abspeichern, weil ich so fertig war. Gesehen hab ich sie jedenfalls nicht.«

»Da haben die Angehörigen eine ganz schöne Last«, sagte Henninen.

»Joo. Die Schwester war auch da, die scheint komplett aus der Spur zu sein, konnte bloß guten Tag sagen. Also, ich mein, nicht dass ich selber zu kultivierter Phrasendrescherei fähig gewesen wäre. Jetzt ist es halt bloß so, dass ich den Schlüssel hab, ich weiß nicht so genau, ob ich mich trauen soll, den hochzubringen, dann stellen sie vielleicht Fragen oder so.«

»Die haben bestimmt was Besseres zu tun, als sich den Kopf darüber zu zerbrechen, wer hier der Komplize von wem war«, sagte Bifi.

Dann saßen alle erst mal eine Weile da, und das genügte. Das Zimmer blieb an Ort und Stelle, die Sachen auch, der Tisch, die Stühle, das Radio, das allerdings nach wie vor kaputt war. Alles war da, alles an seinem Platz, in neuem, irgendwie fahlem Licht, ein bisschen so, als würde nichts irgendwo aufhören, als käme ständig ein neuer Ton hinzu, gebrochenes Grau, was auch immer. Das war eigenartig. Dass das Sterben und der Tod alles in so eine Atmosphäre von grobklotziger, betonierter Dauerhaftigkeit nagelte.

»Ich bin erschöpft«, sagte Marschall und gähnte dazu, sicherheitshalber.

»Mein Kater ist zurückgekehrt«, sagte Bifi. »Mir geht's so schlecht, dass mir gleich übel wird.«

»Häh?«

»Ich präzisiere. Mein Kater hatte sich schon so gut

wie verzogen, weil hier handlungsmäßig so viel los war. Dann bin ich wegen der Sache mit Gabriela sozusagen in schlechte Stimmung geraten, und das hat dann irgendwie den Kater zurückgebracht. Mir ist praktisch physisch schlecht geworden, zusätzlich zu der quasi geistigen Übelkeit, oder das ist vielleicht so eine Art Teufelskreis, die Übelkeiten füttern sich gegenseitig.«

Sein Gequatsche klang, als wäre er dabei, in eine Endlosschleife zu geraten. Das passierte ihm manchmal.

Henninen unterbrach allerdings den gefährlich klingenden Gang der Entwicklung: »Ich glaube, wir können diese Behausung hier jetzt verlassen und uns eventuell irgendwo erfrischen, sozusagen um die Stimmung zu heben.«

»Mit Muntermachern quasi«, sagte Bifi.

»Na, ich dachte fürs Erste mal an so was wie handelsübliches Bier.«

»Also, äh«, sagte Marschall und zupfte an seinem Kopf. Zwischen den Fingern blieb vortrefflicherweise ein einzelnes Haar hängen. Als er es aus der Scheide zog, breitete sich über die ganze Kopfhaut ein sonderbar befriedigender Schmerz aus, es fühlte sich wahrscheinlich ziemlich so an, als ob einem heiße Blaubeergrütze über den Kopf gegossen wird.

»Was äh?«, fragte Henninen.

»Äh, also, ich meine, ich könnte durchaus ein bisschen versuchen, äh, zu schlafen.«

»Du bist geschockt oder so«, sagte Bifi.

»Nee, bloß von dem ganzen Tohuwabohu ein bisschen fertig.«

»Trotz allem riskiere ich es, nochmal ans Würfeln zu erinnern«, sagte Henninen, schnappte sich die Würfel vom Tisch und schüttelte sie in der Faust. »Beziehungsweise dass ich allmählich auch mal Bock hätte zu spielen. Das könnte auch sozusagen ein bisschen aufmuntern, die Menschen sterben sowieso, das kann man quasi nicht verhindern.«

»Weise Worte«, sagte Bifi.

»So mein ich's nicht. Ich dachte bloß, falls ihr jetzt irgendwo hingeht, mach ich ein kleines Nickerchen. Einen Gefallen könntet ihr mir allerdings tun.«

»Klingt ziemlich unheilverkündend«, sagte Henninen.

»Ich hab's eigentlich nicht so mit Gefallen«, sagte Bifi.

»Ihr könntet nämlich, wenn ihr geht, den Schlüssel nach oben schmeißen, ich trau mich das nicht mehr, ich bin da eben echt ganz übel abgekackt, da oben.«

»Pöh«, sagte Henninen.

»Gib her«, sagte Bifi, streckte seinen Streichholzarm aus und wartete auf die Schlüsselübergabe. Als Marschall endlich den Schlüssel von dem hutzeligen Nagel an der Seite des Hängeschranks gepflückt hatte, schnappte Bifi ihn sich, ließ ihn irgendwo verschwinden und hob den Arm in eine Position, die auf Arbeitsbereitschaft in sowjetischem Geist abzielte.

Dann gingen die beiden plötzlich. Sie taten das so forsch, dass man es nicht auf Anhieb kapierte. Es blieben zwei helle, rasch abkühlende Stellen von ihnen im Raum zurück.

Henninen rief an. »Grüß dich«, sagte er.

»Grüß dich«, sagte Marschall, vielleicht war das irgendwie nötig.

»Hab ich dich geweckt?«

»Hab ich lang geschlafen.«

»War das eine Feststellung? Ganz ordentlich, würd ich sagen, das heißt, ich hab nicht auf die Uhr geguckt, ich hab die Zeit in Bieren gemessen, ganz ordentliche mehrere Stunden oder so.«

»Komisches Gefühl.«

Marschall wischte das Speichelrinnsal, das sich auf die Wange geschlängelt hatte, am Kopfkissen ab und fragte nach den Koordinaten. Seine Stimme war dick und sozusagen gewebeartig. Henninen sagte, es sei ihnen gelungen, vielleicht so drei- bis fünfhundert Meter zu gehen, er habe nicht daran gedacht, die Entfernungen genau zu messen, sie säßen vor einem Lokal namens »Sündensack«. In der Helsinginkatu sei das, also liege es.

»Wir haben den Schlüssel abgegeben«, sagte Henninen. Dann erzählte er, dass die Leute ziemlich positiv reagiert hätten, wenn auch die jüngste von ihnen gesagt habe, Marschall sei ein komischer Geselle.

»Bis jetzt habe ich in dem Glauben gelebt, dass sich so nur ältere Leute ausdrücken«, brummte Marschall, das Telefon blieb dabei mit Müh und Not zwischen Kissen und Wange. »Das heißt, ich meine, dass Geselle für meine Begriffe genauso ein verschwindendes oder schon verschwundenes Naturvorkommen ist wie Knechte oder Wäscherinnen oder meinetwegen Gutsverwalter. Die sind heutzutage schwer zu finden.«

»Ach ja«, sagte Henninen. »Du hast wahrscheinlich geträumt. Jedenfalls ging es so weiter, dass da oben in Gabrielas Wohnung, wie du wahrscheinlich weißt, eine Wahnsinnsmenge leerer Flaschen rumstanden, und wir haben dann einen auf barmherzig gemacht und angeboten, die Pullen wegzuschaffen.«

»Aha. Wohin weg?«

»Na, in den Supermarkt, Mann, nein, zu den Rotariern. Beziehungsweise zu den Freimaurern. Aber egal, es waren jedenfalls scheiß viele Flaschen, jeder hat vier Tüten voll gehabt, das heißt, ich hatte fünf. Und dafür gab's Pfand.«

»Ich komme«, sagte Marschall, legte auf und machte sich zum Kommen fertig, das verlangte diesmal nicht mehr, als vom Bett aufzustehen, sich das Gesicht zu waschen und aus dem Zimmer zu entfernen, irgendwelche verlangsamenden Maßnahmen kamen einem da eigentlich jetzt nicht in den Sinn.

Draußen war es noch heißer geworden, zum Beispiel krass oder tierisch heiß. Abdul hatte sich neben das Tor auf die Straße begeben und saß auf der verbeulten Fensterbank der leerstehenden Geschäftsräume wie vor seinem Eigenheim. Grüß dich, sagte er. Grüß dich, sagte Marschall und ging weiter die Straße hinunter und an der Kreuzung nach links.

Die Straße wurde von der Sonne gegrillt. Der Asphalt oder die Schuhsohlen oder die Füße oder die Seele fühlten sich irgendwie weich an, und ins Gehen schlich sich ein geschmeidiger Rhythmus ein, als hätten sich die oberste Zellschicht der Haut und die Luft darum herum in einen Leiter verwandelt, sodass man beim Latschen quasi halb man selbst und halb Luft war. Die Ahornbäume waren im Griff der ziemlich gründlichen Hitze schlapp und irgendwie schwarz geworden und sahen darum einigermaßen bedrohlich und selbstbewusst aus, sie lauerten hinter dem gusseisernen Schulzaun, der an eine Sammlung von Wurfspießen erinnerte, als würden sie, wenn sie nur Gesichter hätten, jeden Moment die Augen verdrehen. Man hatte ihn aber ziemlich schnell hinter sich gelassen, den Baumbestand mit seinen aufgeklebten menschlichen Zügen, plötzlich war es ein gutes Gefühl, zu gehen, es hatte was, wie eine Art Wandlung, die verpennten, in jeder Hinsicht eingeschränkten Morgenstunden waren in weite Ferne gerückt, wie in eine Vitrine, und bei dem noch schlaftrunkenen Anblick stapelten sich innerlich allerlei pompöse Phrasen über einen neuen Anfang und einen reinen Tisch, und warum auch nicht, immerhin hatte man eine unbestimmte Zeitspanne lang geschlafen, insofern konnte man das hier durchaus für eine Art neuen Tag halten, das, was hier nun mal so unbestreitbar zur Hand war.

Dann kamen auch schon die Tische vor dem Lokal. Dort saßen reichlich Leute, dafür, dass es Nachmittag und eigentlich wohl auch noch Dienstzeit war, und nachdem man das ungefähr so wie eine Bühne und von der sengenden Hitze geblendet eine Zeit lang angestiert hatte, entdeckte man auch schon am äußersten Tisch Henninen und Bifi, wie sie rotglühend und verzückt auf volle, also offenbar gerade erst geholte Biergläser starrten.

Die Ordnung bestand aus fünf Tischen in einer Reihe, wie in einem öffentlichen Verkehrsmittel, massive, grün gestrichene Freiluftmöbel, und das gesamte Arrangement wurde von einem dicken, haarigen, von Pfosten zu Pfosten laufenden Seil eingefasst. Marschall sprang über das Tau und blieb neben dem Tisch stehen.

»Gebt mir Geld!«

»Bestimmt hast du selbst welches«, sagte Bifi.

»Bestimmt steht mir von dem Pfand für Gabrielas Geschirr ein Anteil zu. Sie ist oder war schließlich meine Nachbarin.«

»Bestimmt, bestimmt, aber wir haben es in den Supermarkt getragen.«

»Trotzdem«, sagte Marschall.

Bifi fing an in der Tasche zu kramen und fand fürs Erste ein paar besudelte Bons, aber schließlich klatschte er Marschall einen Schwung Münzen in die Hand. »Dann geh mal«, sagte er. Er setzte sich wieder auf die Bank, faltete die Bons auseinander und tat so, als würde er darauf etwas Wesentliches überprüfen, mit einer Düne der Besorgnis auf der Stirn. Nachdem er sie lange genug unter die Lupe genommen hatte, faltete er sie ordentlich zu kleinen Quadraten zusammen, schob sie in die Hosentasche zurück und richtete sein Interesse wieder auf die Außenwelt.

»Und? Was stehst du hier noch rum?«

»Ich bin bloß nicht von deinen Zahlenwürmern losgekommen«, sagte Marschall. »Hat irgendwie wahnsinnig wichtig gewirkt, was du da gemacht hast.«

»Wozu muss man eigentlich dermaßen über diesen Zetteln brüten?«, fragte Henninen. »Macht irgendwie einen ziemlich bürgerlichen Eindruck oder so.«

»Man kann nie wissen«, sagte Bifi und runzelte ein bisschen genervt das Gesicht.

»Was zum Beispiel?«, fragte Marschall.

»Nichts.«

Damit war sie dann auch gewissermaßen so gut wie geklärt, die Sache mit den Bons, und nun war man allmählich schon wieder gezwungen, aufzustehen und sich ein Bier zu holen.

In der Kneipe herrschte allumfassendes Zwielicht, das die Augen mit einem spinnfadenartig schleimigen Dunst füllte, so als versuchte man bei hellem Sonnenschein etwas auf einem Schwarzweißfernseher mit bauchigem Schirm zu erkennen. Über allem hing eine herbe Mischung aus dicker, heißer Luft und zundertrockenem Qualm, dadurch kam man sich für einen Moment auf müde Art vor wie ein harter Bursche, ungefähr so, als würde man sozusagen routinemäßig einen brennenden Regenwald betreten. An den Tischen saßen einsame, ramponierte Gestalten und beförderten mit höchster Konzentration schwankende Biergläser in Richtung Mundöffnung. Die Decke zierte Weihnachtsschmuck. Hinter dem Tresen saß eine dicke Frau und glotzte auf einen stummen, kleinen Fernseher, der neben dem Erdnussautomaten auf einer Ecke der Spüle stand und ein deutsch wirkendes, schnurrbärtiges Gerichtssaaldrama zeigte. Marschall bat um ein großes Bier und schob etwas ängstlich das Geld hin, die Frau krallte sich die Münzen, warf sie in die Kasse und knallte den Plastikbierbecher so mechanisch auf den Tresen, dass man gar nicht anders konnte, als sie für eine Professionelle zu halten.

Draußen wurde es, nachdem es gelungen war, mit dem Bier zum letzten Tisch zu tänzeln und sich auch noch zu setzen, sofort heiß, man musste die Ärmel hochkrempeln, das war auch nicht ohne.

»Und?«, fragte Marschall, nachdem sie eine Weile geschwiegen hatten.

»Na, so wahnsinnig viel ist seit dem letzten Mal auch wieder nicht passiert«, sagte Henninen.

»Aber etwas vielleicht doch«, sagte Bifi. »Das heißt, ich hab Henninens Telefonbericht zugehört, ging ja auch nicht anders, weil ich direkt nebendran saß, und ich mein bloß, das war vielleicht eher so was wie die bereinigte Version.«

»Stimmt«, sagte Henninen. »Weil so im letzten Spielabschnitt ist uns dann halt noch eine Blamage gelungen, oder Bifi, genauer gesagt. Das heißt, am Ende war es so, ich weiß nicht mehr, wie das kam, aber das geht mich ja auch eigentlich gar nichts an, na, jedenfalls hat alles damit geendet, dass der da zu guter Letzt den Leuten noch viel Spaß bei der Arbeit gewünscht hat.«

»Nein!«

»Nee, es war so, dass ich mich einfach inzwischen ein bisschen frischer fühlte«, sagte Bifi. »Wegen der Flaschenhilfsbereitschaft und weil alles auf einmal irgendwie so super lief, da hat sich sogar mein Rückkehrkater ziemlich schnell verflüchtigt, so richtig im Stil puff, puff. Da hab ich einfach gedacht, wenn wir jetzt gehen, hab ich gedacht, da müssen wir denen was Aufmunterndes sagen, und bevor ich irgendwas geschnallt hab, hab ich ihnen auch schon angenehme Trauerarbeit gewünscht, und, na klar hab ich kapiert, dass man das so nicht sagen kann, und da kam dann eben viel Spaß bei der Arbeit raus.«

»Das war so gigantisch peinlich«, sagte Henninen und hielt es dann offenbar für wichtig, seine Äußerung zu präzisieren: »Das mit dem Spaß.«

»Aber irgendwie war da gute Stimmung«, sagte Bifi. »Sie haben auch wegen dem Schlüssel nicht weiter gefragt, von wegen was ist das denn oder so. Ich war einfach begeistert, weil es so gut ging.«

Nachdem Bifi seine Erklärung abgeschlossen hatte, sah er plötzlich so aus, als hätte er erst jetzt sein blödes Benehmen erkannt. Er schnippte mit seinem dicken, knochig verkrümmten Mittelfingernagel gegen den Bierbecher und überzog das Getrommel mit einem

Schnurren auf Uah-uah-Basis. Wahrscheinlich wirkte das beruhigend auf ihn, denn er stabilisierte sich schnell wieder.

Und dann wurde erst mal in die Biere gestarrt. Die Sonne schien her, man hatte das Gefühl, die Ärmel immer höher krempeln zu müssen, allerdings stieß man da relativ bald an die Grenzen. Am Taxistand lehnten die Fahrer an ihren Mercedessen und rauchten und schwitzten in ihren hellblauen Hemden. Eine Straßenbahn schepperte vorbei. Im Erdgeschoss des gegenüberliegenden Hauses war das Hauptquartier einer religiösen Sekte untergebracht, gackernder Choralgesang drang durch die offene Tür. Die vorbeifahrenden Autos rissen das Gejodle zu Fetzen von schlampenhaftem Jaulen auseinander, die auf der Fahrbahn weiterflatterten wie ein Schwarm dreckiger, vom Wind zerfetzter Plastiktüten.

»Also, äh«, sagte Bifi.

»Das hab ich mir schon gedacht«, sagte Henninen. »Ich mein, ich hab wenigstens so eine Ahnung, keine Ahnung woher das kommt, vielleicht von der kurzen Stille eben, na ja, jedenfalls hat diese Ahnung damit zu tun, dass hier jemand gleich vorschlägt zu würfeln, und ich für meinen Teil möchte darum im selben Atemzug anmerken, dass mir, Scheiße nochmal, der Sauerstoff ausgeht. Genau, ich will eigentlich sagen, ich bin dafür.«

»Äh, joo«, sagte Bifi und blickte auf Marschall. Dieser Blick löste das Gefühl aus, man müsste etwas Kompaktes und Gewichtiges sagen und dabei aber nicht vergessen, innerhalb des Bezugsrahmens Würfelspiel zu bleiben, aber dann wurde der aufkeimende Versuch in diese Richtung dadurch unterbrochen, dass gleich nebenan eine Art Intermezzo startete, das ohne Widerrede verfolgt werden musste.

Um die Ecke galoppierte nämlich, ausgestattet mit einem wohl aus Belüftungsgründen an den Seiten aufgerissenen Fleecepulli, ein vielleicht dreißigjähriger, pferdeschwänziger Fixer oder Alkoholiker oder Multiproblematischer oder Sozialfall oder so was in der Art, sein Spezialgebiet war auf den ersten Blick an seiner äußeren Erscheinung ziemlich schwer abzulesen, er verkörperte am ehesten allgemeine und allumfassende Heruntergekommenheit. Unter dem Arm hatte er einen Liter Bier, und angesichts der erwähnten Heruntergekommenheit kam er verblüffend schnell vom Fleck, der Grund dafür wurde sogleich klar, denn zwanzig Meter hinter ihm bog um dieselbe Ecke ein dürrer Wachmann in grauer Sommeruniform, deren saisonale Leichtigkeit ihm jedenfalls gegenüber den rohe Gewalt verheißenden Winteroveralls einen irgendwie softiemäßigen und damit ziemlich unglaubwürdigen Anschein verlieh.

Vor den Biertischen fiel dem Flüchtigen aus der röhrenartigen Bauchtasche ein Telefon auf den Asphalt und löste sich in Einzelteile auf. Der Besitzer rannte zunächst weiter, aber dann schien er sich gewissermaßen daran zu erinnern, dass das Telefon irgendwie wichtig war, vielleicht hatte er einen Vertrag, bei dem seine Identität aus der SIM-Karte hervorging, oder er hatte bloß noch einiges zu erledigen. Als er dann aber stehen blieb, war der Wachmann schon bei dem gefallenen Handy angelangt und raffte den Akku und den übrigen Plunder zusammen.

Einen Moment lang wog der Fixer seine Alternativen ab, dann kam er schließlich zu einem Ergebnis, gut für ihn, konnte man da gerade noch denken. Er stapfte in die Richtung, aus der er gekommen war, und blieb vor dem Wachmann stehen. Die beiden bildeten kurz ein Denkmal, dann mussten beide lachen. Darauf schien der Fixer aufzugeben, er übergab dem Wachmann die Bierflasche, und der Wachmann gab seinerseits das Handy oder zumindest einen Teil davon zurück.

Nachdem der Multiproblematische somit wenigstens sein Telefonproblem gelöst hatte, kam er auf die Idee, davonzurennen. Wieder ziemlich flink schoss er gut zehn Meter weiter und hüpfte dann mit beiden Füßen auf der Stelle und rief ätschbätsch. Zuerst sah es so aus, als würde der Wachmann ihm noch einmal hinterherrennen, aber dann musste er wieder lachen, und so lachten sie beide, jeder da, wo er war, so lange, wie es nach dem Rennen eben ging, und dann hatte der Wachmann endlich genug und vollführte in seiner Sommeruniform eine theatralische Scheißdraufsimulation, worauf sich beide in ihre jeweilige Richtung trollten.

»Sieh an«, sagte Henninen.

»Oho«, sagte Bifi.

»Ich sag bloß eins«, sagte Marschall. »Das heißt, über diese Ereigniskette kann ich so aus der Hüfte keine wahnsinnig scharfe Analyse abhobeln, aber irgendwie macht mir das gute Laune. Die waren beide quasi auf derselben Seite.«

Henninen sagte, joo. Bifi trommelte wieder gegen sein Bier, und nachdem er das schiffsorchestermäßige Hintergrundmusizieren lange genug betrieben hatte, sagte er: »Da kriegt man quasi so ein Feeling, als wär die Welt doch nicht durch und durch schlecht.«

»Nehmen wir's als gutes Zeichen«, sagte Henninen.

»Ich bin dafür«, sagte Marschall.

»Von diesem Moment an ist das ein guter Tag«, sagte Henninen. »Das hab ich gerade beschlossen.«

Nachdem er diesen Satz gebildet hatte, wirkte er dermaßen feierlich, dass alle eine Weile schweigen mussten. Ein Bier schwand aus dem Glas, ein Bier schwand aus dem Glas, ein Bier schwand aus dem Glas, und bei dieser Mathematik kamen ziemlich schnell drei leere Biergläser zusammen.

»Noch was«, sagte Bifi. »Die Würfel sind bei dir auf dem Tisch liegen geblieben.«

Das verursachte dann alle möglichen Spekulationen, wie es sich für eine Würfelangelegenheit gehörte, aber auch eine visionäre Hypothesenschlacht und eine relativ sachbezogene Verhandlung darüber, was nun zu tun wäre. Sie beschlossen allerdings, die eigentliche Entscheidung aufzuschieben und einem Plan zu folgen, dessen Leitgedanke in Henninens Worten darin bestand, dem Gelände entsprechend voranzuschreiten. Weiterhin, obwohl die eigentliche Entscheidung damit ins Dunkel der Zukunft gekehrt worden war, schwangen sie sich auf, vom Tisch aufzustehen, über das Seil zwischen Tischen und Bürgersteig zu springen, die Helsinginkatu zu überqueren, vor dem Hintergrund des augenblicklichen Wohlstands, aber auch der realen Bedarfsprognose am Kiosk gegenüber kühles Bier zu kaufen und anschließend den Weg zur nächsten Etappe fortzusetzen, zu der sie ziemlich mühelos die einige Häuserblocks weiter liegende Grünanlage auserkoren, welche in Ermangelung autorisierter Information ziemlich allgemein als Oberer Park bezeichnet wurde.

Der Obere Park befand sich auf einem hohen Hügel, wie man aus dem Namen schon recht gut schließen konnte. Er wurde auch Platz des himmlischen Friedens genannt, den richtigen Namen schien niemand zu kennen. Bei der Hitze und den vorhandenen Ressourcen hatte man einiges zu klettern, um dorthin zu gelangen. Nachdem sie Liedchen singend die Biere geholt hatten, schlugen sie den Weg zum Hügel ein und kürzten unterwegs durch eine andere Grünanlage ab, die noch in der Ebene lag. Beiderseits des Weges, der durch die Anlage führte, waren, einer Infotafel zufolge, seltene Trifolienarten angepflanzt worden, und diese Setzlinge hatte man mit weißer Folie abgedeckt.

»Das ist bestimmt dermaßen seltenes Gemüse, dass die Behörden es abgedeckt haben, damit die Bürger nicht in Panik geraten«, sagte Henninen und blieb stehen, um die zig Quadratmeter große weiße Decke zu bewundern, die sich im schlaffen Wind blähte, als versuchte sie, mit eingefallener Lunge zu atmen.

»Ich bin wahrscheinlich noch ein bisschen verpennt, oder so«, erwiderte Marschall. »Für mich sieht es so aus, als würden sie hier Folie anbauen.«

Dann gingen sie weiter. Sie kamen an einem Gebäude der Universität vorbei, das an wildem Wein erstickte, und wo jemand auf der Eingangstreppe eine zerknautschte Sporttasche abgestellt hatte, die aussah, als enthielte sie eine Bombe. Auf dieser Höhe war es schon beinahe vollkommen still, man kam auf den Gedanken, dass dort oben wahrscheinlich auch die Luft dünner war. Als sie an einem Heckenzaun vorbeigingen, fing es an zu rascheln, und zig kleine, grüne Insekten stieben auf.

In der kurzen Gasse an der Seite der Anlage befand sich eine uralte Bäckerei. An der geschlossenen Tür baumelte ein verblasstes Pappschild mit der Mitteilung, dass von 13 bis 14 Uhr Siesta gehalten wurde. Ein blitzförmiges Bündel von Rissen klaffte in der Wand. Auf der Treppe lag eine schwarze Katze mit Schlitzaugen in der Sonne.

Der letzte Teil der Strecke war der schwierigste. Als sie die Anlage auf dem Hügel erreicht hatten, mussten sie sich auf die Knie stützen und keuchen und zuhören, wie das Herz in den Schläfen dröhnte.

»Wieso hab ich eigentlich das Gefühl, dass wir heute schon ganz schön viel geschuftet haben«, sagte Marschall.

»Ach ja«, sagte Bifi und strich sich die Haare, die an der Stirn klebten, an den Schläfen entlang glatt. »Wieso hab ich eigentlich das Gefühl, dass du heute größtenteils gepennt hast.«

Mitten in der Sandwüste des Spielplatzes waren ein Tisch und zwei Bänke aus Rundbalkenhälften aufgepflanzt worden. Man setzte sich und atmete durch, das verlangte eine gewisse Konzentration. Henninen zog eine braune Pilotenbrille aus der Brusttasche und installierte sie auf seiner Nase. Sogleich schien sein rotes Gesicht um die Brille herum gewachsen zu sein, ein bisschen so, als würde es sie mit den Hautfalten verschlingen wollen. Ein paar Meter vom Tisch entfernt saß auf einem Stein eine ausdruckslose junge Mutter und las eine Illustrierte. Ein geschlechtslos wirkendes, anderthalbjähriges Lebewesen kroch um ihre Beine herum und aß Sand. Ein niedriger Zaun trennte den Spielplatz von der übrigen Anlage, darum herum lief ein geplätteter Weg, an dem entlang Bänke ausgestreut worden waren, auf denen wiederum schlafende und lesende Alte saßen, und all das schuf eine Atmosphäre, als hätte man gerade einen unwahrscheinlich hohen Berg bestiegen und wäre dabei nicht nur auf dessen Gipfel, sondern auch sehr weit in den Süden geraten.

Bifi entkorkte eine Halbliterflasche Bier. In seiner Geste lag eine bedeutsame und zukunftsgläubige Großartigkeit, es sah ein bisschen so aus, als würde er einen Edelgetränk-Behälter an der Flanke eines vom Stapel laufenden Ozeanriesen zerschellen lassen.

»Grüß dich«, sagte Henninen dann. Er richtete sich damit an niemanden, er fand offenbar, dass es sich in diesem Moment so gehörte.

»Grüß dich«, sagte Marschall.

»Grüß dich.«

Eine Weile fiel dann keinem mehr eine Bemerkung ein. Henninen gab Marschall ein Bier aus der Plastiktüte, es war so kalt, dass man unbedingt ausprobieren musste, wie es sich an der Stirn anfühlte. Für kurze Zeit fühlte es sich gut an. Dann löste die Kälte Kopfweh aus, und man musste die Flasche öffnen und etwas Bier auf den Schmerz trinken. Bifi nagte mit dem Schlüssel eine Figur in den Tisch, aus der eine Art Stern zu werden schien. Henninen fing an, eine diffuse Melodie zu summen, die man fast zwangsläufig als alles Mögliche erkannte. Marschall guckte sich durch die braune Flasche die Häuser an. Überall waren die Fenster offen, man hörte klimperndes Geschirr, Staubsaugerbrummen, für den engsten Familienkreis bestimmte Verwünschungen und Radiokanäle. Über eine Basslinie, die von irgendwo heranströmte, legte sich der Seewetterbericht aus einem anderen Fenster.

»Äh, bloß um mal ein Thema zu nehmen«, sagte Bifi und ritzte von den Zacken seines Sterns lange Strahlen in alle Richtungen.

»Nimm nur mal«, sagte Henninen.

»Joo, genau, es erleichtert, wenn man mal was nimmt, es lohnt sich immer alles malzunehmen.«

»Vor allem mal zehn.«

»Jetzt erzähl schon, Mann!«, sagte Marschall.

»Nee, ich mein nur, mir ist gerade eingefallen, dass jemand diese Gabriela ja vielleicht umgebracht hat.«

»So ein Serienmörder, oder was?«, fragte Henninen.

»Nee, halt ein Saufkumpan meinetwegen. Vielleicht war da so eine Bande beisammen, wie sie immer im Polizeibericht stehen, und dann hat's zum Beispiel Zoff gegeben wegen einer Flasche. Aber eigentlich bin ich schon zu dem Ergebnis gekommen, dass das gar nicht relevant ist und schon gar nicht diskret, hat keinen Zweck, mit sekundären Argumenten zu spekulieren oder so. Oho. 'tschuldigung. Aber ich komm irgendwie nicht von dem Nachbarschaftsthema runter, ich könnte ein bisschen was davon verraten, oder halt einfach nur drüber quatschen, zum Zeitvertreib.«

»Öffne dich«, sagte Marschall, trank die Flasche leer und spähte durch ihren Boden hindurch in die Zukunft.

»Na gut, ja klar. Es ist nämlich so, oder das heißt, so klappt das jetzt nicht, jetzt muss ich andere Register ziehen, also Scheiße.«

»Hört sich übel an«, sagte Henninen.

»Nee, es ist bloß so, dass bei mir daheim die Lage ein bisschen heikel ist, genauer gesagt daheim am Fenster, weil, in der Wohnung gegenüber ist ein schamloses Paar eingezogen, also total schamlos. Die paaren sich tagaus tagein da im Fenster, bumsen und bumsen und bumsen, ich kapier das nicht, haben die nix anderes zu tun?«

»Sollten lieber arbeiten gehen!«, sagte Marschall.

»Wann wolltest du denn selber gehen?«, fragte Henninen.

»Nee, im Ernst, was die da treiben, ist total unsittlich. Wahrscheinlich turnt es sie irgendwie an, mich zu ärgern. Oder die Frau, das heißt, ein ganz junges Flittchen ist das noch, die reinste Schlampe, die stützt sich mit beiden Händen auf die Fensterbank, und der Kerl bearbeitet sie von hinten und glotzt ständig dahin, wo es abgeht, die Tussi stattdessen, oder was heißt stattdessen, sie müsste schon sehr gelenkig sein, wenn sie dorthin gucken wollte, wo der Kerl hinstiert, na, egal, jedenfalls glotzt die mir direkt ins Fenster. Direkt in die Augen.«

»Darf ich mal was fragen?«, fragte Marschall und dachte, dass es ein bisschen frustrierend ist zu fragen, ob man was fragen darf, aber er kam nicht dazu, das länger hin und her zu spulen, weil ja tatsächlich die eigentliche Frage noch ungestellt war. »Ich meine bloß, ob du irgendwie gezwungen bist, die ganze Zeit am Fenster zu sitzen, so klein ist dein Kabuff doch auch wieder nicht.«

»Ach ja. Äh, auf den Gedanken bin ich, ehrlich gesagt, noch gar nicht gekommen. Nee, aber ich sitze da gern. Außerdem sind die gerade erst eingezogen, ich war zuerst am Fenster.«

»Ich würde es vielleicht trotzdem vorziehen, so ein junges Glück zu betrachten, als die Aussicht aus meinem Fenster«, sagte Marschall. »Ich hätte bei mir daheim nachsehen müssen, ob ich es euch vielleicht auch zeigen kann, aber dann hab ich's vergessen, weil so viel dazwischenkam. Na, jedenfalls wohnt da bei mir gegenüber so eine Oma, bestimmt achtzig, die hat die Angewohnheit, sich jeden Tag am Fenster auszuleben, in furchtbaren Unterhosen, an denen schon die Zeit kräftig genagt hat, und wenn man nur mal zufällig kurz in ihre Richtung guckt, dann reißt sie die Vorhänge zu, und man glaubt, jetzt ruft sie gleich die Polizei.«

»Grauenhaft«, sagte Henninen, und auf seinem Gesicht machte sich eine Miene breit, als versuchte er Mitgefühl aufzubringen.

»Ich krieg aber echt ein grauenhaftes Gefühl, wenn ich so was erzähle«, sagte Marschall. »Dann halte ich mich auf einmal für den beschissensten Erzähler der Welt. Im epischen Ton fängt's an, und dann hört's einfach auf.«

»Sich zu öffnen allein verschafft noch keine Erleichterung«, sagte Henninen.

»Jeder hat sein Kreuz zu tragen«, sagte Bifi, als hätte er nicht mal ein Drittel der bisherigen Repliken mitbekommen oder zumindest als hätte er keine Lust gehabt, sie zu verstehen. Er blies die Späne von seinem Stern und fing mit einem neuen Werk direkt daneben an, zwei Linien, die sich kreuzten, wahrscheinlich das rätselhafte Kreuz, das er gerade erwähnt hatte.

»Ich hab so was nicht vor meinem Fenster«, sagte Henninen nach einer Weile. »Aber hab ich schon von dem berühmten versoffenen Juristen in der Wohnung über mir erzählt?«

»Nein«, sagte Bifi. »Erzähl.«

»Doch«, sagte Marschall. »Erzähl's nicht.«

»Pattsituation«, sagte Henninen. »Ich dachte bloß, ich fühl mich vielleicht als Außenseiter, wenn ich nicht so eine persönliche Nachbarschaftsstory zum Besten gebe. Außerdem ist es ja so, dass wir als Personen sozusagen quasi kompletter werden, wenn wir alle drei von unseren Nachbarn erzählen und von unserem Verhältnis zu ihnen.«

»Jetzt kann ich dir leider nicht folgen«, sagte Bifi.

»Na, dann erzähl schon«, sagte Marschall. »Es ist sowieso nicht mehr dieselbe Geschichte.«

Er erzählte. Er wohnte in einer kleinen Einzimmerwohnung in einem großen Backsteinhaus, das bildete gewissermaßen die Kulisse, und die war auch schon bekannt, aber es wurde jetzt halt trotzdem nochmal erzählt. Der berühmte versoffene Jurist in der Wohnung obendrüber war offenbar Mitinhaber einer Anwaltskanzlei oder ein ehemaliger Rechtsbeistand oder eben bloß ein Säufer, das waren so die graduellen Abweichungen, wenn Henninen erzählte. Was man wusste, war, dass der Mann allein wohnte und seine Hobbys Heraldik und Schach waren.

Henninen war im letzten Sommer nachts von der Kneipe nach Hause gegangen und in der Schlange vor dem Schnellimbiss in eine Schlägerei geraten. Es hatte keines besonderen Wortgefechts bedurft, um die Ereigniskette in Gang zu setzen, irgendein Hormonteufel mit brennenden Augen hatte es einfach für angemessen gehalten, Henninen mit einem Schlag zu Boden zu strecken und ihm dann ein bisschen ins Gesicht zu treten. Dann verschwand er ebenso schnell, rief beim Abgang aber noch »Bananas«, der Himmel weiß, warum. Die eigentliche Geschichte ging aber trotzdem erst an dem Punkt los, an dem sich der ramponierte Henninen bis vor die Haustür geschleppt hatte und feststellte, dass er seinen Schlüssel verloren hatte. Als Mensch mit ausgeprägter Problemlösefähigkeit hatte er beschlossen, an der Regenrinne entlang in den zweiten Stock zu klettern, wo er wohnte, und irgendwie, eventuell durch ein Wunder, war es ihm auch gelungen, hochzuklettern und durchs offene Fenster in die Wohnung zu kommen, obwohl sich unterwegs mehrere Segmente von der Regenrinne gelöst hatten und auf den Asphalt gescheppert waren. Auf dem hellen Haargarnteppich entstand eine bemerkenswerte Blutspur, als Henninen mit der Visage voran im Zimmer landete.

Er ging dann ins Bad, um sich eben diese Visage zu waschen, die, seinen eigenen Worten nach, größer war als je zuvor. Da klingelte es an der Tür, und nachdem Henninen eine Weile sämtliche grauenhaften Möglichkeiten abgewogen hatte, traute er sich, die Tür zu öffnen, und dort stand der berühmte versoffene Jurist aus dem Stockwerk über ihm, das heißt, zu dem Zeitpunkt war er natürlich noch nicht berühmt, berühmt wurde er erst nach mehrfachem Erzählen, aber auf jeden Fall stand er nun da im Treppenhaus, mit einem

Schachbrett, einer eisgekühlten Wodkaflasche und zwei Schnapsgläsern.

»Leck mich am Arsch, um drei in der Nacht«, sagte Henninen.

An diesem Punkt der Geschichte wechselt die Zeitform ins dramatische Präsens, und der Jurist schwankt ins Zimmer, brabbelt ein paar Unbegreiflichkeiten, knallt seine Mitbringsel auf den Tisch und setzt sich. Henninen will ihn verscheuchen, erklärt, jetzt sei gerade eine ungünstige Nacht, er sei müde, und er habe seinen Schlüssel verloren, und auf die Fresse habe er auch gekriegt und so weiter, und der Jurist hört sich die Klage gehorsam an und macht den Eindruck, als würde er den Wert von Gegenständen schätzen, die sich in seinem Kopf befinden. Dann reißt er sich plötzlich zusammen, steht auf und trollt sich ohne ein Wort ins Treppenhaus, man hört Laufschritte und das Geräusch einer zufallenden Tür, und dann steht er wieder in der Türöffnung, mit einem glänzend schwarzen, nach Waffenfett stinkenden Sturmgewehr unter der Achsel, und sagt, jetzt gehen wir und suchen das Arschloch. Und Henninen ist natürlich kurz davor, sich vor Angst in die Hose zu machen, hält sich im dunklen Flur den verballerten Schädel, um Himmels willen, sag bloß nicht, dass das geladen ist, und natürlich sagt der Typ, es ist geladen, leg sie auf den Boden, es wäre bestimmt das Beste, wenn wir beide jetzt schlafen gingen, es ist schon alles okay. Und da wacht der Jurist plötzlich wie aus der Betäubung auf und sagt, Scheiße, jetzt hab ich auch den Schlüssel in der Wohnung liegen lassen, und er hängt sich das Gewehr über die Schulter, macht militärisch auf dem Absatz kehrt und marschiert davon. Im Treppenhaus wird gerade renoviert, Gerätschaften aller Art liegen kreuz und quer herum, und an der Wand lehnt zum Beispiel eine Kelle mit Zementklumpen an der scharfen Spitze, die schnappt sich der Jurist und verschwindet damit im oberen Stockwerk, und dann hört man von oben ein wütendes Hacken und Krachen und das Ächzen von brechendem Holz, und der Jurist schreit, geh auf, verdammt, geh auf, verflucht.

Da macht ein Nachbar die Tür auf und kreischt, was soll das, zum Donnerwetter. Eine Weile hört man noch ein gedämpftes Zanken, aber dann kommen beide die Treppe herunter, der Nachbarsopa mit dem Rücken voran, langsam und unsicher und in Todesangst die Hände wie ein armes Würstchen in Abwehrhaltung ausgestreckt, und dann der Jurist mit dem Gewehr am Riemen über der Schulter und erhobener spitzer Kelle. Offenbar hat er seinen Mörser völlig vergessen und droht dem hutzligen Alten stattdessen mit dem Maurerwerkzeug, indem er mit blutrünstigem Gesichtsausdruck schnelle, kleine Angriffsbewegungen vollführt. Beide bewegen sich umstandslos an Henninen vorbei, der noch immer an seiner Wohnungstür steht und denkt, er muss sehen, dass er sich aus der Klemme zieht, falls die Krise weiter eskaliert und sich der Jurist daran erinnert, dass er ein Sturmgewehr umhängen hat, aber dann fällt eben diesem Henninen auch bald schon wieder ein, dass er nicht einfach so abhauen kann, weil er ja keinen Schlüssel hat.

Und da beschloss er dann, seinen eigenen Worten zufolge, dass der guten alten Frau Henninen ihr Bub jetzt schön brav die Tür zumacht und blitzsaubere großstädtische Gleichgültigkeit praktiziert, was allerdings ziemlich provinziell ausgedrückt war.

»Ich bin also rein und hab die Flasche entkorkt, die der Typ auf dem Tisch vergessen hatte, und mir einen dermaßen großen Schluck genehmigt, dass ich das Gefühl hatte, mir kommen die Eingeweide in Form von Dampf aus dem Mund, und dann hab ich mich im Bett vor Querschlägern versteckt. Eine Zeit lang war es still im Treppenhaus, aber bald ging es wieder los, und einen Stock tiefer wurde gewettert, es klang nach einem alten Ehepaar, wahrscheinlich hatten sie schon früher Unstimmigkeiten in künstlerischer Hinsicht gehabt. Und es ging so lange weiter, bis die Amtsgewalt erschien, offenbar von einem aufgeweckten Menschen alarmiert. Und anscheinend ging er dann bereitwillig mit. Der Jurist. Scheiße, Mann, da steht der mit dem Sturmgewehr an der Tür und sagt, ich bin das Gesetz.«

Marschall streckte sich, stand auf, setzte sich wieder auf die Bank und sagte: »Gut, dass ich nicht auf meine Mutter gehört und Jura studiert habe.«

Henninen hatte von seinem Rapport einen trockenen Mund bekommen und musste eine kräftige gluckernde Portion Bier zu sich nehmen. »Ich meine, denselben Kommentar hättest du auch beim letzten Mal abgegeben«, sagte er dann.

»Na, was kann man sonst auch schon dazu sagen«, erwiderte Marschall und blickte zum Sandkasten, wo die Mutter ihrem Kind einen größeren dunklen Gegenstand aus dem Mund klaubte.

»Ich müsste mal pissen«, stellte Bifi fest. Dann begriff er anscheinend, dass es sich dabei um ein Bedürfnis handelte, bei dem es nicht half, sich fürchterlich den Kopf zu zerbrechen, stand schnell auf und verschwand im Gebüsch.

Der ruhige Seewetterbericht wurde von einem stürmischen, fremdsprachigen Fußballkommentar abgelöst, dem es aber nicht gelang, all die heiße Luft in Bewegung zu setzen, die zwischen den Häusern hing und die gesamte Grünanlage wie ein schweres Dach abdeckte. Die Alten und die Blumen ließen am Wegrand die Köpfe hängen, es sah aus, als hätten sie eventuell einen gemüseinternen Wettbewerb laufen. Die Mutter am Sandkasten hatte die Nase voll, sie packte ihren Nachwuchs ein und ging. Das rote Dingsbums, das wohl eine Art Fisch darstellen sollte und auf dessen Rücken das Kind gesessen hatte, wippte noch eine Weile melancholisch auf seinen Federbeinen nach. Auf der schmalen Straße, die um die Anlage herumlief, fuhr ein anstrengend glänzendes deutsches Familienauto unablässig im Kreis, und wenn man ihm mit den Augen folgte, hatte man nach kurzer Zeit das Gefühl, dass Auto und Grünanlage regungslos auf der Stelle standen, die Häuser rundum aber rotierten.

Dann kam Bifi aus dem Gebüsch geraschelt, tätschelte im Sinne der Kontrolle seinen Hosenstall und sah aus wie ein früh am Morgen schon betrunkener, zu Vergewaltigungen neigender Holzfäller mit Essstörungen. Er stolperte wieder zu seinem Platz am Tisch, setzte sich und machte mit seinem Holzschnitt weiter.

»Fast hätte ich jemandem ins Schlafzimmer gepisst«, sagte er.

»Besser als in die Küche«, sagte Henninen. »Hab ich euch übrigens schon mal erzählt, wie ich einmal beim Pissen, wie hieß der Typ nochmal …«

»Hast du«, sagte Marschall.

»Und ob du hast, erzähl bloß nicht weiter.«

»Dann eben nicht. Aber hab ich mal erzählt, oder schon gut. Wisst ihr übrigens was. Ich hätte wahnsinnig Lust auf ein bisschen Liebe.«

»Oh, mein Sohn«, sagte Marschall. »Die ist heutzutage rationiert.«

Das ließ alle eine Weile verstummen. Henninen fischte mit gequältem Gesichtsausdruck Flusen aus seiner

Brusttasche, presste sie zu kleinen Bällen und legte sie in einer ordentlichen Reihe auf den Rand des Tisches. Bifi konzentrierte sich auf einen Marienkäfer, der über die Bank kroch. Marschall versteinerte, als könnte er damit das Schuldgefühl ausgleichen, das ihm wegen der eiskalten Liebesverweigerung in die Rezeptoren geflutet war.

Dann hörte man am Himmel ein schlechtgelauntes Kreischen, und kurz darauf klatschte eine Ladung Möwenkacke mitten auf den Tisch. Ein langer, weißer, flotter Spritzer reichte bis auf den linken Ärmel von Henninens schwarzer Jacke. »Aha«, sagte er und wischte sich den Fleck mit dem anderen Ärmel ab.

»Joo, joo«, sagte Bifi. »Mir fällt da plötzlich ein, entschuldigt, aber es fällt mir halt ein, dass sie heutzutage stationiert ist.«

»Hä?«

»Die Liebe.«

»Aha.«

»Na ja, das war wahrscheinlich zu geistreich. ’tschuldigung.«

»Also falls das jetzt keine größeren Leidenschaften auslöst«, sagte Marschall, »könnte man zum Beispiel fragen: na und.«

»Aber auf ein bisschen Liebe hätte ich immer noch Lust.«

»Ich hätte allerdings Lust, was zu tun«, sagte Bifi. »Oder ich hätte wenigstens Lust, Lust zu haben.«

»Sozusagen Lust, anzufangen zu beginnen«, sagte Marschall.

»Lust, den Tag vor dem Abend zu loben.«

Nachdem sie so gut in Fahrt gekommen waren, lief alles gleich wie von selbst. Auf einmal waren die leeren Flaschen eingesammelt, die die vorige Bankbesetzung liegen gelassen hatte, sodass eine volle Tüte zusammenkam, sie hatten die Zigaretten im feinen, heißen Sand ausgedrückt, der in der Sonne fast durchsichtig aussah, sie waren aufgestanden, hatten gestanden und noch ein bisschen herumgestanden. Während des Herumstehens konnte man auf den Gedanken kommen, zu sagen: ehe sie sich versahen, aber das hätte eine Art Ereignis vorausgesetzt oder zumindest das Verlangen nach einem Ereignis, und darum schwiegen sie einfach nur.

»Los geht's, marsch«, sagte Henninen schließlich.

»Also, äh, wo gehen wir eigentlich hin?«, fragte Bifi.

»Verdammte Scheiße aber auch, das darf doch nicht wahr sein«, sagte Marschall. »Wir befinden uns schon in senkrechter Haltung, Mann. Sollen wir jetzt noch zwei Stunden rumüberlegen, oder was.«

»Mir wär das recht«, sagte Bifi.

»So kompliziert ist das nicht«, sagte Henninen. »Hier geht's in alle Richtungen bergab, wir lassen uns einfach rollen.«

Und so ließen sie sich rollen. Irgendwie wurde das Rollen und Rinnen in die Richtung gelenkt, aus der sie gekommen waren, es war die leichtere Übung, sich auf die Route zu verlassen, die sich schon einmal als begehbar erwiesen hatte. Sie passierten die Bäckerei, sie hatte jetzt geöffnet, die Katze war von der Treppe verschwunden, immerhin stieben noch die grünen Insekten im Gebüsch auf, nicht alles war also auf den Kopf gestellt worden. Mit großen, ausgreifenden Schritten überquerten sie die kleine, stille Straße, wie man leise über den Körper eines schlummernden Raubtiers hinwegsteigt, und bald erreichten sie eine andere Grünanlage, man konnte sie eventuell auch als eine Art assoziiertes Mitglied des Oberen Parks oder zumindest als Teil eines größeren Parkkontinuums auffassen, der Hügel war an der Stelle jedenfalls steil.

Henninen trat gegen einen Kronenkorken, er kam gut in Fahrt und rollte den Hügel hinunter wie eine kleine, scheppernde Radkappe. An einer flachen Asphaltschwelle, die aussah wie ein Hautsymptom, erhielt der Kronenkorken unwahrscheinlichen Schwung und stieg hoch in die Luft auf. Als er von einem Sonnenstrahl getroffen wurde, blinkte er so hell auf, dass es aussah, als stünde er mehrere Sekunden lang auf der Stelle. Und als sich das Auge erst mal auf das Blinken geheftet hatte, war es unmöglich zu sagen, ob der Kronenkorken jemals wieder auf die Erdoberfläche zurückkehren würde.

»Hui«, sagte Henninen.

»Das war eine Einlage aus dem Reich der Geister«, sagte Bifi.

»Nein, sondern ein Geist aus dem Reich der Einlagen«, sagte Marschall.

»Nein, sondern ein Geist aus den Einlagen der Reichen«, sagte Henninen, setzte ein unambitioniertes Gesicht auf und fügte hinzu: »Nein, sondern Tick, Trick und Track.«

Unter den von der Hitze geschwärzten großen Ahornbäumen war es plötzlich düster und still, als würde eine dunkelgraue, plötzliche Kälte vorbeirauschen. Im Hof nebenan hielt ein schon leicht zornig wirkendes Kind die Zunge an die Querstange des Teppichklopfgestells, vermutlich wartete es bereits auf den Winter. Dann war das Ziel auch schon erreicht, jedenfalls in der Hinsicht, dass sie das Abschüssige, das ihnen schon ein bisschen auf die Nerven gefallen war, hinter sich gelassen hatten, es folgte ein kleines Stück ebenes Gelände vor der Helsinginkatu, die man über eine Granittreppe zwischen zwei Häusern erreichte, wo asoziale Elemente saßen.

Auf dem Bürgersteig blieb Henninen dann plötzlich stehen, nahm so etwas wie Haltung an und verharrte in führender Position. »Wohin jetzt?«, fragte er irgendwie herausfordernd.

»Ist was Außergewöhnliches passiert?«, fragte Bifi.

»Weiß ich nicht. Mich überkommt auf einmal das Bedürfnis, mit meinem Leben etwas anzufangen.«

»Besorg dir erst mal eins«, sagte Bifi.

»Ich bin dabei. Das heißt, ich meine, genau jetzt in diesem Moment.«

»Also, äh, ich hätte da eine Idee. Wie wär's, wenn wir die leeren Flaschen hier in den Supermarkt bringen«, sagte Marschall. »Oder wir könnten zum Beispiel die Straße überqueren.«

»Das ist eine gute Idee«, sagte Henninen und marschierte so unverzüglich auf die Fahrbahn, dass einem nichts übrigblieb, als ihm zu folgen.

Der Weg brach allerdings mitten auf der Straße zwischen den Straßenbahnschienen ab, weil von rechts eine Tram angerumpelt kam und aus irgendeinem Grund genau an der Stelle stehen blieb, offensichtlich torkelte weiter vorne jemand über die Schienen. Drinnen saßen Leute, die alle ein Gesicht machten, als wäre es in der Bahn unerträglich eng, dabei war sie halb leer. Dann kam auch aus der anderen Richtung eine Tram, stieß ein die Erdkruste erschütterndes, wütendes Signalhupen aus und sauste vorbei, und das hieß, dass man für einen Moment in der grünen Schlucht zwischen den beiden Straßenbahnen stand, die Ohren voller kreischender Töne wie Metallstaub, und schrie.

Als die erste Tram schließlich weiterfuhr, war alles auf einmal hell und offen und seltsam. Bifi brüllte immer noch Scheiße in die Luft, in ihm lebten wohl Reste der Kater-Sensibilität fort, weil er sich so erschreckt hatte. Die Leute drehten sich nach ihm um. Als er merkte, dass er angestarrt wurde, klatschte er sich mit den Händen ins Gesicht und schaffte es mit dieser Methode, seinem Gesicht einen irgendwie unabhängigen Ausdruck zu geben, und sagte, jetzt gehen wir aber.

Nachdem sie ohne größere Zwischenfälle ein Stück vorangekommen waren, stolperte Henninen über etwas Unsichtbares, er schoss nach vorn, konnte sich gerade noch so durch tollpatschiges Tänzeln auf den Beinen halten, und schrie, warum bin ich bloß so schwach gebaut.

»Guck vor dich«, rief ihm Bifi zu, und es gelang ihm irgendwie, nach Vaterfigur oder Jugendleiter zu klingen, falls er nun darauf aus gewesen sein sollte, eine Tönung dieser Art zu erzielen.

»Da war nichts«, bemerkte Henninen. »Oder aber da war was, ich weiß nicht, verdammt, was Unsichtbares.«

»Deine Brille ist ziemlich schmutzig«, warf Marschall ein.

Henninen nahm die Brille ab, sagte, jetzt komme er sich noch schwächer vor, und setzte die Brille wieder auf.

»Einlagen aus dem Reich der Geister«, meinte Bifi. »Was hab ich gesagt.«

»Einlagen aus dem Reich der Geister«, wiederholte Marschall.

»Was hab ich gesagt.«

»Herr erlöse uns von dieser Endlosschleife«, sagte Henninen.

Dann kam der Supermarkt, oder genau genommen erreichten sie den Supermarkt, aber beim Reden war längst alles Körperliche in Vergessenheit geraten, es hatte tatsächlich den Anschein, als hätte sich der Supermarkt selbsttätig genähert, aber wie auch immer, jedenfalls traten die drei in den Supermarkt ein.

Dort war es eng, und es roch nach Schweiß. Es war ein kleiner Supermarkt, in der Mitte stand ein großes Regal, das man auf dem Weg zur Kasse umrunden musste, um zu bekommen, was man wollte, und sicherlich auch etwas, was man ursprünglich nicht unbedingt gewollt hatte. Links befanden sich der Pfandflaschenautomat und die Gemüsetheke, dazwischen war es nicht gelungen, Hemmschwellen einzubauen. Marschall und Bifi fingen an, die Flaschen in den Automaten zu stopfen, irgendwie hatte man das Gefühl, als wären dafür zwei Arbeiter, Arbeiterjahre, Jahresarbeitszeiten oder was auch immer nötig, zwei jedenfalls, für diese Plastiktüte voller leerer Flaschen. Henninen wühlte inzwischen im Obst und Gemüse. Als er mit dem Finger in eine Bananentraube stach, flog ein Schwarm kleiner, schwarzer Fliegen auf. »Bio-Food«, murmelte er mit leicht kritischem Unterton, als hätte er die Absicht gehabt, die Bananen zu kaufen.

Bifis Arme glänzten von den Bierresten, die aus den Flaschen in die Plastiktüte gelaufen waren, und er schwankte mit in Trockenhaltung ausgestreckten Gliedmaßen zwischen den Regalen hindurch. Henninen folgte ihm. Marschall versuchte sich mitreißen zu lassen, blieb aber hinter zwei identisch aussehenden Omas stecken, die sich darauf konzentrierten, den Text auf einer Kaffeepackung zu lesen. Sie trugen exakt die gleichen Kleider, angesichts der Jahreszeit idiotische schwarze Mäntel und auf dem Kopf Baskenmützen in der Farbe roter Grütze. In dieser Montur sahen sie aus, als wären sie mit allergrößter Wahrscheinlichkeit die berühmten zwei Eier, die sich glichen wie eins dem anderen.

Aus dem Tiefkühlbecken stieg herrliche Kälte, kalte Herrlichkeit auf, man hätte sich am liebsten hineingelegt, man hätte sich eigentlich hineinlegen sollen.

»Was haben wir für die Flachen gekriegt?«, fragte Marschall, sobald er freigekommen war und die anderen eingeholt hatte. »Das heißt, du hast es, glaub ich, schon gesagt, aber ich hab's wieder vergessen.«

»Nicht so wahnsinnig viel«, sagte Bifi und lud volle Flaschen aus dem Kühlregal in den Korb. »Was so viel heißt wie ziemlich wenig.«

Als für die unmittelbar bevorstehenden Momente genug Bier im Korb war, ergriff Henninen die Last und trottete in Richtung Kasse, augenscheinlich hatte er begriffen, dass er sich auch an dem Projekt beteiligen sollte. Dann fiel ihm plötzlich ein, dass für das Kassenmanöver Geld nötig war, darum stellte er den Korb auf dem Boden ab und wühlte in seinen Hosentaschen und sah aus, als hätte er seine Kreditkarte verloren. »Äh, ich hab da ein Problem«, sagte er.

Bifi gab Henninen den Bon, den der Flaschenautomat ausgespuckt hatte, und erklärte, er sei heute freigiebig. Henninen schnappte sich den Bon und starrte ihn säuerlich an. »Das dürfte nicht ganz reichen. Marschall, please, mein geliebter Marschall.«

»Was guckst du mich an«, sagte Marschall. »Bifi ist schließlich auch noch da.«

»Wie es aussieht, hab ich nicht mal mehr was von dem Pfand für Gabrielas Flaschen übrig. Wir haben an dem Tisch vor der Kneipe offenbar ziemlich viel aufgesaugt.«

»Seufz«, sagte Marschall. »Ich meine, schwerer, dramatischer Seufzer.«

»Du kriegst es morgen zurück«, sagte Henninen. »Also ich mein, ganz bestimmt.«

»Das will ich schwer hoffen.«

»Also ganz bestimmt«, sagte Bifi. »Weil nämlich, im Gegensatz zu Henninen, der trotz aller Beteuerungen nie was kriegt, außer vielleicht manchmal was von Leuten geliehen, die die Lage nicht genauer kennen, kriege ich morgen Wohngeld, darum können wir heute von deinem Geld trinken und morgen von meinem.«

»Ich sag aber bloß, dass wir das Geld wirklich mit Andacht benutzen sollten. Ich meine damit, dass ich damit zu meiner alten Oma, pfui, wie hässlich, also dass ich mit dem Geld praktisch meine Großmutter besucht habe. Ich hab das quasi als Busgeld gekriegt.«

»Schon kapiert«, sagte Henninen. Dann schnappte er sich die zerknüllten Scheine, die ihm Marschall hingehalten hatte, und ging auf die Kasse zu. Die identischen Omas waren während der kurzen Haushaltskrise vorbeigeschlichen und vollführten an der Kasse nun irgendwelche äußerst langsamen Handlungen. Zu guter Letzt hatten sie ihre Angelegenheit jedoch erledigt und verließen untergehakt den Laden. Die Kasse regierte eine Sommeraushilfe, die ein bisschen wie eine Gymnasiastin aussah; woraus man auf den Bildungsgrad schließen konnte, war schwer zu sagen, jedenfalls konnte man die Interpretation kaum an äußeren Anzeichen verankern, sie sah halt irgendwie so aus. Sie fragte Henninen nach dem Ausweis. Henninen bellte zweimal übertrieben und sagte, er sei näher an der vierzig als an seiner eigenen Geburt, und zwinkerte weltmännisch, was schrecklich anzusehen war. Dann reichte er dem Mädchen aber trotzdem seinen Führerschein, und es überprüfte das Geburtsdatum mit verantwortungsvoll ernstem Blick und lächelte ein bisschen schüchtern. Sie kassierte Henninen ab, worauf alle einigermaßen zufrieden waren, allen voran natürlich Bifi, der sich inzwischen die Taschen mit Lakritzen vollgestopft hatte.

Auf der Straße kehrten die heiße Sonne und der aufdringliche, arhythmische Lärm wieder auf die Haut und in die Sinne zurück. Henninen hatte seine Liebessehnsucht offenbar für eine Weile gegen die Erfahrung des leitenden Managements getauscht, er baute sich vor dem Laden auf, blickte in beide Richtungen und befahl, den nächsten Zug zu bedenken, während er selbst sich eine Zigarette ansteckte. Marschall machte sich, wie befohlen, an die Arbeit und fing an nachzudenken. Ich muss nachdenken, dachte Marschall und dachte dann tatsächlich nach, aber es kam nicht mehr dabei heraus als die alte Geschichte, nämlich dass er nachdenken musste, und damit hatte es sich dann.

»Ich muss nachdenken«, sagte Bifi.

»Hä?«, fragte Henninen.

»Bifi und ich, wir sind ein Geist«, gab Marschall zurück.

»Hä?«, fragte Bifi.

»Schon gut.«

Nachdem dieser unbrauchbare Wortwechsel durchgeführt und vergessen worden und der ein oder andere Gedanke dem Denken gewidmet worden war, offenbarte sich der nächste Zug schließlich relativ leicht. Henninen erklärte, hungrig zu sein, und Bifi durstig. Marschall sagte, er brauche einen Kaffee, und da der Mützenkiosk nur einen Steinwurf entfernt war, erachtete man es der Mühe wert, das Stück zu gehen, und es störte auch eigentlich nicht, dass man bereits vor dem Kiosk gesessen hatte, schließlich hatte man seitdem schon einen ganzen Hügel und noch mehr an Umgebung gesehen, und man musste ja nicht die ganze Welt an einem Tag kartieren.

»**Wir hatten einen Tisch** für sechzehn Uhr bestellt«, sagte Henninen an der Luke des Mützenkiosks und blickte ziemlich glaubwürdig auf sein Handgelenk. Marschall und Bifi standen hinter Henninen, schauten sich verstohlen nach den von alten Männern bevölkerten Tischen um und ließen die Arme baumeln.

Yni sah auf seine Uhr und sagte, soweit er sehe, sei es noch nicht vier, die Müsjös sollten doch bitte so gut sein und warten. Dann lachte er keuchend und holte hinter dem Kiosk drei kleine Hocker hervor, die er in einer Reihe vor der Wand aufstellte.

»Herrschaften wie euch kann ich ja schließlich keine Stehplätze anbieten«, sagte er.

Marschall gab die Tüte mit dem Bier an Ynis Garderobe ab und bat um einen Kaffee. Henninen wirkte etwas ermüdet, weshalb es ihm gelang, sich nicht in eines seiner unablässigen Bonmots zu verstricken. Immerhin konnte er sich so weit aufrappeln, dass er seine momentane Erschöpfung durch die Bestellung eines Lachsbrotes ohne Geweih und Zähne betonte.

Bifi war der Letzte in der Schlange. »Lakritze zu verkaufen, Lakritze zu verkaufen«, leierte er mechanisch, als er an die Reihe kam.

»Ich setz mich dahin«, sagte Marschall.

»Gut«, sagte Henninen und folgte ihm.

Sie nahmen auf den Schemeln Platz. Es war die Westseite des Kiosks, von dort tat sich ein ganz neuer Blickwinkel auf die Landschaft auf, und es ist ja immer gut, wenn es einen Blickwinkel gibt, und sei es ein neuer. Die Dinge an sich hatten sich in keiner Weise verändert. Fahrzeuge verkehrten: Fahrräder, Skateboards, blaue und rote Autos, ein paar graue, Lastwagen, Busse, und dann ein Rollstuhl und am Himmel ein Flugzeug. Auf dem Bürgersteig liefen die Menschen in mehr oder weniger spärlicher Bekleidung, aus dem Kramladen kamen sie mit kleinen knisternden Plastiktüten. Die Spatzen hüpften mit gutem Auge für das Spielgeschehen und zielstrebig zwischen den Tischen umher, erstaunlich dafür, dass sie letzten Endes einfach nur hüpften wie Gummibälle. Auf der anderen Straßenseite saß im dritten Stock eines zerbombt aussehenden Hauses eine dicke, schwarzweiße Katze und sah sich das Ganze so gelassen von oben herab an, dass man gar nicht anders konnte, als ihr ein eisernes Selbstbewusstsein und mindestens eine Art Sicherheitsleine zu unterstellen.

Von der Vorderseite des Kiosks her tauchte Bifi mit zufriedenem Gesicht auf. In der einen Hand hielt er eine Apfellimo, in der anderen ließ er das Münzvorkommen klimpern. Er setzte sich auf einen Hocker und hielt dort weiterhin sein irgendwie gezwungen und insofern sogar gewissermaßen verzweifelt wirkendes, kauziges Grinsen aufrecht, wie ein pikaresker Held, dem gerade mitten beim Aufschneiden gesagt wird, dass er noch zwölf Stunden zu leben hat.

Henninen drehte sich zu Bifi um, musterte dessen momentane Erscheinung eine Weile und sagte dann: »Da hat einer Umsatz gemacht.«

»Einer muss ihn ja machen.«

»Irgendwie ist das Gelände hier schief«, sagte Marschall. »Umständlich, hier Kaffee zu trinken, weil es auch keinen Tisch gibt. Irgendwie ist den ganzen Tag schon alles schief.«

»Das liegt nur daran, dass du den Naturgesetzen zu leicht nachgibst«, sagte Henninen und ging dazu über, eine Vorführung zur Veranschaulichung dessen zu entwickeln. »Wenn du gerade sitzen und dich nicht an der Bodenneigung orientieren würdest, würde es dir ungleich leichter fallen, deinen Kaffee zu schlürfen.«

»Dir fällt der Lachs vom Brot, weil du so hin und her schaukelst«, sagte Bifi.

»Na ja, irgendwie so halt.«

»Die Erde war hier schon heute Morgen total schief. Wieso hab ich das Gefühl, dass gestern alles irgendwie gerader war.«

»Oder vorgestern«, sagte Bifi.

»Oder vorvorgestern oder letzten Sommer oder so«, sagte Henninen. »Wir kriegen jetzt aber Balsam auf die Beschwerden oder Salz in die Wunde, oder wie das heißt, die Typen dort gehen nämlich.«

Die alten Männer am Tisch nebenan standen auf, schüttelten ihre Hosenbeine ab, hoben die Hände zum halbmilitärischen Gruß und gingen in Richtung Zebrastreifen davon. Einer von ihnen wurde kindisch. Er trat nur auf die weißen Streifen und machte dabei den Eindruck, als bestünde die übrige Welt aus siedendem Öl oder einem anderen tödlichen Stoff. Wegen seines Spiels blieb er hinter den anderen zurück. Die Ampel wurde rot, die Autos fingen an zu hupen, und der Alte hatte es auf einmal eilig, seine Genossen einzuholen.

»Das Ende der Kindheit«, sagte Bifi.

Sie setzten sich an den frei gewordenen Tisch und befreiten sich nach und nach. Man fühlte sich dort nicht so abgeschrägt. Yni beobachtete den Verlauf von der Luke aus und nahm die Hocker wieder von der Westwand. Er musste aber gleich zurück zum Geschäft, weil ein Kunde vor dem Kiosk auftauchte und den Kopf ziemlich tief in die Luke steckte.

»Man hat ein bisschen so das Gefühl, als wär man von einer langen Reise nach Hause gekommen«, sagte Henninen.

»Wir sind zwei Meter weitergerückt.«

»Trotzdem. Es ist immer hart, wenn man an einem Ort, den man kennt, an einen neuen Anblick gerät. Ein bisschen wie im Traum.«

»Bei dem Thema fallen mir gleich die Augen zu«, sagte Marschall.

Von der Luke her hörte man fordernde Stimmen, offenbar war dort ein Feilschen im Gange, die Worte waren unmöglich zu verstehen, obwohl der Tisch kaum zwei Meter entfernt stand, aber es war einfach zu viel Verkehr, außerdem steckte der Kopf des Kunden noch immer im Innern des Kiosks. Henninen warf einen Blick in die Richtung und zuckte mit den Achseln. Bifi fragte: und weiter. Marschall fing an, also es ist so, aber Henninen fiel ihm ins Wort, indem er sagte, das Problem muss für diesmal wohl ungelöst bleiben, wir kriegen Besuch.

Der Feilscher hatte seinen Kopf aus der Luke gezogen und stand jetzt neben dem Tisch. Er trug einen langen, braunen Trench, in dem er aussah wie ein Detektiv aus vergangenen Zeiten, und seinem Gesicht konnte man durchaus entnehmen, dass seine Zeit vorbei war. In der ausgestreckten Hand hielt er eine lange, entzündet aussehende Wurst, die er in einer langsamen Seitwärtsbewegung wippen ließ, als würde er irgendwelche Zahlen ablesen.

»Darf ich mich hier hinsetzen?«, fragte er. Er hatte eine sonderbar gedehnte krähende Stimme, sie stieg an und fiel ab und zerfaserte, dass man sich gut vorstellen konnte, dass der Mann unter Möwen aufgewachsen war.

»Äh, vielleicht nicht so, äh, besonders gern«, sagte Henninen. »Wir haben hier praktisch so was wie eine Besprechung.«

»Danke«, sagte er und setzte sich und fing an, in aufmerksamer, nach vorne gebeugter Haltung auf seine Wurst zu pusten. Auch sonst machte sich jetzt eine konzentrierte Atmosphäre breit, alle warteten quasi ab, was als Nächstes kam. Darauf mussten sie nicht endlos warten, denn der Kauz sprang plötzlich auf und krähte, großer Gott, ich kann hier nicht essen. Dann rannte er los. Gleich nebenan war, offenbar im Hinblick auf die Bedürfnisse einer Baustelle, ein großer, blauer Müllkübel abgeworfen worden, hinter dem verschwand er, um seine Wurst zu knabbern. Ab und zu spähte er skeptisch in Richtung Kiosk. Wenn er sah, dass er bemerkt wurde, riss er schnell den Kopf zurück.

»Komischer Hessian«, sagte Bifi.

Der Wolfsjunge, oder was es nun mal war, hatte lange genug Unterschlupf gesucht und wurde nun einfach vom Menschenstrom auf der Straße aufgesogen. Darauf folgte eine Art Moment, was am ehesten bedeutete, dass es nichts zu sagen gab und auch ausnahmsweise nichts gesagt werden musste, das momentane Dasein genügte. Henninen schnappte nach seinem Brot, und Bifi addierte seine Scherflein. Marschall kippte den letzten Rest Kaffee, der mittlerweile die Temperatur der Luft angenommen hatte, wodurch man das Gefühl bekam, den Mund voller Nichts mit Kaffeearoma zu haben.

Auf der anderen Straßenseite hatte die Asi-Massage ihre Pforten geschlossen. Neben dem Massageinstitut befand sich ein Laden für Angelzubehör, dessen Schaufenster ein riesiger Plastikfisch mutmaßlich amerikanischer Herstellung dominierte, es war leicht, mit diesem Bildnis in eine Art taxonomische Beklemmung zu geraten, man hatte ihm so große Flossen anstilisiert, dass es ebenso gut ein Vogel hätte sein können. Jedenfalls schwelte das mit dem Fisch irgendwie im Kopf weiter, man kam auf den quasi ein bisschen aufoktroyierten Gedanken, dass es nicht schlecht wäre, mal wieder angeln zu gehen, und dabei fiel einem ein, dass man vielleicht sagen sollte, wäre nicht schlecht, mal wieder angeln zu gehen, und dann, dass es vielleicht noch besser wäre, es nicht zu sagen. Es stellte sich sogar kurz ein Hauch von Selbstverständnis ein, ein bisschen in die Richtung wie: als wären wir hier sonderlich fischorientierte Menschen. Natürlich hatte es auch damit zu tun, dass so viel Stadt überall war, und dann noch dieser Tag, irgendwie kam es ihnen auch so vor, als ob man der Wetterlage gewissermaßen die Ehre erweisen und sich treiben lassen musste, von den Füßen und der urbanen Schwingung, vom leichten Wind und all den Gerüchen, die er mit sich führte. Wirklich wahr, da war absolut was dran, jedenfalls in dem Sinn, dass, kaum war der Gedanke gedacht, von der Rösterei in Vallila eine Wolke frischen Kaffeedufts angeweht kam, und so konnte man sich ein kleines Weilchen der Überlegung widmen, inwiefern sich das Einatmen dieses Duftes denn nun von dem Trinken des luftwarmen Kaffees von eben unterschied, und auch wenn man dabei zu keinem befriedigenden Resultat kam, machte sich durch all das doch insoweit ein sattes und angemessenes Gefühl breit, dass man tatsächlich nirgendwo hinfahren musste, um mit der Angelroute herumzufuchteln.

»Man müsste mal wieder angeln gehen«, sagte Bifi.

»Scheiß dich ein.«

Und da sie nun in das Atemthema oder besser in

dessen Tiefen und Falten gewissermaßen hineingeschlittert waren, gingen sie dazu über, all die Gerüche zu prüfen, die ständig im Anzug waren. Ehrlich gesagt war es ziemlich mühsam, sich auf sie zu konzentrieren, da sie in geradezu rücksichtslosem Tempo kamen und gingen, die Rösterei zog ihre schmale Duftextremität ebenso rätselhaft wieder zurück, wie sie sie einem gerade unter die Nase geschoben hatte, und prompt wurde der abweisende, brenzlige Geruch vom zweihundert Meter weiter weg stehenden Nachtimbiss herangeweht. Scheinbar fackelten sie da das Fett der letzten Nacht auf den Apparaturen ab, und als der Fettdunst von einem Abgasstreifen aus einem vorbeifahrenden Lkw abgeschnitten wurde, kam dröhnend ein Schleifwagen der Schienenreinigung angefahren und hinterließ auf der Kreuzung den stechenden Geruch nach heißem Metallstaub, es war ein bisschen so wie Elektrizität, in U-Bahn-Stationen roch es oft ähnlich, in den letzten Jahren erst hatte sie angefangen so zu riechen, die U-Bahn in Helsinki, irgendwie nach alter Elektrizität, so wie irgendwo im Ausland, und schon dachte man an all die alten Zeiten, an geruchlose U-Bahnen und obskure Ausländer, man begriff, dass die Sommer immer die gleichen waren, und dass man sich an die früheren und vergangenen Zeiten genau durch diese Gerüche erinnerte, an all das Zurückliegende, das einem immer wieder von neuem das miese Versprechen mit Herstellungsfehler machte, es sei möglich, alles Mögliche noch einmal zu erleben, und jetzt hatten die Gedanken allmählich schon etwas ganz schön Düsteres an sich, und da die Düsternis nun einmal in Gang gekommen war, breitete sie sich vom kleinsten Punkt im Hinterkopf aus wie ein schnelles, flinkes Schmiermittel, und nachdem sie so die Oberhand gewonnen hatte, ließ sie auf der

Stelle etwas aufmarschieren, was die Erinnerungsorgane plagte, den an Brathering erinnernden Gestank einer verwesten Leiche, Gabrielas Leiche, den Tod, all das, und da waren sie gezwungen zuzusehen, dass sie aus dieser Düsternis wieder hinauskamen, an etwas anderes dachten, etwas ganz anderes, und selbstverständlich suchten sie dieses Andere dann ganz natürlich auf einem möglichst subjektiven und als solches zu behandelnden Gebiet, das mit dem Atmen kam ihnen in den Sinn, und als sie sich dann Mühe gaben, leidenschaftlich daran zu denken, um von den dunklen Farbtönen loszukommen, wurde das Atmen selbst mit der Zeit überflüssig schwer, und sie waren gezwungen, mal was zu sagen.

»Ich muss jetzt mal was sagen«, sagte Marschall. »Ich weiß bloß nicht, was.«

Henninen klopfte mit einer Zigarette auf den Tisch und machte den Mund auf, als wollte er schreien, schloss den Rachen aber wieder und setzte das Stochern mit der Zigarette fort. Bifi starrte auf irgendeinen Punkt jenseits der Kreuzung und hob abwechselnd die Schultern.

»Habt ihr gehört?«

»Hä«, sagte Bifi, er sagte es tatsächlich und fragte es zum Beispiel nicht etwa.

»Na, es ist jetzt eigentlich auch schon wieder egal, denk ich mal, ich hab bloß gesagt, dass ich mal was sagen muss, aber nicht weiß, was. Ich hab mich bloß gefragt, ob das jemand gehört hat.«

Henninen kratzte sich die Wange, wo schwächlicher, durchsichtiger Flaum spross, und blickte nach oben, denn neben ihm hatte sich eine menschliche Gestalt eingeparkt. Dann richtete er den Blick wieder auf den Tisch und sagte: »Das mit Gabriela geht dir nicht aus dem Kopf.«

»Hier kann sich bestimmt noch jemand hinsetzen«, sagte der Jemand neben ihm, aber da fuhr wieder eine Straßenbahn vorüber und erstickte die Frage mit ihrem Rumpeln.

»Vielleicht. Ich weiß nicht. Das heißt, na klar, Menschen sterben, aber das hat irgendwie reingeknallt, das spukt quasi die ganze Zeit im Hintergrund herum.«

»Wird schon wieder«, sagte Bifi, er klang gleichgültig und scheinheilig zugleich, vielleicht so, als ob er denken würde, im Hinblick auf das seelische Wohlbefinden sei es das Beste, mit dem Todesthema ein für alle Mal Schluss zu machen.

»Ja, also, hier kann sich bestimmt noch jemand hinsetzen.«

»Joo«, sagte Marschall. »Ich glaube aber, dass am meisten in mir bohrt, wie ich mich benommen habe.«

»Scheiße, Mann, das ist doch dasselbe«, sagte Henninen. »Die werden doch gesehen haben, dass du ein bisschen aus der Fassung warst.«

Marschall sagte dazu, joo. Bifi sagte, joo, und ob. Der Mann, der noch immer neben dem Tisch stand, sagte, seid ihr etwa taub, ihr jungen Scheißkerle.

»Oho«, sagte Bifi und hob seinen Klüver vom Tisch.

»Also, hoffentlich kann sich hier noch jemand dazusetzen«, sagte der Kerl.

»Ja, kann man, kann man, verdammte Scheiße nochmal, verflucht«, sagte Henninen, riss einen freien Hocker unter dem Tisch hervor und deutete darauf, wobei er im Grunde ziemlich überzeugend erzürnt aussah, denn ein paar schnelle böse Geister waren in ihn gefahren.

Er setzte sich trotzdem, der Kerl. Er hatte eine Tasse Kaffee und eine knittrige Packung rote North State in der Hand, beides platzierte er auf dem Tisch. Seine

Pranken waren riesig, sie sahen so aus, als würde man als ihr Besitzer nie mehr erklären müssen, dass mit diesen Händen gearbeitet worden sei. Er war vielleicht so an die fünfzig, trug eine fettige Mähne und ein rotes Gesicht, aus dessen Mitte eine große, glänzende, muskulös wirkende Nase herausragte. Einen großen Bauch hatte er ebenfalls. Auf dem fleckigen T-Shirt waren noch die Reste einer Aufschrift zu erkennen, irgendwann hatte dort wahrscheinlich »Kraftwerke Imatra« gestanden.

Marschall dachte, man müsste schnell etwas Besänftigendes äußern, und sagte, joo, na klar ist hier noch Platz, und nachdem der Kerl dann endlich am Tisch Platz genommen hatte, klang der Besänftigungsversuch eher nach einer schwach überraschten Feststellung angesichts der körperlichen Ausmaße des Kerls. Er musste daher hinzufügen: »Also, das heißt, ja.«

Was immer auch in Henninen gefahren war, es kam ziemlich schnell wieder aus ihm heraus. »Joo, also, ich meine, 'tschuldigung«, sagte er. »Wir waren hier gerade mitten im Gespräch, sozusagen.«

»Ein echter Todesfall«, teilte Bifi mit und wirkte im Anschluss an seine Botschaft zwei Sekunden lang stolz und danach so, als würde er sich schämen. Er fügte hinzu: »Leider.«

»Aha«, sagte der Kerl.

»So isses«, sagte Henninen.

»So ist es nun mal, Menschen werden geboren und Menschen sterben, so ist das nun mal auf dieser Welt.«

»Genauso ist es«, bestätigte Bifi.

»Sind ja auch noch keine anderen gefunden worden«, sagte Henninen. »Welten, mein ich.«

»Ich finde, das war sehr klug gedacht«, sagte Bifi. »Also der Kommentar über das Geborenwerden oder wie das nochmal ging.«

»Das war es auch«, meinte Marschall.

Der Kerl schlürfte seinen Kaffee und steckte sich eine Zigarette an. Das hatte jetzt etwas von Besänftigung. Sie gingen dazu über, mit gesenkter Stimme über irgendwas zu reden, und versuchten, so auszusehen, als würden sie das ernste Thema weiterhin behandeln. Bifi murmelte etwas von Würfeln. Henninen sagte, und weiter. Marschall entgegnete, ja, richtig. Als Aschenbecher diente ein Blumentopf, der umgekehrt auf eine Untertasse gestellt worden war, darin schwelte eine Kippe, weshalb aus dem Loch fürchterlicher und irgendwie unfairer Gestank aufstieg, so als würde eine Spielzeugfabrik brennen. Bifi träufelte etwas Apfellimo in das Loch, und als Folge des Gießens zischte die gesamte Konstruktion lautstark und blakte und verbreitete noch mehr abstoßenden Gestank.

»Wisst ihr was, Jungs, es ist so«, sagte der Kerl und verschränkte die Arme auf seinem Bauch, er war erstaunlich straff, der Bauch.

Henninen seufzte, augenscheinlich an der äußersten Grenze zur Extravaganz, und komponierte auf seinem Gesicht eine Miene, die besagte, ja, ja, der Papa ist betrunken und meint jetzt, er muss mal wieder seine Kinder aufklären.

»Ich hätte euch einen Job anzubieten.«

Henninens Visage hellte sich so weit auf, dass man es als eine Art von Interesse deuten konnte. Bifi saß in stromlinienförmiger Haltung nach vorne gebeugt da, den Arsch tief im Plastikstuhl, und machte eigener Einschätzung nach sicherlich einen Eindruck von: lass schon rüberwachsen, wir Jungs haben diese Sachen locker drauf. Marschall dachte daran, die Stirn zu runzeln, gleichsam um zu signalisieren, dass er dabei sei, und darum runzelte er die Stirn und dachte, dass er so wahrscheinlich ziemlich beknackt aussah, aber darauf achtete jetzt keiner.

»Aha, ein Job«, meinte Henninen dann.

»Äh, joo, genau, so isses. Mir gehört nämlich eine Umzugsfirma, gleich da um die Ecke, und morgen hab ich einen großen Auftrag. Einen richtig großen. Und bei uns sind Leute im Urlaub, das ist nämlich kein Konzern, was ich hab, und da brauch ich ein paar tüchtige Helfer.«

»Aha, ein Umzugsjob«, sagte Bifi. »Ich dachte, ein Diamantenraub oder was ähnlich Glanzvolles.«

»Obwohl ihr nicht gerade einen besonders tüchtigen Eindruck macht.«

»Wir sind ja auch nicht besonders tüchtig«, stimmte Henninen zu und zauberte aus den inneren Gängen seiner sterblichen Hülle ein präzisierendes Gähnen hervor.

»Oh Sorglosigkeit der Jugend«, sagte Marschall.

»Obwohl ihr auch keinen besonders jungen Eindruck mehr macht. Aber gut, wie ist das jetzt mit dem Job?«

»Wir sind eigentlich auch nicht mehr besonders jung«, gab Henninen zurück. »Was wir sind, das ist so was wie die fortgesetzte Jugend.«

»Es ist nämlich so, dass man die bis dreißig fortsetzen kann«, sagte Bifi. »Danach verwandelt man sich in einen Penner.«

»Setzt fort, was ihr wollt, aber wie ist das jetzt mit der Arbeit?«

»Also ich heute nicht«, sagte Marschall.

»Das wär morgen, nicht heute. Einmal. Ihr helft einem Unternehmer aus der Klemme. Außerdem zahle ich euch einen fairen Lohn, und Steuern müsst ihr auch keine abdrücken.«

»Ich hab auch keine Lust«, sagte Bifi.

»Ja, nicht diesen Sommer«, sagte Henninen und fing an sich zu strecken. »Ohne dass wir es böse meinen.«

»Was für faule Säcke, verflucht.«

Dann stand er abrupt auf, Aufsehen erregend flink für seine kastenartige Erscheinung, vielleicht war er ein cholerischer Typ, schon während des Abtast-Ritus hatte es Hinweise darauf gegeben. »Da wird einem ja schlecht, wenn man solche Scheißhaufen wie euch sieht«, sagte er und stierte eine Weile.

»Entschuldigung«, sagte Henninen.

»Ja, echt, Entschuldigung«, sagte Bifi.

»Geht arbeiten, ihr Scheißhippies«, sagte der Kerl, das hatte er wahrscheinlich irgendwann in den 60er Jahren mal gehört, etwas anderes fiel ihm dazu nicht ein, außerdem ergab das mit dem Arbeitengehen keinen Sinn, weil er ja gerade erst darum gebeten hatte, arbeiten zu kommen. Er stand da, mit wütendem Blick, ließ die Fäuste neben den Oberschenkelmuskeln hängen und sah aus, als würde er auf Einspruch warten.

Bifi hob den Blick in Richtung höhere Sphären, schaute dann den Kerl äußerst unschuldig an und sagte: »Keine Lust.«

»Lohnt sich nicht«, sagte Marschall, er musste schnell etwas hinterhersagen, weil sich das weniger streitsüchtig anhörte als Bifis Verweigerung.

»Wir gehen nicht«, fasste Henninen zusammen. »Habt ihr übrigens bemerkt, dass gerade wieder Tick, Trick und Track zugeschlagen haben?«

Der Kerl schüttelte eine Weile den Kopf, dann ging er. Seine vornübergebeugte Haltung hätte das Sinnbild eines Kraftausdrucks sein können, er konzentrierte sich dermaßen aufs Marschieren, dass er fast einen dünnen Sommerhelfer im Blaumann zermalmt hätte, der rund um eine Linde Pflastersteine klopfte. Die Zigarettenpackung blieb auf dem Tisch liegen. Henninen nahm sie in die Hand, schüttelte sie und blökte dem Kerl dann etwas hinterher.

Der drehte sich um, kam ebenso düster zurück, wie er gegangen war, und da bekam man es schon ein bisschen mit der Angst zu tun.

»Ja, was?«, sagte er, als er den Tisch erreicht hatte.

»Ich wollte nur sagen, dass die Zigaretten liegen geblieben sind«, sagte Henninen.

»Ah ja«, sagte er und schnappte sich die zerknitterte Packung, die ihm Henninen hinhielt.

Dann gerieten ihm irgendwie die Spielscheine durcheinander. Er stand da, mit der Packung in der Hand, zuerst erlahmt und dann gelähmt und dann erschrocken und fast weinerlich. Schließlich brachte er heraus:

»Ja, also danke. Wie ich sehe, seid ihr doch anständige Burschen.«

Er gab Henninen die Hand, dann ging er, er war nun so oft gekommen und gegangen, dass man das Geschehen irrtümlich für ein im Gammlerkatarrh geschriebenes Theaterstück hätte halten können, falls ein Außenstehender sich die Mühe gemacht hätte, zuzuschauen. Er ging aber trotzdem, diesmal abgeklärter, es gelang ihm, einen Zusammenprall mit dem Jüngling vom Straßenbauamt zu vermeiden, und dann drehte er sich noch einmal um und grüßte und lächelte ein wenig und war auch schon um die Ecke verschwunden.

»Irgendwie unruhig«, sagte Henninen.

»Genau«, sagte Marschall und grub mit einer verbogenen Büroklammer nach dem Schmutz unter seinen Fingernägeln, wo immer die jetzt auch hergekommen sein mochte, die Klammer, das unzusammenhängende Detail. Bifi spähte in höhere Sphären, irgendwo war ein neues Fenster aufgemacht worden, und entsetzlicher Beziehungszank ratterte auf die Straße. Vermutlich glaubten sie dort oben, die schlechte Laune würde durch das offene Fenster abziehen.

»Also äh, was ich eigentlich sagen wollte«, sagte Marschall.

»Ich weiß«, sagte Bifi.

»Irgendwie kann ich es mindestens raten«, sagte Henninen. »Das heißt, ich würde zumindest glauben, dass ich dafür sein sollte.«

»Man kann natürlich nie sicher sein«, sagte Bifi mit rätselhaft röchelnder Stimme. Dann stand er auf und ging.

Da war neben dem Geldautomaten dieser Kramladen. Das war einer von der Sorte, wo man auch partienweise alles bekam, Stifte, Gummis, Gummienten, Unterhosenmobiles, Mausmatten, Federkollektionen, Bilder, auf denen stand: »Marjas Küche ist das Herz des Heims«, oder: »Ich mache fünf Minuten Kaffeepause und bin in ungefähr einer Stunde zurück«, Spüllappen, Fassuhren, Sonnenbrillen, Plastikblümchen und Plastikäffchen, Klopapierhalter in Wichtelmännchenform und aus Klopapiermasse modellierte Wichtelmännchen, diese Wichtelmännchen gab es, genau genommen, in so vielen Größen und Formen, dass es schon ziemlich beklemmend sein musste, in dem Laden zu arbeiten, und im Schaufenster stand auch ein Leopard aus Porzellan, einen Meter hoch und dafür, dass es Kitsch war, verblüffend teuer, denn immerhin war das doch in erster Linie eine Phantastereiverkaufsstelle.

Und da ging er jetzt hinein, der unberechenbare Bifi.

Er stürzte aus dem Laden wie ein brennendes Tier, der immer noch unberechenbare Bifi, rannte zwischen Kiosk und Telefonzelle hindurch auf die Kreuzung und über sie hinweg und um die Ecke zum Hügel hinauf. Zwei zur Vollbremsung gezwungene Autos blieben regressiv hupend auf den Straßenbahnschienen stehen. Eine eher gut bestückte Frau in blau-weiß gestreifter Uniform erschien in der Tür, fuchtelte mit den Armen und rief etwas strukturell Unklares, aber was die emotionale Klangfarbe betraf, durchaus Verständliches.

»Guck an«, sagte Henninen. »Die hat sich anscheinend Kontaktlinsen oder so besorgt.«

»Stimmt. Oder sie hat bloß die alte Brille verloren und dann gemerkt, dass sie ohne doch besser sieht.«

»Nach einem Test von mehreren Jahrzehnten«, sagte Henninen und seufzte dazu, als hätte er von einem nahen Angehörigen gesprochen, der sich als unverbesserliches schwarzes Schaf entpuppt hatte.

Die Verkäuferin guckte sich eine Weile auf der Treppe vor dem Laden um und kam dann auf Henninen und Marschall zu, sie bewegte sich, als stapfe sie mit Stöcken in der Hand durch tiefen Schnee. Am Tisch angekommen, schnaufte sie, es sei zum Kotzen, wenn erwachsene Menschen glaubten, Kinderspielsachen klauen zu müssen, zum Kotzen, verflucht, aber ich weiß, schnaufte sie, dass ihr zu ein und derselben Bande gehört, gammelt jeden Tag hier rum, wenn man so gesunde Hände hat, dass man anderen das Brot aus dem Mund reißen kann, könnte man damit auch was Nützliches tun, pfui Teufel.

Sie kam ganz dicht heran und roch nach Krankenhaus. Ihre sprachlichen Bilder waren etwas schwer zu verinnerlichen, obwohl vom Arbeitengehen gerade erst die Rede gewesen war. Und dazu das viele Fluchen. Da grauste es einem geradezu.

Henninen sagte: »Wir haben genau den gleichen Standpunkt.«

»Aber wir kennen ihn nicht«, sagte Marschall. »Falls Sie das meinen.«

»Genau. Wir würden Ihnen gerne helfen, aber wie gesagt, wir haben den Lümmel noch nie zuvor gesehen. Falls wir ihm aber nochmals begegnen sollten, versprechen wir, ihm zu sagen, dass es falsch war, was er getan hat, das heißt, was immer er auch getan haben mag.«

»Was ich allerdings gesehen habe, ist, dass er in diese Richtung gerannt ist«, sagte Marschall und deutete in Richtung Jottweedee und Wallachei.

Die Verkäuferin schüttelte dermaßen den Kopf, dass ihr die losen Gewebemassen an den Backen durchgingen und sich in eine unkontrollierbare Kreuzsee verwandelten. Fluchend machte sie auf dem Absatz kehrt und nahm wieder die Loipe zu ihrem Laden auf. Yni kam aus dem Kiosk, strich sich neben dem Tisch den Schnurrbart und sagte, tjaja. Henninen sagte, jetzt kämen ihm direkt die Ferien bei der Oma in den Sinn. An der Ampel stand ein Streifenwagen mit zwei Wachtmeistern auf den Vordersitzen, die aussahen, als wären sie am Verdursten. Der Wind plusterte den Ahorn auf. Aus der Krone rieselte ungleichmäßig gestalteter organischer Müll und die lange Locke eines Tonbandes.

»Scheiße, wegen diesem Idioten muss man aber auch immer in Schwierigkeiten geraten«, sagte Henninen.

»Was hätten solche Würfel schon gekostet.«

»Vielleicht einen Euro.«

»Aber wer weiß, womöglich hat er plötzlich das Gefühl gehabt, dringend einen Kalender oder Osterküken zu brauchen.«

»Oder Bewegung«, sagte Henninen. »Man sollte ihn vielleicht mal orten gehen, in nächster Zeit wird er sich nämlich nicht hierhertrauen.«

Sie nahmen an der Hintertür des Kiosks ihren Proviant wieder in Empfang, sagten danke und 'tschuldigung, gingen über die Kreuzung, um die Ecke und die Straße hinauf. Am Hang drängten sich die kleinen Kneipenterrassen dicht an dicht, alle hatten dasselbe Angebot, großes Pils und Pizza mit zwei Belägen, und alle auch zum selben Preis. Von Wetter und Kater gegerbte Gesichter waren leuchtend rot der Sonne zugewandt, es sah aus, als säßen alle im Zug und glotzten auf einen an der Decke verschraubten, viel zu kleinen Fernseher. Ein müder, staubiger Laster aus Russland versuchte den Anstieg hinaufzukommen. Er stieß blauen Qualm aus und machte einen derartigen Krach, dass er jeden anderen Verkehrslärm zudeckte und insofern auch eine Art Stille schuf.

»Siehst du ihn?«, fragte Henninen. Er blickte beim Gehen auf seine Schuhspitzen, vielleicht war bei ihm gerade eine vorübergehende Beschränktheit ausgebrochen.

»Nein«, sagte Marschall und merkte, dass er an seinem Handy fummelte und gleich danach schlussfolgerte, dass er darauf mit Sicherheit erst recht niemanden sehen würde. Da hieß es stehen bleiben und sich umgucken. »Ja, ich seh ihn nicht.«

Sie gingen weiter die Straße hinauf und bogen an der Ecke links ab, dort begann die schmale Straße, die auf den Hügel und in den Oberen Park führte. Ein hohes, hässliches graues Haus stand dort, dessen Sockel ganzheitlich von Hunden bepisst worden war. Einige Spritzer befanden sich in irritierender Höhe. Unwillkürlich dachte man, dass man mit Kreaturen dieser Größe nicht in sonderlich schroffe Meinungsverschiedenheiten geraten mochte.

Bifi saß in einem der Hauseingänge, starrte zum Himmel und keuchte. Er hatte Flecken auf den Wangen, die wie Erfrierungen aussahen.

»Was für ein Galopp, oh Gott, was für ein Galopp«, sagte er, nachdem er bemerkt hatte, dass ihm jemand Gesellschaft leistete.

»Scheiße, Mann, das ist uns aufgefallen«, sagte Henninen. »Scheiße du, wir sind mit Spucke, Kraftausdrücken und mit Furz und Feuerstein überschüttet worden.«

»Du scheinst übrigens die Redensarten von dieser Verkäuferin ganz gut verinnerlicht zu haben«, sagte Marschall.

»'tschuldigung«, sagte Bifi.

»Die hätten bestimmt kein Vermögen gekostet«, sagte Henninen.

»Ja, ja, 'tschuldigung, 'tschuldigung.«

»Die Dame war nicht gerade erbaut«, sagte Marschall.

»Das ist sie nie. Ich frag mich bloß, ob sie sich eine Laserbehandlung hat machen lassen oder so, früher konnte die doch nicht weiter als einen Meter sehen.«

Marschall sagte, stimmt, Henninen sagte, joo. Bifi machte eine Geste, er legte die Hände in lauernde Position auf den Kopf und sah böse aus. Dann sagte er, es sei keine Absicht gewesen, Gelegenheit mache eben nun mal Diebe, und es habe ihm ein bisschen an Spannung im Leben gefehlt. Das war allerdings leicht zu glauben, das mit der Gelegenheit, er war von seiner psychophysischen Erscheinung her so schmal und unscheinbar, dass es ihm sicherlich schwerfiel, das nicht auszunutzen.

»Joo«, sagte Henninen. »Wir haben auch verschiedene Theorien entwickelt. Warum auch nicht.«

»Eben, warum auch nicht«, sagte Bifi. »Aber jetzt sind jedenfalls die Würfel da.«

Nachdem sich der Atem beruhigt hatte und der Druck abgebaut war und sie alles einigermaßen hinter sich gelassen hatten, schickten sie sich an, wieder in die Richtung aufzubrechen, aus der sie gekommen waren. Dort waren die vom Harn übel zugerichtete Wand und der Hauseingang, dort konnten sie also nicht weiter rumhängen. Sie kamen wieder auf die steile Straße, die war leicht hinabzugehen. Auf der Fortsetzung der Terrasse sahen sie aus dieser Richtung nur Nacken. Das Fleisch war aber so rot wie beim Kommen aus der Gegenrichtung. Die oberste Spelunke hatte sich keine Terrasse zimmern lassen und auch keine Tische auf die Straße gestellt, vielleicht hatten sie gedacht, das könnte sich als Trumpf im Konkurrenzkampf erweisen. Das Fenster war mit schwarzer Folie verklebt, die sich an den Rändern löste, und sozusagen sicherheitshalber war darauf noch mit Tesafilm ein großes gelbes Blatt Papier befestigt, auf dem mit drei Zentimeter breitem Filzstift ein Werbeslogan getextet worden war: »Große Pilz Erfrischung für Tag«.

Henninen war neugierig geworden und verlangte, nachsehen zu dürfen, was es da für Pilze gab.

»Na gut, wir sitzen ja schließlich nicht bei einem Hasen im Sattel«, sagte Bifi.

»Nicht mehr«, sagte Marschall. »Oder noch nicht.«

Henninen trat als Erster ein und feilte schon an einem Pilz-Schwanz-Kalauer, aber zum Glück hörte das keiner, weil er gegen den Fahrtwind quasselte. Zwei tödlich steile Stufen führten in einen kleinen Raum, dessen Fußboden anderthalb Meter unterhalb der Straße lag. Drinnen war es so finster, dass es einen Moment lang extrem schwierig war, sich überhaupt zu bewegen, die halbblinde Fortbewegung kam einem vor, als ginge man durch kochendes Wasser und versuchte mit allen Mitteln der Körpersprache zu signalisieren, dass man alles im Griff hatte.

Am Ende des gangartigen Raums stand ein aus hellem Holz zusammengebastelter Kundenschalter, hinter dem ein türkisch aussehender Kerl in vergilbtem Frauenverprüglerhemd lungerte. Von seiner Brust stieg dickes schwarzes Haar auf wie giftiger Rauch. Das sehbehinderte Kommen brachte ihn zum Lachen, offenbar hielt er es nicht für bedrohlich.

»Wer hat das Licht ausgemacht?«, fragte Henninen, stützte sich auf den Tresen und blinzelte.

»Finste, finste«, sagte der Mann und fing auf gähnende Art an zu lachen und vergaß seinen Mund in klaffender Haltung, nachdem dem Balg die Luft ausgegangen war. Er hatte so weiße Zähne, dass es für einen Moment so aussah, als schwebte bloß ein aufgerissener Rachen in der dunklen Luft.

»Genau, finste«, sagte Henninen und bestellte drei große Pilze. Ohne Umstände ließ der Mann Bier in große Gläser laufen. Ein anspielungstechnisch enttäuschter Henninen sagte: »Geld.«

Marschall grub in der Hosentasche und zog einen in Schweiß gebadeten Schein heraus, er fühlte sich unangenehm an und sah auch so aus, er musste auf den Tresen geworfen werden wie ein gebrauchtes Hilfsmittel zur Ehehygiene, das man an der falschen Stelle gefunden hatte. Bifi führte seinerseits Grabungen in den Hosentaschen durch, er sagte, das Trinken um diese Tageszeit sei ihm plötzlich peinlich, er musste sich eine Pizza dazu bestellen, damit es besser rutschte. Er konnte die Peinlichkeit nicht genauer erklären, er sagte bloß, ihn überkomme so ein Butterbrotzwang. Vielleicht hatte das was mit der Kindheit zu tun, bei ihm stiegen öfter mal allerlei Zwänge auf.

»Bestell eine Salamipizza«, sagte Henninen. »Ich könnte auch ein Stück vertragen, und ich darf nur Salami essen, sagt der Arzt.«

»Ich bestell eine Salamipizza«, sagte Bifi und bestellte eine Salamipizza, und als der Mann hinter dem Tresen die Bestellung der Salamipizza bestätigt und die Biere portioniert und die Zahlung entgegengenommen hatte, bestand kein erkennbarer Grund mehr, noch länger an dem Tresen herumzulungern.

Das Personal verschwand im Hinterzimmer, um Bifis Pizza anzufertigen. Man hörte unwahrscheinlich lautes Scheppern und Krachen, vielleicht war das ein gutes Zeichen, man hörte gewissermaßen, dass für die Mahlzeit ehrlich gearbeitet wurde. Es war menschenleer, das kleine Lokal, und irgendwie wirkte das erbärmlicher und fataler als eine leere große Proviantierungsanstalt, und für einen Moment verursachte die Leere Probleme, es war schwer, sich in dieser Fülle von Leere für einen Sitzplatz zu entscheiden, und darum wurde nun erst mal wieder eine Weile mitten im Raum hin und her geschwankt. Henninen verlor als Erster die Geduld. Er ließ sich auf das versaute weinrote Sofa kippen, das am nächsten stand und dem man irgendwie die tausend verstohlen dosierten, melancholischen Darmgasausstöße ansah, die es klaglos in Empfang genommen hatte. Bifi setzte sich neben Henninen und fing an, mit einer glatt und weich gelesenen Illustrierten vom letzten Winter zu wedeln. Marschall setze sich auf die andere Seite des Tisches, dort war es gewissermaßen luftiger.

Bald rannen Tropfen am Bierglas herunter, die waren schön anzusehen, solange man konnte, lange konnte man nicht. Über dem Tisch knatterten zwei fette Fliegen, die mit irgendwelchen Balzgeschäften beschäftigt waren. Die bestialisch dekorierte Ventilator-Beleuchtungskombination, die an der Decke kreiste, verquirlte die heiße, drückende Luft mit überdrüssigem Knirschen, an der Wand lebte eine aus kleinen, punktartigen Lichtern zusammengeraffte Bierreklame, die ein Halbliterglas modellierte, ihr eigenes elektrisches, fortschrittliches Leben. In der Ecke riss ein stummer Fernseher das Maul auf. Er zeigte Bilder von einem ziemlich arabisch wirkenden Fußballspiel. Wenn ein Tor fiel, wallten Naturphänomene in weißen Gewändern rhythmisch auf und ab, wie eine Keimkultur im Zeitraffer, die sich nicht entscheiden konnte, ob sie zu voller Größe emporwachsen soll oder nicht. Wenn man hinsah, schweiften die Gedanken wieder umher, es gab Einzelheiten, an denen man hängenblieb, aber wenn diese sich ansammelten, geriet der Augenblick mit all den anderen ähnlichen Augenblicken durcheinander, und aus den Einzelheiten quollen plötzlich amorphe und gewissermaßen begrifflichere Einheiten hervor, eine Stunde und ein ganzer Tag, dieser Tag und dieser Sommer und noch kompliziertere Zeiteinheiten, seltsame, leere Jahre, die zugleich so voll von ungegliederter Reibung waren, dass es zeitweise schwer war zu atmen. Zeit, Ort, die lärmende, mit schmutzigem Dunst tapezierte Stadt, der Stadtteil, die eigene Straße, das Mietshaus und das halbdunkle, mit Kartons möblierte Zimmer, das alles quasi zusammenhielt wie eine tragende Wand, kritischer Punkt und Stützpunkt, wohin sie immer mal wieder einen Abstecher machen mussten, um zu konstatieren, dass der Staub und der Teer an den Wänden noch festsaß und die Miete noch ebenso unbezahlt war wie am Morgen. Knarrende Stunden, die sich zogen und ab und zu platzten und auf der Haut klebten wie Kaugummiblasen, Rumgammeln, Abhängen, alles in allem wohl Dasein, das Leben im Rahmen irgendeines Projekts, solange das Gedächtnis langsam genug einen Fuß vor den anderen setzt, Zeit, die ständig irgendwoher kam, um die Füße in Betrieb zu halten, und wenn man versuchte, nach eben dieser Zeit zu greifen, und sich bückte, merkte man, dass die eigene Hand nur ein Hologramm ist und der Körper in Wahrheit zwei Meter abseits von jedem Geschehen steht.

»Worüber zerbrichst du dir eigentlich den Kopf mit dermaßen zerfurchter Miene?«, fragte Henninen. »Sag was und guck nicht so angefault aus der Wäsche.«

»Mir fällt nichts Spezielles ein.«

»Komisch«, sagte Bifi und sah aus, als hätte ihm gerade jemand den Sinn des Lebens oder etwas ähnlich Wesentliches ins Ohr geflüstert. »Ich hab gerade an ganz komische Sachen gedacht, an die Zeit und all so was.«

»Das bringt dich sicher auch nicht um, ab und zu mal ein bisschen zu denken«, sagte Henninen mit einem Ton, bei dem schwer zu entscheiden war, ob er es nun auf eine väterliche oder vielleicht irgendwie direktorenhafte Ausdrucksweise anlegte.

»Ich hab auch gedacht«, sagte Marschall.

»Für dich gilt das Gleiche.«

»Ich hab eigentlich nicht mal gedacht«, sagte Bifi. »Es war nur irgendwie so, dass mir alle möglichen Bilder in den Sinn gekommen sind, und so was wie Empfindungen oder so, ich weiß nicht, Verständnis, oder wie soll ich sagen, ich hatte das Gefühl, gerade etwas Großes verstanden zu haben, und da hast du mich zugemüllt, und alles ist praktisch zersplittert.«

»'tschuldigung.«

»Meine Erfahrung ging quasi in dieselbe Richtung«, sagte Marschall. »Vielleicht ist das so was wie der Ursprung des Glaubens oder so.«

»Also wenn schon wieder über Phänomene aus dem Reich der Geister schwadroniert wird, dann hab ich, ehrlich gesagt, auch an die Zeit und so gedacht«, sagte Henninen. »Aber ich hab eher gerätselt, wo mein italienischer Pfannkuchen bleibt, weil in der Hinsicht ist schon ein bisschen viel Zeit vergangen.«

»Vielleicht gibt es doch eine höhere Kraft, die uns rät und lenkt«, sagte Bifi und sortierte seinen Körper in eine aufrechte Haltung, die er offenbar für irgendwie predigerhaft hielt.

»Das würde es einem leichter machen, Entscheidungen zu treffen«, sagte Marschall.

»Das heißt bestimmt«, sagte Bifi. »Ich geh mal die Küchenhilfe ein bisschen antreiben.«

»Bring mir eine Erfrischung für Tag mit«, sagte Marschall. »Die hier ist versiegt.«

»Für mich auch«, sagte Henninen.

»Also, äh, eigentlich hatte ich gedacht«, sagte Bifi, »also, äh – ha, schon wieder hab ich gedacht! Ziemlich viel los heute. Na, jedenfalls hab ich mir überlegt, wir könnten die Mahlzeit vielleicht mitnehmen, weil ja auch gerade so ein Wetter ist.«

»Klar!«, rief Henninen aus. »Wir sind hier gedanklich anscheinend in zu tiefe Gewässer geraten. Auffi, auffi!«

»Was auffi?«

»Pfui, ätzend, ich hasse dieses Auffi, auffi«, sagte Marschall. »Das heißt, ’tschuldige, aber das hat so was gewollt Rosihaftes, da wird einem schlecht, das hat irgendwas von Rosi oder Toni.«

»Schade«, sagte Henninen. »Mir gefällt das irgendwie. Und es könnte ja auch sein, dass ich es doch so ein bisschen mit einem Augenzwinkern ausgesprochen habe. Aber auf jeden Fall wollte ich sagen, auffi, auffi, gib Gas und schnorr dir vom Pizzamann einen Karton, bevor er das Ding auf einen Teller klatscht, so etwas macht manchen bitter.«

»Ach so«, sagte Bifi und ging.

Er regelte seine Angelegenheit im Nu. Es wurde Zeit, aufzustehen und zu gehen. Die Augen hatten sich mittlerweile an die Dunkelheit gewöhnt, aber auf der Straße kehrte das Blickproblem umso schlimmer zurück, man musste erst mal an der Tür stehen bleiben und die Augen zusammenkneifen. In der wirklichen Welt waren die Menschen, falls es denn Menschen waren, denn im geblendeten Zustand fiel es eine Weile schwer, die Gestalten einer identifizierbaren Kategorie von Spezies zuzuordnen, aber gut, die Menschen waren auf den Straßen zu einer noch dichteren Masse geworden, sie bewegten sich in alle Richtungen, auf den Bürgersteigen wimmelte es nur so von diesem ziellosen Schattenvolk.

»So ein Mist«, sagte Bifi, nachdem es gelungen war, einen Fuß vor den anderen zu setzen und die Straße hinunterzugehen. Unter seiner Achsel stieg ein atemberaubender Kombi-Gestank von rasend schnell ranzig werdendem Fett und erhitzter Pappe auf.

»Ach ja?«, sagte Marschall.

»Das heißt, um genau zu sein, gottverdammte und verfickte Scheiße.«

»Oho«, sagte Henninen, wobei sich ein entzückter

Glanz auf seinem Gesicht ausbreitete. »Das klingt ja vielversprechend.«

»In der Tat«, sagte Bifi und fing im selben Atemzug an, etwas in Worte zu kleiden, was zumindest in jene Worte gekleidet nach einem ziemlich wirren Ereignisknäuel klang, aus dem aber trotzdem ein roter Faden zu dem Umstand führte, dass er am Abend zum Essen bei einem Mädchen oder einer Frau oder so ähnlich eingeladen war. Das Ganze war ihm gerade eben erst wieder eingefallen, und angeblich löste es gerade jetzt nicht unbedingt nennenswerte Begeisterung bei ihm aus, und außerdem, wie er abschließend anmerkte, sähe die Promille-Vorhersage schon jetzt relativ krass aus.

»Also, falls jemand an meiner Meinung interessiert sein sollte, dann würde ich sagen, du hast, soweit ich sehe, ein Problem«, sagte Henninen.

»Außerdem, das heißt, eigentlich gibt es da viele Außerdems, hab ich ja jetzt die Pizza hier. Außerdem heißt sie Marjatta.«

»Niemand kann Marjatta heißen«, sagte Marschall.

»Aha. Wieso nicht?«, fragte Henninen.

»Na, ich weiß nicht so genau. Das heißt zumindest keine Frau, die noch jung ist, das klingt so alt.«

»Na, vielleicht ist sie eine ältere«, sagte Henninen. »Was ist schon dabei?«

»Ja, stimmt, wahrscheinlich nichts. Es klingt nur irgendwie so nach dem Preiselbeertyp. Irgendwie künstlich, quasi fiktiv.«

»Außerdem weiß ich gar nicht, was aus dieser Marjatta-Geschichte in der Endrunde werden soll«, sagte Bifi. »Ich hab das Gefühl, dass unsere Chemien nicht richtig zusammenpassen, wie man so schön sagt.«

»Aus was für einer Krankenhausserie kommst du denn hier reingeschneit?«, sagte Henninen.

»Ich glaube, deine Chemikalien passen zu ziemlich vielen anständigen Bürgerinnen nicht so richtig«, sagte Marschall.

»Halt's Maul. Das heißt, 'tschuldigung. Das frustriert mich halt bloß, ja, so ist es, ich muss das anscheinend erzählen. Na gut, jetzt erzähl ich's ja schon, das heißt noch nicht, aber gleich. Es war so, dass letzte Woche etwas absolut Furchtbares passiert ist. Sie hat mich an einem Abend zu sich nach Hause eingeladen, und ich dachte, ich muss jetzt irgendwie zusehen, dass ich etwas tauge, Scheiße, warum hab ich das bloß gedacht. Na, jedenfalls hab ich verschiedene Käsesorten gekauft, ich dachte, das ist irgendwie stilvoll. Aber die waren dermaßen zum Kotzen, dass es mit Worten nicht zu beschreiben ist. Wir saßen stundenlang stumm am Tisch und schnitten dem Käse Grimassen und sahen beide so aus, als würden wir uns nicht besonders wohlfühlen, und schließlich bin ich gegangen und hab gedacht, ich werde jetzt theatralisch irgendwo runterspringen, aber ich hab nichts gefunden, wo ich hätte runterspringen können.«

»Ich glaube, dass dir mit ›stundenlang‹ eine irreführende Formulierung unterlaufen ist«, sagte Henninen.

»Vielen Dank. Worum es geht, ist jedenfalls, dass das Fiasko heute sozusagen korrigiert und kompensiert werden soll.«

»Dann nichts wie hin«, sagte Marschall. »Du hast den Satz offenbar nicht zu Ende gesprochen.«

»Vorwärts, sagte die Oma im Tiefschnee.«

»Tja, na ja, ich muss erst ein bisschen überlegen. Trotz aller Omas.«

»Ich kann für dich gehen«, sagte Henninen. »Ich bin nicht ganz so ein Banause.«

»Ich ruf sie gleich an, ich ruf sie gleich an, ich ruf sie gleich an.«

»Allem Anschein nach beabsichtigst du, sie gleich anzurufen«, sagte Marschall. Dann, sobald er das gesagt hatte, schlug ihm die zwanghaft scherzhafte Bemerkung zurück ins Gesicht, sie kehrte quasi gewässert und vorwurfsvoll aus Bifis Richtung wieder, und sofort musste darauf dann eine Fortsetzung diktiert werden: »Das heißt, oioioi. Ich glaube, ich werde gleich die Notrufnummer wählen, weil das alles so kompliziert ist. Ich meine das Leben.«

»Ich ruf sie gleich an, ich bin krank, ich hab das Bein gebrochen, mein Vater ist gelähmt, irgendwas.«

Dann geriet das Gespräch ins Stocken, weil sie um die Ecke biegen wollten, es aber nicht konnten, weil sich dort eine Art menschliche Komplikation angestaut hatte. Zig Leute verstopften den Bürgersteig in voller Breite, in der Mitte schien allerdings eine leerere Stelle zu sein, wo offenbar etwas passierte. Sie gingen näher heran. Es setzte sich hauptsächlich aus Omas zusammen, das Gedränge, und wenn man sich auf die Zehenspitzen stellte, sah man, dass in der Mitte des Kreises ein Krankenwagen stand und daneben jemand lag, mit dem Gesicht auf dem Asphalt, über den sich zwei weiß gekleidete Männer beugten.

»Hey, das sind dieselben Weißkittel, die die Jehova mitgenommen haben«, sagte Bifi.

Marschall erkannte die beiden identischen Omas, denen sie im Laden begegnet waren, und fragte sie, was passiert sei.

»Er ist tot«, sagten die Omas synchron.

»Quatsch!«, rief jemand von weiter vorne. »Gerade hat er noch gesagt, lasst mich in Ruhe.«

»Tot oder nicht, aber was ist passiert?«, fragte Henninen.

»Das wissen wir nicht«, sagten die Omas wieder in

Stereo, vielleicht hatten sie ein gemeinsames Gehirn in der schwarzen Tasche, die sie zwischen sich trugen.

»Er ist wahrscheinlich aus dem Fenster gefallen«, sagte eine von ihnen dann ganz allein, wobei ihre Stimme weniger als nur halbiert klang.

»Oder gesprungen«, sagte die Ruferin von eben und drehte sich nach hinten um, es war eine große und vom Gesamteindruck irgendwie graureiherartige Frau. »Die haben ihn bestimmt runtergestoßen. So sind die. Saufen den ganzen Tag. Grauenhaft. Und das ist nicht das erste Mal. Bestimmt haben sie ihn runtergestoßen, das ist Pennerpack, schlagen sich Tag und Nacht, und die Weiber fluchen wie die Räuber. Seit Monaten sag ich, irgendwann passiert mal was, ich bin nämlich die Nachbarin. Und was hab ich gesagt? Was hab ich gesagt?«

Marschall blickte nach oben. Das Haus hatte sechs Stockwerke, und fast alle Fenster waren voller Menschen, man sah ganze Großfamilien dort versammelt. Sie hingen über den Fensterbänken wie feuchte Kleider.

»Bald rieseln noch mehr davon herunter, wenn sie den Kadaver nicht fortschaffen«, sagte Henninen.

Aus der Menschenmenge hörte man jetzt entrüstete Töne, ein Mann mit Glatze, der wie ein Betriebsleiter oder ein ähnlicher Stützpfeiler aussah, murrte, man sollte vielleicht ein bisschen mehr Respekt haben. Trotzdem interessierte sich jetzt die ganze Gemeinde für die am Fenster Hängenden, woraufhin alle die Sache selbst, also den Mann, der auf dem Boden lag, vergaßen und nach oben zu den Fenstern blickten, die voller Menschen waren, die ihrerseits nach unten starrten, und da es sich um einen öffentlichen Bürgersteig handelte, sammelten sich immer mehr Leute an und guckten mit den Köpfen im Nacken, was da oben eigentlich vor sich ging. Man kam sich dadurch genauso beknackt vor wie manchmal im Frühjahr, wenn man Angst hatte, dass Schneeklumpen oder Eiszapfen von den Dächern fielen, und man darum ständig in die Luft guckte und prompt bei Rot über die Ampel ging.

»Man könnte meinen, das ist hier eine Art Glotzwettbewerb«, sagte Marschall. »Von wegen wer verzieht zuerst das Gesicht.«

»Ich glaube, ich werde es gleich verziehen«, sagte Bifi und hielt den Pizzakarton hoch. »Das heißt, ich hab zwar jetzt überhaupt keinen Hunger mehr, aber wir sollten die hier vielleicht trotzdem essen, bevor ihr was zustößt.«

»Die Vorführung scheint ja auch vorbei zu sein«, sagte Henninen. »Sie schieben ihn gerade ins Auto.«

Die Sanitäter hatten ihren Patienten verladen, auch von weitem betrachtet war er augenscheinlich am Leben, der Kerl, oder aber sie hatten die Leiche mit einem pflegerischen Trick auf der Bahre in Sitzposition gebracht. Sie fuhren ohne Sirene davon. Die Menschenmenge löste sich langsam auf, es entstand kurz ein Phänomen wie Wärme, die sich ausbreitete, weil jeder in seine Richtung davongehen wollte und alle gegeneinander stießen.

Henninen sagte, los, gehen wir. Dann ging er los, direkt auf die Fahrbahn, und diesmal gelangten sie in exakter Pfeilformation ohne großes Hupen über die Straße. Sie gingen in Richtung Mütze und zügig daran vorbei auf den Zebrastreifen und den Sportplatz zu, irgendwie reichte es für diesen Tag mit dem Herumsitzen vorm Kiosk. Yni grüßte aus seiner Luke. Die Frau aus dem Kramladen war aus dem Panorama verschwunden, aber ihr wütender Geist schwebte noch über der Kreuzung und bewirkte beim Überqueren des Zebrastreifens halbunmerklich Forcierungsbemühungen in der Schrittfrequenz. Auf der anderen Straßenseite standen alte Parkbänke vor einem Lokal. Die Leute saßen spärlich bekleidet da und machten Lärm, an der Tür stand ein Kraftprotz mit brutalem Gesicht und beaufsichtigte die Kundschaft.

»Irgendwie hab ich keine Lust, unter den Augen dieses Cherubims Bier zu trinken«, sagte Henninen.

»Das ist ein Zerberus«, merkte Bifi an.

»Die böse Sonne scheint auch auf Henninens Haufen«, sagte Marschall.

»Kommt, wir gehen weiter«, sagte Henninen.

Sie gingen also weiter. Die Sonne stand noch immer am Himmel. Trotzdem hatte man das Gefühl, dass es irgendwann Abend und Nacht werden würde, es lag eine Ahnung davon in der Luft, man roch es förmlich, eine seltsam halbseidene Drohung. Vor dem Imbiss lag eine Menge schmieriges Papier auf dem Bürgersteig. Ein antriebslos wirkender Vietnamese hing bis zu den Hüften aus der Luke. Langsamer Staub zog durch die Luft.

Dann, von irgendwoher, vielleicht von dem trockenen Staub, ein komischer Gedanke, ein Gelüst, ein Bedürfnis, was auch immer: Es kam die Lust auf, am Wasser zu sein.

Und das musste dann auch schnell gesagt werden, und schon kam es aus dem Mund, gehen wir schwimmen, und ebenso schnell lehnte Bifi ab, er sagte, er gehe nirgendwohin, wo man das Hemd ausziehen müsse. Er hatte nämlich vier Brustwarzen, das heißt drei und eine halbe, wenn man genau war, die eine war sehr klein und versteckt, es war irgendwas Erbliches.

»Wenn wir schon unbedingt Erfrischungsmaßnahmen vornehmen müssen, dann wäre mir Biertrinken recht«, sagte er.

»Ich hätte jetzt Lust auf Apfelwein«, sagte Marschall.

»Das heißt, ich meine sozusagen als Ersatz fürs Schwimmen. Oder um mal einen auf ehrlich zu machen, ich hatte eigentlich von Anfang an gar keine Lust, schwimmen zu gehen, mich verlangte einfach nach Apfelwein.«

»Doch, ich glaube, da könnte ich mich anschließen«, sagte Henninen.

Und so füllten sie Geld in Henninens Faust und gingen über die Straße zu Alepa, dem Supermarkt, der wie durch Zufall dort aufgetaucht war, eigenartig, manchmal gibt es solche Glücksfälle im Leben.

»So was aber auch«, sagte Henninen in reserviertem Tonfall, als wäre ihm vor laufender Kamera ein Missgeschick passiert, das einen normalerweise zum Fluchen bringt. Er war gerade in Scheiße getreten.

»Stellt sich nur die Frage, ob es Hundescheiße ist oder nicht weniger als ehrliche Menschenscheiße«, sagte Bifi und zeigte mit dem Finger in die Richtung, wo ein paar Meter weiter eine von diesen öffentlichen Toiletten mit Musik stand. »Vielleicht hat es einer nicht mehr ganz geschafft.«

Marschall sagte, er habe vor ungefähr einem Jahr in der Zeitung gelesen, wie ein Mann aus Karelien in so einer Kabine festsaß, mitten auf dem Marktplatz. Auf die Dauer war dem die Musik sicherlich unangenehm geworden. Henninen starrte die Toilette wütend an. Dort kam ein erleichtert wirkender Mann mit Rucksack heraus, er blieb vor der Tür stehen und blickte sich um, wie mit anderen Augen, und als er dann die Ausscheidung bemerkte, die Henninen gerade breit getreten hatte, sagte er: »Wie kann das jetzt schon auf der Erde liegen, wo ich es doch gerade erst in der Schüssel abgelegt habe.«

Darauf stieß er ein langes, keuchendes Lachen aus und murmelte etwas vor sich hin, von wegen ihr habt mir vielleicht Systeme hier im Dorf, und stapfte davon.

»Hat ziemlich lang gesessen, dein Karelier«, sagte Bifi.

»Wahrscheinlich haben sie das Klo samt Mann vom Marktplatz hierherversetzt.«

Neben dem Sportplatz war ein Spielplatz und dahinter ein breiter Rasenstreifen vor dem steil zur Schule ansteigenden Hang, auf dem zottiges Hagebuttengestrüpp wuchs. Henninen ging zum Rasen, um sich die Exkremente vom Schuhwerk zu streifen, Bifi und Marschall folgten ihm. Der Rasen war hier und da wahllos verbrannt, als hätte er eine Krankheit. Zwischen den Halmen krabbelte die rote Landplage der Marienkäfer, in einiger Entfernung saßen Mädchen auf einer Wolldecke und tranken Apfelwein.

»Grässlich«, sagte Bifi. »Jugendliche.«

Die Mädchen mussten lachen angesichts des schwierigen Reinigungsvorgangs. Henninen schleifte seinen Fuß über den Rasen und sah aus, als versuchte er, ein Bleigewicht zu bewegen, das an seinem in hundert Teile zerbrochenen Trittorgan befestigt war. Augenscheinlich verlor er allmählich die Geduld.

»Ich bin auf meinen Bezwinger getroffen«, sagte er. »Der Haufen war zu groß für meinen Fuß. Und das hier sind meine einzigen Schuhe.«

Sie setzten sich also auf den Rasen, klappten den Pizzakarton auf, entkorkten ihre Flaschen und eröffneten die Sitzung. Drei viertel Pizza lang bildete sich die Wahrnehmung heraus, dass es unangenehm ist, in unmittelbarer Nähe von mit Hundescheiße verschmierten Schuhen zu essen. Das letzte Viertel blieb somit unverzehrt. Als Nächstes kam man wenigstens darin überein, dass Henninen allen Grund hatte, seinen ruinierten Schuh abzustoßen, er stank tatsächlich.

Für kurze Zeit entspann sich dann Uneinigkeit darüber, ob Henninen auch seinen zweiten, zwar nicht einwandfrei sauberen, jedoch vorläufig kackefreien Schuh mutig hinter sich lassen sollte. Henninen stellte erneut fest, dass diese Schuhe seine einzigen waren, und erinnerte im selben Atemzug an seine vorübergehende Mittellosigkeit. Marschall schlug für das vorübergehende Problem eine vorübergehende Lösung vor und erbot sich, ein Paar ausgelaugte Turnschuhe aus seiner Wohnung zu holen, Marschall und Henninen lebten nämlich auf gleich großem Fuß. Henninen konnte seiner wachsenden Säuerlichkeit aber mittlerweile etwas Süßes abgewinnen und erklärte in beinahe zufriedenem Ton, er könne keine vorübergehenden Lösungen akzeptieren, erst recht nicht, wenn sie aus dem Mund eines Pisskopfes troffen, worauf Marschall, um mitzuhalten, murmelnd erklärte, in einem so engstirnigen Kopf gäbe es gar keinen Platz für irgendwelche Lösungen, und als Henninen dann verkündete, ihm hänge die ganze Scheiße zum Hals heraus, und Marschall sich noch wunderte, warum man dieses Exkrement jetzt auch hier noch untermengen musste, wo doch die Schuhe schon mit der entsprechenden Biomasse übergossen waren, fiel es allen schließlich einigermaßen leicht, Bifis befreienden Vorschlag anzunehmen, mit anderen Methoden Schuhe zu besorgen, er hatte nämlich mittlerweile Gefallen an diesen anderen Methoden gefunden.

»Du bist hier der Langfinger«, sagte Henninen. »Ich kann und will und möchte nirgendwo klauen gehen.«

»Ich auch nicht«, sagte Marschall. »Ich werde schon rot, wenn ich mit einem ehrlichen Anliegen ein Geschäft betrete.«

»Ich bitte daran erinnern zu dürfen, dass ich kein Berufs- oder Gewohnheitskrimineller bin«, sagte Bifi.

»Mit wem redest du eigentlich?«, fragte Marschall.

»Deine schwach ausgeprägte Gewohnheitskriminellenähnlichkeit hat etwas zutiefst Trauriges an sich«, sagte Henninen. »Wenn ich es nämlich richtig verstanden habe, verschafft es richtigen Kriminellen immerhin eine gewisse Genugtuung, wenn sich eine SOKO für sie interessiert, dann haben sie sozusagen einen Grund zu leben.«

»Es macht sich jemand was aus ihnen«, sagte Marschall.

»Du bist so allein«, sagte Henninen. »Aber ich kenne das Gequatsche, dass die Kindheit oder die Gesellschaft oder was anderes Äußeres den Dieb macht, Scheiße, wieso krieg ich auf einmal eine Stimme wie ein Nachrichtensprecher? Vielleicht hör ich jetzt besser auf zu meckern, letzten Endes geht es ja um meine Schuhe.«

»Ja, ja«, sagte Bifi.

»Du solltest übrigens diese Marja anrufen«, sagte Marschall.

»Marjatta.«

»Na siehst du, was dir für Wege offenstehen, du weißt gar nicht, wo du hintreten sollst.«

»Den Schuh zieh ich mir nicht an«, sagte Bifi. »Außerdem, was ist das hier eigentlich für ein Standgericht? Ich sag dir nur eins, Henninen, entweder du hältst jetzt den Mund, oder du darfst als waschechter Helsinkier barfuß gehen.«

»Kein Grund sich aufzuregen, ich versuche nur, dich auf dein unehrliches und unsoziales Verhalten aufmerksam zu machen, damit du bei dieser anspruchsvollen Aufgabe mehr Erfolg hast. Ich bin eben so ein Trainertyp.«

»Wo gibt's hier ein Schuhgeschäft?«, fragte Marschall und versuchte, ein bisschen ungeduldig auszusehen. Damit versiegte die Diskussion dann auch.

Sie versuchten dennoch, Bewegung in die Sache zu bringen, und vereinbarten schließlich, dass Henninen im Park auf die Schuhe wartete. Sie nahmen an, ein

Mensch mit einem oder keinem Schuh könnte in einem Schuhgeschäft überflüssiges Interesse beim Personal wecken. Henninen blieb also, wo er war, Bifi und Marschall machten sich auf den Weg. Sie überquerten den leeren Spielplatz, offenbar waren die Kinder den Sommer über in ein Lager gepfercht worden, und Erwachsene schien er nicht sonderlich anzuziehen, der Spielplatz. Ihn zu überqueren hatte etwas zielbewusst Vogelfreies, man konnte gar nicht anders, als sich die Kostprobe einer schicksalshämmernden Hintergrundmusik dazu auszudenken, was sich allerdings als problematisch erwies, man hatte gleich das Gefühl, es nicht recht zu können, der Magen geriet durcheinander, der Schweiß floss, man kam sich kein bisschen vor wie eine Filmfigur auf dem Weg zum Schuhraub des Jahrhunderts, und zwar schlicht und einfach deshalb, weil in Filmen nie Schuhwerk geklaut wird.

Bifi schien es aber doch zu können. Er stapfte ungeduldig vorwärts und pfiff dabei, er genoss es wohl, praktisch unter dem Deckmantel eines guten Grundes klauen zu gehen. Dabei wurde er nicht müde zu betonen, er sei ein ehrlicher Dieb, und vielleicht war er das irgendwie auch. Als er einmal drei Tage nichts gegessen hatte und in dieser unleugbar elementaren Notsituation zu einem Schnellgericht zum Mitnehmen in einem Kettenrestaurant gezwungen war, hatte er sich in seinem Edelmut das Billigste, das auf der Liste stand, bestellt und vor seinem Abgang unter dem Teller einen Zettel hinterlassen, auf dem »tut mir leid« stand. Der einzige Schönheitsfehler war, dass er das Ganze tatsächlich in Anführungszeichen gesetzt hatte.

»Als Erstes suchen wir ein Schuhgeschäft, und dann gucken wir mal, wie sozusagen die Lage ist«, sagte er jetzt und fuhr dann in seiner übermäßigen Milde fort:

»Aber teure Treter kriegt Henninen nicht, wir bringen ihm welche mit, die sowieso keiner kaufen würde.«

»Genau«, sagte Marschall.

»Wir bringen ihm unerträglich hässliche Schuhe mit.«

»Ja«, sagte Marschall, »das ist keine schlechte Idee.«

Sie gingen einen Häuserblock weit, dabei mussten sie die ganze Zeit grinsen. Die Sonne kam ihnen nun geradewegs über die Helsinginkatu entgegen und zeigte alles ein bisschen kinomäßig, wie durch einen Filter. Für eine Weile kam wieder das Gefühl auf, irgendwo im Ausland zu sein, in einer etwas glanzvolleren Welt, die Linden fingen an, wie Palmen auszusehen und die verbeulten Nissans wie wohlhabend-erotische Amischlitten, und an dem Punkt kam zwingend der Gedanke, dass sich hier doch der Raub des Jahrhunderts anbahnte.

»Es ist jetzt 16.47 Uhr«, sagte Marschall. »Machen wir einen Uhrenvergleich.«

Bifi blickte auf sein nacktes Handgelenk und sagte: »Es ist 16.48 Uhr.«

Es war 16.44 Uhr. Menschen, deren Kleidung verschiedene Jahreszeiten in Erinnerung rief, kamen ihnen entgegen. Eine Frau hatte eine von der Zeit sorgsam behandelte Fliegermütze auf dem Kopf und den unteren Teil des Körpers schwarz verhüllt, ihr war sicherlich heiß, oder aber ihr Körper verfügte über eine trostlose Supereigenschaft, zum Beispiel, dass er nicht schwitzte. Es folgte eine Anzugclique, die mussten ordentlich schwitzen, und dann ein gegerbt wirkender, kupferfarbener Mann in purpurroter Badehose, er sah aus, als hätte er die letzten vierzig Jahre unter lebensgefährlichem Flüssigkeitsverlust gelitten.

Nachdem sie ein Stück weiter getrottet waren, zog eine Gruppe geistig Behinderter mit schwarzen Eishockeyhelmen vorbei, angeführt von einem über alle Maßen frischen und munteren entenarschigen Heini. Es gab unter den Passanten aber auch ganz gewöhnlich aussehende Menschen, das musste man zugeben.

»Hier gibt es irgendwo einen Schuhladen«, sagte Marschall dann. »Einen Schuh- oder einen Buchladen. Im nächsten Block, da bin ich mir ganz sicher. Aber ehrlich gesagt, bin ich mir überhaupt nicht sicher, ob Schuh oder Buch.«

»Beide haben ein ›u‹.«

»Außer dass bei Buchhandlungen immer Bücher dransteht.«

»Und in Schuhen stecken Füße drin, mit ›ü‹, verstehst du.«

»Oho«, sagte Marschall. »Darauf bin ich noch nicht gekommen.«

Und als sie dann den überraschend langen Block hinter sich gelassen hatten, kam endlich der Schuhladen. Da gab es bloß ein Problem, es war nämlich gleichzeitig ein Buchladen. Es gab beides, es war ein und dasselbe Geschäft, aber mit zwei Abteilungen. Auch zwei Schaufenster gab es, rechts und links von der Tür. Die Schuhe hatten Zeit gehabt, auf ihren Ständern zu verstauben. Es waren Schuhe für die Praxis, keine Accessoires für Ausschweifungen, schlichte Halbschuhe, Turnschuhe, gefütterte Stiefel, die allerdings mit allerlei Zierrat aufgemotzt waren, um weniger stiefelhaft zu wirken, und deren Farbgebung an eine Überdosis Süßigkeiten erinnerte. Auf der Scheibe klebte eine verblasste Mitteilung: große Größen.

Auf der anderen Seite standen die Bücher. Die gab es in allen möglichen Größen. Vom Umschlag der Kochbücher hatte die Sonne bereits die delikatesten Farben abgeleckt.

»Und?«, sagte Marschall. »Werden wir Kunden?«

»Ich denke doch, dass wir diesbezüglich übereinkommen werden«, sagte Bifi. »Das heißt, ich weiß gar nicht, wer hier mit wem übereinkommen sollte, aber egal, ich sag bloß eins: Scheiße, ich bin ganz schön aufgeregt.«

»Für den Anfang kannst du ja schon mal die Tür aufmachen«, sagte Marschall.

Bifi tat wie ihm befohlen und öffnete die Tür, worauf ein mit ihr verlinktes Glöckchen einen Augenblick heftig klingelte, weil es eine Portion Frischluft abbekam. Es gab zwei Räume in dem Laden, einen linken und einen rechten, im linken wurden Schuhe verkauft, im rechten Bücher, sie wirkte irgendwie einleuchtend, diese Aufteilung, obwohl bei genauerem Nachdenken eigentlich kein besonderer Sinn darin lag. Die Kasse befand sich auf der Bücherseite. Hinter der Theke saß ein älterer Mann oder zumindest einer, der aussah, als hätte er gelebt, und blätterte in einem Druckerzeugnis.

»Tag«, sagte Bifi.

»Tag«, sagte Marschall.

»Tag«, bestätigte der Mann mit quasi privater und beleidigter Stimme, und dadurch kam so eine gespannte Stimmung auf, als wäre man in einen Raum geraten, in dem überall Unterwäsche von fremden Leuten herumlag.

»Tag«, sagte Bifi und blickte, der Himmel weiß warum, direkt auf Marschall.

»Ich guck mir die Bücher an«, reagierte dieser unnötig laut. »Schließlich bist du derjenige, der neue Bücher braucht. Nein, Schuhe, wollte ich sagen.«

Bifi sagte, joo, und verschwand zwischen den Schuhregalen. Marschall geriet zwischen all den Büchern und Schuhen irgendwie in eine Sackgasse und dachte, jetzt bin ich irgendwie in eine Sackgasse geraten und steh hier rum, und er stand dann herum. Man müsste locker sein, dachte er, lockere Leute kommen immer klar. Der Ladenbesitzer beförderte seine schrottreife Gestalt hinter der Theke in leidlich aufrechte Position und fragte, ob er zum Beispiel behilflich sein könne. Er trug ein kariertes Hemd, das spannte und von dem sich Fusseln schuppten, der Hosenkragen war mit Hosenträgern bis unter die Achseln hochgezogen. Marschall sagte, ich guck mich nur ein bisschen um, und zielte mit großzügigem Schwenken der Hand auf Lockerheit. Der Ladenbesitzer brummte eine freudlose Ermunterung und kehrte mit knirschenden Gelenken und Scharnieren in die Sitzposition zurück. Marschall machte zwischen den Regalen zwei nominelle Schritte und hielt den Kopf schief, so wie man es in einer Buchhandlung tut, draußen huschte der kurze blaue Schein eines Krankenwagens vorbei, der Ton der Sirene wurde sozusagen klümpchenweise durch das Schaufenster gepresst. Marschall dachte, er müsste etwas Lockeres sagen, und sagte dann mit lockerem Unterton, er hätte sich gerade Gedanken darüber gemacht, was eigentlich Schuhe und Bücher gemeinsam hätten, ob es in dem Laden hier zum Beispiel besonders viel Literatur gäbe, die sich mit Schuhwerk auseinandersetzte oder umgekehrt, und der Ladenbesitzer erhob sich erneut, weil man ihm irgendwann beigebracht hatte, aufzustehen, wenn es was zu sagen gab, er stieß einen Seufzer aus, der nach Urgestein klang, und antwortete, beider Lebensdauer sei neuerdings unerträglich kurz. Dann seufzte er noch einmal, er hatte einen willenlosen Mund, der aussah, als hätte ihm jemand mitten im Gesicht eine ärgerliche Fontanelle aufgerissen, die ihren Besitzer zwang, aus klaren Gedanken trübe und belanglose Sätze zu bilden, und da tauchte Bifi hinter einem Bücherregal auf und fragte Marschall, was läuft hier so, darauf Marschall, nichts, wir haben uns ein bisschen unterhalten, und Bifi sah dem Ladenbesitzer in die zerlassenen Augen und sagte weinerlich, er habe nicht gefunden, was er suche, er habe solche Füße, erklärte er, leicht flossenhaft, da passe so gut wie kein Schuh dran, es drücke und schmerze bloß, es drückt, sagte er eigentlich, und Marschall beeilte sich, etwas hinzuzufügen, irgendwas, und aus seinem Mund kam dabei die schelmische Mitteilung, sein Freund habe auch vier Brustwarzen, das heißt eigentlich dreieinhalb, und bevor das starre Signal der Dienstbereitschaft von den rezipierenden Organen des Ladenbesitzers in die ausführenden gewandert war, brach bereits ein fürchterliches Gelächter aus, das sich irgendwie göttlich anfühlte, die beiden hängten ein auf Wiedersehen an, und schon rannten sie die jetzt transpirierende Helsinginkatu entlang, wo der orange Rumpf der Sonne gerade in Richtung Hafen abkippte.

Auf dem Rasen war die Sonne von den Mädchen weggewandert, die Mädchen waren ihr auf einen neuen Platz gefolgt und Henninen den Mädchen, die Mädchen wiederum ein Stück der frischen Luft hinterher und Henninen erneut den Mädchen nach, und so saßen nun alle vier am Rand der Wiese vor dem niedrigen Zaun des Spielplatzes und schlürften Apfelwein.

Bifi und Marschall kamen. Henninen hatte mit den Mädchen Bekanntschaft geschlossen und nannte ihre Namen. Es waren gewöhnliche Namen, und sie waren schnell vergessen.

»Ich bin Marschall«, sagte Marschall. Bifi sagte, er sei Bifi, und Henninen sagte, er sei Alkoholiker.

»Komische Namen«, sagte eines der Mädchen.

Henninen stellte eine Frage bezüglich der Schuhe. Bifi grinste so gut er konnte und setzte zu einem Vortrag an, so gut er konnte. Er schaute auf die Mädchen und begann damit, dass er eigentlich kein Dieb sei, und ging von dort zu einer ziemlich ermüdenden Darstellung von Geschehnissen kriminellen Charakters in jüngster Vergangenheit über. Die lange Passage, die sich mit dem Schuhbuchladen befasste, enthielt wahrscheinlich keinen einzigen Punkt. Irgendwo oben kroch im Schneckentempo eine schuppige Wolkenbank, die Luft schmeckte nach Staub, der bis zum Flammpunkt erhitzt war. Eine Straßenbahn quietschte die sanfte, lange Kurve entlang. Auf der anderen Seite der Kreuzung ließ jemand auf der Terrasse einer Schankstätte namens »Lumpenpack« ein Bierglas auf den Asphalt fallen.

Dann beendete Bifi endlich seinen Bericht und grub im Rückenteil seines Hemdes, wo ihm während des Ladenbesuchs ein ziemlich fabelwesenhafter Buckel gewachsen war. Nachdem er die Schuhe zum Vorschein gebracht hatte, warf er sie vor Henninen auf den Rasen und brach in ein derartiges Gelächter aus, dass es ihm mit Sicherheit wehtat.

»Da sind sie«, wimmerte er und wälzte sich dabei mit Tränen in den Augen auf dem Rasen und war kurz vorm Sterben.

Unbestreitbar handelte es sich um hässliche Schuhe. Sie hatten offenbar die Bestimmung, so etwas wie Sportschuhe zu verkörpern, erinnerten aber letztlich nur sehr entfernt an Schuhwerk. Abgesehen von einigen hellen Säumen waren sie von der Farbe her mattschwarz und wirkten, als wären sie aus einem Guss hergestellt worden, die Grenze zwischen Sohle und übrigem Schuh war unmöglich zu erkennen. Hier und da verliefen unregelmäßige geologische Formationen, Spalten, Klüfte und ungesund wirkende Schwellungen. Wenn man die Augen zusammenkniff, erinnerten sie an Brandschäden oder unwiderruflich vernachlässigte Entzündungen.

»Es hängt aber keine Kacke dran«, sagte Marschall.

Henninen brummte etwas von atemberaubendem Horror, schickte sich aber an, die Schuhe an ihren Bestimmungsort zu befördern. Es wirkte ziemlich mühsam. Als er sie an den Füßen hatte, stand er auf und machte zwei förmliche Schritte.

»Die sind zu klein«, sagte er. »Es tut tierisch weh.«

Die Mädchen mussten wieder lachen, es waren eindeutig Frohnaturen. Henninen stapfte auf dem Rasen hin und her und leierte etwas Bitteres vor sich hin. Bifi sagte mit einem Ton des Bedauerns, dass er das mit der Größe wohl total vergessen habe, er hatte sie selbst anprobiert.

»Scheiße, Mann, eine Sekunde bevor ihr gegangen seid, war die Rede davon, dass es Marschall ist, Scheiße nochmal, der einen gleich großen Fuß hat.«

»Ach so«, sagte Marschall. »Ich hatte das irgendwie vergessen, und an der Maßnahme im Laden war ich gar nicht beteiligt.«

»Tagaus, tagein dieselbe Stümperei.«

»Mein lieber Herr Gesangverein, nun sei mal zufrieden, dass du überhaupt was an den Füßen hast, guter Mann!«, sagte Bifi. Der Gesangverein wirkte wie ein ziemlich fremdes Element in seiner Rede, vielleicht genierte er sich, zu echten Flüchen zu greifen, weil sie ja nun mal in Gesellschaft waren.

Eine Zeit lang hatte keiner etwas hinzuzufügen, und darum saß man eben da und schaute Henninen an, der sich Mühe gab, die Schuhe auf dem Rasen in die passende Form zu treten. Es kam einem in den Sinn, dass er wie eine Vogelscheuche aussah und dann, wenn man es genauer bedachte, woher es eigentlich kam, dass man einen Menschen umstandslos als Vogelscheuche bezeichnete. Offenbar beruhte die Ähnlichkeit auf einem Eindruck von Disproportion, wie jetzt in Henninens Fall, dass die Kleider und die Accessoires und die Konsolen in einem Maße nicht zusammenpassten, dass es im Grunde aussah, als wäre die gesamte Gestalt aus mehreren Menschen zusammengenäht worden, denn da jetzt neben all der aufgestauten Haar-, Konfektions- und Formdiskrepanz noch die Schuhe hinzukamen, diese dunklen, klumpenartigen Dinger, die aber trotzdem auf seltsame Art so aussahen, als verströmten sie den neuen Autos eigenen, frischgepressten Kunststoffgeruch. Und da schritt er nun kränklich über den Rasen und sah wie eine Vogelscheuche aus, obwohl bislang nachweislich noch gar kein Vogel dazu gekommen war, sich von ihm verscheuchen zu lassen.

»Du siehst aus wie eine Vogelscheuche«, sagte eines der Mädchen.

»Danke.«

»Hast du überhaupt schon mal eine echte Vogelscheuche gesehen?«, fragte Bifi, er glaubte wohl, damit in den Augen der jungen Städterinnen so etwas wie bodenständige Glaubwürdigkeit zum Ausdruck zu bringen. »Müsste man nicht vielleicht eher Vogelschreck sagen?«

»Vogel-Shrek«, sagte eines der Mädchen.

Henninen brach seine Übungen ab, setzte sich neben die anderen auf den Rasen und sagte, eine Vogelscheuche sei etwas Hausgemachtes, zusammengebastelt aus altem Zeug vom Dachboden, ein Machwerk sozusagen, während Vogelschreck nach zielstrebigerer Produktion klänge, in Serie hergestellt und im Fachhandel erhältlich.

»Ja, ja, schon gut«, sagte Bifi und stellte erneut seine Frage an Liisa oder Leena oder Laura: »Also, hast du schon mal eine gesehen?«

»Ja, ja«, sagte sie darauf, als hätte sie wegen der Frage etwas Akutes unterbrechen müssen. Sie hatte sogar schon einen Vogelschreck, oder wie das hieß, gesehen, und sie hieß Laura. Sie hatte eine Zeit lang auf dem Land gelebt. Sie sagte, dort hätte sich jeder Bauer eine Scheuche, oder wie das hieß, gebastelt, aus Heugalgen und Stroh und einem alten Konfirmationsanzug, und obendrauf einen lustigen Hut gesetzt, und dann wären Folienstreifen mit Schnur daran festgebunden worden, die hätten im Wind geflattert, und beim Scheuchen wären die Streifen am effektivsten gewesen. Sie selbst hätte allerdings mehr Angst vor der Scheuche als vor den Streifen gehabt.

»So geht es zu, auf dem Land«, sagte Bifi, und das klang auf irgendwie schreckliche und durchsichtig tragische Weise so, als wäre er nie im Leben auf dem Land gewesen.

»Ich hab mal gegen einen elektrischen Weidezaun gepisst«, sagte Henninen.

Da diese blitzartige Information die Stimmung nicht nennenswert zu elektrisieren vermochte und keiner einen persönlichen Kommentar dazu abzugeben hatte, fragte Marschall nun Laura, wo sie denn gelebt hätte, und sie nannte den Namen einer Ortschaft, den er auf der Stelle wieder vergessen hatte, aber es war irgendwo im westlichen Südfinnland oder ein Stück weiter, oder war es näher, es gab dort eine Menge von Ortsnamen, die sich inzestuös aufeinander bezogen, Lohja und Karjalohja und Pusula und Nummi-Pusula, man konnte sich nicht so recht vorstellen, was für einen zusätzlichen Wert so ein Karja oder Nummi dem Stammnamen bringen sollte, ganz zu schweigen davon, ob zum Beispiel Pusula früher auf der Welt war als Nummi oder umgekehrt. Und nach diesem kurzen Dialog bildete sich auf dem Rasen kurzzeitig eine Art stiller Blase, in der die Luft sich langsam bewegte und mit ihr weißer Flaum und anderes überflüssiges Zeug, und das war dann der geeignete Augenblick, sich auf alle möglichen Gedankenspielfelder zu verirren, von dem Pusula – pusu, pusu, bussi, bussi – blieb so eine halbfertige Lust zurück, alles zu küssen, was lebte, aber da fiel ihm schließlich ein, dass er vergessen hatte, etwas auf Lauras Antwort zu sagen, und kam auf die Idee, joo zu sagen.

Dann öffnete Bifi wieder seine Wortschatztruhe und

machte bei dem Landthema weiter, denn ihm war jetzt etwas in der Richtung eingefallen: »Ich war mit Henninen, mit Alkoholiker, meine ich, letzten Sommer eine Woche genau in diesen Dörfern, da gibt's so einen See, wie hieß er noch, ja, genau, Vesijärvi, der Wassersee, komisch, dass mir das nicht eingefallen ist, aber egal, wir waren jedenfalls dort.«

»Wir waren tatsächlich dort«, sagte Henninen leise und zerstreut und bat Bifi, ihm das Taschenmesser zu geben. Nachdem er es bekommen hatte, schnitt er damit seine funkelnagelneuen Schuhe an der Seite auf. »Ohne euren Fleiß geringschätzen zu wollen, sehe ich mich doch gezwungen, diese Latschen mit zusätzlicher Speicherkapazität zu versehen, sonst krieg ich eine Nekrose.«

Er bog und drehte die Schuhe und stach hier und da mit dem Messer hinein und hatte am Ende Schnitte zustande gebracht, die ihm ermöglichten, die Hässlichkeiten an den Füßen zu tragen. Neben ihm hob ein schmeißmisttypisches Kleinlebewesen ab und knatterte für seine Größe unanständig laut zum Himmel hinauf, geradeso, als wäre es Gott weiß wer.

»Ja, also, wir waren tatsächlich in diesen Dörfern«, sagte Bifi, er wollte den Mädchen offensichtlich unbedingt seine Geschichte erzählen. Er erzählte sie auch, niemand unterbrach ihn rechtzeitig, und da hieß es dann eben zuhören und möglichst so zu tun, als würde man versuchen, eine Lehre aus der Geschichte zu ziehen, wie es im Zusammenspiel von Vorfällen des wirklichen Lebens mit Erzählungen allgemein wohl sein soll.

Die Geschichte fing irgendwie so an, dass Bifi und Henninen irgendwo in jener Gegend mit den verspielten Namen im Wochenendhaus von Henninens Cousin waren. Dieser Cousin hatte literweise Spiritus dabei, sein großer Bruder war Arzt, und diesen Spiritus hatten sie in jeder erdenklichen Weise angewendet, zum Wohl und zum Unwohl. Am frühen Abend hatten sie damit das feuchte Feuerholz zum Brennen gebracht, und spät in der Nacht hatte Henninen dann in das Feuer gekotzt und es gelöscht.

»Da brannte der Spiritus aber nicht mehr, weil er schon so lange in Henninen gewesen war«, sagte Bifi. »Henninen ist ein Typ, der normalerweise immer aus allem die besten und fröhlichen Seiten herauszieht.«

Es waren noch andere Leute in dem Wochenendhaus gewesen, ein Typ aus Espoo, der mit dem Motorboot von seinem eigenen Ferienhaus gekommen war, und dann eine lokale Sehenswürdigkeit, ein fünfzigjähriges Hinterzimmerwesen mit schiefem, verfaultem Zahnbestand und einer ziemlich schlimmen Sprechbehinderung als Zugabe. Er wurde in der Gegend Lall-Pekka genannt, obwohl sein richtiger Name Jussi war, vielleicht war das ein Insider-Witz, oder aber sie dachten, es wäre zu sarkastisch, ihn direkt Lall-Jussi zu nennen. Sie hatten dann alle zusammen die ganze Nacht den Spiritus gebechert, sie seien ein bisschen betrunken gewesen, präzisierte Bifi, es klang, als hätte er versucht, sich in einer Gesellschaft von Neulandgewinnern zu behaupten.

Allerdings war Henninen dann in der Nacht ab einem bestimmten Punkt von all dem Gift, das er zu sich genommen hatte, in einen etwas trostlosen Zustand geraten, er hatte zuerst angefangen, düster zu lachen, und dann erklärt, er komme sich vor wie ein Geisteskranker, und etwas später war er dann mit großer Mühe und Hinterteil voran auf eine Birke geklettert und später von dort zurückgekommen, um ins Feuer zu kotzen, dass es erlosch.

»Hier muss ich unterbrechen«, sagte Henninen.

»'tschuldigung an alle. Ich muss es aber sagen. Es war nämlich bloß so, dass es der Spiritus war, der das verursacht hatte, dieses komische Zeug, genau, das hat mich plötzlich in einen Zustand gebracht, dass mir alle möglichen schrecklichen ernsten Dinge eingefallen sind, und dann bekam ich es so höllisch mit der Angst zu tun, dass ich mich gleich mit den letzten Fragen konfrontiert sah, und darum hab ich mich vor diesen Fragen auf den Baum geflüchtet, ich hab irgendwie gedacht, die Fragen bleiben unten auf der Erde, wenn ich mit dem Arsch voran sozusagen in einen jungfräulichen Urzustand aufsteige. Es war tierisch schwer, mit der Methode und in der Verfassung hochzukommen.«

»Darf ich weiterreden?«

»Joo, das war nur so ein, na, sagen wir, Kommentar. Das heißt, eins will ich noch sagen, nämlich, als ich dann oben auf dem Baum war, kam mir in der Astgabel das Gewicht eines Menschen plötzlich so schwer vor, dass mir scheiß schlecht wurde. Darum Vorsicht vor dem Menschsein.«

»Na gut«, sagte Bifi. Dann erzählte er weiter.

Henninen war vom Löschen des Feuers müde geworden, er ging, und danach war einer nach dem anderen auf den Boden gekippt, außer Unterzeichnetem, also dem Erzähler, in dem Fall also Bifi, der war in einem rauschbeflügelten Anfall von Energie auf die Idee gekommen, das Boot von dem mittlerweile abgesackten Typen aus Espoo auszuprobieren, es war eines von den Booten, die so aussehen, als könne man damit ziemlich schnell fahren. Er war mit dem Boot so lange ziemlich schnell gefahren, bis er die andere Seite der nächsten Insel erreicht hatte, und dann war er ebenfalls halb weggesackt und war gegen das Lenkrad getorkelt, mit dem Ergebnis, dass das Boot eine abrupte Kehrtwendung machte und Bifi über Bord warf. Der hatte es darauf brandeilig, dem Boot schwimmend aus dem Weg zu gehen, während das Boot selbst mitten auf dem See im Kreis fuhr und fürchterlichen Lärm machte, zwischendurch geriet die Schraube aus dem Wasser, und Bifi schwamm bei der nächsten Insel ans Ufer, setzte sich auf einen Stein, um das Wasser abtropfen zu lassen, und da kamen ihm dann sämtliche letzten Fragen in den Sinn, als er da saß und zuschaute, wie das Boot rotierte, und er wartete, dass ihm das Benzin ausging. Dann fiel ihm auf, dass sich das Boot mit jeder Umdrehung ein Stück dem Ufer näherte, und da hatte er es dann plötzlich wieder eilig, denn es krachte überraschend schnell gegen die Ufersteine und zersplitterte in mehrere Teile, die Reaktionsgeschwindigkeit von Betrunkenen ist eben ein bisschen problematisch.

»Verflixt, habe ich mir da gesagt«, sprach Bifi mit vollem Ernst.

Als in einem Abwasch dann auch der Motor ausging, legte sich eine seltsame Stille über die Landschaft, die letztlich bewirkte, dass Bifi endgültig absackte und einschlief. Er erklärte sich seine Ermattung mit äußeren Faktoren, die Sonne war hinter den Kiefern am gegenüberliegenden Ufer aufgegangen, die Vögel hatten angefangen zu singen, und eine schläfrige Wespe hatte ebenfalls gebrummt, das war ein Aspekt, der ein bisschen zu denken gab, nämlich inwiefern man so eine Hornisse für schläfrig halten konnte, aber mit diesem Problem lohnte es sich an dem Punkt nicht unbedingt zu ringen, weil ja noch was von der Erzählung übrig war, und der Kern des Ganzen lag auf jeden Fall in dem warmen und friedlichen Zustand.

Bifi hatte also eine Weile geschlafen. Als er dann irgendwann aufwachte, war er so durcheinander, dass er überhaupt nicht kapierte, was passiert war, er sah lediglich eine einsame Rettungsweste auf dem Wasser treiben, die hatte wohl im Boot gelegen oder so, und dadurch war es ihm gelungen, so etwas wie die Schlussfolgerung zu basteln, dass jemand mit dem Boot gefahren war, und da fing er dann aus vollem Hals an zu schreien, Hilfe, Mann über Bord, schrie er, in der Not fiel ihm nichts Lebensnaheres ein. Ein verantwortungsvoller Frühaufsteher in einem Ferienhaus in der Nähe hörte die Schreie und ging auf seinen Bootssteg, um nachzuschauen, und hielt es darauf für angemessen, alle möglichen Lebensretter und Geheimpolizisten und Schulpsychologen und was auch immer zu alarmieren, und weil der See zu allem Überfluss auch noch an der Grenze von zwei Gemeinden lag, wurden im Morgengrauen aus den Depots zweier Verwaltungsbezirke eine alberne Menge an Personal und Gerät angefahren.

»Das war dermaßen scheiß teuer, mit dem Geld hätte man eine Woche lang sämtliche Hungernden Afrikas ernähren können«, sagte Bifi. »Das war jetzt übrigens ein wörtliches Zitat. Hat einer von den Flossenmännern zu mir gesagt, als sich alles schon ein bisschen beruhigt hatte.«

In der damaligen Situation waren sie natürlich trotzdem in Bifi gedrungen, um zu erfahren, wer da im See ertrunken war, aber er konnte es nicht sagen, weil er sich wegen der Sauferei nicht erinnern konnte, er hatte bloß immer wieder gesagt, entweder Henninen oder Henninens Cousin oder Lall-Pekka oder eventuell ein Typ aus Espoo. Die Retter hatten Bifi in eine dicke Wolldecke gepackt und in einen Krankenwagen gesetzt, dann waren sie mit einem anderen Auto zu dem Wochenendhaus gefahren, um die Schlafenden zu wecken und zu fragen, wer Henninen war und wer Henninens Cousin, falls sich die Nachnamen unterschieden, und wer der Lall-Pekka und wer der eventuelle Typ aus Espoo.

Nach prügelähnlichem Rütteln war Henninen so weit aufgewacht, dass er sich gerade mal bewusst wurde, Henninen zu heißen, und nachdem er das den Froschmännern gesagt hatte, war er wieder in Bewusstlosigkeit gesunken. Die beiden anderen, Henninens Cousin und der Typ aus Espoo, waren nicht einmal so weit aufzurütteln gewesen, aber es gelang ihnen, Identitätsnachweise aus den Taschen zu ziehen, die Anlass zu der Annahme gaben, dass es sich bei keinem von beiden um den Lall-Pekka handelte.

Mit dem Lall-Pekka gab es dann Schwierigkeiten ohnegleichen. Er war dermaßen besoffen und aufgeregt, nachdem er aufgeweckt worden war, dass die Froschmänner aus seinem Wortschwall nicht schlau wurden, wo er doch auch diesen Sprachfehler hatte. Sie hatten ihn dann ebenfalls nach Dokumenten gefragt, aus denen seine Identität hervorging, und nachdem er ihnen einen Wisch ausgehändigt hatte, begleitet von seinem mühsamen Gelalle, nahmen sie diesen eine Weile unter die Lupe und beschlossen, nicht nach tieferen Zusammenhängen zwischen der Jussi-Kalteva- und der Lall-Pekka-Existenz zu suchen, es kam ihnen offenbar an keiner Stelle in den Sinn, dass seine Artikulation etwas Lallendes an sich hatte. Darum kamen sie zu dem Schluss, dass somit ein gewisser Lall-Pekka in einem Binnengewässer namens Vesijärvi ertrunken war, und begaben sich vor das Haus, um den Tatbestand zu besprechen. Und da kam auch noch prompt ein Streuner auf dem Fahrrad angefahren und hörte alles und fuhr davon, um die große Neuigkeit überall herumzuposaunen, und damit war natürlich flugs die Panik ausgebrochen in dem Dorf, weil eben alle den Lall-Pekka in erster Linie als

Lall-Pekka kannten, und nachdem zu allem Durcheinander so viel Wasser abgesucht worden war, wie, einem Feuerwehrmann zufolge, gereicht hätte, um das Dürreproblem Äthiopiens zu lösen, und Bifi in das Wochenendhaus zurückgebracht worden war, wo er feststellen konnte, dass allen vorigen Annahmen zum Trotz sämtliche Parteien ihre irdische Wanderung fortsetzten, kam man auf die Frage, wer hier jetzt eigentlich am meisten Mist gebaut hatte, und die Überlegung führte zumindest zu dem Ergebnis, dass Mist gebaut worden war.

»Was ich bloß noch immer nicht verstehe, ist das mit dem äthiopischen Dürreproblem«, sagte Bifi. »Als hätte die Sucherei irgendwie das Wasser verschmutzt oder so.«

»Das war eine traurige Geschichte«, sagte eines von den Mädchen, eine, die nicht Laura hieß.

»Das war eigentlich keine Geschichte«, sagte Henninen. »Das ist bloß irgendwie passiert.«

»Joo, äh, leider«, sagte Bifi. »Obwohl ich nicht weiß, wie das jetzt rüberkam, ich hab es, glaub ich, ein bisschen chaotisch erzählt. Obwohl es natürlich ja auch ziemlich chaotisch war.«

»Das heißt, eigentlich bin ich an dem Chaos sozusagen ein bisschen teilschuld«, sagte Henninen. »Das heißt, ich meine, also wer scharfe Ohren hat, dem ist bei Bifis Machwerk vielleicht aufgefallen, ein Machwerk war das nämlich in gewisser Weise, wie wir gleich merken werden, verdammt, das geht mir einfach nicht locker von der Zunge, ich komm ständig raus.«

»Nimm dir nur die Zeit, die du brauchst«, sagte Marschall.

»Gut, also wer scharfe Ohren hat, dem ist vielleicht tatsächlich aufgefallen, dass es da einen problematischen Aspekt in erzähltechnischer Hinsicht gab, oho, das kam jetzt heraus ziemlich lallend wohl, aber was soll's, ich meine das, was Bifi über das Kommunikationsproblem zwischen dem Lall-Pekka und den Froschmännern erzählt hat, obwohl er ja gar nicht dabei war. Mein Anteil an dem Ganzen ist jedenfalls der, dass Bifi über all die Ereignisse Bescheid weiß, weil ich ihm davon erzählt hab, ich war dort und, Scheiße, dafür schäme ich mich tierisch, ich war auch wach und überhaupt nicht total bewusstlos. Ich will versuchen es zu erklären, das ist schwer, ich kann eigentlich nur sagen, dass ich mich einfach dermaßen scheiße gefühlt hab, dass ich mich in keiner Weise beziehungsweise in keinster Weise in den Ablauf einschalten konnte. Ich war nicht fähig dazu!«

»Autsch«, sagte Bifi, als wäre ihm zum ersten Mal Henninens Schmerz in seinem gesamten Umfang deutlich geworden.

»Das war so was wie totale Erschöpfung auf Zellebene«, sagte Henninen. »Das heißt, so etwas ist mir auch vorher schon mal passiert, das ist nix anderes, als wenn du einen ausreichend schweren Kater hast und noch einen Hangover dazu, dass du dann einfach den Kanal zur Welt nicht aufkriegst. Du kannst es einfach nicht. Das ist dann wirklich traurig.«

»Ja, das ist eine traurige Geschichte, wahrscheinlich ist es trotz der Präzisierung eben tatsächlich passiert«, sagte Laura. Während des Erzählvorgangs war an ihrer Gestalt etwas Ernstes und Scharfes haften geblieben. »Bloß der mit dem Sprachfehler hat mir leid getan, weil er nicht sagen konnte, wer er war, obwohl er es bestimmt genau wusste, er hat bestimmt geglaubt, er ist ehrlich tot oder so, wegen der komischen Froschmänner und allem.«

»Joo, er war ziemlich neben der Kappe. Aber was Pekka betrifft, ist alles noch ganz gut ausgegangen, das heißt, Jussi mein ich, wenn wir schon ohne Präfix sprechen. Der ist einfach im Dorf aufgetaucht, war ausgesprochen lebendig, und natürlich sind alle fast zersprungen vor Freude, auch wenn ein Weib, das zur Hellseherei neigte, ihn für den Satan hielt. Die Verwandten haben ihn umarmt, die Omas haben geweint, die Bauern kamen und drückten ihm die Hand und sagten, doch, das ist schon richtig so, Pekka, dass du am Leben bist.«

»Bis dahin hatte er sich immer ziemlich allein rumtreiben müssen«, sagte Bifi.

»Er musste erst einmal sterben, damit sie schnallten, dass er existierte«, sagte eine von denen, die nicht Laura hießen. Henninen fragte sie nach ihrem Namen, er hatte ihn offenbar auch schon wieder vergessen. Sie antwortete: Pasi, wer weiß, was sie plötzlich hatte, vielleicht war sie beleidigt, weil sich niemand ihren Namen merken konnte, außerdem waren mittlerweile auch tatsächlich genug Identitäten untergegangen.

»Das härteste Urteil hatte Henninens Cousin zu erleiden«, sagte Bifi. »Sein Vater verdonnerte ihn zu lebenslänglichem Hausverbot in dem Ferienhaus und nahm Änderungen im Testament vor, jedenfalls seinen eigenen Worten zufolge. Der Vater hatte nämlich in jungen Jahren eine Lebensrettungsmedaille bekommen, auf die er stolz war.«

Kurz vermittelte Bifi den Eindruck, als gäbe es für seine Geschichte eine Fortsetzung, aber dann ermüdete er plötzlich irgendwie und machte den Mund zu, und niemand schien in dem Augenblick die Kraft zu besitzen, eingehendere Erläuterungen zu verlangen. Damit brach ein andächtiges Weilchen an, in dem alle einmütig und sicherlich auch dank eines gewissen Stilgefühls schwiegen, bildhaft in die Ferne schauten und etwas Nominelles taten, so wie Henninen, der das

Taschenmesser auf- und zuklappte, oder wie das Mädchen, das sich als Pasi ausgegeben hatte und eine Kaugummifaser aus dem Mund zog wie einen langen, monotonen Satzkeim und das Ganze, unmittelbar bevor es riss und sich in Laute verwandelte, wieder in den Mund stopfte. Auf der Straße rollten die Autos als einzelne Geräuschwirbel vorbei, bei einem frisiert aussehenden Carina lief die Bassmasse über, man kam auf den Gedanken, dass im Inneren des Fahrzeugs Menschen und andere Anhäufungen Probleme haben mussten, ihre Atome zusammenzuhalten. Der Heckenzaun, der die Anlage säumte, war voller kleiner Löcher in der Farbe der abendlichen Sonne, aber es gab darin auch eine Pforte, durch die man direkt auf die andere Straßenseite sehen konnte, dort befand sich das Gebäude und Büro irgendeiner Umweltbehörde, rechts vom Eingang war ein zuckender elektronischer Zähler in der Wand eingelassen, der den jeweils herrschenden Lärmpegel in Form eines Säulendiagramms veranschaulichte. Ab und zu blieb ein Schluckspecht vor dem Messgerät stehen und schrie es ein bisschen an, wahrscheinlich war es tröstlich, wenn die Welt auch mal auf einen reagierte. Jetzt schwankten davor zwei Kerle in Jeansuniform, sie sahen aus, als hätte man sie aus einem Jugendfilm der 70er Jahre geklaut und als hießen sie Jartsa und Juhis oder ähnlich schnurrbärtig, aber über die Namen musste man diesmal nicht länger rätseln, denn einer der beiden baute sich mit gespreizten Beinen vor dem Messgerät auf und rief, Juhis ist der Größte, das ließ den Zähler kurz erzittern und von Grün auf Gelb umspringen, dann tauschten die beiden die Plätze, und der andere rief in gleicher Haltung, Jartsa ist der King, was die Säule aber nicht nennenswerter zum Tanzen brachte als beim Vorgänger. Wahrscheinlich bildeten sie nun rasch die Ansicht heraus, dass die Kraft in der Gemeinschaft liegt, denn sie hüpften nebeneinander auf der Stelle und grölten, Jartsa und Juhis sind die Größten und die Kings, das hielt die Säule schon ein bisschen länger im gelben Bereich, und dann donnerte ein Laster vorbei und trieb die Anzeige lange bis ans obere Ende der roten Skala, als würde sie die Menschen anfahren, sie sollten sich bloß nichts auf ihr Gepiepse einbilden.

»Ich bin Marschall«, sagte Marschall.

Und es war wieder eine Weile still. Als Erstes machte das Schweigen Bifi nervös, er streckte die Beine aus und begann sich zu kratzen und fragte schließlich: und weiter. Er sah jeden der Anwesenden der Reihe nach mit leicht verzweifelt initiativer Tönung an, als wollte er versuchen, einen Saal voller Monteure, die zu einem Kurs mit dem Titel »Das Leben in den Griff bekommen« gezwungen worden waren, aus den Niederungen der Unlust herauszulocken.

»Das heißt so viel wie sou wott auf Amerikanisch«, sagte Henninen.

»Zu dir passt das Amerikanische, weil du auch so eine jugendmäßige Schuhvariante trägst«, sagte Marschall. »Aber, sag mal, Bifi, hattest du das mit dem Undweiter quasi als Kommentar zu meiner Bemerkung, ich bin Marschall, gemeint?«

»Nee, ich hab damit genau das gemeint, was damit eben gemeint ist.«

»Aha. Joo. Ich dachte bloß, ob du eventuell etwas gegen meine Person haben könntest.«

»Meiner Meinung nach war die Frage durchaus angebracht«, sagte Bifi und runzelte das Gesicht.

Als sich aber zeigte, dass es nicht gelang, auf der Basis von Bifis Undweiter-Problem eine erschöpfendes Schlussresultat zu drechseln, kam Laura offenbar auf die Idee, die abendlich gequälte Stimmung zu retten, indem sie sagte: »Und ihr wohnt hier in der Gegend.«

Henninen antwortete, ich und Marschall, wir wohnen, aber Bifi gibt hier nur Impulse. Und dann explodierte das Geplänkel plötzlich blutbadartig, jeder musste etwas zu dem Thema sagen, damit wurde wohl ein bisschen die allgemeine Rettungsatmosphäre erweitert, alle möglichen angeberischen Sprüche wurden kultiviert, alle waren total sinnlos, und trotzdem hatte das wabernde blöde Gelaber eine seltsam wohltuende Wirkung, wie wenn man sich kratzt, und darum kamen jetzt Behauptungen auf den Tisch, Tisch natürlich im übertragenen Sinn, wie die Erklärung von Bifi, er sei der Impulsgeber des Jahrhunderts, worauf Pasi antwortete, er wirke ja eindrucksvoll impulsiv, was Henninen veranlasste, rasch anzumerken, bei gewissen Leuten seien lichtempfindliche Impulse im Spiel, und so ging das immer weiter, bis Marschall sagte, es stünden eventuell ungünstige Impulse zu erwarten, und in die Richtung zeigte, aus der zwei bläuliche Wachtmeister anmarschiert kamen, und das brachte alle auf die Idee, eine Weile den Mund zu halten.

Die Polizisten bewegten sich ziemlich langsam vorwärts, angesichts der Tatsache, dass sie bis ins Detail tatkräftig wirkten, wie es sich für die Amtsgewalt gehörte. Wenn man die Augen zusammenkniff, wirkten sie vor dem grünen Hintergrund irgendwie beerenartig. Ihre Haare sahen geschoren aus, und ihre Knüppel waren so groß, dass man sie ohne größere Gewissensbisse als Schlagstöcke bezeichnen konnte.

Sie kamen an und sagten guten Tag. Ihr Reglement oder was es war, schrieb vermutlich vor, dass sie vorher nicht knüppeln durften.

»Guten Tag«, sagte Henninen.

»Guten Tag«, sagte Marschall.

»Guten Tag«, sagte auch Laura, und dann sagten es alle anderen auch, außer Bifi, der Grüß dich sagte und gleich danach erschrocken wirkte.

»Den Sommertag genießen«, sagte einer der Polizisten. Es gelang ihm, das so zu sagen, wie es einer sagt, der Kurse besucht hat, sodass es gleichzeitig wie eine Feststellung und eine Bitte um Rechtfertigung klang.

»Joo«, sagte Marschall, das kam einfach so heraus, so ein entmutigtes Joo, auf die Schnelle fiel ihm einfach keine elaboriertere Ausrede für seine Existenz ein.

»Na gut, wir würde uns gern mal die Papiere ansehen«, sagte der andere.

Alle gruben nach ihren Papieren und hielten sie dann aus der Sitzposition heraus hin, es sah ein bisschen so aus, als hätte sich eine Gruppe beinamputierter Autogrammsammler um ein Starduo geschart, und die Schutzmänner pflückten sich die Zeugnisse in schöner Ordnung, schauten sie sich an und wussten damit vorläufig nichts weiter anzufangen. Sie schauten und schauten und reichten die Papiere dann zurück, aus einem offenen Fenster hörte man das Geräusch von zersplitterndem Holz, und anschließend schrie jemand, du dreckiger Euter, aber sie ließen sich dadurch nicht aus der Ruhe bringen, sie waren schließlich mitten im Papierkrieg und machten in der Tat einen dermaßen ernsten Eindruck, dass sich eine unsicher abwartende Atmosphäre einstellte, wie eine Löschdecke mit fremdsprachiger Gebrauchsanweisung, und die ganze Zeit schwelte irgendwo unter der Hirnschale die schwere blaurote Ahnung, dass sie gleich Fragen nach dem großen Schuhraub stellen würden.

»Na, habt ihr in letzter Zeit ein paar gute Bücher gelesen?«, fragte einer der beiden dann.

Henninens Mund entfuhr ein dünner, gurgelnder

Laut, es klang nach einem kurzen Weinen oder Lachen oder einem Anfall. Alle sahen den Schutzmann an. Er wartete die sechs Sekunden ab, die er offenbar taktisch für sinnvoll hielt, dann grinste er quasi befreiend. Er war ein Scherzkeks.

Er sah etwas älter aus als der andere, also war der andere wohl eine Art Juniorpolizist. Er erhielt jetzt das Wort und war eher ernst, er sagte, sie müssten den Fräuleins die alkoholischen Getränke wegnehmen, da die Fräuleins noch minderjährig seien. Es wurde nicht ganz deutlich, ob er die konkreten Fräuleins vor Ort meinte oder die Fräuleins im Großen und Ganzen.

Allerdings schritten sie zur Tat und nahmen den Mädchen die offenen Flaschen ab, kippten den Inhalt auf die Erde und vergriffen sich dann an ihren Plastiktüten. Henninen versuchte zu sagen, das sind unsere Getränke, aber darauf erwiderten sie nur, dass sie das gerade im Moment leider nicht glaubten. Dann wünschten sie noch einen schönen Tag, sagten auf Wiedersehen und gingen mit klackernden Plastiktüten davon. Sie wurden von einem Windhauch getroffen, der das Gras unter ihnen in Bewegung setzte, und für kurze Zeit sahen sie aus wie zielstrebiger Blaubeerjoghurt, der einem grünen Tier über den Pelz rinnt, oder auch wie blau gefrorene Osterküken, die sich ihren Weg durch genmanipuliertes Ostergras bahnen, oder auch wie etwas völlig anderes.

»Das ist ja die Höhe«, sagte Bifi nach schmalem perplexen Schweigen.

»Die behalten die selbst«, sagte Laura. »Nehmen sie mit nach Hause und leeren sie in der Sauna.«

»Oder sie haben einen Vorrat für die Weihnachtsfeier, den sie das ganze Jahr über durch solche Aktionen ansammeln.«

»Und dann die ganzen Drögelchen, mit denen sie die Sau rauslassen können«, sagte Marschall.

»Zum Kotzen«, sagte Pasi und rupfte dichte Grasbüschel aus dem Rasen.

»Oh, beschissene, beschissene Scheiße«, sagte Henninen, denn offenbar wurde sein Tag immer, immer, immer schlechter. Dann stand er auf und sah den Schutzmännern nach, die mittlerweile ihr Auto erreicht hatten, ließ die Hose fallen und zeigte ihnen den nackten Hintern.

Das nahmen sie ihm irgendwie übel. Forschen Schrittes kamen sie zurück, noch blauer als beim vorigen Besuch, und vermutlich aufgrund der übermäßigen Färbung bewirkten sie, dass Pasi und das andere Mädchen davonrannten, wer weiß, was sie auf dem Herzen hatten, sie verdrückten sich ins Gebüsch, raschelten dort und strebten einen Moment später die Straße hinauf zur Schule. Henninen wollte sich ebenfalls aufrichten, das war wohl so eine Art krampfhafter Reflex, aber die Wachtmeister drückten ihn auf die Erde, und dann hatte er auch schon die Hände auf dem Rücken und im nächsten Augenblick Eisen an den Händen, und Marschall und Bifi und Laura saßen auf dem Rasen und versuchten, in dem Zirkus irgendeinen Sinn zu erkennen, Bifi grunzte, liebe Leute, lasst euch durch einen Scherz doch nicht aus der Ruhe bringen, aber sie nahmen keine Notiz davon und schleiften Henninen ins Auto und waren kurz darauf weg, und das ging alles so schnell, dass es einem vorkam, als wäre nie etwas passiert, außer dass an Henninens Stelle der Rasen jetzt eine verlassene Druckstelle aufwies, wo sich einzelne Grashalme aufrichteten, nachdem sie von ihrem Joch befreit waren.

Verfluchte Scheiße, stöhnte Bifi. Sie passte haargenau zur Situation, diese Äußerung, alles war irgendwie auf einen Schlag wirr und schnell geworden, am liebsten hätte man dem Regisseur oder Fahrer oder wem auch immer, dem, der das alles am Laufen hielt, zugerufen, hey, mach langsam, das muss sich erst mal alles setzen.

»Was machen die jetzt mit ihm?«, fragte Laura. Eine Schar wie erleichtert plaudernder Sportler zog vorbei. Ihren Formen war nicht auf Anhieb zu entnehmen, welche Disziplin sie vertraten, dass sie Sportler waren, erkannte man aber am forschen Schritt und an der Duschfrische, die einem schon aus einem Kilometer Entfernung die Laune verdarb.

»Da droht nichts Gutes«, sagte Bifi. »Die mögen so was überhaupt nicht.«

»An der Stelle sind sie offenbar sehr empfindlich«, sagte Marschall.

»Leck mich«, sagte Laura, es klang aus ihrem Mund irgendwie natürlich, dieses Rummachen mit Kraftausdrücken, jetzt, da man wusste, dass sie minderjährig war.

»Pass auf, was du sagst«, sagte Bifi. »Für so was kann man ins Gefängnis kommen.«

»Ich hoffe bloß, dass sie ihn nicht züchtigen«, sagte Marschall.

»Wäre nicht das erste Mal.«

»Ist das eine Angewohnheit von ihm, so zu machen?«, fragte Laura.

»Nicht dass er ein besonders arschorientierter Mensch wäre«, sagte Marschall. »Er hat nur gegenüber der Obrigkeit ein Einstellungsproblem, er regt sich ab und zu eben mal auf, und dann äußert sich das meistens dadurch, dass er den Hintern zeigt.«

»Ach.«

Die Auslotung von Henninens Seelenlandschaft wurde von einem langen und sonderbar zufriedenen Brüllen aus nächster Nähe unterbrochen. Nachdem die Umgebung durch Drehen des Kopfes in alle Richtungen sondiert war, richtete sich die Aufmerksamkeit auf einen zerlumpten und über und über behaarten Mann. Er hatte einen zerschlissenen grünen Stoffrucksack bei sich, aus dem er einen Tetrapack Vollmilch holte, den er darin anscheinend mit Geschick offen aufbewahrt hatte, und dann hob er das Milchgeschirr in die Luft, drehte es vor seinen Augen hin und her, wirkte für einen Moment verträumt und schüttete schließlich in langem Bogen die Milch in eine kleine, rosenrote Öffnung inmitten seines kolossalen Bartes.

Dann, als er merkte, dass er angestarrt wurde, packte er eilends seine Siebensachen und verschwand schnurstracks mit auf die Erde gerichtetem Blick hinter den Umkleidekabinen des Sportplatzes, er war wohl ein Außenseiter in der Disziplin und ertrug es nicht, im Mittelpunkt zu stehen.

»Und jetzt?«, fragte Bifi nach einiger Zeit, als die Blicke wieder auf die nähere Umgebung gerichtet waren und alle eine Weile geschwiegen hatten. Und da blieb sie einfach in der Luft schweben, die wartende, angesichts ihres wartenden Zustandes merkwürdig stille und gelangweilte Frage.

Aus dem Gebüsch kam eine irgendwie aus der Fasson geratene Krähe angetrippelt und pickte etwas Mikroskopisches aus Henninens Sitzabdruck. Hinter den Umkleidekabinen lag ein Basketballfeld, unter jedem Korb machte jeweils eine eigene Clique Wind um nichs, im Mittelkreis torkelte ein sonnengebräunter Kerl und rief, he, gebt ihn mir, ich war mal Basketballspieler. Sie ließen ihn rufen. Hinter dem Basketballfeld wurde in der Stärke mehrerer Mannschaften auf dem Kunstrasen dem Fußball nachgejagt, aus der Ferne sah es aus, als spielten alle gegen alle. Irgendwo am Rand flog einer Pimpfligamannschaft der Ball über den Zaun, man hörte ein schweres, stählernes Donnern, als eine Straßenbahn vor dem Spielgerät, das auf die Schienen gerollt war, bremste.

»Ich sollte vielleicht mal Anna und Marjatta suchen gehen«, sagte Laura.

»Was?«, kreischte Bifi.

»Hä?«

»Äh. Das heißt, schon gut.«

»Hatten diese Anna und Marjatta was Lichtempfindliches an, oder warum sind sie durchgegangen wie scheue Pferde?«, fragte Marschall. Auch diese Frage kam ihm jetzt ganz natürlich vor, nachdem die Namen klar waren, das machte jetzt schon zwei natürliche und eine haargenau passende Sache innerhalb kürzester Zeit.

»Ich weiß nicht. Irgendwie spinnen die den ganzen Tag schon rum, die komischen Gesetzeshüter.«

»Sollte man ihnen irgendwie nachjagen?«, sagte Bifi und begriff wohl selbst, dass es ein bisschen so klang, als wollte er in den Vatermutterkindwald aufbrechen, und darum ging er dazu über, sich ausführlich in der Magengegend zu kratzen.

»Die Bullen haben mir mein Bier geklaut, was mache ich jetzt?«

»Das Bier von uns Senioren ist ja übrig geblieben«, sagte Bifi. »Das reicht auch für dich.«

»Und was machen wir mit Henninen?«, fragte Marschall.

»Ich kapier nicht, was du meinst. Sollen wir vielleicht in der nächsten Sheriff-Kanzlei nachfragen, oder was? Wir wissen ja nicht mal, wo sie ihn hingebracht haben.«

»Oder sollten wir lieber hier warten«, sagte Laura und führte mit der Hand eine irgendwie überdrüssige Abwehrgeste aus, als Bifi ihr ein Bier aus der Plastiktüte holte. Da ihr die Flasche nicht recht war, schob Bifi sie in die Tüte zurück.

»Ja«, sagte Marschall. »Schwer, irgendwas zu sagen.«

»Hab ich eigentlich schon mal die Tütenbiergeschichte erzählt?«, fragte Bifi plötzlich, als hätte er nach einer Unterbrechung wieder Strom. »Fällt mir nur gerade ein, wegen der Tüte und wegen dem Bier.«

»Hast du allerdings, ich war dabei, Mann«, sagte Marschall.

»Schon, aber die hier nicht, wie heißt du nochmal?«

»Laura«, sagte Laura und war Laura.

»Joo, 'tschuldige. Genau, die Laura hier hat die Geschichte bestimmt noch nicht gehört.«

»Könnten wir uns vielleicht trotzdem über ein bisschen was anderes Gedanken machen als über deine abgestandenen Anekdoten.«

»Meiner Meinung nach ist das eine bedeutende Geschichte.«

»Erzähl ruhig«, sagte Laura.

»Wolltest du nicht deine Genossinnen suchen gehen, Mist, jetzt habe ich schon wieder die Namen vergessen. Das heißt, an Marjatta kann ich mich erinnern, die kennen wir quasi beide. Also vom Namen her. Das heißt, ich mein natürlich nicht, dass du gehen sollst, meiner Meinung nach bist du total nett, Scheiße, wie komme ich jetzt darauf, ich klinge wie ein gottverdammter Depp. Na ja. Ich hab bloß keine Lust, mir ständig das Geschwätz von Bifi anzuhören.«

»Also ich hör zu«, sagte Laura.

»Gut«, sagte Bifi.

»Ich bin gut im Zuhören.«

»Man tue sich keinen Zwang an«, sagte Marschall.

Die Geschichte war so kurz, dass sie schnell erzählt war. Sie ging so: Kurz vor der Sperrstunde hatten sie einmal in einer Schankstätte den ganzen Tisch voll Bier bestellt und dazu eine Plastiktüte, und dann hatten sie das ganze Bier in die Tüte gekippt und waren auf die Straße gegangen, um es aus dem Loch zu trinken, das sie in eine Ecke der Tüte geschnitten hatten. Im Grunde war die Geschichte so kurz, dass Bifi ziemlich deprimiert wirkte, nachdem er sie erzählt hatte, er hatte wohl gedacht, die Geschichte würde etwas länger vorhalten oder sozusagen genug für einen ganzen Roman hergeben.

»Joo, ich muss sie echt suchen gehen«, sagte Laura dann. »Ich bleib doch nicht den ganzen Tag hier sitzen, verflucht, bei euch komischen Assis.«

Sie stand auf und ging los und verschwand dann in demselben Gebüsch, das kurz zuvor ihre Genossinnen verschluckt hatte. Bifi blieb in einer Haltung sitzen, als überlegte er fieberhaft, ob die Tütenbiergeschichte ihr Fortgehen verursacht hatte.

Eine einzelne Windböe beförderte einen Streifen Geschrei von der Achterbahn heran. Marschall seufzte, ein bisschen wie um etwas oder was auch immer zu bestätigen, ließ sich auf den Rücken fallen und dachte an all die schwierigen Entscheidungen, zum Beispiel dass er vielleicht irgendwie losen müsste zwischen Henninen und den Mädchen, die freilich eindeutig minderjährig waren und eindeutig fort und wegen der genannten Gründe mindestens unerreichbar, obwohl andererseits auch bezüglich Henninens Endlagerstätte nicht gerade fürchterlich Vielversprechendes zu ahnen war und sich daran sicherlich für eine Weile nichts ändern würde, außerdem gab es da noch den Umstand, wenn man es genauer bedachte, dass es sich plötzlich auf dem Rasen, trotz allem, irgendwie unheimlich gut lag, man ermattete, und am Himmel flog eine Möwe, und das war eigentlich ein lässiger Anblick, auch wenn man noch so versuchte sich einzuschärfen, dass sie dort nicht lässig oder im Sinne von Erholung schwebte, sondern nach Nahrung Ausschau hielt oder eine Übeltat im Schilde führte, wie auch immer, die Sonne war jedenfalls auch da, am Himmel, und wenn man nach ihr blinzelte, blieb sie einen Moment auf der Stelle und rollte dann knarrend hinter das nächste Haus und war jetzt durch die Fenster einer Eckwohnung zu sehen, es sah genau aus wie ein Brand.

Und irgendwo ganz in der Nähe plärrten die Feuerwehrautos, es war jetzt absolut schwierig zu entscheiden, was das war, alles, das Geschehen war irgendwie so klumpig geworden, dass man nicht mehr so genau sagen konnte, ob hier der Traum herrschte oder der Wachzustand oder womöglich eine völlig andere Dimension, die Feuerwehrautos plärrten, vielleicht hatte die Sonne etwas in Brand gesteckt, und vielleicht kam es gerade von den Feuerwehrautos, dass man am Ende doch irgendwie kapierte, in einer Grünanlage zu liegen, aber jedenfalls war alles von einem dichten, schwarzen, halbmateriellen Schatten überzogen, die Anlage konnte man nicht sehen, aber man spürte sie quasi als eine Form, oder das war ein Traum, so etwas passierte im richtigen Leben nicht, und schon kam Gerümpel aller Art von den Rändern des Tages her angetrieben, plötzlich fühlte es sich an, als würde man in einem Brettergarten über all dem Holzmaterial treiben, und dort irgendwo lag der nackte Henninen, pfui, obwohl er eigentlich nicht ganz nackt war, er hatte noch immer die schauderhaften schwarzen, an einen genetischen Irrtum erinnernden Schuhe an, und außer Henninen waren da natürlich die zwei Schutzmänner, die hatten noch mehr an Glanz zugelegt und leuchteten jetzt elektrisch blau, und abgesehen davon, dass sie leuchteten, piesackten sie Henninen mit feierlichen, halbmeterlangen Zucchini, das war eine erbärmliche Aufführung, dieser Traum, genau so einer, von dem man gern jemandem gleich nach dem Aufwachen erzählen möchte, den man dann aber einfach nicht in Worte fassen kann, weshalb das Publikum in der Mitte des dritten Satzes anfängt zu gähnen, auch wenn sie an sich schwer zu lokalisieren war, die Mitte des dritten Satzes, alles hatte angefangen mit einem diffusen Halbdunkel aus Wachsein und Schlaf, sodass alles wie ein großer, sich drehender Haufen schien, und auch jetzt, also genau in diesem Moment, wurde schon wieder undeutlich, was für ein Zustand eigentlich herrschte, weil man trotz allem ja doch praktisch als Teilzeitvernünftiger all die Ereignisse tabellarisch zusammenstellte, ein bisschen wie auf der Basis der Realität, und wenn man dann den Grips ungehindert prozessieren ließ, humpelte all das wirklich Existierende wieder auf die Bühne, zuerst wurde es dunkel, und gleich danach kam all das erkennbar Weltliche, die plärrenden Feuerwehrautos und die plärrenden Krankenwagen und die plärrenden Polizeiautos und alles andere, was da plärrte, und dann plötzlich eine Art Licht.

Und die Feuerwehrautos plärrten, und das Licht kam. Bis zum Öffnen der Augen verging Zeit und Mühe, das heißt, nicht zum eigentlichen Öffnen, offen waren sie schon, aber da war nur dieses Licht.

»Oho«, sagte Marschall. Das war als ein Oho gedacht, wie man es sagt, wenn die Wirklichkeit plötzlich nicht mehr den Erwartungen entspricht, und genau so ertönte es diesmal auch.

Dann war allmählich wieder etwas in der Nähe zu erkennen. Es war eine schwärzliche, murmelnde Form, ein bisschen wie Henninens Schuhe in ihrer ganzen Unbestimmtheit. Die Einsatzfahrzeuge waren hinter dem nächsten Häuserblock verschwunden. Ihr Klagen wurde in Form von stoßweisem Quengeln zwischen den Häusern hindurchgetragen, es klang ziemlich wie ein Kassettenrecorder, der das Tonband in seinem Räderwerk verschlingt.

Die Grashalme kitzelten das Ohr, der trübe Film auf der Augenoberfläche löste sich auf. Marschall wischte sich über die Wange. Ein Speichelrinnsal hatte sich dort seinen Weg gebahnt. Aus einem trotz allen guten Willens unbegreiflich gebliebenem Grund fühlte er sich, als würde er in Mikkeli oder in Pieksämäki oder wie sie alle hießen, die fremden Orte in der Provinz, aufwachen.

»Scheiße, was bin ich durcheinander. Wie lange hab ich gepennt?«

»Na, ich hab die Zeit nicht gestoppt«, sagte Bifi.

»Immer dasselbe«, sagte Henninen. »Was ist so scheiß wichtig an der geschlafenen Zeit.«

»Nee, ich dachte bloß, ob es schon Abend ist.«

»Na, die Sonne brennt nicht mehr gerade«, sagte Henninen.

»Ja, joo. Also quasi so was wie früher Abend.«

»Oder später Nachmittag«, sagte Bifi. »Oder Mittelabend. Oder die frühe Dämmerstunde des Lebens oder so.«

»Ich hab lauter seltsame Träume gehabt, aber schon im Traum hab ich kapiert, dass alles dermaßen deppenmäßig ist, dass man es keinem erzählen kann. Das heißt, ich erzähl es ja schon, vielleicht erzähl ich lieber nicht weiter, oh großer Gott Thailands, ich bin noch mitten im Urwald.«

»Ziemlich städtisches Panorama hier«, sagte Bifi.

»Ach ja. Eine Sache kam in dem Traum vor, nämlich dass die Bullen Henninen irgendwo hingebracht und mit grauenhaftem Einschüchterungsgemüse malträtiert haben. Oder vielleicht müsste man sie als Gemüseeinschüchterungsmittel bezeichnen. Oder ich weiß nicht, wenn es nur Einschüchterung war, dann hätten sie nicht dieses augenfällige Malträtieren erlaubt. Na, so was in der Art hab ich jedenfalls geträumt.«

»Jedenfalls war das kein präkognitiver Traum«, sagte Henninen.

»Oder was ist hier inzwischen passiert? He, ach so. Wo kommst du denn her, Mann? Wie lange hab ich geschlafen?«

»Gib dir mal einen Tritt, wenn ich bitten darf«, sagte Bifi, es klang, als wäre er irgendwie traurig, aber immerhin hatten sich bei ihm natürlich ja auch zumindest alle möglichen Frauensorgen angehäuft, wenn nicht mehr.

Henninen erzählte seine Geschichte, bei der es nicht schrecklich viel zu erzählen gab, genug für ein Kapitel immerhin. Die Amtsgewalt hatte Henninen im Auto in den Kasten gesteckt und war in Richtung Präsidium Pasila gefahren, dann aber schon nach wenigen Häuserblocks in eine Tankstelle eingebogen, wo sie geparkt und zu Henninen gesagt hatte, bleib jetzt schön auf deinem Arsch sitzen und denk darüber nach, wofür man ihn benutzen soll und wofür nicht. Dann waren die Polizisten für eine Viertelstunde Kaffeetrinken gegangen, also nach Henninens Messstab quälend lange, denn der fühlte sich in diesem Stadium des Tages nach allem, was geschehen und nicht geschehen war, schon relativ verkrampft, die Blase gefüllt, und als sie endlich zurückkamen, ließen sie Henninen einfach aussteigen und sagten ihm, wir haben keine Lust, uns das gute Arbeitsklima durch den Geruch von einem solchen Arschloch zu versauen, und als er ging, gaben sie ihm noch auf den Lebensweg mit, beim nächsten Mal würden sie ihm Manieren beibringen, und zwar mit Hilfsmitteln.

»Dann sind sie einfach weggefahren, und ich bin ein bisschen blöde dagestanden und hab mir eine Dose Bier gekauft und bin zurückgelatscht.«

»Leck mich am Besen«, sagte Marschall. »Wo hattest du das Geld her?«

»Du passt aber genau auf, sogar im verpennten Zustand«, sagte Henninen. »Ich hatte noch das Wechselgeld aus dem Laden in der Tasche.«

»Aus welchem Laden?«, fragte Marschall und fing an, im Augenwinkel zu baggern, wo ein ziemlich großformatiges, buttriges Klümpchen an der Fingerspitze hängen blieb, das sich auch nach mehrmaligem Schütteln nicht von der Haut lösen wollte, weshalb es schließlich am Gras abgewischt werden musste.

»Na, aus dem letzten«, sagte Henninen dann. »Dort wo wir den Apfelwein geholt haben. Bei dem Thema fällt mir doch auf der Stelle ein, dass wir den Apfelwein somit endlich trinken könnten, also insofern ihr noch nicht dazu gekommen seid, es zu tun.«

»Das war bestimmt mein ganzes Geld«, sagte Marschall.

»Ende gut, alles gut«, sagte Bifi.

»Kann es sein, dass du das schon den ganzen Tag ständig wiederholst?«, sagte Henninen. »Oder den ganzen Sommer oder so.«

»Hört sich irgendwie bekannt an«, sagte Marschall.

»Pöh. Ich weiß nicht.«

»Das heißt, ihr hört euch eigentlich beide irgendwie bekannt an.«

»Vielleicht sind wir deine Freunde«, sagte Bifi und wühlte wieder in der Plastiktüte. »Also von dem Apfelwein wär noch was da.«

»Her damit«, sagte Henninen.

»Vielleicht habe ich einfach einen guten Tag«, sagte Bifi, breitete die Arme aus und wirkte hilflos. Dann reichte er Henninen eine Flasche. »Und außerdem bin ich ein ziemlich positiver Mensch.«

»Was willst du damit sagen?«, fragte Marschall.

»Du hast vielleicht schon vergessen, dass wir über dieses Ende-gut-alles-gut reden. Darauf hab ich bloß angespielt, ich hab gesagt, ich bin ein positiver Mensch, Scheiße, Mann, dieses ewige Wiederkäuen frisst allerdings die ganze Basis auf, genau genommen bin ich jetzt düster und deprimiert.«

»Sollten wir uns eventuell von hier aus irgendwohin bewegen?«, fragte Marschall. »Wir sind jetzt schon ziemlich lange in dieser Konstellation.«

»Ich nicht«, sagte Henninen und würgte eine Halbliterplastikflasche Apfelwein auf.

»Vielleicht wiederhole ich mich ja tatsächlich, aber mir wäre es immer noch wahnsinnig wichtig zu würfeln«, sagte Bifi. »Ich meine bloß, dass dieses Thema quasi so ein bisschen in Vergessenheit geraten ist. Das heißt, eigentlich meine ich sogar doch noch ein bisschen mehr, ich finde halt, dass ich glaube, das Würfeln könnte jetzt angebrachter sein als je zuvor, immerhin ist hier, wie soll ich sagen, pechmäßig ein Menge vorgefallen, da würde es bestimmt guttun, auf ein paar andere Gedanken zu kommen.«

»Ich glaube, ich könnte dieses bisschen Liebe mehr gebrauchen als je zuvor.«

»Du Träumer«, sagte Marschall.

»Ich muss allerdings diese Apfelweinflasche hier bewundern«, sagte Henninen und schraubte den Verschluss auf und zu. »Da ist irgendwie eine mobilitätsfreundliche Lösung gefunden worden, mit diesem Plastikrand unter dem Verschluss hier, da lässt sich so eine Flasche umstandslos transportieren, zum Beispiel in der Straßenbahn.«

»Hm«, sagte Bifi.

»Das heißt, Scheiße, Mann. Ich mein ja bloß, dass wir uns gut und gern auch mal wieder irgendwo anders hinbewegen könnten, und wenn uns nichts Besseres einfällt, machen wir halt eine Tour mit der Tram.«

»Hui«, sagte Marschall. »Ein Anfall von Tatkraft und Dynamik.«

»Ehrlich gesagt, hab ich sogar mit dem Gedanken gespielt, einen Abstecher ins Zentrum zu machen, vielleicht könnte man da ein bisschen Liebe aufstöbern.«

»Ich habe mich seit mindestens einer Woche nicht aus diesem Dorf hier entfernt.«

»Und was ist mit dem Würfeln?«, sagte Bifi.

»Fahren wir sozusagen in die Stadt und praktizieren wir das Würfeln dort«, sagte Henninen. »Dann sind wir halt meinetwegen mal mutig und unbefangen und so.«

»Joo, genau, fahren wir in die Stadt, Erledigungen machen.«

»Ich bin allerdings noch ein bisschen schreckhaft, weil ich gerade erst aufgewacht bin, das möchte ich doch anmerken dürfen.«

»Außer Würfeln könnte man vielleicht auch ein bisschen Liebe finden.«

»Obwohl ich nicht unbedingt groß Widerstand leisten will«, sagte Marschall. »Vielleicht kann man es so sehen: Alles ist besser als nichts. Das heißt, ich will damit nicht sagen, dass das hier irgendwie unwesentlich wäre, verflixt, jetzt wird es aber kompliziert, als hätten wir es hier mit einem grundlegenden Problem zu tun. Vielleicht sollte ich einfach sagen: Abwechslung erfrischt. Gehen wir.«

»Gehen wir eben, gehen wir, gehen wir«, sagte Bifi und sah für einen Moment so aus, als würde er über etwas nachdenken. Dann fiel ihm ein hinzuzufügen: »Scheißdreck.«

»Das kann doch nicht so schwer sein«, sagte Henninen.

»Doch, kann es. Glaubt mir. Und ich setz noch ein schauriges, unheilverkündendes Lachen obendrauf.«

»Du malst doch jetzt nicht quasi Teufel an die Wand?«, fragte Marschall.

»Doch, die mal ich«, sagte Bifi. »Aber egal.«

Und somit war es dann recht schnell abgemacht und entschieden, und man schickte sich dementsprechend an zu gehen. Die Gliedmaßen waren vom Liegen betäubt, und überhaupt fühlte man sich von Kopf bis Fuß zerknittert, aber irgendwie gelang es dann doch aufzustehen. Bier und Apfelwein hatten sich gut verkauft, sodass die Flaschen alle in eine Tüte passten. Die wurde Bifi aufgebürdet.

»Eins versteh ich bloß immer noch nicht«, sagte Marschall.

»Und das wäre?«, fragte Bifi und erstarrte irgendwie, ihm war es anscheinend unmöglich, sich gleichzeitig zu unterhalten und zu leben.

»Das heißt, eigentlich nichts.«

Dann schüttelten sie die Beine aus und raschelten mit den Kleidern, als würden sie zu einem längeren Lauf lospreschen. Die Sonne hing am Dach eines Hauses fest, ein bisschen so, als wäre eine Stelle ihrer Umlaufbahn zu ölen vergessen worden, sie ließ zwei horizontale Säulen in der Luft liegen. Sie trotteten über den Rasen auf das Tor zu und waren dabei genau genommen schneller in Fahrt als die schreitenden Schutzmänner, denn bald schon waren sie am Tor und danach fast ein bisschen zu schnell auf der Straße, Autos verkehrten keine, Menschen allerdings schon, langsame, grobrandige Daseinsformen, die sich aus irgendeinem Grund klarer zu strukturieren schienen, wenn man sie gewissermaßen aus dem Augenwinkel betrachtete, und zwischen ihnen schoben sie sich also hindurch auf die Fahrbahn, und bald hatten sie diese auch schon überquert. Hinter den Häusern, von der Feuerwache her, hörten sie lautstarkes, schmetterndes Antreiben, und anschließend sprang röhrend ein großformatiges Fahrzeug an, all das wirkte sich jedoch kein bisschen auf das Lärmmessgerät des Umweltzentrums an der Wand aus, das hatte einen ganz anderen Rhythmus, es hüpfte für sich auf und ab, ohne sichtbaren Grund, beziehungsweise hörbaren Grund, um genau zu sein.

»Nehmen wir die Bahn«, sagte Henninen, und dagegen gab es nichts einzuwenden.

Und so kam es, dass das Gehen trotz aller Gemächlichkeit und einem Hauch von Taumel einfach immer weiterging, und zwar so selbstverständlich und ohne Zweifel, dass ein Teil von einem bei dem Lärmmessgerät zurückblieb, ein einzelnes, erzählendes Auge, wie eine Überwachungskamera, und unter diesem Blick schlurfte das Trio dem Sonnenuntergang und der Straßenbahnhaltestelle und einer eventuell besseren Zukunft im Stadtzentrum entgegen, diese bei aller Dreieinigkeit einsame Formation, die sich schließlich so weit entfernte, dass es schon beinahe lebensnotwendig wurde, sich auf ein Personalpronomen zu stützen, dort schwankten sie also noch einen Augenblick, dann aber verschwanden sie um die Ecke, und im Nu kam sie, die Sehnsucht, und darum musste man ihnen schnell hinterherrennen.

Im Wartehäuschen an der Haltestelle rumorte eine große Traube molliger Paare, die aussahen, als kämen sie vom Land, wahrscheinlich hatten sie eine Versammlung. Als die Straßenbahn kam, drängten alle blindlings und gleichzeitig durch die Türen, bis jemand merkte, dass es die falsche Linie war, und dann hatten sie entsprechende Probleme, auf dieselbe Art wieder herauszukommen. Marschall, Bifi und Henninen gelang es irgendwie, durch den Stau hindurch in die Bahn zu gelangen und sich zu entschuldigen.

Drinnen war Platz, diese Linie war ruhiger als diejenige, die direkt durch den Innenstadtkern führte. In der Fahrerkabine saß ein vor Erschöpfung gebeugter Ölgötze mit grauem Bart, der aussah, als wäre er sein gesamtes Erwachsenenleben lang diese Strecke im Kreis gefahren, ohne eine einzige Kaffeepause.

Er setzte sich ruckend in Bewegung, der Straßenbahnzug. Marschall pflanzte seinen Hintern auf einen Behindertensitz, den Schlitzen, die jemand in das Plastikpolster geschnitten hatte, entwich ein müdes pneumatisches Schnaufen. Bifi warf sich eine Reihe weiter hinten auf eine Bank, und Henninen ließ sich auf seinen Schoß fallen, er tat sich mittlerweile schon etwas schwer mit dem Gleichgewicht. Aus reiner Boshaftigkeit blieb er eine Weile so sitzen und ließ Bifi unter sich wimmern, aber nach einer Zeitspanne, die er selbst für angemessen hielt, rutschte er auf einen eigenen Sitz.

Nun erreichten sie den Platz vor der Feuerwache.

Noch immer schien ihnen die niedrige Sonne von vorn durch einen Straßentunnel entgegen und durch den Straßenbahnwaggon hindurch, was vorübergehend für heiße und irgendwie splendide Stimmung sorgte.

»Das ist aber ein feuriger Wagen«, sagte Henninen.

»Aber ein fahler Fahrer«, sagte Marschall.

»Und ein«, sagte Bifi, aber dann fiel ihm offenbar keine Fortsetzung ein, weshalb er lediglich geräuschvoll schluckte und schweigend auf seinem Sitz hocken blieb.

Eine Weile waren alle durch die auf Bifis abgebrochene Satzbildung folgende, von knorpeligem Rumpeln durchsetzte Stille sensibilisiert, dann fügte Henninen hinzu: »Das war jetzt auch wieder so ein Scheißdialog.«

Daran wollte erst mal keiner eine Fortsetzung anhängen, weshalb nichts als das reine Reisen übrig blieb. Es bestand darin, dass sie stumm auf ihrem Platz saßen und aus dem Fenster schauten, das bei der Beseitigung von Schmierereien offenbar trübe gekratzt worden war, den Blick auf allerlei vorüberkriechende Fixpunkte wie Bäume und Häuser und Autos und Menschen richteten, und da all das gerade nichts Besonderes abwarf, mussten sie eben wieder das Innere der Bahn betrachten, auch da gab es letztlich nichts wahnsinnig Interessantes zu sehen. Der einzige echte Fahrgast war ein Jüngelchen, das auf einem Einzelsitz beim Gelenk saß und wie ein ausgehungerter Student aussah. Er hauchte in einem fort auf seine Brillengläser und scheuerte sie dann mit dem Hemdsärmel, und zwar mit Bewegungen, als würde er Granit bearbeiten. Es kamen Kurven nach rechts und nach links und dann wieder eine Haltestelle, ein paar Fahrgäste mehr, ein abgenutzt wirkender Kerl in blauem, nach Haushaltsmüll riechendem Trainingsanzug, eine besorgte Mutter, an der einen Hand ein Kind und in der anderen eine migränegelbe Plastiktüte voller leerer Flaschen, zwei knochige, tuschelnde zwölfjährige Mädchen in zu kleinen altbackenen Klamotten. Sie saßen mit dem Gesicht in Fahrtrichtung und vertrauten auf die Zukunft, am Hang passierten sie einen Spielplatz, der aussah, als würde er sich aufwärts bewegen, in der Mitte der Rutschbahn saß ein deprimiert wirkender Junge, er war irgendwie stecken geblieben, vielleicht hatten ihm seine hysterischen Eltern Rutschbremsen ins Hinterteil seiner Matschhosen gestanzt, denn er schien tatsächlich Matschhosen anzuhaben, bei der Hitze. Und dann blieb auch das Kind zurück, und es kamen wieder Häuser und Fenster und Wohnungen, und in denen gab es natürlich allerlei mitzuerleben, Einzimmer-, Zweizimmer- und Dreizimmerwohnungen, hauptsächlich wohl Einzimmerwohnungen, zur Ruhe gekommene Zimmer, in denen der Staub langsam auf den Fernsehschirm zuschwamm, seufzende Kaffeemaschinen, vor lauter Kaffeedurst fleckig und gelb geworden, halbdunkle Dielen voller leerer Pizzakartons und Bäder, wo sich die Zahnpastatuben ganz von alleine knautschten, ewiger Abwasch und paarungsfreudige Wollmäuse, Miete, die man nicht los wird, indem man sie bezahlt, Eigentum, das irgendwie immer bestehen bleibt, ohne sich um all das Sterben zu scheren.

An diesem Hang war so viel Wohnen und Leben zusammengedrängt, dass es einem erst leichter zumute wurde, als das Amtsgebäude bläulich im Blickfeld schimmerte.

»Alles in Ordnung?«, fragte Henninen im Stil eines niederträchtigen Reiseführers, der gerade eine Busladung Kulturtouristen in einen vom Einsturz bedrohten Bergwerksschacht gelotst hat.

»Aber sicher«, sagte Marschall.

»Wisst ihr übrigens was«, sagte Bifi.

»Hab ich nicht gesagt, wir sollten nochmal pinkeln gehen, bevor wir aufbrechen«, sagte Henninen.

»Nee, das heißt, ich meine, ich bin plötzlich irgendwie verspannt, das hat natürlich auch ein bisschen mit Blasendruck zu tun, klar, aber mich fröstelt so, wisst ihr, von wegen, Mensch, wir fahren in die Stadt und so. Das wollte ich bloß sagen.«

»Was hab ich gesagt«, sagte Henninen.

»Was hast du gesagt?«, fragte Marschall.

»Was hab ich euch gesagt«, sagte Henninen und schichtete eine Reihe Falten auf seiner Stirn auf.

»Hier ist offensichtlich wieder eine Schleife im Anzug«, sagte Marschall.

»Beruhigt euch«, sagte Bifi. »Ich rede hier über Gefühle. Das heißt, ich meine, guckt doch mal, wo wir sind, in was für einer Bewegung, plötzlich hatte ich das komische Gefühl, dass wir so richtig in Bewegung sind, quasi in einem Fahrzeug, als wären wir fast zu schnell unterwegs.«

»Ab einem gewissen Punkt ging alles ein bisschen zu schnell«, sagte Marschall.

»Hä.«

»Nichts, ich dachte bloß, das könnte so eine Äußerung von einem Unterhaltungskünstler sein, in irgendeinem Zeitungsinterview.«

»Also, ich für mich könnte festhalten, sagte Henninen, »dass. Ich meine, ihr habt den ganzen Tag ziemlich ohne Stress verbummeln dürfen, aber ich bin immerhin von der Polizeigewalt aufgegabelt worden. Aus dem Grund kommt mir die Fahrt mit der Straßenbahn jetzt nicht besonders aufregend vor.«

»Kannst du dich übrigens noch an den Nachbarn da draußen auf dem Land beim Wassersee erinnern, Henninen?«, fragte Bifi. »An den, der erzählt hat, dass er so richtig mit der ganzen Familie in die Hauptstadt gefahren ist, um sich die Rolltreppen in der U-Bahn anzugucken, halt weil die so lang sind.«

»Nein.«

»Ach. Na, schon gut.«

Dann, als schon nicht mehr viel gefehlt hätte, bis er mit etwas Erschütterndem zum Thema Rolltreppen herausgeplatzt und darauf wieder in einen Teufelskreis geraten wäre, wurde er auf das Phänomen aufmerksam, dass die Straßenbahn eine Haltestelle erreicht hatte und dort bereits verdächtig lange stand. Da musste er sich dann umgucken und sich den einen oder anderen zusätzlichen Gedanken und Herzschlag hinsichtlich allerlei schlimmen Befürchtungen gestatten, aber wenn er sich Mühe gab, die Augen zu benutzen, begriff er, dass der Fahrer ausgetauscht wurde, wahrscheinlich war sie ins Rentenalter gekommen, die menschliche Rarität, die die Straßenbahn bisher gefahren hatte. Sie hatte ihr arztkofferartiges Tragegerät gepackt, den Wagen verlassen und war flink durch die automatische Tür in die U-Bahn-Station gehuscht. Und da sie nun also weg war, kletterte eine tüchtige blau gekleidete Frau in das mit Plexiglas eingefasste Fahrerhäuschen, eine Frau mit so roten Haaren, dass es schon fast bedrohlich wirkte, sie schlug die Kassiervorrichtungen auf ihrer Kommandobrücke in die Halterung, stellte den Sitz ein und musterte sich selbst in dem großen, bauchigen Spiegel, durch den sie wohl in erster Linie die Fahrgastherde belauern sollte, vielleicht war sie gerade erst beim Friseur gewesen oder so.

Und da drüben stand also jetzt das überwiegend schon leere Amtsgebäude. Es war ein trostloser, gletscherartiger Bau und gleichzeitig doch auch irgendwie tröstlich in seiner zweckdienlichen Fürdiekatzheit. Man konnte sich gut vorstellen, dass man, wenn man ihn erst einmal betreten hatte, darin bis zum Lebensende von einem Raum zum nächsten gehen, mal mit dem Hut in der Hand, mal mit der Flamme des erregten Änderungsantragstellers in den Augen mit dem Lift alle sieben Stockwerke und wahrscheinlich noch mehr hinauf- und hinunterfahren, sich zwischendurch in der hallenartigen Kantine verirren konnte, wo man in einer Portion entmutigender Brühhäcksel stocherte, die einem eine boshafte Köchin auf den Teller geklatscht hatte, um dann wieder den Weg fortzusetzen, seine Gelenke zu Staub zu zermahlen auf einer Wendeltreppe, die sich in den schwarzen Mulch der existenziellen Dinge schraubte, wie eine horrorvergnügungsparkartige DNA-Schikane, über Gänge zu gehen, in Konferenzräume hineinzuschneien, an die falschen Türen zu klopfen und all das zutiefst zu bedauern, sich dann wieder an einer neuen Schlange vor einer neuen Luke anzustellen und in kleinen Raten in eine Nachbehandlung zu wechseln, vielleicht ins Gesundheitszentrum im Souterrain, ins Wartezimmer, wo die Sorgen ernst sind und die Sommermorgen vor Erkrankungen trübe. Dorthin, hierhin, überallhin, von A nach B, von B nach C, das türmte sich schnell zu einem gewaltsam um Leichtigkeit bemühten Singsang auf, dieses Hierher und Dorthin, von hier nach da und da nach hier, von A nach B, da di da da.

Und dann, nachdem das Hin und Her gewissermaßen auf quasi seelischer Ebene auf Strom geschaltet war, setzte sich auch die Straßenbahn, wenn nicht direkt symptomatisch, so doch wenigstens passenderweise in Bewegung. Da kam das Runde Haus und noch mehr Rundes, und daher rührte es wahrscheinlich, dass alle ringförmigen Gedanken wieder angesegelt kamen, die Straßenbahn rumpelte, es rumpelte die Straßenbahn, so ging der Rhythmus, der Rhythmus der ging so, nun gut, dem konnte man sich jedenfalls ohne weiteres überlassen und aus der ziemlich unmittelbaren Vergangenheit den Hinundhersingsang hinter sich herschleifen, hierher, dorthin, dorther, hierhin, hinüber, herüber, von A nach B und hin und her, und da merkte man dann, wie schnell man sich in einen fast schon primitiven, schaukelstuhlmäßigen Rhythmus verstrickte, der unwiderruflich zu sein schien. Alle möglichen zwanghaften Gestenabfolgeanstrengungen traten bereits auf, zuerst zuckte der Fuß, es fing mit der Ferse an, die auf den Wagenboden tippte, unter dem sich an dieser Stelle offenbar der leere Sandbehälter befand, weil es so schön dröhnte, und dann strömte das Phänomen auch schon ins Knie, das zuerst ebenfalls zuckte, dann aber ins Flattern geriet und bald so schnell und empfindlich schlackerte, dass eine Bewegung im eigentlichen Sinn gar nicht mehr zu erkennen war, fast schon unkontrolliert war das zu nennen, und einen kurzen Moment lang war man schon nahe daran, auch das Becken in ruckartige Vorwärts- und Rückwärtsschwingungen zu versetzen, aber dann mischte sich etwas Gewissenartiges ein und konnte gerade noch einen verurteilenden Schrei ausstoßen, es wäre ja auch, wenn man es nur etwas genauer abwog, in der Sitzposition ziemlich schwierig gewesen, auf jeden Fall blieb jedoch im Oberkörper ein gewisser Drang zurück in Richtung Baumeln und Zappeln, und darum mischten sich nun auch die Hände ein, der Zeigefinger fing an, indem er zu einem Trommeln ansetzte, das zwar aussah, als wäre es nicht im Takt, das für das innere Rhythmusohr aber punktgenau klang. Und recht bald merkte man, dass die ganze Hand auf den Oberschenkel klatschte und allmählich begriff man, dass dieser Entwicklungsverlauf ziemlich schnell zu Kopfwackeln und schamlosem Mundaufreißen und ähnlicher Mimik führen konnte, und da musste dann dafür gesorgt werden, dass man etwas in den Kopf bekam, was auch immer, um den musikalischen Fehltritt zu ersticken, worauf einem dann am ehesten, gemäß dem Gesetz der fixen Idee, das nun schon ziemlich bekannt gewordene Hin und Her wieder in den Sinn kam.

»Marschall, hey!«

Was es auch immer war, was übrig blieb, wenn man das rhythmische Plappern abschälte, man bekam jedenfalls schnell das Gefühl, als hätte das Hin und Her etwas drückend Wesentliches an sich, wie Bifi gesagt hatte, es bildete sich zu einer großen Sache heraus, auf einmal war einem so pelzig zumute, als hätte sich durch Verstehen gleitfeucht gewordene, kalte Soße auf die Kleider geschüttet, und der Gedanke stellte sich ein, ob ihnen hinsichtlich der Fahrt in die Stadt eine Fehleinschätzung unterlaufen war, da sie normalerweise nicht so wahnsinnig oft und abrupt auf diese Weise die Gefilde wechselten, aber sie erwies sich schließlich als ziemlich flüchtig, diese Empfindung, zumal sie ja immer noch in der Bahn saßen und sowohl vom Ausgangs- wie vom Zielpunkt in ziemlich befreiender Weise losgelöst waren, und eigentlich, wenn man an die Innenstädtischkeit dachte, die sich vorne in Form einer undeutlichen Silhouettenreihe abzeichnete, kam sie einem doch noch ziemlich weit weg vor, die Stadt, und so machte sich letzten Endes sogar ein recht zufriedenes Befinden breit, gerade wegen der fälligen momentanen Nutzlosigkeit, die sich mit dem Reisen verband. Man konnte auf den Gedanken kommen, dass in dem Moment eben an nichts auf der ganzen Welt etwas zu ändern war, man musste nur dasitzen, sitzen und fahren von A nach B.

»Ohoi«!

Und weiter von B nach C rücken, freilich auf der Stelle sitzend, in der Straßenbahn, warme, ringförmige Gedanken denken, im flammenden Wagen sitzen und feststellen, dass man sich im Grunde Stück für Stück von allem wegdachte, sitzen und sitzen und sitzen und denken, wie angenehm das Sitzen als einzigartige Handlung alles in allem doch war, und trotzdem, während man so ausführlich dasaß, gab man langsam auf einer ziemlich schmalen Spur gegenüber der verflixten Wirklichkeit zuerst anderthalb Zentimeter und dann immer größere Maßeinheiten nach, Marschall, hey, Marschall, verdammt, Marschall, verdammte Scheiße, Mann, weiter von hier nach dort, von A nach B, wieso kam einem das jetzt plötzlich wie ein zwingendes Thema vor, noch ein bisschen an die Bewegung von hier nach da denken, weiterhin auf seinem Platz sitzen und nach und nach mit nicht lokalisierbaren Teilen des Bewusstseins die blaue Gefahr verinnerlichen, die den Wagen betreten hatte, aus Gott weiß welchem Grund immer bloß weiter auf der Bank des harten Schicksals sitzen bleiben und schließlich feststellen, dass alle anderen zur Tür hinausgestürzt waren.

»Die Fahrkarten, bitte.«

Da hieß es dann nun wirklich aufspringen und versuchen, von A nach B zu kommen.

Vor der Tür hatten sich zwei Kontrolleure in karatemäßiger Breitbeinigkeit aufgebaut, ein bisschen von wegen, hier kommt jetzt keiner durch. Sie kamen auch nicht durch, das war das Seltsame an den Dienstausübenden aller Couleur, in ihrem Vorgehen lag neben der sich über viele Branchen erstreckenden Bläue, die einem den Hals zuschnürte, immer dieses unbedingte „jetzt nicht". Die Bahn setzte sich wieder in Bewegung. Marschall spähte zwischen den beiden Nahkämpfern hindurch zur Haltestelle, wo Bifi wie ein Vernunftsbolzen in der Luft wedelte, irgendwie war es trotzdem möglich, die Botschaft des Fuchtelns so zu deuten, dass sie die Absicht hatten, mit der nächsten Bahn nachzukommen.

Dann musste man in der Tasche nach der Identität graben und, nachdem man sie gefunden hatte, weitergeben, diese Geste war heute anscheinend gefragt. Sie drehten und wendeten sie mit Gesten hin und her, die das berufliche Engagement unterstreichen sollten, sie hätten ebenso gut jeden Moment hineinbeißen können, aber dann erlahmte ihr Diensteifer offenbar, jedenfalls was die Abteilung Echtheit des Dokuments betraf, und sie gingen dazu über, mit augenfälliger Befriedigung die Zahlungsaufforderung auszufüllen. Als sie die Konsequenz zu Papier gebracht hatten, verlangten sie noch den Preis eines Einzelfahrscheins. So viel war aber gerade nicht vorhanden. Dazu sagten sie, das würde dann heißen, dass die Fahrt an der nächsten Haltestelle beendet sei.

Die nächste Haltestelle zog unter dem Wedeln mit den Dokumenten vorüber. Sie gaben der Fahrerin allerdings keinen Befehl zum Anhalten, um den Schwarzfahrer aus dem Waggon zu bugsieren, sondern gruppierten sich stattdessen alle um die Türen im vorderen Bereich, wo sie selbstzufrieden lächelten, und ließen den Schwarzfahrer mit allen nur denkbaren Zetteln und Scheinen in der Hand mitten im Gang stehen. Als die Bahn dann wieder anruckte, musste der sich mit beiden Händen an der nächsten Stange festkrallen, die Ausweise und Strafzettel schwebten zu Boden, und von dort musste er sie auflesen, und als er sich endlich wieder erhob, hatte sich als Folge all der Prüfungen literweiße Blut in seinem Kopf angestaut, und da half es auch nicht, dass die unvollständig bekleideten Menschensprösslinge weiter hinten im Wagen den Nerv hatten, mit dem Finger zu zeigen und zu tuscheln und zu kichern, und alles in allem der Situation mit offenbar absolut unversiegbarer Energie außerordentliche Beachtung schenkten.

Irgendwann kam dann trotzdem die nächste Haltestelle. Es war die Haltestelle vor dem Hauptbahnhof. Die Kontrolleure stiegen ebenfalls aus, sie knuddelten sich zu einer dichten Dolde unterm Dach zusammen und fingen an, sich mit plätschernden Stimmen über einen lustigen Fall auszutauschen. Marschall glitt seitlich von ihnen weg und blieb dann neben dem schwarz verstaubten Geländer, das Haltestelle und Fahrbahn trennte, stehen und starrte auf seine Schuhe. Die waren auf einmal unwahrscheinlich interessant geworden.

Als er es kurz fertigbrachte, sich von den Schuhspitzen zu lösen und aufzublicken, stellte er fest, dass die gesamte, von der Abendstubensonne rötlich gefärbte Bühne so voller Menschen war, dass einem plötzlich das Atmen schwerfiel. Sie kamen und gingen vorbei und bisweilen auch auf einen zu, all die Menschen, und trotz des Zeitpunkts hatten sie alle ein Trageutensil bei sich, welches die Sinnhaftigkeit ihres Daseins anzeigte, Rucksack, Gestellrucksack, Koffer, Plastiktüte oder Bündel, und all die schreckliche Nähe und das irgendwie verantwortungsvolle Getrage war vom Schuldgefühlauslösepotenzial her von einer solchen Qualität, dass der Blick schnell wieder auf das eigene Schuhwerk gerichtet werden musste.

Und da er nun einmal dort stand und auch noch den Fehler begangen hatte, die Aufmerksamkeit auf die

Menge der Menschen zu richten, musste auch prompt so etwas wie eine Invasion folgen. Ein glatzköpfiger Bengel in einer Art Kaftan griff an, er ging unmittelbar vor der Nase vor Anker und fuchtelte mit einem Buch. Er sagte, er wolle ihm das Buch schenken. Natürlich war da ein Haken begraben, auf so ein Spiel hatte Marschall keine Lust, am liebsten hätte er die Augen geschlossen, die Finger in die Ohren gesteckt und laut zu jaulen begonnen.

Aber der andere stand trotzdem dort und stieß einem die spitze Ecke des Druckerzeugnisses gegen das Brustbein.

»Nee, danke«, sagte Marschall.

»Nein, im Ernst, ehrlich«, sagte der andere und stocherte direkt vor Marschalls Augen mit dem Buch in die Luft.

»Nee, im Ernst, ehrlich, also echt, ich hab jetzt keine Lust, ich meine es, wie ich es sage, mir ist schon genug passiert heute, ehrlich wahr.«

»Ekelhafter Wichser«, sagte der Glatzkopf und wischte mit der Hand durch die Luft, allem Anschein nach in verurteilender Weise, und ging dann auf das Wartehäuschen zu, um andere Leute, die dort herumstanden, zu verscheuchen.

Nachdem dieser Aufdringling erledigt war, kam auch schon die nächste Bahn an die Haltestelle, sie kam schnell, sicherlich wurde sie von einem Hansdampf gesteuert. Henninen stolperte aus der hinteren Tür und Bifi mit der Plastiktüte aus der mittleren, für einen Moment sah es organisiert aus, aber offensichtlich hatten sie sich nur gegenseitig aus den Augen verloren. Bifi kam als Erster angestürmt und sagte, das dürfte teuer geworden sein, Henninen trottete unambitioniert hinterdrein, schaute nirgendwohin und fing auch nicht an,

Kommentare über die Lage abzugeben, offensichtlich hatte er keine nennenswerte Lust mehr, sich überhaupt noch über sie zu äußern, die Amtsgewalt.

Beide hielten noch eine Weile ihr irgendwie hängend wirkendes Stehen aufrecht, dann guckte sich Bifi verstohlen um und sagte: »Oh, die sind ja immer noch oder schon wieder da.«

Sie waren immer noch da. Sie standen nach wie vor in einer Ecke des Wartehäuschens und hielten ihren Frohsinn mittels trödelhändlerartigem Gestikulieren in Gang. Der Haltestelle wurden fortwährend Leute zugeführt, sie platzierten sich samt und sonders am anderen Ende des Wartehäuschens, irgendwie scheuten sie instinktiv die Kontrolleure, all die anständig wirkenden Menschen.

Wieder kam eine Bahn.

»Nehmen wir die?«, fragte Marschall. »Beziehungsweise die nehmen wir doch.«

»Schauen wir mal«, sagte Bifi und schaute dann mit einer solchen Gründlichkeit, dass er kurz wie ein Sehbehinderter aussah, und die Kontrolleure unter ihrem Dach schauten gelassen zurück, es hatte nicht den Anschein, als hegten sie die Absicht, die betreffende Bahn zu besteigen.

Nachdem er lange genug Maß genommen hatte, sagte Bifi, gehen wir. Er nahm die Sache in Angriff und Marschall ebenfalls, Henninen folgte gezwungenermaßen. Als sie die hintere Tür erreicht hatten, rannten die Kontrolleure, sturmangriffsartig nach vorn gebeugt, zur mittleren.

»Oh Scheiße«, sagte Henninen. »Oh beschissene, verfickte scheiß Scheiße.«

Ihr Vorpreschen bewirkte, dass Bifi zum fahrbahnseitigen Rand der Haltestelle zurückwich, und zwar in einer viertelbewussten tappenden Seitwärtsbewegung, die der Unfähigkeit entsprang, zu entscheiden, ob er vorwärts oder rückwärts gehen sollte. Marschall folgte ihm, Henninen war noch nicht einmal in die Nähe der Türen gekommen, falls die Entfernungen überhaupt mittels solcher Fern-Nah-Aufteilungen gegliedert werden konnten, bei einer Strecke von alles in allem zweieinhalb Metern. Die Kontrolleure erkannten die Rückzugsmaßnahmen und legten ebenfalls den Rückwärtsgang ein, und das Ganze sah schnell nach einer bestimmten Choreographie aus, und aus ihrer Sicht war das sichtlich ein Vergnügen.

Die Bahn verließ die Haltestelle. Die Kontrolleure tänzelten zu ihrer Ausgangsposition zurück, und langsam sammelten sich wieder neue Fahrgäste an. Henninen lehnte sich ans Geländer, versaute sich die Hände mit dem schwarzen Pulver, das das gesamte Geländer überzog, und wischte sie mit rasenden Bewegungen an seiner Hose ab.

Bifi sah ihm dabei zu, als verberge sich darin eine tiefere Symbolik, dann sagte er: »Tja.«

»So ganz allmählich bin ich echt, echt am Ende«, sagte Henninen. Dann blickte er auf und hielt es für angeraten hinzuzufügen: »Echt wahr.«

»Na, ja, joo, klar«, sagte Marschall. »Das heißt, doch, mir geht das auch langsam auf den Sack, aber ich kapier nicht so genau, was dir hier eigentlich so dermaßen auf die Eier geht, ich bin doch derjenige, der das Zusatzticket gekriegt hat, nicht du.«

»Ja, ja«, sagte Henninen.

»Was machen wir jetzt?«, fragte Bifi.

»Na, wegen einer Tram geht ja wohl die Welt nicht unter.«

»Scheiße, Mann, und ob sie untergeht. Ich hab keinen Bock mehr. Ich hab keinen Bock mehr. Ich will zurück, das hier ist nichts für mich.«

»Was ist denn mit dem los? Ist euch unterwegs was Traumatisches zugestoßen?«

»Ich glaube, ich versteh das jetzt nicht so richtig«, sagte Bifi und schaute Henninen so erwachsen an, wie er konnte. »Also ich meine, du warst doch derjenige, der ursprünglich auf Biegen und Brechen hierherwollte.«

»Scheiß drauf«, sagte Henninen. »Jetzt will ich zurück.«

»Das scheint nie aufzuhören.«

»Das auch nicht«, sagte Marschall. »Das heißt, Scheiße, was hab ich jetzt damit eigentlich gemeint?«

Darauf sagte Henninen nur, entweder oder, und holte, als ob er damit seine knittelige Zielstrebigkeit betonen wollte, eine verbogene Zigarettenpackung aus der Brusttasche, stocherte mit dem Zeigefinger darin herum und fummelte schließlich die letzte Zigarette heraus. Sie war gebrochen. Kriegerisch schmiss er sie auf den Boden, knüllte die Packung zu einem kompakten Kloß zusammen und stand dann beleidigt da, das Papier- und Folienknäuel mit der Faust umklammernd, als wäre es ein Talisman.

»Na«, sagte Bifi dann mit zugleich forderndem und versöhnlichen Ton, und vermutlich hatte es mit diesem gegabelten Ton zu tun, dass keiner die Mühe für wert hielt, darauf eine Antwort zu formulieren.

Man stand einfach da. Aus der Ferne wurde ein leicht gehemmter und beschränkter Donner herangetragen, es hörte sich an, als würde jemand in einem Erdloch randalieren. Am westlichen Himmel hatten sich dunkelgraue Wolken in der Form eines ramponierten Zylinders angesammelt, als lungerte hinter dem Horizont eine Schar riesiger, bedrohlicher Hippies mit drolligen Hüten. Die Ampeln, die sich beiderseits der Haltestelle offenbar ziemlich willkürlich benahmen, ließen die Autoschlangen langsam vorwärtsrücken, wie in einem schmerzhaften Krampf, auf dem Zebrastreifen, genau dort, wo er die Straßenbahnschienen kreuzte, ging einem Anzugkauz der Aktenkoffer auf, und seine Unterlagen lagerten sich fächerartig auf dem Boden ab. Er beeilte sich, sie einzusammeln, mit todernster Miene, wozu auch durchaus Grund bestand, denn es kam schon wieder eine Bahn, und darum hatte er es auch dermaßen eilig, dass er nicht dazu kam, seine Papiere dort zu archivieren, wo sie gewesen waren, er stapelte sie einfach auf dem Arm und hielt sie umklammert, sodass man daraus schließen konnte, dass sie ihm irgendwie wichtig waren, und dann sprang er mit Riesensätzen auf die Verkehrsinsel, als hätte er Angst, nasse Füße zu bekommen, was natürlich ein bisschen speziell wirkte, wenn man bedachte, dass er in erster Linie in Gefahr schwebte, unter einer Straßenbahn zu Tode zu kommen.

Die Bahn erreichte die Haltestelle und kippte eine Ladung Ankömmlinge auf die Hineindrängenden. Dadurch bildete sich kurzzeitig ein derartiges Gestrüpp der Willen, dass man am liebsten auseinander! gebrüllt hätte.

Und dann, als die Menschen wie auf Befehl auseinandergegangen waren und das Wirrwarr nachgelassen hatte, stiegen die Kontrolleure ein, offenbar hatten sie bekommen, was sie wollten.

»Pah«, konnte Henninen gerade noch sagen, bevor das Kapitel zu Ende war.

Der Regen setzte ein, als sie schon so nah wie möglich an den Ausgangspunkt herangekommen waren, nämlich an die Haltestelle gegenüber der Haltestelle, wo sie die Straßenbahn in Richtung Innenstadt bestiegen hatten. Sie bemerkten es zuerst bloß mit dem Ohr, an dem unregelmäßigen Geräusch von oben, das klang wie Regen, der auf See oder Meer fällt, von unter der Oberfläche gehört, und kurze Zeit später schmatzten auch schon Verdichtungen von der Größe kreischender Spitzmäuse gegen die Wände, und all das wuchs sich dann schnell zu einem ziemlich biblischen Beat aus.

»Das hier hat gerade noch gefehlt«, sagte Henninen und schielte zum Himmel.

»Das da hat gerade noch gefehlt«, antwortete Bifi.

»Also was?«

»Das Gemotze da. Alles muss immer gleich scheiß stressig sein.«

»Na eben, darüber hab ich mich ja auch gerade gewundert.«

»Ich würde allerdings fast sagen wollen, dass diese Ausnahmesituation ein durchaus willkommenes Phänomen darstellt«, sagte Marschall. »Falls es erlaubt ist, einen solch versöhnlichen Versuch zu wagen.«

»Na, dann sag es«, sagte Bifi und fing an zu husten, was er zweifellos begründet tat, denn der Regen sorgte dafür, dass von der seit Tagen in der Hitze gerösteten Erde atemberaubende Kleinstpartikel aufstiegen, die jeden Verdacht auf Gasangriffe nährten.

»Diese Ausnahmesituation stellt ein durchaus willkommenes Phänomen dar.«

»Wieso klingen diese Wiederholungsmuster in diesem Stadium des Tages eigentlich nach ziemlich traurigen Bemühungen?«, warf Henninen ein.

»Wie auch immer«, gab Marschall zurück.

»Das soll wahrscheinlich heißen, dass man irgendwas unternehmen müsste.«

»Also nach meinem Dafürhalten haben wir jetzt ausreichend lange an Haltestellen herumgestanden.«

Bifi nahm nun die Zügel in die Füße und rannte von der Haltestelle auf den Bürgersteig und schlich an der Hauswand entlang in Richtung Helsinginkatu, ihm fiel das leicht, weil er von seinen physischen Ausmaßen her so schmal war. Unter Markisen und in Hauseingängen hatten sich Menschen angehäuft wie angespülter Müll, das Wasser hatte es bereits von den Dächern in die Traufen geschafft, es stürzte durch die Rinnen auf die Bürgersteige wie langer, unnützer Radau.

Bei der Gelegenheit wurden sie auch auf die Tatsache aufmerksam, dass der größte Teil des Lichts irgendwo verschwunden war. Die Straßenlampen kamen gegen das plötzliche Dunkelwerden kaum an.

Und es ging auf diese etwas zweidimensionale Weise weiter, es sah aus und fühlte sich auch so an, als pirsche man sich auf dem Außensims eines Wolkenkratzers in krimineller Absicht voran oder, alternativ, als befände man sich auf der Flucht vor einem blutrünstigen Serienkiller. Bifi machte es sich zur Aufgabe, höflich alle ernsten Regenflüchter in den Hauseingängen zu grüßen, das Schlottern in der Ausnahmesituation machte sie ernst, zugleich aber hatte es etwas Erhebendes, in den Nischen herrschte jedenfalls eine Art Atombunkerstimmung, ein bisschen so, als würde hier das kleine Volk so gut es konnte dem Donnergott in den Zeh beißen.

Es war etwas schwierig, ihm auf den Fersen zu bleiben, dem Bifi. Henninen marschierte ihm mit ziemlich gründlichem Schmollen hinterher, und Marschall, der Henninen folgte, bemühte sich so auszusehen, als bitte er für seine Vorläufer irgendwie um Entschuldigung. Die Autos fuhren langsam und mit sirrenden Reifen vorbei, eine Straßenbahn stieg anderthalb Häuserblocks vor der Haltestelle auf die Bremse.

Sie kamen an eine Kreuzung.

»So«, sagte Marschall.

»So auf die Schnelle sehe ich nicht so schrecklich viele Möglichkeiten«, sagte Bifi und deutete auf die andere Straßenseite, wo immer noch der Mützenkiosk stand, Yni hatte ihn bereits zugemacht, er besaß einen siebten Sinn, der ihn rechtzeitig vor Regen und anderen Umbrüchen warnte.

»Tja, also«, sagte Henninen und ging mit seinen kranken Latschen platschend über die vom Wasser usurpierte Kreuzung, für einen Moment sah es aus, als hätte er eine Kante der Lebensbeherrschung zu fassen bekommen.

Aus dem einen oder anderen Grund hatte es keinen einzigen Menschen auf der Flucht vor dem Regen unter das Mützenschild des Kiosks verschlagen, obwohl es auch bei besserem Wetter alle möglichen Asyl- und Heim-und-Herd-Suchenden anzog, und daher war es geradezu natürlich, dass sie sich an die verbeulte, mit Blech verkleidete Theke vor der geschlossenen Luke lehnten. Und nachdem sie eine Weile dort gestanden und die letzten Biere entkorkt hatten, deren allgemeiner Flüssigkeitscharakter mittlerweile einen warmen und verdickten Geschmack angenommen hatte, begannen sie allmählich zu verstehen, warum es vor dem Kiosk menschenleer war: das Wasser schlug ihnen so kräftig von der Seite entgegen, dass der Schutzwert des Mützenschirms letztlich nur ein nomineller war.

Sie standen da und sahen den Autos, die über die Kreuzung pflügten, wo sich das Wasser aus vier Richtungen zu einem düsteren Tümpel gesammelt hatte, und den ziemlich bemitleidenswerten Menschen zu, die sich gerade jetzt aus diesem oder jenem Grund gezwungen sahen, ohne Regenschirm von A nach B zu gelangen. Und nachdem sie all das Nasswerden lange genug betrachtet und bedacht hatten, drängten allmählich allerlei Gelüste an die Oberfläche, Marschall spekulierte, er habe zweifellos gerade auf etwas Lust gehabt und sagte dann, er hätte Lust auf etwas, wenn nicht auf etwas anderes, dann wenigstens, der Teufel soll es holen, endlich auf das Würfeln, und dann war Bifi an der Reihe, er sagte, er habe Hunger, aber das war natürlich nichts Umwerfendes, und da sie mit dieser Art von Gelüsten diesmal nicht sonderlich weit kamen, jedenfalls nicht mit dem Gewicht von zwei Mündern, schauten sie Henninen an, der doch immerhin den ganzen Tag auf dieses bisschen Liebe gepocht hatte, der aber jetzt allem Anschein nach versuchte, mit seinem schweigenden Wesen etwas zu vermitteln wie: Nichts könnte mich weniger interessieren, aber wenn er auch jetzt nicht unbedingt etwas wollte, so sah er doch immerhin so aus, als würde er etwas brauchen.

»Henninen«, sagte Marschall, »rette uns.«

Henninen starrte auf den letzten, zusehends schwindenden trockenen Streifen Boden unter der Mütze und ließ seine gesamte Erscheinung hängen, wie einer der sein Land verkauft hat, das fiel einem dazu tatsächlich ein, als hätte er schon mal irgendwelches Land besessen. Er wirkte nicht nur betrunken und sozusagen besiegt, sondern auch höchst durchweicht, seine Gestalt hatte es fertiggebracht, gleichzeitig aufzuquellen und an Haltung zu verlieren. Und da es sich nun einmal so verhielt, sah er genau aus wie eine nasse Vogelscheuche, oder wie ein Vogelschreck, das möge sich jeder selbst aussuchen, je nach Geschmack, Ideologie oder der Umgebung, in der er aufgewachsen ist.

»Puh«, sagte Bifi, und er sagte es so, als wäre jemand oder etwas zu weit gegangen.

»Oh ja«, sagte Henninen.

»Also was jetzt?«

»Also das jetzt«, sagte Henninen. »Das jetzt halt, dass das ein langer, schwerer Tag gewesen ist, und dass es hier scheiß feucht ist, und dass ich nie das bisschen Liebe kriege, und dass das bisschen, mit dem ich das Liebesbedürfnis, ich meine das zehrende Liebesbedürfnis ersetzen könnte, ich meine das Bier, dass halt also auch das jetzt versiegt ist.«

Mit einem Schluck trank er die halbe Flasche aus, die er noch übrig hatte. »Also das jetzt, mein ich halt.«

»Also wie jetzt genau?«, fragte Bifi und schaute Marschall irgendwie erschrocken an, vielleicht beschäftigte ihn Henninens Misere, weil sie ja gemeinsame Erinnerungen an alle möglichen düsternasskalten substanziellen Dinge teilten.

»Also, ich meine, also«, sagte Marschall und setzte schon dazu an, die Wortgruppe fortzusetzen mit einem Wischficktuer auf »Es-ist-halt-jetzt-so«-Basis, kam aber nicht dazu, etwas zu sagen, weil der Gedanke und somit auch das Wort dadurch abgebrochen wurde, dass ein auf nicht näher präzisierbare Weise würdevoll gekleideter Mann mit Hut in hoher Schanzengeschwindigkeit auf seinem Omafahrrad brausend in die Pfütze fuhr, die auf der Kreuzung schwappte.

Die Pfütze war mittlerweile so tief geworden, dass die Geschwindigkeit des Fahrrads abrupt gedrosselt wurde und es in der Mitte der Pfütze zum Erliegen kam. Man konnte dem Mann nicht den Vorwurf mangelnder Anstrengung machen, hartnäckig hielt er an seiner Grimasse im Geist der Weltvermöbelung fest, stellte sich auf die Pedale und versuchte noch ein bisschen Kraft aus den Waden zu pumpen, aber dann schien er plötzlich aufzugeben, ließ das Fahrrad einfach langsam zur Seite sinken und krachte selbst mitsamt dem Gefährt in die Gosse.

»Die Menschheit tritt auf der Stelle«, sagte Henninen und gab sich offenbar Mühe, in seinem Tonfall ein paar Eiszapfen klingeln zu lassen. Das Problem war bloß, dass man nicht übersehen konnte, wie sehr er lachen musste.

»Der da tritt allerdings gleich ab, wenn er nicht bald aufsteht«, sagte Bifi.

Henninen wollte darauf noch etwas sagen, dachte dann aber anscheinend, dass er sich sein Schmollen, das sich so schön verschlimmert hatte, nicht durch Witzemachen verderben wollte, und darum brachte er seinen Gesichtsausdruck mit einem Ruck wieder in neutrale Position und richtete die feuchten Augen auf Marschall oder auf etwas in der näheren Umgebung.

»Joo, stimmt«, sagte Bifi und schaute ebenfalls hin.

»Gut, aber um nochmal auf das Thema von eben zurückzukommen, also ich wollte wenigstens sagen, glotzt mich nicht so an, und zwar a) weil das irgendwie unangenehm ist und b) weil ich abgebrannt bin.«

»Hä?«, sagte Bifi. »Es war doch scheiß viel Kohle da.«

»Na ja, das hängt jetzt ein bisschen vom Standpunkt

ab, wie man so schön sagt, aber wie auch immer es war, es war jedenfalls einmal.«

»Oh ihr Gipfel des Elends und Weltmeisterschaften der Depression«, sagte Henninen, es kam erstaunlich klar heraus, als hätte die an sich leicht vorhersehbare Krise plötzlich die Bauklötze in seinem Kopf sortiert.

Auf der Kreuzung stieg der Mann aus dem Teich und schob sein Fahrzeug mit wütendem Blick gen Himmel um die Ecke.

»Tja, was soll man dazu anderes sagen, als: das kannst du laut sagen«, sagte Bifi. »Sag's laut.«

»Also, oh ihr Flinten und Holzkugeln und Hammondorgeln Christi und was weiß ich nicht noch alles«, sagte Henninen. »Mehr weiß ich und kann ich und ertrag ich auch nicht.«

»Also was?«, fragte Marschall.

»Na, also eigentlich nichts. Das heißt, höchstens vielleicht dass alles jetzt irgendwie halbfertig ist, ich will diesen Tag nicht in diesem verfluchten, schäbigen Halbrausch zurücklassen.«

»So halb sieht der gar nicht aus«, sagte Bifi. »Klingt auch nicht so. Aber 'tschuldige.«

»Irgendwie fühle ich mich so, als würde ich am liebsten die ganze Zeit Scheiße schreien und fluchen oder mich auf jemanden stürzen.«

»Gesagt, getan«, sagte Marschall und riss in Ermangelung etwas Besseren ein Streichholz an, schnippte es in die Pfütze und blickte sich dann um. Auf dem Zebrastreifen stieß eine in durchsichtige Folie gewickelte, aber trotz des Schutzmittels ziemlich ausgebleicht wirkende Oma ihren Rollator dem Regen entgegen.

»Scheiß Oma!«, rief Henninen mit gebrochener Stimme und schüttelte die Faust.

Die Oma war wahrscheinlich taub, oder aber Henninens Ruf blieb einfach am klebrigen Wasser hängen, das in langen, bis zum Himmel reichenden Fasern in der Luft zuckte. Jedenfalls reagierte sie nicht auf das Grölen.

»Und, hat's gutgetan?«, fragte Marschall dann.

»Ehrlich gesagt, ja.«

»In dem Fall könnten wir vielleicht eine Art von Maßnahme ergreifen«, sagte Bifi.

»So gut hat es nun auch wieder nicht getan.«

»Willst du damit jetzt sagen, dass du sauer bist?«, fragte Bifi so, wie man einen Lebensabschnittsgefährten fragt, aber es war auch etwas dran, an der Gefährtenschaft.

»Nee, also, ich bin noch nicht sauer. Ich verspreche, dass ich bald sauer bin, ganz bald. Ich meine, wenn es hier nicht bald mal heller wird.«

»Der Abend kommt«, sagte Bifi. »Das wird sich jetzt eine Weile nicht ändern, also das mit der Helligkeit.«

»Man könnte sich natürlich ein bisschen Knete leihen«, sagte Marschall.

»Die Banken sind längst zu«, sagte Bifi.

»Na ja, dann müssen wir uns wohl an einen privaten Wucherer wenden«, sagte Henninen in einem auf Ausgleich bemühten Ton, und es klang, als wäre er kurzzeitig auf die Idee gekommen, einem, der schwächer war als er, irgendeinen Schaden zuzufügen.

»Kotilainen wohnt immer noch in der Gasse da drüben«, sagte Bifi. »Er arbeitet, was für ein Bau war das noch? Oder ist er jetzt Putzmann, ich weiß es nicht. Aber er hatte jedenfalls Urlaub, als ich ihn das letzte Mal gesehen habe.«

»Das bedeutet ja wohl noch nicht den Untergang, wenn jemand Urlaub hat«, ereiferte sich Henninen. »Die kriegen doch Urlaubsgeld oder so was.«

»Wenn er nicht schwarzarbeitet«, sagte Marschall.

»Nee, ich meine bloß, wenn er Urlaub hat, dann muss er ja auch irgendwo arbeiten«, sagte Bifi.

»Wer weiß«, sagte Henninen. »Ich hab eher den Eindruck, dass der ganze Kerl ziemlich ins Schwärzliche spielt. Was aber natürlich nicht heißt, dass er kein Geld haben kann.«

»Na eben, und es kostet ja nichts«, sagte Marschall. »Also ich meine, hinzugehen und es zu probieren.«

»Ihn kostet es bestimmt nichts«, sagte Henninen und trat in den Regen.

Er hatte sich mittlerweile ein bisschen normalisiert, der Regen, gegenüber dem heiligen Zorn, mit dem er angefangen hatte. Die Schutzräume am Straßenrand hatten sich von Schlotterern geleert, sie waren wohl tief im Herzen zu dem Ergebnis gekommen, dass das Ganze nicht innerhalb von Minuten ausgestanden war. Irgendwo weiter weg donnerte ein Gewitter, aber auf eine irgendwie lästige Art war es trotzdem überall, es klang nach einem Blockadering, der sich langsam zuzog. Hinter der Schule heulte die Alarmanlage eines Autos auf.

An der nächsten Ecke bogen sie in die schmale Gasse auf der anderen Seite des Häuserblocks ein. Dort befand sich eine kleine, aber steile Hügelkuppe, über deren rissigen Asphalt einem das Wasser entgegenstürzte. Bifi vermutete, in der Stromschnelle würde man bald Bachforellen oder Äschen angeln können, wenn das mit dem Regen so weiterging, und Henninen trug auf die Liste noch tote Schusterböcke ein, denn zufällig lag an dem Hang eine etwas ungeschützt wirkende Schuhmacherwerkstatt.

»Und wo wohnt er?«, fragte Marschall.

»Irgendwo hier war das«, sagte Bifi. »Ich bin erst einmal dort gewesen.«

»Ich und Marschall noch nie, weshalb der Orientierungslauf hier jetzt auf deinen schmalen Schultern lastet.«

»Wir haben's schon gefunden, doch, das da ist es.«

Es war ein gewöhnliches, braunes Mietshaus, das von dem Braun aber gewissermaßen größer gemacht wurde, als es in Wirklichkeit war, es schwoll einem regelrecht entgegen. Der Regen hatte die Fassade noch nicht komplett nass gemacht, durch die sozusagen zweidimensionalen nassen, wimperntuscheartigen Streifen, die unter den Fensterecken hingen, glich die Fassade irgendwie einem entsetzlichen Familienporträt, das aufgehängt worden war, obwohl es dem Fotografen trotz mehrerer Versuche nicht gelungen war, den Frauen der Familie die Tränen zu stillen.

Bifi hatte es bereits in die Türnische geschafft und rief von dort aus, es gäbe keine Klingel. Marschall folgte ihm und fragte, ob das auch bestimmt der richtige Eingang sei, worauf Bifi erwiderte, das wisse er nicht, und durch die Haustür hindurch nach der Tafel mit den Namen Ausschau hielt. Henninen quetschte sich ebenfalls in den engen Raum, er wirkte noch immer sauer, aber es machte ihm offenbar auch keinen Spaß mehr, lediglich im Namen der Halsstarrigkeit im Regen zu stehen.

»Und, siehst du was?«

»Na, nicht wirklich.«

»Was soll das denn jetzt schon wieder heißen?«, fragte Henninen.

»Ich kapiere gerade, dass ich den Nachnamen nicht habe.«

»Herrgott«, stöhnte Henninen. »Du kennst den Nachnamen von Kotilainen nicht?«

»Willst du damit sagen, dass er Kotilainen mit Vornamen heißt?«, fragte Marschall. »Dass sein ganzer Name also zum Beispiel Kotilainen Veijalainen lautet?«

»Nee, also, äh, ich dachte, das könnte so was wie ein Eigenschaftswort sein, von ›koti‹, Heim, dass er quasi viel daheim ist, dass es ihm da sozusagen gefällt. Aber irgendwo muss er ja sein. Man sieht hier nicht so viel.«

»Was sieht man wo?«, wollte Henninen wissen.

»Na, hier, wo wir auch grade sind. Ehemalige Jugendliche würden sagen, ›on the road‹.«

»Pfui Teufel«, sagte Marschall. »Da kommen einem ja direkt Jartsa und Juhis in den Sinn.«

»Wer?«

»Ach, schon gut.«

»Ich würde die Aufmerksamkeit trotzdem jetzt mal darauf richten, ob da Kotilainen steht oder nicht«, sagte Henninen. »Also auf der Tafel.«

Bifi linste durch die Scheibe. »Steht da nicht«, sagte er. »Da gibt es einen Koikkalainen und dann einen Muju, komischer Name, und dann, oh Scheiße, das glaubt ihr jetzt nicht, leck mich am Arsch.«

»Na, was nun?«

Er ließ ein leises, krampfartiges, knatterndes Lachen los und musste sich nach vorn beugen und den Bauch halten. Er japste eine Zeit lang, dann kam er wieder auf die Füße und flüsterte: »Assi.«

Es kam aus Bifi heraus wie ein Seufzer tiefster Erschütterung, sodass alle eine Weile verstummten, so wie man es immer für angebracht hielt, wenn man etwas oder jemandem die Ehre erweisen will. Im Türglas spiegelten sich drei regungslose, ernste, etwas erschrocken wirkende Köpfe, und durch sie hindurch schimmerte die Wand des Treppenhauses und die schwarze Tafel, wo unterschiedlich lange weiße Namen im Klüngel leuchteten.

»Sag so was nicht«, flüsterte Marschall.

»Guck selbst.«

Marschall trat näher. Für einen Moment musste er desorientierte Augen anstarren, die durch eine Scheibe guckten, bevor er über dieses Spiegelphänomen irgendwie hinwegkam und ins Innere sehen konnte.

»Es stimmt. Scheiße, Mann. Henninen, guck du.«

Henninen nahm Marschalls Platz ein und richtete seinen Blick durch das Glas. Er atmete so schwer, dass die Scheibe bazillig beschlug.

»Wisch das ab«, sagte Bifi.

»Auf die Idee bin ich selbst gekommen.«

»Und?«, sagte Marschall. »Lügen meine alten Augen?«

»Joo, sie scheinen nicht zu lügen. Da steht Assi. Klar und verständlich.«

»Scheiße, was für eine arme asoziale Sau«, sagte Bifi und stieß ein trockenes Kichern aus.

»Ich weiß jetzt allerdings nicht, was daran so komisch sein soll«, sagte Henninen. »Assi, ha ha ha.«

»Du hast neuerdings scheinbar so was wie die Stimme der Vernunft drauf«, sagte Marschall.

»Das ist ein Scheißname. Ein ganz gewöhnlicher Vorname.«

»Ah«, sagte Bifi. »Auf die Idee bin ich gar nicht gekommen.«

»Und wenn es ein Vorname sein kann, warum soll es dann nicht auch ein Nachname sein können.«

»Praktisch so wie Kotilainen«, sagte Marschall.

»Trotz allem ist das schon ein bisschen assimäßig«, sagte Bifi.

»Und um nochmal auf diesen Kotilainen zurückzukommen, da muss ich allerdings sagen, armer Bifi.«

»Na.«

»Na, ich hab ja nur gemeint, dass ich auf dieser Tafel keinen Koikkalainen finde.«

»Ach, scheiß drauf«, sagte Bifi geradezu gutgelaunt und versuchte die Augen aufzureißen.

»Einen Kotilainen gibt es allerdings.«

»Na, hab ich's nicht gesagt?«

»Äh, wenn ich mich recht erinnere, wollen wir ja auch zu einem gewissen Kotilainen«, sagte Marschall. »Und nicht zu Koikkalainen.«

»Eben, genau.«

»In der Tat.«

»Na, äh, wie soll ich das jetzt formulieren, also wir sollten vielleicht irgendwie versuchen, in das Treppenhaus hier reinzukommen«, sagte Marschall. »Ich mein bloß, du hast bestimmt keinen Schlüssel dabei, auch wenn du mit ihm auf so gutem Fuß stehst.«

»Was soll das denn jetzt heißen?«

»Eigentlich nichts. Ich fasse nur Maßnahmen ins Auge, quasi zur Abwechslung.«

»Gebongt«, sagte Henninen und schwankte wieder in den Regen, es passte irgendwie zu ihm, dieses In-den-Regen-Gehen, da er sich in einer etwas fatalen Gemütslage befand. Er baute sich mitten auf der Straße auf und fing an zu brüllen.

»Kotilainen!«

Bifi ging zu ihm, und Marschall folgte. Dort in der Mitte kam es einem vor, als liefe einem das Wasser der ganzen Welt vom Himmel oder von den Dächern ins Genick.

»Kotilainen!«, rief Henninen.

»Kotilainen!«, rief Marschall.

»Kotilainen!«, rief Bifi. »Kotilainen!« Dann schmatzte er einen Moment, als kostete er den matten Nachgeschmack des Rufens aus, trampelte mit den Füßen im Wasser auf dem Asphalt und schrie hinterher: »Hey! Das ist geil!«

»Halt's Maul«, sagte Henninen. »Da geht ein Fenster auf.«

Im ersten Stock machte jemand mit lautem Knarren das Fenster auf, und dann hörte man ein Krachen und ein dünnes Ächzen, als wäre gerade etwas von hohem ideellen Wert zerbrochen. Über dem Rand der Fensterbank verstofflichte sich ein kahler und seltsam zweidimensionaler Männerkopf. Er blickte zuerst mit seinen kleinen, wie in den Höhlen vertrockneten Augen nach unten, dann schaute er nach oben in die Wolken, und irgendwo in seiner unmittelbaren Nähe schob sich ein Arm heraus, der mit einem verblüffend großen Ruderblatt ausgestattet war. Dann fingen die ans Ende des instrumental aussehenden Auswuchses addierten Finger an, sich sensibel zu krümmen, etwa so, als tasteten sie nach den Tropfen.

»Was ist das für ein Krach?«, fragte der Kopf und sah wieder auf die Straße. Die Hand neben ihm wurde schnell und gewaltsam wieder ins Zimmer gezogen, als wäre sie in ein Räderwerk geraten.

»Wir wollen zu Kotilainen!«, schrie Bifi, als befände sich der Mann eine Tagesetappe entfernt, wo es bis zu dem Fenster doch nur gut drei Meter waren.

»Nicht bei mir, nicht bei mir«, sagte der Kopf. »Macht, dass ihr fortkommt.«

»Kennen Sie Kotilainen?«, fuhr Bifi unverdrossen fort. »Wir suchen ihn.«

»Wir haben etwas mit ihm zu besprechen!«, rief Marschall. Zweifellos löste der dichte Regen das laute Rufen aus, das merkte man, wenn man versuchte, etwas aus dem Mund zu lassen, man war gezwungen, es mit Kraft und Gewalt durch das Wasser zu drücken.

»Geht woandershin, wie oft soll ich euch das noch sagen, ich rufe die Polizei.«

»Entschuldigung, der Herr!«, rief nun Henninen. »Sind Sie vielleicht der Assi?«

»Hört auf, die Leute zu beschimpfen«, sagte der Mann mit flacher, versteppter Stimme, verschwand im Zimmer und knallte das Fenster zu.«

»Komischer asozialer Kerl«, sagte Bifi.

Marschall dachte gerade schon, dass es wahrscheinlich vernünftig wäre, es durch die Hofeinfahrt in den Innenhof zu versuchen und von dort ins Treppenhaus, und war auch schon im Begriff, die Initiative zu ergreifen, als die Haustür aufschwang und zwei fürstlich beleibte Jungen mit ausgestreckten Mörsern als Sonderausstattung herausstürzten. Beide hatte dermaßen große Lutscher im Mund, dass sie damit gewiss einen ganzen Tag lang auskamen, falls sie nicht stolperten und erstickten. Sie rannten hinter einen Lieferwagen, der am Rand der Gasse geparkt war, stocherten mit ihren Flinten im Regen, und einer von ihnen schrie, wo steckt sie, die Pamela Andersson, ich bring die Hure um.

Bifi war es gelungen, sich an die geöffnete Tür zu klammern, und nun hielt er sie auf, als würde er eine vom Einsturz bedrohte Konstruktion abstützen. »Äh, dann also herzlich willkommen«, sagte er.

»Danke«, knurrte Henninen und drängte durch die Tür.

Im Treppenhaus war es düster und irgendwie dschungelhaft, der Duft nach bittersalziger Saunaquaste schwappte in der Luft. Marschall drückte den Lichtschalter, er schien nach dem Prinzip zu funktionieren, dass die Deckenlampe zuerst weiß und dann orange aufleuchtete, und wenn sie nach dem orangenen Aufflammen ein ersticktes knisterndes Geräusch von sich gegeben hatte, erreichte sie jenes Stadium des Programms, in dem das Licht nicht brannte.

Die Aufzugtür stand offen. In der Kabine schimmerte immerhin ein Flämmchen.

»Was war jetzt nochmal das Stockwerk?«, fragte Marschall vor dem Schiebegitter, dessen schmiedeeisernes Wesen einen irgendwie zwang, stehen zu bleiben und zu überlegen, ob man wirklich eintreten sollte, es hatte etwas feierlich Unwiderrufliches an sich, das auch nicht durch den Versuch gemindert wurde, sich in Erinnerung zu rufen, dass es sich bei enger Interpretation doch bloß um den Ein- und Austrittskanal eines Lifts handelte.

»Das dritte oder so.«

Henninen faltete sich als Erster in den Lift, das war für ihn offenbar keine Frage der Schwelle, auch wenn es nicht einfach aussah, denn mittlerweile war er schon ziemlich breit. Nachdem Marschall und Bifi ebenfalls die Kabine betreten hatten und Bifi das sich schlauchartig benehmende Gitter zugezogen hatte, ging es aufwärts.

Die Fahrt war ziemlich schlaglochreich. Man kam sich vor, als führe man in einem alten Karriol gen Himmel.

»Ich behaupte allerdings, dass dieser Kotilainen unser Schreien gehört hätte, wenn er daheim wäre«, sagte Henninen, als der Aufzug klappernd den dritten Stock erreichte.

»Mal jetzt mal keine satanischen Fürze an die Wand«, sagte Bifi und fügte dann eilends hinzu: »Oho. Das war jetzt anscheinend Humor.«

Henninen drängte mit Gewalt als Erster hinaus, offensichtlich mit dem Recht dessen, der das Gefährt als Erster bestiegen hatte, und die anderen folgten ihm in der Reihenfolge, die sich ergab. Vor dem Aufzug blieben sie stehen. Es gab drei Türen in diesem Stockwerk, auf der linken stand Virtanen, auf der mittleren Keine Reklame und auf der rechten nichts.

Bifi marschierte zur rechten Tür, betätigte die scheppernde Klingel und klopfte noch zusätzlich dreimal. Henninen und Marschall gruppierten sich hinter ihm.

»Tut sich nichts«, flüsterte Bifi.

»Deine Methode ist vielleicht nicht die allerbeste, sagte Henninen. »Die Leute von der GEZ praktizieren dieses Dreimal-Klopfen, die denken, das hat was Kameradschaftliches, da rennen die Leute sofort an die Tür.«

Sie warteten noch ein bisschen im Halbdunkel. Aus einem der unteren Stockwerke drang ein nervenaufreibendes, gleichmäßiges Hämmern herauf, man konnte sich leicht vorstellen, wie ein grauer Herr Assi dort Tag für Tag Nägel in seinen Sarg schlug. Da sie da, wo sie standen, auf keinen grünen Zweig kamen, hielt es Bifi für angebracht, sich zum Briefschlitz hinabzubeugen und hineinzubrüllen.

»Kotilainen!«, rief er. »He! Kotilainen!«

Vorerst kam keine Antwort. Bifi richtete sich auf, trat gegen die Tür, bückte sich erneut und rief durch den Briefschlitz, komm her, du elender Kerl, und mach die Tür auf, hier ruft Bifi. Das wirkte insofern, als man in der Diele zunächst ein schwaches Kratzen hörte und gleich darauf einen entsetzlichen, kropfartigen Schrei, der für einen Moment beinahe scheißeberaubend unheimlich klang, der vom Grips aber nach zwei Sekunden als eine Art Katze identifiziert wurde. Sie hatte offenbar etwas Wichtiges mitzuteilen.

»Na also, da ist jemand«, sagte Marschall.

»Sieht ganz so aus«, antwortete Henninen. »Hoffentlich hat ihn der Löwe da nicht aufgefressen.«

Dann waren aber auch schon ziemlich deutlich erkennbare menschliche Schritte zu hören sowie Husten und beschwichtigendes Tuscheln, und die Tür flog so schnell auf, dass alle drei zurückschrecken mussten, um im ganz konkreten Sinne das Gesicht zu wahren. Kotilainen stand in der Tür und sah aus, als wäre sein Name tatsächlich eine Art Attribut, denn er trug blaukarierte Altmännerunterhosen und darüber einen sorgfältig zerknitterten Großvatermorgenmantel und auf dem Kopf einen Kaffeewärmer, aus dessen Ausgussloch ein fast peinlich schelmisches Haarbüschel ragte. In der einen Hand hielt er eine bis zur Hälfte abgebissene Gurke, in der anderen schwelte eine dicke, knotige und reichlich natürlich riechende Selbstgedrehte. All das wirkte irgendwie sehr normal, und der Mann sah aus, als wäre er mit seinem Dasein ausgesprochen zufrieden.

»Und?«, sagte er.

Bifi warf einen argwöhnischen Blick über die Schulter, als hätte er ein grauenhaftes Geheimnis auf dem Herzen, dann fragte er halb flüsternd: »Dürfen wir reinkommen?«

»Tut gut«, sagte Kotilainen. »Ich bin gerade, äh, na egal.« Er deutete mit der Gurke auf die qualmende Tüte.

Er trat zur Seite und ließ Bifi und Henninen und Marschall den Stumpf von einer Diele betreten, der als Empfangshalle diente. Daran schloss sich ein Zimmer von zwanzig Quadratmetern an, das immerhin durch ein großes, von Regentropfen verschrammtes Fenster bereichert wurde, durch das man die Fassade des gegenüberliegenden Hauses und einen kleinen grünen Streifen von der im Innenhof wurzelnden Linde sah. Auf der Fensterbank stand eine ergreifend kränkliche Topfpalme, daneben lag ein grelltürkiser, flacher Steinbrocken von der Größe einer Aktenmappe, der aufgrund seiner Farbe unerträglich geschmacklos gewesen wäre, hätte man sein Aussehen nicht als Schöpfung von Mutter Natur persönlich erkannt. Deren Hervorbringungen gestand man auch Farbtöne zu, die ohne Sinn und Verstand zusammengepanscht wirkten.

Mitten im Zimmer stand ein niedriger Tisch und daneben ein steppjackenartiges Sofa, das ziemlich nach Heilsarmee aussah, dazu gab es zwei Einzelsitzgelegenheiten, die eine derartige Kombination aus runden und eckigen Formen darstellten, dass man unmöglich sagen konnte, ob sie zur Spezies der Arbeits-, Ruhe- oder womöglich Essstühle gehörten. Dann war noch ein Hochbett aus Birkenholz vorhanden, das eine sonderbar kinderzimmerhafte Gemütlichkeit ausstrahlte, und darunter ein kleiner, weiß gestrichener Schreibtisch aus Spanplatten, auf dessen Platte gewissermaßen als abrundendes Detail ein einsamer Leihschein, eine Blechdose mit Stiften und das in einen verzierten Goldrahmen gezwängte Foto von einem Wesen, das entfernt an ein Meerschweinchen erinnerte, drapiert waren. In der Ecke gegenüber befand sich eine Kochnische, die angesichts der Größe verblüffend sauber aussah.

Kotilainen bemerkte Marschalls Blick und sagte: »Ich spüle gern. Ehrlich wahr.«

»Ach. Ich dachte gerade, dass es hier irgendwie seltsam gemütlich ist, trotz der wenigen Einrichtungsgegenstände.«

»Ich nenne das seelenvolles Wohnen«, sagte Kotilainen. »Ich bin ein Mensch, der gern daheim ist.«

»Scheint so«, sagte Henninen und gab sich die Erlaubnis, auf der Sofaecke Platz zu nehmen.

Kotilainen schob die Einzelstühle an den Tisch und setzte sich auf einen. Die Katze rieb sich an Marschalls

Beinen und krächzte, vielleicht hatte sie Husten, weil sie dauernd so industriell klang. Aufgrund ihrer Färbung und Fleckung wirkte sie derart gestaltlos, dass ihr ständig ein mattes Schattenbild zu folgen schien.

»Wie heißt diese Katze?«, fragte Marschall.

»Bruse«, antwortete Kotilainen.

»Äh, wie spricht man das aus?«, fragte Bifi und versuchte die Katze zu befingern, aber sie schreckte mit einem Satz anderthalb Meter zurück und blickte zornig.

»So wie Bruhs.«

»Also wie Bruce mit c«, sagte Marschall.

»Genau.«

»Komischer Name«, schnaubte Henninen auf dem Sofa, als fühlte er sich durch die Namensgebungspolitik irgendwie persönlich beleidigt. »Gut, dass sie nicht, was weiß ich, Ian heißt.«

»Ian ist ein Hundename«, sagte Kotilainen mit einem dermaßen auf Selbstverständlichkeit abzielenden Tonfall, dass es sich anhörte, als hielte er tatsächlich irgendwo einen Hund dieses Namens versteckt.

Marschall setzte sich auf den anderen Stuhl. Bifi nahm neben Henninen auf dem Sofa Platz, raufte sich ein bisschen seine Mähne und erinnerte sich durch das Kopfkratzen wahrscheinlich daran, dass es ja auch eine Absicht gab, und trug sein Anliegen vor: »Also, äh, wir haben da so ein Problem, ähm. Wie soll ich das jetzt sagen.«

»Wie viel?«, fragte Kotilainen und lächelte ein freundliches Lächeln, er war einfach bewundernswert ausgeglichen in seinem Hiersein, angesichts seines organischen Wohlbefindens kam man sich schnell konditionsschwach und erbärmlich vor.

»Na ja, also, das haben wir uns noch gar nicht so richtig überlegt.«

»So viel, dass ich mich heute nicht mehr mit abnehmender Betrunkenheit auseinandersetzen muss«, sagte Henninen.

»Er hat heute nicht den ganzen Tag durchgehend grüne Welle gehabt«, sagte Marschall.

»Aha.«

»Ja, also«, sagte Bifi. »Genau. Was Besseres fällt mir jetzt nicht ein.«

»Ich hab was da«, sagte Kotilainen und reichte Marschall die qualmende Waffe. Der schüttelte den Kopf, aber Bifi nahm an, betrachtete sie, reichte sie dann jedoch an Kotilainen zurück, worauf Henninen sie sich krallte.

»Das kannst du im Moment bestimmt nicht brauchen«, sagte Bifi.

»Darum rühre ich es ja auch an.«

Henninen sog die Glut bis zur Pappe herunter und zermalmte die Selbstgedrehte dann in einem kleinen, fragilen, eierbecherartigen Gefäß auf dem Tisch. Danach sah er aus, als konzentrierte er sich nur noch auf sein Dasein in der Sofaecke. Bifi starrte auf die Katze, die unter dem Tisch lag und an Hirnschwund zu leiden schien. Vor der Scheibe schepperte der Regen auf dem Fensterblech, der Innenhof irgendwo da draußen sah mit jedem Blick ein bisschen dunkler aus.

»Und sonst?«, fragte Kotilainen.

»Nix Besonderes«, sagte Marschall. »Wir haben uns bemüht, ein bisschen zu würfeln.«

»Bemüht?«

»Es gab da ein paar Widrigkeiten.«

»Das ist hart«, sagte Kotilainen. »Das Würfeln.« Dann schwieg er eine Weile, blickte auf einen unsichtbaren Punkt an der Wand und sagte: »Ziemlicher Smalltalk.«

»Joo«, sagte Marschall. »So ist es, das heißt, ich meine, positive Antwort auf beides. Henninen, hey, komm wieder zurück auf die Erde.«

Henninen hatte in der Sofaecke die Knie an sich gezogen, er sah absolut so aus, als hätte er sich innerhalb kürzester Zeit ein übersinnliches Nest gebaut. Marschall scheuchte ihn erneut auf, worauf er joo sagte und dann die Augen schloss.

»Ach ja, wie war das jetzt mit den Finanzen?«, fragte Bifi.

»Ach ja«, sagte Kotilainen. »Ich guck mal nach.«

Er stand auf, ging in die Diele und langte in die Jackentaschen. Die Katze, also Bruce, es war schwierig, sie bei diesem Namen zu nennen, folgte ihm, es handelte sich eindeutig um Kotilainens Bruce.

Dann kam Kotilainen zurück und setzte sich wieder auf seinen Stuhl, in der Faust eine unsympathisch wirkende, aus irgendwelchen Kleintieren zusammengenähte Masse, in der er dann rührte wie in einer Lostrommel.

»Zwanzig wärn drin«, sagte er.

Henninen schreckte aus seinem Koma auf. »Scheiße, Mann, das reicht doch hinten und vorne nicht«, sagte er.

»Unter der Voraussetzung natürlich, dass ich sie bald zurückbekomme.«

»Natürlich kriegst du sie«, sagte Marschall. »Für was für Menschen hältst du uns eigentlich?«

»Wie wär's mit vierzig?«, fragte Bifi, der sich nun seinerseits um die wirtschaftliche Seite Sorgen machte.

»Na, scheiß drauf. Aber ungern. Ich hab nämlich auch Unkosten. Und ich muss es wirklich zurückkriegen.«

»Du kennst uns doch«, sagte Bifi.

»Na eben, leider.«

Kotilainen grapschte eine Zeit lang in seinem Portemonnaie herum, dann zupfte er zwei Zwanzigdollarscheine heraus und reichte sie Marschall, der ihm zufällig am nächsten saß. Marschall faltete sie zu dünnen Röhrchen zusammen, zwängte sie in die Hosentasche und versuchte anschließend so zu tun, als wäre nichts gewesen, unvermutet hatte sie quasi Schamgefühle ausgelöst, die Geldannahme, als wäre damit irgendwie bestätigt worden, dass man sozusagen selber schuld war. Woran? An allem.

Und da hätte dann wieder nicht viel gefehlt, und sie wären in den Bereich geraten, wo sich alles in den eigenen Schwanz beißt, aber Henninen unterbrach mittendrin, wie es bei Unterbrechungen ja meistens der Fall ist, mittendrin, wie auch immer, er unterbrach die Entwicklung, indem er zur Abwechslung auf dem Sofa den Mund aufmachte und sagte: »Oioioi.«

»Was ist denn jetzt los?«, fragte Marschall.

»Mein Zustand ist gar nicht gut. Überhaupt nicht.«

»Wie nicht gut?«

»In keinster Weise, verflucht. Weder physisch noch psychisch und auch nicht, na ja, in ästhetischer Hinsicht. Oder welcher Hinsicht auch immer. In keinster. Weise, Weise, Weise.«

»Was sollen wir mit ihm machen?«, fragte Bifi, und es wurde nicht ganz klar, ob er Henninen fragte, was sie mit seinem Zustand machen sollten, oder die anderen Anwesenden, was mit Henninen zu tun wäre.

»Ich glaub, ich brauch frische Luft«, sagte Henninen und verkrampfte sich in der Eierhocke eines Abfahrtsläufers.

»Was euren Höflichkeitsbesuch betrifft, war es das jetzt wohl«, sagte Kotilainen. »Ihr habt das Geld und fertig.«

»Immerhin haben wir auch übers Wetter geredet«, sagte Bifi.

»Nicht dass ich darum betteln würde, dass ihr euch hier einnistet«, sagte Kotilainen und sah Henninen an, der sich auf dem Sofa krümmte. »Obwohl es vielleicht schon zu spät ist.«

Bifi rappelte sich vom Sofa auf und legte Henninen die Hand auf die Schulter, als wollte er ihn segnen oder mit ihm von Mann zu Mann reden. »Vielleicht stehen wir jetzt am besten auf und gehen«, sagte er und fügte sicherheitshalber noch hinzu: »Gevatter.«

Henninen versuchte, sich auf die Füße zu stellen, musste sich dabei aber auf dem Sofarand abstützen, und Bifi beeilte sich, ihn auf den Beinen zu halten. In weitem Bogen umrundeten sie den Couchtisch. Henninen war von seinem Drogenexperiment sehr schnell sehr schlecht geworden und aufgrund seines Unwohlseins sehr langsam.

»Ich muss kotzen«, sagte er.

»Du kotzt mich an«, sagte Bifi.

»Ob das was wird«, sagte Kotilainen, stand auf und hegte wohl die Absicht, sich über die Kopfbedeckung zu fahren, zögerte dann aber und ließ seine Pranke in irgendwie behindert wirkender Position in der Luft hängen.

»Das ist nicht das erste Mal, dass wir Henninen ins Schlepptau nehmen müssen«, sagte Bifi.

»Jetzt kommt's«, murmelte Henninen, riss sich aus Bifis Unterstützergriff los und torkelte auf die Tür zum Flur zu, prallte unterwegs gegen die Kommode, worauf die matt geschliffene Karaffe, in der eine strohtrockene Trockenblume steckte, herunterfiel.

»So ein Mist!«, ächzte Kotilainen, es klang, als wäre sein Ärger so groß, dass er nicht mal richtig fluchen konnte, weiß Gott, was da an einer Trockenblume so wertvoll war, oder ihm war doch die Vase irgendwie wichtig gewesen.

»'tschuldigung«, sagte Henninen.

»'tschuldigung«, sagte Marschall.

»'tschuldigung«, sagte Bifi, machte die Tür auf und stieß Henninen ins dunkle Treppenhaus, ging hinterher, und Marschall folgte Bifi, und allen zusammen folgte Kotilainen, der dem Erstgenannten hinterherrief, diese Woche wird das Geld zurückbezahlt. Dann kehrte er in seine Diele zurück, machte die Tür zu, und nachdem er sich von all dem Folgen und Öffnen und Schließen einigermaßen erholt hatte, musste er feststellen, dass Henninen schon dabei war, die Treppe hinunterzugehen, in ziemlich fataler Vorlage.

Bifi rannte ihm hinterher und packte ihn an der Schulter, etwas schien es damit auf sich zu haben, mit der Schulter, dass sie so leicht und so oft in vielfacher Absicht ergriffen wurde, obwohl beim besten Willen nichts speziell Griffartiges daran zu erkennen war. Marschall folgte den beiden nach unten, wieder irgendwie theatralisch, auch das war an diesem Tag schon aufgefallen, das mit den Treppen, dass es schwer war, sie einfach so hinunterzugehen, als wäre nichts. Solche abwärts gerichteten Bewegungen schienen rein rückenmarksmäßig immer von den gebärdesprachlichen Mindestanforderungen einer Aufführung fiktiver Natur berührt zu sein, obwohl, wenn man es genauer bedachte, wäre ja genau das ein Indiz für Einfachsoheit und Wärenichtstum, dass man sich selbst in einer Art von Vorstellung entdeckt. Auf jeden Fall war die Situation jetzt in einem Maß real oder wenigstens auf irgendwie subjektive Weise ernst, dass Henninen breitbeinig vor der Glastür zum Treppenhausbalkon stand und sagte, lasst mich mein eigenes Leben leben, dann Bifi abschüttelte und weiter die Treppe hinunterstolperte, diesmal allerdings vorsichtiger, das musste man ihm zugutehalten. Draußen war es mittlerweile dunkel geworden, unter Mitwirkung der dicken, wasserspeienden Wolkendecke war das schnell vor sich gegangen, und aufgrund einer fenstertechnischen Unausweichlichkeit wirkten sich die Lichtumstände in jeder Hinsicht auch auf das Treppenhaus aus, wo nicht nur Dunkelheit, sondern auch Stille herrschte. Gemeinsam bewirkten besagte Dunkelheit und Stille, dass sich das Hinabsteigen in einen ziemlich herausfordernden, langsamen und schleichenden Prozess verwandelte. Man hätte dazu zum Beispiel den Vergleich schustern können, dass dort die berühmten drei fröhlichen Räuber schleichen. Aber da gab es das Problem, dass im fraglichen Moment keiner besondere Fröhlichkeit an den Tag legte, und außerdem hatten sich im Laufe des Tages alle räuberischen Bestrebungen ja auch zumindest als ausgedient erwiesen.

Im letzten Viertel vor dem Erdgeschoss gelang es Bifi dann, einen frechen und wegen Henninens momentaner Breite gefährlich aussehenden Überholvorgang zu absolvieren, wodurch er als Erster die Haustür erreichte. Er spähte durch die Scheibe in das von straßenbeleuchtungsfarbenem Regen gesprenkelte Dunkel und verlieh sich einen misstrauischen Anschein.

»Ich hatte schon ganz vergessen, dass es regnet«, sagte er. »Wär vielleicht doch besser gewesen, sich bei Kotilainen einzubunkern.«

»Mach jetzt die verdammte Luke auf, ich brauch nämlich Sauerstoff«, sagte Henninen und konnte bei der Gelegenheit gewissermaßen unter Beweis stellen, dass Wörter manchmal durchaus Wirkung haben. Bifi tat wie ihm befohlen, machte die Tür auf und ließ Henninen und Marschall in die Eingangsnische hinaustreten und folgte dann seinerseits.

Der Regen klatschte weiterhin aufs Pflaster, er überbot sich sogar selbst. In der so schnell verfinsterten Weltlage wirkte er irgendwie hart und eisig, und rund um die lodernden Kommunallaternen bildete er zitternde, dicke Figuren, die nassen Schafen mit Horror vorm Schlachten glichen.

Henninen röchelte etwas Undeutliches, es klang am ehesten wie eine von Magensäften durchsetzte Reklamation. Stellenweise war ein bisschen was zu verstehen, man konnte daraus entnehmen, dass es etwas mit der Schwerkraft zu tun hatte und damit, dass an dieser Kraft etwas nicht stimmte, und nachdem er offensichtlich aus Sauerstoffaufnahmegründen gezwungen war, eine Weile still zu sein, trottete er mitten auf die Straße, ließ die Greiforgane hängen und guckte zum Himmel.

»Das tut gut«, murmelte er durch den Regen und machte den Mund auf und trank die Brühe, die der Himmel vergoss, wer weiß wie viel sie an Vogelpisse enthielt.

Es regnet, hätte man am liebsten gesagt, es regnet und regnet und regnet, aber auch drei Tätigkeitswörter hintereinander reichten eigentlich nicht aus, um zu beschreiben, wie es sich mit dem Regen tatsächlich verhielt, das Wasser stürzte nämlich in einer derart gründlichen und einmaligen Flut vom Himmel, dass man die Aufmerksamkeit auf keinerlei Kontinuität richten konnte, vielleicht könnte man sagen, es regnete in der Potenz n, oder eben einfach: es regnete scheiß viel.

»Wie kann es hier so scheiß viel regnen?«, fragte Bifi mit nahezu gebrochener Stimme.

Sie saßen unter einer blauen Markise in ziemlich nominellem Schutz vor dem allgegenwärtigen Regen. Die hatten sie nach einem sehr langen und verschlungenen und stockenden und ziellosen Weg an einigen Häuserblocks entlang erreicht, und es war durchaus zufriedenstellend viel Zeit vergangen.

Vor dem Schaufenster unter der Markise gab es eine schmale, schräge Fensterbank aus Granit. Man konnte gerade so darauf sitzen, wenn man die Beine in stabiler Seitgrätschstellung hielt und sich mutig nach vorn lehnte, und Henninen kam diese Position jetzt gerade recht, er ließ einen langen, weinerlich wirkenden Faden des Erbrechens zwischen seine Füße triefen, aus fast knorpelig festem Leim, wie er immer dann kommt, wenn sich der Magen mit der Kraft mehrerer kräftiger Krämpfe bereits aller Nahrung entledigt hat. Die Haare hingen Henninen als feuchter Strauß über der Stirn und waren ständig in akuter Gefahr, mit dem Schleimtier, das da aus dem Mund kroch, in Berührung zu kommen.

»Scheiße, ich kann nicht glauben, dass ich schon wieder damit anfange, aber was ist jetzt los, Mann?«, fragte Marschall. Während ihrer zähflüssigen Wanderung hatten sie über das Thema schon mehr als genug Worte verloren.

»Ich weiß nicht, das heißt, was weiß ich nicht, ich weiß gar nichts, das heißt, wir müssten Henninen vielleicht irgendwo hinbringen, wenn er nicht langsam mal wieder zu sich kommt.«

»Also praktisch nach Hause?«

»Scheiße, ja, zum Beispiel nach Hause, ich weiß es schon wieder nicht, irgendwohin.«

Bifi stieß Henninen an der Schulter an, sodass dieser wieder nahe daran war, das Gleichgewicht zu verlieren, und Bifi ihn in die Ausgangsposition zurückzerren musste.

»Alle Dinge unterliegen der Schwerkraft«, murmelte Henninen. Gequassel dieser Art war ihm aus dem Mund gekommen, seit er in Kotilainens Wohnung die Vase umgeschmissen hatte.

»Ja, genau«, sagte Bifi und tätschelte ihm den Kopf.

Dann wurde für einen Augenblick alles weiß, und gleich darauf hörte man ein ganz und gar unverhältnismäßiges Krachen, als wären sämtliche Bäume der Stadt mit einem Glockenschlag zu Kleinholz gemacht worden. Es folgte ein dicker, dumpfer Donner, der etwas verflachend maschinell und wie von Menschenhand gemacht klang, während er die Vaasankatu entlangdröhnte und sich in Gassen und Hauseingänge und anderen Nischen zerstreute und dort hysterisch hin und her sprang wie eine riesige, wildgewordene Flummi-Population. Dann strebten die Geräusche wieder in die Richtung zurück, aus der sie gekommen waren, und versammelten sich zu einem teppichartigen Groll über den Dächern.

»Also, äh, jetzt wär ich fast erschrocken.«

»Also«, sagte Marschall und stand abrupt auf, anscheinend war von dem Strom etwas für ihn abgefallen, da ihm das Aufstehen plötzlich so leichtfiel. »Also, äh, irgendwie bin ich auf einmal frisch. Das macht wahrscheinlich das Gewitter, gerade war ich noch wahnsinnig müde, aber Scheiße, bei dem Lärm kann ja keine Sau schlafen.«

»Hättest du hier gepennt?«

»Warum nicht?«

»Jesus, was für ein Tier«, sagte Bifi und stand auf.

»Bier?«, fragte Henninen und blickte von der Pfütze auf, die sich zwischen seinen Füßen ausbreitete.

»Zweieinhalb von uns scheinen am Leben zu sein«, sagte Marschall.

»Das kapier ich jetzt leider nicht«, sagte Bifi.

»Macht nix, ich auch nicht. Das heißt, ich mein bloß, dass Henni, Scheiße, das ist mir noch nie aufgefallen, Henninens Nachname beinhaltet den Namen einer Frau. Beziehungsweise eines Mädchens. Beziehungsweise Henninen ist quasi so gut wie der Mädchenname, das ›nen‹ am Schluss macht ihn sozusagen bloß ein bisschen kleiner.«

»Hm«, sagte Bifi.

»Beziehungsweise joo. Ich wollte sagen, dass unser Henninen hier erfreuliche Lebenszeichen von sich gibt, auch wenn er noch nicht ganz komplett zu sein scheint.«

»Die Dinge neigen in charakteristischer Weise zum Fall«, sagte Henninen.

Ein neuer Blitz schoss krächzend über den Himmel und tauchte alles in eine Farbe. Anschließend hatte man das seltsame Gefühl, als wären aller Strom und alles Licht des Blitzes wie das Wasser irgendwie auf der Straße gelandet, wo nach wie vor das Schimmern der Laternen herrschte. Tatsächlich elektrisierte das Getöse die Atmosphäre, und so entstand das Bedürfnis, etwas zu tun, und Marschall bemühte sich, etwas zu tun, er stand auf und drehte sich um. Dort war das staubige Schaufenster des Ladenlokals, aus dem ihn ein undeutlich zu erkennendes, leicht erschrocken wirkendes Tier anstarrte, womöglich dasselbe, von dem Bifi gerade gesprochen hatte.

Niemand hatte Lust, so etwas länger zu betrachten, darum musste Marschall versuchen, durch es hindurchzustieren. Hinter dem Fenster lag in willkürlichen Haufen vergilbte EDV-Technik herum, wie Geistervolk, das vom Kabelsalat erschöpft war, alles in allem sah der Laden so aus, als hätten seine Besitzer keine absolut weißen Westen, falls der Plural hier angebracht war. Auf jeden Fall hatte das Unternehmen etwas unbestreitbar Verdächtiges an sich, und das Allersonderbarste daran war gerade die hoffnungslose Überalterung der Verkaufsartikel sowie ihre offensichtliche Unbrauchbarkeit. Hätte man diesen Laden ausrauben wollen, so schien es, hätte man als Fluchtfahrzeug eine Art Zeitmaschine gebraucht.

Als erneut ein Blitz mit dem dazugehörigen Lärm im Schlepptau aufgeflammt war und sie das Schaufenster ausführlich betrachtet und bewertet hatten, wurde es wieder aktuell, Maßnahmen zu ergreifen. Als solche mussten vorerst das Umdrehen des Körpers und das Richten der Aufmerksamkeit auf die gemeinsame Lage genügen. Nachdem sie sich eine Weile darauf konzentriert hatten, stellte sich plötzlich das Gefühl ein, es wäre eine größere Verschiebung vonstatten gegangen, die Atmosphäre hätte sich gewissermaßen verändert.

»Also, was ich meine, ist, dass ich das eher so sehen würde, dass man in gewisser Weise sagen kann, dass alle Dinge eine Fallfixierung haben«, sagte Henninen.

Er war aufgestanden, offensichtlich war das die merkwürdige Atmosphärenänderung.

»Aha. Äh, vielleicht solltest du doch eher sitzen bleiben.«

»Das kommt ziemlich wahrscheinlich davon, dass sie so lange der Schwerkraft unterworfen gewesen sind.«

»Wie ich bereits in der letzten Folge zu zeigen versucht habe«, sagte Bifi und stemmte seine Brust in eine Art Rattanwölbung, von der er glaubte, sie sei unbedingt notwendig, um bei einer Doktorprüfung oder etwas Ähnlichem Erfolg zu haben.

»Also dann«, sagte Marschall.

Einen halben Häuserblock weiter schob sich an der Kreuzung eine nassglänzende grüne Minna aus dem Regen, kam näher und fuhr quälend langsam vorbei. Durch die Fenster konnte man nicht erkennen, welche Diensthabenden gerade im Führerhaus saßen, aber irgendwie empfanden sie plötzlich sowohl für Henninen als im Grunde auch für alle anderen Parteien eine solche Sympathie, dass sie den starken Wunsch in sich verspürten, die gesäßfeindlichen Schutzmänner möchten bereits Schichtende gehabt haben.

»Genau, und dann sage ich noch, dass ein Gegenstand, der sich übermäßig der Schwerkraft unterwirft, das zwanghafte Bedürfnis empfindet, quasi auf Teufel komm raus alles zu durchschlagen, Tisch und Fußboden und alles. Das Problem der Dinge besteht darin, dass sie das unbremsbare Bedürfnis haben, zu einem imaginären Kern vorzustoßen. In dieser Hinsicht haben es die Neutronen leichter.«

»So langsam verliere ich die Nerven«, sagte Bifi mit irgendwie gebohnerter Stimme und schaffte es, durch die übertriebene Tadellosigkeit ziemlich glaubwürdig zu wirken. »Machst du das eventuell absichtlich?«

»Ehrlich gesagt, ja«, sagte Henninen.

Das Polizeiauto trödelte noch immer am Ende der Straße herum, als wäre ihm das Benzin ausgegangen, und schien die letzten Meter allein durch Bewegungsenergie vorwärtszurollen. Dann blinkte es schließlich aber doch links und verschwand um die Ecke.

»Also, könnte es vielleicht sein, dass du bloß ein schlechtes Gewissen hast, wegen der kaputten Vase?«, fragte Marschall.

»Die hatte vielleicht ideellen Wert«, meinte Henninen und wirkte in eher unheilverkündender Weise so, als habe er an Festigkeit gewonnen, sein von Übelkeit graues, gräberfeldartiges Gesicht befand sich in Mittelsog-Stülpung, die Augen waren klein und eng und sahen aus, als sähen sie etwas, das Uneingeweihte nichts anging.

»Oh Freiherr von Fotzingen, wie kann man nur von einer einzigen doofen Tüte einen solchen Kopf kriegen!«, sagte Bifi und pflückte zur Untermalung seiner Worte ein naserümpfendes Schnauben aus dem Pflanzbeet seiner Körpersprache.

»Joo, genau«, sagte Marschall. »Dich kaltblütigen Kriminellen berühren Gewissensangelegenheiten ja nicht mehr.«

»Ich glaube fast, ich werde gerügt«, sagte Bifi.

»Stimmt«, warf Henninen dazwischen. Dann setzte er ein an Gebissanomalie erinnerndes rätselhaftes Lächeln auf und sagte: »Ich weiß.«

»Was heißt hier, du weißt?«, schnaubte Bifi und schaute möglichst schief und anderswohin.

»Ich weiß«, wiederholte Henninen. Dann rannte er los.

Er tat das so schnell und stur, dass er im Nu ziemlich weit weg war. Bifi hatte seine Gemütsruhe verloren und kreischte etwas Entsprechendes, dann rannte er hinterher, Marschall rief, Scheiße, komm zurück, Henninen, Scheiße, Mann, Scheiße, er musste dieses Scheiße gewissermaßen als Verdünnungsmittel einstreuen, damit sein Gerufe nicht so ehrlich erschrocken klang. Henninens magische Flinkheit hatte ihm nämlich einen gehörigen Schrecken eingejagt.

Es sah jetzt aber trotzdem so aus, als müssten sich die beiden anderen an dem Spiel beteiligen. Henninen war bereits bis zur nächsten Kreuzung galoppiert, er rannte mitten auf der Fahrbahn in Richtung Hafen, im fast lächerlichen Sturzregen und unter Gewitterdonner, und Bifi etwa dreißig Meter hinter ihm. Theoretisch musste es ihm fast leichter fallen, durch die Wassermassen zu stoßen, weil er einen so schmalen Körper und einen irgendwie spitz zulaufenden Kopf hatte, aber ihm fehlte Henninens unleugbarer Wahnsinn, oder zumindest die Abwesenheit der vollen Begriffsfähigkeit, und daher kam es wahrscheinlich, dass er ständig weiter zurückzufallen schien. Marschall zerrte zwei schmale volkstümliche Gedanken an die freiwilligen Helfer zur Rettung Betrunkener vor dem Erfrieren oder ein anderes Werk der Barmherzigkeit aus dem Rückenmark, aber das waren ziemlich dünne Fasern, sie rissen schnell, und da schien es plötzlich ziemlich natürlich, sich ebenfalls in die Wassermassen zu stürzen. Das übliche Zögern vor dem Aufbruch war vergessen, es passierte einfach, das musste er sich merken, das könnte ein guter Vorwand werden, wofür, schien jemand zu fragen, darauf musste er dann im Herzen antworten, egal, und dann war auch dieser Jemand leicht aus dem Weg zu stoßen, und er konnte sich aufs Rennen konzentrieren.

Das war ein seltsamer Sport, das Laufen, nicht nur im weiteren Sinn, sondern auch als spezielle Disziplin hier und jetzt. Das Wasser rauschte so dick über den abschüssigen Asphalt, dass bei jedem Schritt eine tsunamiartige Säule bis zu den Knien und Oberschenkeln und Leisten aufstieg. Und das Merkwürdige daran war gerade, dass all das viele Wasser das Vorankommen nicht eigentlich behinderte, im Gegenteil, obwohl auch in der Luft so viel davon hing, dass man sicherlich ohne größere Phantasterei die Luftfeuchtigkeit annähernd hundert nennen konnte, hatte man das Gefühl, allem Wasser dieser Welt wäre plötzlich die Viskosität abhanden gekommen.

An der höchsten Stelle stieg die Vaasankatu so weit an, dass Henninen und Bifi hinter dem Horizont verschwanden, als wären sie über den Rand der Welt gestürzt. Vielleicht waren sie das auch. Der Regen rollte als unendliches, verschossenes Handtuch über das Gesicht, es zischte, tuckerte, glitschte und irgendwo oben wieherte es geradezu. Unter diesen Umständen war es schwierig, vor sich zu sehen, von komplizierteren Richtungen oder Wahrnehmungen ganz zu schweigen. Aber so viel war in einem kurzen Moment immerhin zu kapieren, dass ein Taxi vorbeirauschte und eine trübe, gelbe Schleifspur auf den nassen Asphalt spritzte, wie Eigelb, das dem Müllsack einer Großküche entronnen war. Und dann spülte der Regen ebenso schnell auch das hinweg, und das Taxi unterstrich seine sicherlich absichtlich knappe Vorbeifahrt durch ein dumpfes Hupen. Erst da erfasste man das Detail, dass man mitten auf der Fahrbahn liefen, und da war noch so etwas Komisches an diesem Tag, allmählich beschlich einen das Gefühl, von Anfang an der Welt im Weg oder in den Füßen gewesen zu sein, auf allen möglichen Kreuzungen und Fahrbahnen und anderen Knotenpunkten, als wollte irgendeine Instanz den Beteiligten eine Art symbolische Vergiftung zufügen.

Das Taxi bog mit fauchenden Reifen und schwabbelndem gelben Gelee auf dem Dach rechts ab. Es sah aus, als würde alles in weiter Ferne vor sich gehen, oder wenigstens hinter undurchdringlichem Panzerglas. Als es weg war, fiel das Laufen wieder leichter, man musste sich auf das Projekt nur einlassen, sich bei jedem Schritt mit der ganzen Kraft der Waden abstoßen. Nach und nach stellte sich eine Art natürlicher Rhythmus ein, der einen auf den Gedanken brachte, dass diese Sportler vielleicht doch ihre Gründe hatten, über die Bahnen zu sprinten. Kurz vor der Kreuzung ging auf der rechten Seite im Erdgeschoss ein Fenster auf, und eine leere Flasche flog klirrend auf die Straße. Es klang nach einer ziemlich verwässerten Meinungsäußerung in all dem Getöse, und dann kam auch schon die Kreuzung, die schnell und ängstlich überquert werden musste. Und erst nachdem er sie hinter sich gelassen hatte, kam Marschall der Gedanke, dass es im Hinblick auf das eigentliche Anliegen, nämlich Henninen und Bifi auf den Fersen zu bleiben, ganz klug sein könnte, irgendwann auch mal einen Blick auf die Umgebung zu werfen, anstatt sich voll konzentriert vor zwar tatsächlich existierenden, ihn im Sinne von Zeit und Raum aber nur potenziell gefährdenden Fahrzeugen zu retten.

Dann geschah es, dass nach der Hälfte des folgenden Häuserblocks jemand etwas rief, und um es besser hören zu können, fiel die Reaktion auf dieses Rufen so aus, dass er mit dem Rennen eine halbe Sekunde aussetzten. Und diese elende halbe Sekunde nutzten die Beine, um gleichzeitig eiskalt und brandheiß zu blockieren und jede weitere Bewegung zu verweigern.

Gleich nebenan lag eine Pizza- und Feuerwasserstation, deren Namen mit Gewalt etwas protzig Gewölbeartiges aufgezwungen worden war, an der Tür schwankte eine Frau in seltsam indianischer Toilette. Sie sah aus, als käme sie sehr frisch aus einer Schankstätte, und rief in den Regen und durch das Donnern hinweg, wo ist Behle, und das klang ziemlich nach etwas, was sie gerade erst zu sich genommen hatte. Sie konnten die Aufführung aber nicht länger genießen, denn es geschah, fast kam man sogar auf die Idee zu denken, es begab sich in jenen Tagen, aber egal, es begab sich jedenfalls, dass von der nächsten Kreuzung her ein Schrei erscholl, der mit ziemlicher Wahrscheinlichkeit zu Bifi gehörte, und danach ein großes, trockenes, echoloses Krachen und danach, wie zur Sicherheit, ein zweites, gleichartiges. Es hörte sich an, als beeilte sich jemand, an seine Äußerung über die Wetterlage die Floskel »meiner Meinung nach« anzuhängen. Marschall beschwor seine verrindeten Beine, sich wieder in Bewegung zu setzen. Es ging langsam und hoffnungslos und trotz der Taubheit irgendwie schmerzhaft vonstatten, und nachdem der Versuch nach sehr langem Bemühen endete und in einem ersten breiigen Schritt auf die hinter Regen und Blitzen aufscheinende Kreuzung mündete, kam es ihm vor, als würde er einen ganzen Bootsanleger hinter sich herziehen.

Trotzdem hoben sie sich jetzt, die Füße. Zuerst kam er sich dabei wie eine wächserne Gestalt aus einem Computeranimationsfilm vor, die zwischen Wolkenkratzer geworfen worden ist und dort umhertaumelt und alles zum Knirschen bringt, und das erforderte jede Menge Konzentration. Erst als das Blut wieder zirkulierte, merkte er, dass er trotz der albtraumhaften Langsamkeit offenbar innerhalb kurzer Zeit ans Ziel gekommen war.

Bifi stand in verzweigter Haltung mitten auf dem Zebrastreifen. Er sah aus, als wäre seine linke Hälfte auf der Stelle erstarrt, um etwas Interessantes zu beobachten, während sich aus der rechten Rippe eine neue Person löste. Auf der anderen Straßenseite stand Henninen zerbrechlich schuldbewusst zurückgebogen zwischen zwei geparkten Pkws. Über seiner Schulter hätte gut und gern eine Sprechblase schweben können, mit der Inschrift ›och nee‹.

Diese Kreuzung war an einer absolut schlechten Stelle entstanden, aber was heißt entstanden? Wenn man es genau nahm, hatte die Zivilisation sie gewissermaßen in diese heikle Position hineingeboren. Auf die Vaasankatu, die auf einem Landrücken entlanglief, stieß von zwei Seiten ein Stück Harjukatu, in Form von steilen Anstiegen. Das war an sich bereits idiotisch, darüber hätte man sich irgendwo beschweren können, wenn man bei dem ganzen Tohuwabohu Zeit dafür gehabt hätte. Jedenfalls wäre es irgendwie natürlicher gewesen, diejenige Bahn als Harjukatu zu bezeichnen, die den Landrücken entlanglief, denn Harju bedeutete eben nun mal Landrücken, und zum Beispiel Vaasa ganz wegzulassen. Trotzdem waren an der Kreuzung zwei Autos abgestellt, und zwar in schwieriger Position auf der Seite der Harjukatu, die steil zum Leichenschauhaus hin abfiel.

Quer am Hang stand ein roter Hiace mit zerknautschtem Schnabel, und zwischen diesen Schnabel und die geparkten Autos passte genau ein an beiden Flanken eingedellter silbergrauer Ford Fiesta, Baujahr 1984.

Woher er das Baujahr wusste, er sah halt einfach so aus, als könne er aus keinem anderen Jahr stammen. Das Wasser, das als glatter Teppich den Hang hinunter zischte, wurde von den Reifen der Fahrzeuge in Form hoher Fontänen in die Luft gesprüht.

»Was soll der Scheiß hier?«, fragte Marschall, stellte sich neben Bifi und sah sich alles an und wiederholte dann seine Frage sicherheitshalber noch einmal mit gedehnten Lauten.

Bifi machte eine Weile den Eindruck, als würde er sich die Frage tatsächlich durch den Kopf gehen lassen und innerlich eine Antwort zusammensetzen. Aber gerade als er den Mund aufbekommen hatte und offensichtlich im Begriff war, eine Erwiderung auf den Weg zu bringen, ging auf der Fahrerseite des Lieferwagens die Tür auf, und ein glatzköpfiger, bärtiger, an die hundertdreißig Kilo schwerer Typ in Lederweste kletterte heraus und sah kurz wie ein Seeelefant aus. Er fragte dann ebenfalls, was soll der Scheiß hier, man hörte es beklemmend gut auf zehn Meter Entfernung, obwohl nach wie vor das Gewitter am Himmel dröhnte und einem das Wasser in den Ohren stand.

Aus der verbalen Eröffnung des Leder-Typen folgte, dass Bifi so aussah, als würde er in Einzelteile zerfallen, es fiel ihm offenkundig schwer, zu entscheiden, ob man auf die beiden gleichartigen Fragen in gleichem Maß antworten konnte. Und so hörte man ein Huschen, als das Teil-Tier, das schon seit geraumer Zeit Bifi zu entkommen versucht hatte, endlich aus seinem Leib entwischte und davonsauste und dabei gewissermaßen pfiff. Bifis Körper stand aber nach wie vor da und wirkte, als wäre ihm tatsächlich etwas entwichen, wenigstens Blut, denn sein Gesicht war ungleich blasser als zum Beispiel das von Henninen, der jetzt, aus dem Augenwinkel betrachtet, irgendwie verändert aussah oder gewachsen oder reduziert. Beträchtlich rot stand er dort am Rand des Bürgersteigs. Und parallel zu der im Patt steckenden verbalen Lage und den Gewitterkrämpfen am Himmel ging es auf der Ereignisebene gnadenlos weiter, der Fiesta erhöhte die Umdrehungen und wand sich ein paar Meter aus der Klemme hinaus, seine Flanken kratzten dabei sowohl an den parkenden Autos als auch am Schnabel des Hiace und erzeugten ein zahnarztmäßiges Heulen, das nach Konsequenzen schrie. Dann blieb er an einer etwas offeneren Stelle stehen, und sein Fahrer rüttelte an der verbogenen, verklemmten Tür, und während das Gerüttel noch anhielt, ging die Schiebetür des Lieferwagens auf, und auf die Straße entluden sich weitere, die Aufnahmefähigkeit überstrapazierende gleichartige Lederwesten-Phänomene.

»Das sieht nicht gut aus«, sagte Marschall und sah Bifi an, der wiederum Henninen anschaute, und Marschall musste den Blick gar nicht erst auf Henninen richten, denn er sah bereits an Bifis Gesicht, dass sie allesamt zu dem gleichen Ergebnis gekommen waren, nämlich dass es nicht gut aussah.

»Henninen!«, rief Bifi dann mit einer derart bröckelnden Stimme, dass Henninen einen flüchtigen Augenblick mit dem Gedanken verbrachte, der Ausruf wäre zweifellos von Sympathie und Sorge gesättigt. Und dann bedachte er die reale Situation, warum Bifi nach ihm rief, warum sich gerade er in einer gegenüber den anderen außergewöhnlichen Todesgefahr befinden sollte, und dann brachte ihn ein gewisses Bewusstsein schließlich auf die Idee, dass vielleicht alles doch nur auf seinem vermeintlich unverständlich blockierten Zustand basierte.

Und nachdem der flüchtige Augenblick absolviert

und vergessen war, wurde es Zeit, wieder auf die Handlungsebene zurückzukehren. Diesmal hatte es den Anschein, als bestünde zwischen Birne und Schrittmacher eine unkompliziertere Verbindung als beim vorigen Versuch. Der Fuß ließ sich rasch und orientierungsbewusst vor den anderen setzen, und als diese Bewegung auch in der umgekehrten Reihenfolge einmal wiederholt worden war, machte die Entwicklung einen vielversprechenden Eindruck, weshalb durchaus die Hoffnung aufkam, die Schrittfolge könnte sich irgendwann sogar in schnelles Laufen verwandeln. So geschah es dann auch. Es gab dabei nur ein Problem, nämlich das folgende: Während Bifi und Henninen so clever waren, in eine Richtung zu rennen, die Vaasankatu nach Osten zur U-Bahn-Station, bewegte sich Marschall in die Richtung, aus der sie gekommen waren, als wäre es dort in der Vergangenheit irgendwie sicherer gewesen. Erst nachdem er ein paar bewusstlose Schritte in die falsche Richtung gemacht hatte, schlug der Freundschaftsmagnet auf Rückgrat- oder Telepathiebasis Alarm, und Marschall legte eine zeichentrickfilmmäßige abrupte Kehrtwendung mit in der Luft durchdrehenden Schritten hin. Dabei blieb quasi ein Schattenbild der Bewegung in der Luft zurück, während das physische Wesen sich bereits in tüchtigem Tempo der von Henninen und Bifi gewiesenen zukunftsorientierten Richtung zuwandte. Und plötzlich lag es auch schon zurück, das Ereigniszentrum, auch die Kreuzung, einmal warf er noch sozusagen mit dem Hinterkopfauge einen Blick zurück auf den Unfallort. Und von diesem Blick, den man am liebsten sofort wieder vergessen hätte, blieb dann im Augenwinkel ein parasitenartiges und gewissermaßen haarig brennendes Bild zweier vom Blitz erleuchteter Scheußlichkeiten zurück, die eine pummelige Brillenschlange, die wohl gerade erst die Fahrprüfung absolviert hatte, aus dem kleinen, zerknautschten Ford in den Regen zerrten.

Das Bild war so eindrucksvoll und, im Hinblick auf die eigene Haut, in einem Maße geeignet, allerlei bedrohliche Fortsetzungs-Ahnungen zu wecken, dass das Rennen schnell wieder zum natürlichen Seinszustand wurde, und zwar in temporeicher Form. Auf einmal kam es dann auch so, dass Marschall beim Galoppieren zuerst Henninen einholte und überholte, und dann ebenso schnell neben Bifi und an ihm vorbei war. Das ging so flink, sie kamen nicht einmal dazu, auch nur die geringsten Höflichkeiten auszutauschen. Und da der Sprint einfach weiterging, ohne dass seiner Ausführung Beachtung geschenkt werden musste, von den Gründen ganz zu schweigen, fühlte er sich plötzlich auf kranke Weise irgendwie gut. Es kam ihm sogar der Gedanke, he, hier renne ich jetzt, und durch irgendeinen sonderbaren Trick war er fast glücklich. Irgendwie kam sie daher, die komische Glücklichkeit, dass eine fast kinomäßige Atmosphäre herrschte, und wahrscheinlich wegen des angeberischen Blitzeschleuderns auch eine ziemlich biblische. Das war seltsam, dass das Kinomäßige und das Bibelmäßige im Grunde ein und dasselbe waren. Bei beiden führte eine befreiende Obhut von Erfindung und Verlangsamung Regie, die einen kurzzeitig komplett aus dem wirklichen Leben und dessen Organen entließ. Zeit und Materie bogen sich gewissermaßen um das Rennen, und trotz seiner unleugbaren Wurmlochhaftigkeit nahm das quasiphysikalische Phänomen schnell sichere Gestalt an, ebenso die ganze Stadt, dieses flache, schmutzige Gefäß, der schwarze, Gymnastik treibende Himmel, der sich zur Erde hin in Wasser auflöste und über den brüllend die Blitze ritten wie ausgeflippte Bekassinen oder so. Der ganze Stadtteil, Heimat, Hügel, Höhen, an deren Hängen hingestoßene, kastenförmige, mit Alleinleben vollgestopfte Häuser standen wie in falsche Öffnungen gezwängte Testbauklötze oder irgendwelche riesigen Würfel. Tatsächlich tauchte der auch im Kopf auf, der Würfel, und dann richtete sich die Aufmerksamkeit wieder auf die Umgebung, auf die unter der wochenlangen Hitze schwarz gewordenen Ahornbäume und die klebrigen Linden, die jetzt vom harten Regen zu Boden gedrückt wurden wie zottiges Haar, auf dieses stöpselartige Sich-zur-Schau-Stellen der Häuserblocks und auf das Kreuzworträtsel der Straßen, über die das Wasser wie durchgeknallt in alle Richtungen raste, auf diese Straße hier, die den Namen Vaasankatu trug, auf Fenster, die jemand zu schließen vergessen hatte und die im Wind schepperten, auf die am Straßenrand geparkten Autos, auf die der Regen hämmerte, dass es nach einem Gottesanbeter klang, der zehntausend Trommeln gleichzeitig bediente.

Und nachdem dieses Stadtbild beim Rennen dann genug hin und her gespult und gedreht war, wirkte alles auf einmal so eitel imposant, dass er schon nicht mehr anders konnte, als zu versuchen, davon loszukommen, und somit fing die ganze pralle Zeitundraummaßmenge unweigerlich an zu schrumpfen und zu schwinden. Und ziemlich bald schon merkte er, dass er zwischen ganz gewöhnlichen, mit Händen zu greifenden Autos und Häusern rannte, durch den Regen schwamm ein unruhig zitterndes Restaurant, das den Namen eines Fisches trug, über der Tür zwei fahle Lichter, die wie die Augen eines blutrünstigen oder wenigstens hinterfotzigen Säugetiers aussahen. Unter der gewogenen Mitwirkung der Lichter flackerte irgendwo in der Hinterkopfgegend eine Art Licht der Vernunft auf, ein stumpfer

Erkenntnissamen, der einen Gedanken keimen ließ wie den, dass einem ein ganzer Schwarm Mörder, die in ihrer Freizeit gern Motorrad fuhren, auf den Fersen war. Dann natürlich auch, dass irgendwo dahinten auch Henninen und Bifi ihren Weg zurücklegten, aber in die Richtung traute er sich irgendwie nicht zu schauen. Jedenfalls wollte der Kopf sich nicht drehen lassen. Und so merkte er wieder einmal, wie er in der Handlung selbst versank, in dem Umstand, dass der Fuß sich hob und dabei ein saugnapfartig schmatzendes Loslösegeräusch verursachte, wenn er sich aus der gestrafften Strömung löste, die über den mittlerweile einem aufgetauten Fluss gleichenden Asphalt glitt. In der Tatsache auch, dass derselbe Fuß sich wieder senkte und gewissermaßen vergammelt glitschte, wenn er auf der Erdkruste aufsetzte und die Fußsohle das Wasser aus der Schuhsohle quetschte, und in der Tatsache, dass es sich langsam so anfühlte, als hätte er einen Stein oder was es sein mochte, einen Splitter, einen Balken, einen Krümel, einen Kloß im Schuh. Und dann, als er anfing, diese Empfindung Stück für Stück genauer wahrzunehmen, gewann der fremde Gegenstand an Größe und Einfluss, bei jedem Schritt stieg von ihm ein roter Speer mit gezacktem Rand in den ganzen Körper auf und drang schließlich als schmerzende, strahlende, eiszapfenartige Klinge ins Gehirn ein. Und wenn er sich in diesen Schmerz gewissermaßen ein bisschen hineinkniete, stellte sich sozusagen im Nebenbewusstsein der Eindruck ein, dass auch sonst etwas nicht ganz im Lot war. Und wenn er es dann schaffte, den Blick von der Fußabteilung zu lösen und in Laufrichtung zu bringen, war er so gut wie gezwungen, auf das heikle Näherrücken von Einzelheiten zu achten und somit auch auf das Phänomen zu reagieren.

Es war wie die spastisch abgestufte Fokussierungseinrichtung einer Kamera. Es erzählte seine Geschichte in der Reihenfolge, dass zuerst das Haus kam, dann die Wand, und dann war es auch schon bloß noch eine große gelbe Fläche und gleich danach ein körniges, poröses Gebirge. Man hätte das natürlich auch anders sagen können, von der Sachlage her, zum Beispiel so: Wand, wander, am wandesten, aber vor der fatalen Wandestung konnte irgendein letzter Amtsträger von Sinn und Verstand ihn gerade noch an der Nackenwolle packen und ins Gesamtbild zurückreißen, und damit brach die Rennerei plötzlich einfach ab und wurde zum Bremsen vor der Wand, die ihm nun tatsächlich direkt vor der Nase stand.

Da war zwei Meter weiter so eine seltsame, funktionslose Vertiefung, die aussah, als wäre dort einmal eine Tür gewesen. Man konnte gerade so vorm Regen geschützt stehen, auch wenn das Schutzsuchen in dem Stadium gewissermaßen schon so gut wie zu spät war. Marschall setzte seinen Bewegungsablauf noch um ein paar Trippelschritte bis in den komischen Sarkophag fort, dann drehte er sich um und dachte, die Wand hat sich aufgerichtet, und murmelte den Gedanken laut vor sich hin, nicht weil es jemand gehört hätte, es herrschten noch immer die Wasserschwemme und das allgemeine Donnern, und das nächste hörende Ohr, in dem Moment Bifi, war immerhin auch gut fünfzig Meter entfernt und Henninen zwanzig Meter dahinter. Sie waren als bebende Gestalten durch den Regen zu erkennen, und die Straße hinter ihnen war leer.

Marschall musste dem Atem die Gelegenheit geben, sich wieder zu beruhigen, beziehungsweise er hätte dem Atem die Gelegenheit geben müssen, sich wieder zu beruhigen, aber er wollte sich nicht so richtig beruhigen, wie sehr Marschall es auch versuchte, zum Beispiel indem er dachte, man müsse dem Atem die Gelegenheit geben, sich wieder zu beruhigen. Das Herz schien in den Angeln zu quietschen, es hatte den Anschein, als drängte es auf jedem denkbaren Weg nach draußen, durch die Luftröhre, die Augen und Ohren, durch den Brustkorb und dann durch diesen kleinen, pulsierenden Punkt auf der Fußsohle.

»Was, um Himmels willen, rast du so?«, wollte Bifi wissen, als er mit Henninen ankam. Er rangierte sich ebenfalls in die Nische, und Henninen versuchte es ihm nachzumachen. Damit hatten sie erst mal zu tun, es entstand ein größerer Rangiervorgang, der allerdings schnell damit endete, dass Henninen die unbestreitbaren Folgen seines Nachzüglertums hinzunehmen gezwungen war und in den Regen zurückkehrte.

»Hä?«, sagte Marschall und keuchte ein paar Laute hinterher, die sich nicht nennenswert von dem »hä« unterschieden.

»Wieso hä?«, fragte Henninen mit überraschend gedehnter Stimme, er war offenbar schon dazu gekommen, sein Herz und seine Atmungsorgane zu beruhigen, indem er den letzten Rest der Strecke gemächlicher zurückgelegt hatte. Zur Bekräftigung seiner Botschaft schaute er Marschall von unten herauf an, es wirkte verblüffend schräg, und das Auge, das am nächsten war, sah geschwollen aus.

»Na, das heißt, ich mein, äh, ich könnte auch fragen, äh. – Hä. Beziehungsweise was habt ihr eigentlich so getrödelt, schließlich war doch da dieser Vorfall.«

Bifi sagte, der Vorfall sei vergessen. Marschall sagte, das verstehe er nicht.

»Muss man hier schon wieder alles haarklein erklären? Die waren einfach nicht scharf genug auf unsere Skalps und schon gar nicht auf deinen, dass sie es für wert befunden hätten, sich auf, wie soll ich sagen, Loserjagd zu begeben. Und außerdem hatten sie mit ihren Schrottmühlen genug zu tun.«

»Da ist der schöne Sprint umsonst gewesen«, sagte Henninen.

»Das kauf ich dir jetzt nicht ab«, sagte Marschall und ließ die Arme hängen wie Schoten voller durchweichter

Erbsen. »Beziehungsweise ich meine, ich bin doch als Letzter los, die waren schon kräftig dabei, das fiestainterne arme Würstchen in die Mangel zu nehmen, als ich die fehlgeleitete Ehrenrunde drehte.«

»Die haben dem Fahrer bloß die Versicherungsunterlagen überreicht«, sagte Bifi und betrachtete etwas auf dem Boden.

»Sofern solche Alternativen wie die überhaupt Versicherungen in Anspruch nehmen«, sagte Henninen.

»Und aus dem Lieferwagen kamen stoßweise noch mehr von diesen Schrecklichkeiten raus.«

»Nee, ich mein bloß, dass du halt in ziemlich endogener Todesangst losgespurtet bist«, sagte Bifi. »So gefährlich waren die nicht, ganz normale Leute halt, die sich ein bisschen geärgert haben.«

»Ja, ja, Scheißdreck.«

»Echt wahr. Wir sind praktisch einfach so davonspaziert.«

»Scheibenkleister«, sagte Marschall. »Jetzt nehmt ihr mich aber auf den Arm. Ich kauf euch das nicht ab, ach so, das hab ich schon gesagt. Ich mein bloß, sagt mir nicht, dass ich umsonst gerannt bin.«

»Na ja, es kann sich natürlich zum Beispiel auch um eine Art Ansichtssache handeln. Wir haben da jedenfalls keine unmittelbare Bedrohung gesehen, aber das heißt ja nicht, dass du es beispielsweise innerlich anders erlebt hast. Beziehungsweise deine allgemeine Schreckhaftigkeit erinnert schon ganz schön an Gottesfurcht oder Systeme dieser Art, also dass es quasi immer irgendeine Bedrohung geben muss.«

»Ja, ja«, sagte Marschall.

»Na, wenn wir ehrlich sind, dann warn sie eigentlich auch ziemlich beängstigend. Ich hatte nur keine Lust zu rennen. Das heißt, so tapfer bin ich nun auch nicht.

Ich bin bloß irgendwann auf die Idee gekommen, mich mal umzudrehen.«

»Da war ich«, sagte Henninen.

»Auch das, genau«, sagte Bifi. »Ich musste auch noch auf diesen Drogentrottel warten. Oder meinst du mit deinem Statement so was wie I've been there?«

»Ich war da«, sagte Henninen, hob das linke Bein und betrachtete seinen ziemlich neuen Schuh, der, nachdem er früher an eine Brandwunde erinnert hatte, im nassen Zustand ebenfalls wie eine solche aussah, allerdings wie eine mit Körpersäften verklebte.

»Na ja«, sagte Marschall. »Ist schon irgendwie lustig, weil beim Rennen sind mir derartige Unwesentlichkeiten durchs Bewusstsein geflattert, dass ich vielleicht doch auf irgendeiner Ebene begriffen habe, dass die Gefahr halt so schrecklich groß nicht sein kann.«

»Guter Junge«, sagte Bifi.

»Beziehungsweise ich meine, das sind so schwere Jungs, die müssen nicht den Erstbesten verprügeln, die werden auch eine Ehre im Leib haben.«

»Na, genau das habe ich gerade gemeint«, sagte Bifi.

»Das heißt, Scheiße. Ihr verarscht mich.«

Dann schwiegen sie eine Weile. Man musste sich die Ansichtssachen auf der Zunge zergehen lassen und versuchen, sie irgendwie auf die Reihe zu bringen, aber was heißt musste, vom Rennen waren alle so antriebslos geworden, stofflich wie geistig, dass sie sich im Moment eigentlich keine weiteren Gedanken machen wollten. Sie standen also da, traten von einem Bein aufs andere und lauschten den Herzen, die danach trachteten, sich zu legen, soweit man bei dem prasselnden, hin und her rollenden Gewitter und den Regenrinnen, die spauzten und röhrten und klapperten, als führte das Regenwasser feste Gegenstände mit sich, etwas hören konnte.

Die Bühne dieses Augenblicks war ein gepflasterter Platz, der zur Helsinginkatu hin abfiel und von Häusern gesäumt war, die wohl gerade wegen der Abschüssigkeit irgendwie unförmig aussahen. Auf der einen Seite des Stehplatzes wuchs ein großes, gelbes Wohngebäude und auf der anderen Seite ein flacher Neubau mit zwei Etagen, der im Erdgeschoss zwei Lebensmittelläden und ein Pfandleihhaus enthielt. Zwischen den Häusern passte noch der fabrikartige Ausgangsstutzen der U-Bahn-Station, tagsüber sah er aus, als würde er Menschen produzieren und auf den Platz ausspucken wie eine Produktlinie, jetzt war er aber menschenleer und geschlossen wie alles andere ringsum auch. An der einen Seite der Stutzbaracke befanden sich eine Altglassammelstelle und zwei graue Müllbehälter auf Rädern, die an eine geologische Rachemaßnahme erinnerten. Unter dem Deckel des einen hing der Ärmel einer gelben Regenjacke heraus, wie ein Arm, dem ein grauenvoller Sauger alles Fleisch unter der Haut weggesaugt hatte.

»Also, äh«, sagte Marschall, als er allmählich wieder in normalen Zustand gelangte oder wenigstens in einen, der normaler war als der vorige. Das Herz stellte sich noch immer auf die Hinterbeine, und die fröstelnden Extremitäten in den durch und durch nassen Jeans waren wieder zu unbrauchbaren Einzelgliedmaßen verholzt, als wären jedem einzelnen Atom plötzlich überflüssige Widerhaken gewachsen, die sich mit ihren Nachbarn verkanteten, sodass kein Bewegungsspielraum mehr blieb.

»Also, äh«, sagte Bifi.

»Ich mein bloß, selbst wenn ich jetzt als Waschlappen enttarnt worden bin, würde ich das selbst auf keinen Fall unterschreiben, dafür wirft die Ereigniskette doch zu viele Fragen auf.«

»Ja, stimmt, irgendwann hast du, glaub ich, auch mal gefragt, was der Scheiß soll«, sagte Henninen und glotzte auf das Wasser, das sich zwischen den Pflastersteinen schlängelte. Er ließ den Kopf bis in die Unterwelt hängen, und etwas von dieser Haltung griff auf seine Worte über und verlieh ihnen eine zusätzliche melancholische Färbung, auch wenn die Worte an sich eigentlich überhaupt keine Tönung im eigentlichen Sinn hatten.

»Tja, die scheint halt an erster Stelle zu kommen, diese Frage, also ich meine, was da oben passiert ist, bevor ich aufgekreuzt bin.«

»Ich glaub, da drüben gibt's einen Gegenstrom«, sagte Henninen und deutete auf die Abflussrinne vor dem Haus, wo gerade die Wassermassen über die Ufer schwappten.

»Ja, also«, sagte Bifi, »da ist eigentlich nicht viel passiert, der Unfall halt, aber Unfälle passieren nun mal.«

»Guckt euch das doch mal an, Mensch, das Wasser fließt den Hang hoch wie in der Scheißsowjetunion.«

»Bei mir ist das schon so ins Auge gegangen, nee, verflucht, was wollt ich jetzt sagen, ja, also es hat für mich tatsächlich so ausgesehen, als hätte jemand von euch einen gewissen Anteil an dem Getöse gehabt, zumindest hat Henninen am Straßenrand einen schuldigen Eindruck gemacht.«

»Aha«, sagte Bifi.

»Hm«, sagte Henninen, er war kaum darauf bedacht, sich mit einer Äußerung an der Diskussion zu beteiligen, er ging im Regen vor der Hauswand hin und her und nahm konzentriert die Verhaltensweise der verschiedenen Wasserströme unter die Lupe. Dies allerdings vornehmlich, weil die Unabsehbarkeiten der jüngsten Vergangenheit die Annahme erlaubten, er würde womöglich etwas anderes ausbrüten.

»Eigentlich war es nicht Henninens Fehler, oho, jetzt bin ich aber edel, das heißt, ich meine, es war nicht eigentlich der Fehler von einem von uns, es war eher so was wie eine Art von Verschulden, das dann Schuldgefühle ausgelöst hat.«

»Jetzt muss ich leider feststellen, dass mir das nicht ganz klargeworden ist.«

»Na ja. Es war halt so, dass ich Henninen so scheiß schnell hinterhergerannt bin, dass ich schon geglaubt hab, gleich bin ich alle, genau, dann sind wir an die Kreuzung gekommen, und, na ja, da ist dann passiert, was passiert ist.«

»Jetzt hab endlich Erbarmen, gottverdammt!«, sagte Marschall.

»Nee, wie gesagt, das war schon ein bisschen unklar alles. In derselben Sekunde, in der wir auf die Kreuzung geschossen sind, sind die Schrottmühlen zusammengekracht. Ich glaub, entweder ist das Miniauto ein bisschen achtlos rechts abgebogen, oder die Lieferwagenbesatzung ist mitten auf der Straße herumgekreuzt.«

»Aber du weißt nicht wirklich, ob die zum Beispiel irgendwie ausweichen mussten oder so.«

»Keine Ahnung. Ich weiß bloß, dass sie frontal zusammengeknallt sind und eins dann irgendwie seitlich weggeschlittert und dann, das habt ihr ja gesehen, stecken geblieben ist. Ich glaub nicht, dass wir da irgendwas verursacht haben, wie gesagt, es ist halt bloß exakt zur gleichen Zeit passiert, als wir da aufgekreuzt sind.«

»Die Typen haben ein bisschen so ausgesehen, als wollte ich lieber nicht dabei sein, wenn sie Rache ausbrüten«, sagte Marschall. »Das heißt, ich mein, ich hatte schon ziemlich das Gefühl, dass die so was wie einen Sündenbock suchen.«

»Was haben die eigentlich in dem Lieferwagen getrieben?«, fragte Henninen dann. Er war irgendwie wieder intakt oder in die Welt zurückgekehrt von seinen Wasserforschungen und stand nun vor der Nische und ließ seine Hosenbeine vom großen Wasser aus der Regenrinne nässen. »Beziehungsweise wenn das eine Mopedgang war, dann ist das doch ein bisschen trostlos, in einem Toyota durch die Stadt zu düsen.«

»Na ja«, sagte Marschall. »Da leidet die Glaubwürdigkeit schon ein wenig, das heißt vielleicht insgesamt dann doch ziemlich wenig.«

»Meinst du vielleicht, dir würde es Spaß machen, dich bei diesem Wetter auf dem Zweirad einsauen zu lassen?«, fragte Bifi.

»Na, irgendwie ist es schon erbärmlich«, nuschelte Henninen. »Beziehungsweise ich würde mich ohne Gerät nirgendwo blicken lassen, wenn ich zu so einem Clan gehören würde. Das wär so ähnlich wie ein Skin mit langen Haaren.«

»Außer dass der Skin dann etwas zu viel hätte, wohingegen denen quasi was gefehlt hat«, sagte Marschall und fing an, in den Taschen zu graben, fand aber statt Zigaretten nur feuchte Fusseln.

»Allerdings verfügten die über ziemliche Masse und Massenkraft.«

»Die Höllenengelchen«, sagte Henninen.

»Vielleicht waren sie eher was mit Banditen«, sagte Bifi.

»Eigentlich hatten sie was Rührendes, sie haben in ihrer Blechbüchse irgendwie menschlicher gewirkt.«

»Mir sind übrigens die Zigaretten ausgegangen.«

»Außerdem haben wir schon seit ich weiß wann kein Bier mehr gekriegt«, sagte Henninen. »Das heißt, ich hab das trotz allem für ein zentrales Thema hier gehalten.«

»Das bedeutet doch wohl nicht, dass du plötzlich wieder rauschmitteltauglich geworden bist?«, fragte Bifi, kratzte sich den Kopf und sah ein bisschen so aus, als wäre er gezwungen worden, sich mit einer Respektsperson über Selbstbefriedigung oder dergleichen zu unterhalten.

»Nee, bloß, das heißt joo, ich mein, ich hab mich durch das Rennen eben irgendwie erholt.«

»Wieso bist du ursprünglich überhaupt losgerannt?«, fragte Marschall.

»Weiß ich nicht.«

»Aha. Ich dachte, ich hätte da irgendwas gehört, als hättest du irgendwie genuschelt, dass du es schon weißt. Ich meine, bevor du losgesprintet bist.«

»Weiß ich nicht«, wiederholte er.

»Also, was weißt du nicht?«, fragte Bifi.

»Na, ich weiß nicht, ob ich da was genuschelt hab, und ich weiß auch nicht, wieso ich losgerannt bin.«

»Aha«, sagte Bifi.

Um das zu verstehen, waren keine weiteren Worte nötig, allmählich gab es aber wieder Anlass, eine Bewegung von A nach B in die Wege zu leiten. Das ging dann so vor sich, dass zuerst Henninen auf dem Absatz kehrtmachte und quer über den Platz abschob. So fiel es den anderen leicht, ihm zu folgen, als handelte es sich um etwas wie die Gruppe Henninen oder was es auch immer war, Henninens eigensinnig umgesetzte Reiseführerschaft, es ergab sich einfach so, man folgte ihm immer umstandslos, obwohl seine Kompetenz eher ein bisschen so lala war.

Durch den Sport waren die Beine in säuerliche Stockung geraten, und diese Steifheit strahlte jetzt in den ganzen Körper aus und in den Kopf ebenso. Und obwohl sich das unter anderem so auswirkte, dass man wirklich keine Lust hatte, seine Flossen zu bewegen, hatte es doch auch den Vorteil, dass die körperliche Erbärmlichkeit sämtliche Sinnesfunktionen auf sich selbst konzentrierte und man sich zum Beispiel um den Regen nicht mehr sonderlich scherte.

Henninen ging an der Rauskommkonstruktion der U-Bahn-Station vorbei, glitt zwischen den beiden Müllbehältern an eine leere Stelle auf dem Platz und blieb dort stehen.

»Und jetzt?«, fragte er, als alle wieder in einem Strauß dort standen.

»Du dirigierst doch hier das Orchester«, sagte Marschall.

»Ja gut, aber wenn ich jetzt meinerseits vielleicht doch mal sagen dürfte, dass«, sagte Bifi. »Das heißt, ich meine, wir könnten zum Beispiel weitergehen. Der Regen tut weh.«

Irgendwo in höheren Sphären krachte es wieder, und ein Blitz von der Größe des gesamten südlichen Finnlands krampfaderte über den Himmel, es war ein bisschen so, als würde man sich aus einer großen Glaskugel heraus ein unfassbar kosmisches Kabarett ansehen. Der Donner fiel auf den Platz und ließ die Fenster vom Pfandleiher erzittern.

Sie gingen weiter, so weit immerhin, dass sie an einem im Regen stehen gelassenen und geldlos wirkenden Geldautomaten vorbeikamen und an dem flachen, schwach gebauten Geschäftsgebäude wieder in die Helsinginkatu einbogen, die zwei Blocks weiter auf ziemlich apokalyptische Weise gewissermaßen im Regen zu enden schien. Vor dieser Wasserwand befand sich allerdings ein Taxistand mit bestimmt zwanzig nassen gelben Flecken in einer Reihe, ein trauriger Anblick irgendwie. Der Regen schien diesmal von dermaßen schlagender Qualität zu sein, dass es die Menschen nicht einmal wagten, sich in einem Taxi von ihren Behausungen zu entfernen.

»Hört zu«, sagte Bifi, als sie wieder vor dem »Sündensack« standen, dem Lokal, vor dem sie schon am Tag gesessen und allerlei Beratungen geführt hatten.

»Ich hör nichts«, sagte Marschall.

»Was ich gemeint hab, war, dass ihr sozusagen mir zuhören sollt. Ich hab da einen Vorschlag.«

»Gott bewahre«, sagte Henninen.

Bifi machte dann seinen Vorschlag publik. Er war geniös, und er erklärte ihn gründlich, er sagte, seiner Meinung nach wäre es jetzt nicht schlecht, rasch ein bisschen Bier zu trinken, und Henninens und Marschalls Meinung nach war das ohne weiteres ein unterstützenswerter Gedanke.

Als der Beschluss dann einvernehmlich gefasst war, äußerte Bifi noch eine Art Fortsetzung zu seinem Vorschlag, der fiel dann schon etwas wirrer aus. Irgendwie gelang es ihm trotzdem, die anderen zu überreden, sich die Vorstellung zu eigen zu machen, an einem Tisch vor eben diesem Lokal das Bier zu trinken. Er begründete das irgendwie damit, dass die allgemeine und allumfassende Feuchtigkeit in Innenräumen nur beklemmend wirkte, weil man im Lauf der Nacht doch nicht ganz trocknen würde, und obwohl das unleugbar eine ziemlich idiotische Begründung war, stimmten sie ihr einigermaßen träge zu, ein bisschen auch auf der Basis, dass es sozusagen im größeren Rahmen für jede Platzierung einen Grund gab. Außerdem hatte Bifis fiebriges Quengeln auch etwas Appellierendes, wer weiß, was er für einen Horror in Bezug auf Innenräume hatte.

Und als sie die Tische vor dem Lokal dann quasi im Sinne einer Kaufentscheidung betrachteten, kam ihnen in den Sinn, dass es im Grunde wahrscheinlich ziemlich klasse wäre, das Getöse der Himmelsmächte zu beobachten, schließlich war ja auch eine Markise über die Tische gespannt, sodass man wenigstens nicht noch nasser wurde.

Die Organisation der Biere fiel dann naturgemäß an den Initiator, also an Bifi. Ohne einen Mucks schulterte er die Verantwortung für das Projekt und griff sich den Zwanziger, der aus Marschalls Hosentasche aufgetaucht war, auch die Geldbeschaffungstour schien nun schon Tage zurückzuliegen. Nachdem Bifi im Inneren verschwunden war, zwängten sich Marschall und Henninen zwischen den grünen Bänken hindurch an den mittleren Tisch, irgendwie aus dem hoffnungsvollen Gedanken heraus, die Mittelposition würde die Chancen, nass zu werden, schmälern.

»Gib mir mal 'ne Kippe«, sagte Marschall, als sie sich auf den Bänken niedergelassen hatten, wo man dem Regen allerdings nicht sonderlich befriedigend entkam, das Bankende auf der Straßenseite war komplett nass, wohl vom Spritzwasser, in das sich die Regentropfen, die auf den Asphalt schlugen, im Nu verwandelten.

»Ich hab keine«, sagte Henninen.

»Ich hab vergessen, ihm zu sagen, dass er auch Zigaretten kaufen soll.«

»Na, dann sag's ihm eben noch.«

Marschall tat, wie ihm befohlen, er stand auf, um Bifi seinen letzten Willen mitzuteilen. Natürlich konnte man das nicht als »sagen« im eigentlichen Sinn bezeichnen, immerhin aber doch als eine Art Nachrichtenübermittlung, Marschall hämmerte zuerst mit der aus Sicherheitsgründen ziemlich schlaff geballten Faust gegen das Fenster der Kneipe und fuchtelte dann noch für alle Fälle mit der Hand, und als sich Bifi schließlich umdrehte, ging Marschall zum eigentlichen Thema über, indem er Zeige- und Mittelfinger hob und sie auf und zu schnappen ließ, worauf Bifi sozusagen mit der Gebärde eines Kontrollanrufs reagierte. Er hob ebenfalls die Finger, führte sie vor das Gesicht, spitzte die Lippen zu einem aufdringlichen Mundstück und bewegte die Finger davor hin und her, und als Marschall mit dem Kopf genickt hatte zum Zeichen, dass alles bestens laufe, drehte sich Bifi wieder zum Tresen um und versprachlichte die Gebärdenfolge gegenüber dem jungen Barkeeper, der Tränensäcke hatte wie gealterte Luftballons und auch sonst so aussah, als stellte es für ihn ein Problem dar, im Arbeitsleben klarzukommen.

»Das Personal da drin macht ein Gesicht, als würde es an unserer Kompetenz zweifeln«, sagte Henninen, nachdem sich Marschall wieder an den Tisch gesetzt hatte. »Oder so.«

»Knurr.«

»Hä?«

»Nee, ich mein bloß, wenn wir jetzt sozusagen in einem Drehbuch wären oder so, dann würde an der Stelle jetzt in Klammern bloß ›knurr‹ stehen.«

»Aha«, sagte Henninen.

»Wenn nicht ›er knurrt‹. Das heißt, eigentlich hab ich was ganz anderes gedacht, ich hab mir überlegt, dass es vielleicht kein Wunder ist, wenn man sich ein bisschen wundert, oho, Wunder und wundern, gut also dass man sich wundert, das solche wundersamen Typen, Scheiße, Mann, schon wieder dieses Wunder, na egal, jedenfalls Typen klitschnass in die Kneipe kommen und sich dann wieder raus in den Regen setzen. Also ich könnte da vielleicht schon mal auf die Idee kommen, dass solche Typen vielleicht nicht alle Stübchen geheizt haben.«

»Oder dass bei denen, äh, ganz schön der Lift geht oder so«, sagte Henninen und legte den Kopf schief. Die Straßenlaterne, die an einem Stahlseil mitten im Regen hing, geriet hinter seinen Kopf und wirkte wie ein Heiligenschein, und wer weiß, vielleicht kam es gerade durch dieses Lichtphänomen, dass die eine Hälfte seines Gesichts ins Fließen oder Hängen kam. Es sah plötzlich so aus, als wäre die Hälfte seiner Visage gelähmt, und wenn man es genauer bedachte, kam einem in den Sinn, dass er irgendwann mal von einem Verwandten erzählt hatte, dem das passiert war, womöglich war das irgendwie erblich, wer weiß, ungefähr so wie die Mehrbrustwarzigkeit in Bifis Sippe.

»Äh, eigentlich wollte ich eher so was in die Richtung fragen wie, ob du okay bist oder so, ich hab bloß nicht so genau gewusst, wie ich das fragen soll, ich hab gedacht, das klingt irgendwie so bevormundend, oder, ich weiß nicht, soapmäßig.«

»Frag ruhig«, sagte Henninen, richtete den Kopf gerade und sah wieder normal aus, jedenfalls innerhalb seines eigenen Bezugsrahmens. Ein kleiner Pick-up fuhr rauschend und rechts und links mit Flügeln flatternd, die größer waren als er selbst, vorbei.

»Und, bist du okay oder so?«

»Nein.«

Da tauchte aber dann Bifi auf. Er schob sich in komplizierter Vorlage durch die Tür und bugsierte sich auf dem schmalen Gang zwischen den anderen Tischen und dem großen Fenster zum Tisch. Er hatte ein Bierglas in der linken Hand, die beiden anderen drückte er mit dem rechten Arm gegen die Brust. Zwischen den Zähnen hielt er die Zigarettenschachtel, sodass ein gequältes Grinsen sein Gesicht dominierte.

»Na, das heißt, also«, sagte Marschall. »Was ist denn

dann los mit dir, wenn du nicht okay bist, Scheiße, klingt das albern, wie Gestöber in der Beziehungskiste.«

»Ägl«, sagte Bifi, setzte sich neben Marschall, ließ die Zigarettenschachtel auf den Tisch fallen und schob die Biergläser vor ihre Eigentümer. »Was klingt so?«

»Nichts«, sagte Henninen.

»Die Dämonen haben Henninen anscheinend immer noch nicht verlassen, mein ich bloß.«

»Ich hab weiter nichts, außer dass ich ein scheiß komisches Gefühl hab.«

»Aha«, sagte Bifi.

»Allerdings schmeckt dieses Bier hier jetzt dermaßen gut, also ich meine, ›dermaßen‹ mit quasi großen Buchstaben.«

»Das klingt jetzt schon besser«, sagte Marschall.

Das Gewitter tobte noch immer, das war ziemlich sonderbar, das Spektakel, es war einfach ständig an, obwohl die Wolken offensichtlich mit ziemlich übertriebener Geschwindigkeit über den Himmel rasten, das dürfte wohl alles in allem eine ziemlich breite Front gewesen sein oder wie man das nannte. Eine geschlossene Wassermasse wallte und wälzte sich über die Straße, und durch die vom Himmel herabschlagenden großen, harten Tropfen sah sie irgendwie genoppt aus. Auf den Schienen kam ein polternder und quietschender kleiner Wagen angefahren, zuerst sah er aus wie ein Schienenreinigungsfahrzeug, aber als er auf gleicher Höhe und im selben Moment auch schon wieder vorbei war, sah man, dass es sich um etwas Komplizierteres handelte. Alle möglichen Schläuche und Schnüre und hydraulisch aussehende Pumpdinger wuchsen in alle Richtungen aus ihm heraus, es hatte täuschende Ähnlichkeit mit einer waschechten Höllenmaschine, obwohl es vielleicht doch bloß eine Art Reparaturwagen war. Dem Sturm war es also gelungen, auch im Straßenbahnverkehr Schaden anzurichten. Nachdem der Wagen knirschend im Regen verschwunden war, tauchte auf der anderen Straßenseite zwischen parkenden Autos dasselbe Schmalspurhirn auf, das am Tag schon am Mützenkiosk mit der Wurst rumgesponnen hatte. Jetzt hatte er seine Spur offenbar erweitert, denn aus dem Schatten der Autos heraus torkelte er auf die Schienen in der Mitte der Straße und ging mit großen Schritten auf ihnen hin und her. Dann blieb er plötzlich stehen, hob den Kopf und die oberen Gliedmaßen zum Himmel und vermittelte den Eindruck, er wäre von all seinen empfängertypischen Eigenschaften ziemlich überzeugt.

»Jetzt kann man bloß hoffen, dass er es versteht, mit dem Gewitter zu tanzen«, sagte Bifi, schielte auf die Fahrbahn und versuchte irgendwie, sich zwischen seinen schmalen Schultern einzunisten.

Henninen sah aus, als würde er nach einem beschissenen Kommentar zu dem Thema suchen, aber er kam nicht dazu, etwas zu sagen, weil aus der Taverne zwei mit Lederjacken ausgerüstete Kerle kamen, die russisch wirkten. In einer Seitwärtsbewegung schoben sie sich an den Nebentisch. Im Vorübergehen sagte einer von ihnen, schönes Wetter heute, worauf Bifi reagierte, indem er sagte, außerordentlich schön, und Henninen, indem er eine kurze, krampfartige Geste im Schoßbereich ausführte, die dazu angetan war, auf Onanie anzuspielen. Die beiden hatten es offenbar nicht bemerkt. Sie setzten sich an den Neben- oder eigentlich an den nächsten Tisch, nahmen lange Schlucke aus ihren Gläsern und betrachteten dann die Blitze.

»Und?«, sagte Marschall dann, aber was heißt sagte, jetzt fiel auch auf, dass man ständig fast schreien musste, weil der Lärm so groß war.

»Ich weiß«, sagte Bifi und klang ganz nach sich selbst und nicht zum Beispiel so, wie Henninen in der Vaasankatu geklungen hatte, als er etwas Düsteres erkannte, vor seinem Kurztrip, der zu solch vielfältigen Verwicklungen geführt hatte.

»Ich weiß auch was«, sagte Henninen.

»Nee, ich weiß echt«, sagte Bifi. Dann wühlte er in umständlicher Haltung in seinen Taschen, er musste dazu unter dem Tisch das Bein ausstrecken, und nachdem er eine Zeit lang geächzt hatte, wuchtete er die Faust über den Tisch und ließ die Würfel auf die Täfelung fallen.

»Ach du liebe Zeit«, sagte Marschall. »Das ist jetzt aber echt zu viel.«

»Ich hab mir gedacht, wir könnten unseren Henninen ein bisschen aufmuntern«, sagte Bifi mit in alle Richtungen gedehnter Stimme. Er hörte sich an wie ein subventionierter Menschenwächter in einem Kindergarten, was natürlich ein bisschen seltsam wirkte angesichts der Tatsache, dass in der Tat deutlich geworden war, wie aufrichtig sein Wunsch zu würfeln war, aber wahrscheinlich hielt auch er es für angebracht, einen tiefen inneren Widerspruch einzugestehen, vielleicht machte ihn das irgendwie glaubwürdiger, quasi so als Mensch.

Henninen sagte, er wisse nicht, ob er dazu schon bereit sei, er meinte zum Spielen. Bifi nuschelte etwas, von wegen man habe sich den ganzen Tag und auch noch den Abend und fast die ganze Nacht schon vorbereitet, und als Marschall mit Nickeinsatz Bifis Ansicht stützte und erklärte, er würde mit dem größten Vergnügen eine Runde spielen, gab sich Henninen schnell geschlagen und zog einen Stift und ein zerknittertes Stück Papier, das offensichtlich einmal eine Rechnung gewesen war, aus der Brusttasche. Er strich das feuchte Papier eine Weile glatt, dann zeichnete er mit dem Stift schwankende, ungleiche Spalten, die Hochhäusern glichen, die in den Klauen eines Erdbebens versuchten, das Gleichgewicht zu wahren, es wäre ziemlich schwierig zu erraten gewesen, dass es sich hier um eine Yatzy-Tabelle handelte, wenn man es nicht gewusst hätte, aber es war ja nun in der Tat so, dass man es wusste.

»Würfeln wir aus, wer anfängt«, sagte Bifi, nachdem Henninen seine graphischen Versuche in eine einigermaßen anständige Form gebracht hatte. Dann deutete er auf sich selbst und sagte, eins, zwei, und dann auf Marschall neben ihm und sagte, drei, vier, und schließlich auf Henninen, der ihm gegenübersaß, und sagte, fünf, sechs. Dann warf er einen Würfel auf den Tisch. Es kam eine Zwei.

»Sieht so aus, als würden wir anfangen«, sagte er und wirkte magisch erfreut.

Henninen zwängte die Namen in der richtigen Reihenfolge in die Tabelle. Es schien ziemlich schwierig zu sein. Er platzierte Bifi über der ersten Spalte, aber die erste Version gefiel ihm offenbar nicht, denn er strich sie auf der Stelle mit Gekritzel durch. Dann blickte er auf, seufzte und sagte, das wird nichts, es hat nicht funktioniert.

»Gib her«, sagte Bifi.

»Hopp, hopp«, sagte Marschall.

»Was hopp, hopp?«

»Nichts, ich kann mich bloß kaum noch beherrschen.«

Bifi trug die Namen in die Tabelle ein, umschloss alle fünf Würfel mit seiner Faust und fing an, sie gründlich zu schütteln. Es wirkte allerdings ziemlich stümperhaft und unprofessionell, aber wahrscheinlich verschaffte ihm das eine gewisse Befriedigung im Camp-Geist. Dann ließ er die Würfel auf den Tisch klackern, warf sein Adlerauge hinterher und sah schnell so aus, als würde seine Gemütslage in vollem Tempo auf der ziemlich kleinen Achse zwischen Enttäuschung und Angefressenheit hin und her springen, was als emotionale Reaktion letztlich keineswegs befremdlich war angesichts der rauen Tatsache, dass ein Würfel zwischen den Tischbrettern auf den Boden gefallen war, ein zweiter in aussageloser Kippung zwischen einem anderen Zwischenraum klemmte und die drei sachgerecht auf dem Tisch gelandeten Glückskuben drei verschiedene Farben zeigten.

»Fick mich doch am Arsch«, sagte Bifi.

Henninen beeilte sich festzustellen, dass man das so nicht sagen könne, dann knickte er seinen Körper, um unter den Tisch langen zu können. Er sah deprimierend aus in seinem nassen, zerknitterten Anzug, von seinem Rücken stieg leichter Dampf auf wie eine Art Halbseide. Er bückte sich trotzdem in den Fußraum und fand den Würfel überraschend schnell und ganz im Gleichgewicht, kehrte ans Tageslicht zurück und reichte Bifi das Spielgerät.

»Also, ich werf die zwei nochmal«, sagte Bifi.

»Warte mal kurz«, sagte Henninen. »Ich hab da was wahnsinnig Interessantes entdeckt.«

»Na, was denn nun.«

»Zeig«, sagte Marschall.

Henninen zeigte es. Es war ein Stück Papier oder Pappe. Es sah aus, als stamme es von der Originalverpackung von irgendeinem Pülverchen oder Liniment oder einer anderen Quacksalbe, Henninen versuchte den Namen zu buchstabieren, aber da standen selbst für einen nüchternen Menschen zu viele Konsonanten nebeneinander. Mit schiefem Kopf schielte er auf den kalten Wickel, dann schubste er ihn Marschall hin und fing in ziemlich bedenklicher Weise an zu kichern. Das Bedenkliche kam vor allem daher, dass es nur so aussah, als kicherte er, gewissermaßen kindlich, dass im Gegensatz dazu aber der Ton, den er dabei von sich gab, tief, erwachsen und düster klang.

Es war tatsächlich ein Teil einer Verpackung von einer Paste mit gesundheitsfördernder Wirkung. Und das war an und für sich natürlich nichts sonderlich Aufregendes, aber wenn man den Leidenscocktail buchstabierte, der laut Hersteller durch die Erleichterungskapazität der Salbe abgedeckt wurde, verstand man nach und nach durchaus, warum Henninen in seiner Lage kichern oder gickern musste oder was es nun war.

»Was ist daran denn jetzt so komisch?«, fragte Bifi mit derart angespannter Stimme, dass man sich hinter seinem Rücken sehr gut den Gott der Nervenzusammenbrüche vorstellen konnte, der dort mit einem Werkzeugkasten voller Pinzetten und anderen kleinen Kamelhöckerabschneidern rumorte.

»Hör zu. Das hier ist für die lokale Anwendung bei Haut- und Schleimhautverletzungen gedacht, das ist nicht der komische Teil daran, aber in der Spezifizierung geht's ziemlich ab. Das hilft praktisch gegen alles. Schrunden und Fissuren, Brandwunden, Hautreizungen durch Sonnenbrand oder Röntgen- oder UV-Behandlung und dann Geschwüre. Aber das ist noch nicht alles. Hier wird nämlich hervorgehoben, also betont: auch bei Brustwarzen- und Schenkelwunden, Windelausschlag und Entzündung der Nasenschleimhaut. Mit anderen Worten: Greif zu.«

»Pfui Teufel«, sagte Bifi.

»Ziemlich deprimierend und traurig klingt das irgendwie.«

»Ich hab schon wieder das Gefühl, gleich kotzen

zu müssen«, sagte Henninen. »Beziehungsweise das da löst in mir eine ziemlich tieflotende Übelkeit aus. Aber bevor ich würgen gehe, möchte ich doch noch die Frage aufwerfen, ob das Brechmittel da auch gegen übermäßige Brustwarzen hilft. Oder gegen überschüssige. Oder vielleicht, ach schon gut. Mir ist irgendwie schwindlig.«

»Tja«, sagte Bifi.

»Was ist eine Schrunde?«, fragte Marschall und nahm das feuchte, unförmige Stück Papier unter die Lupe.

»Weiß ich nicht«, sagte Henninen. »Beim TÜV haben sie beim Auto von meinem Vater mal gesagt, die Bremsschläuche wären schrundig, aber mir ist nie klargeworden, was das eigentlich heißen sollte. Vielleicht haben sie mich bloß verarscht.«

»Irgendwie klingt diese Verschrundung da, ich weiß nicht, irgendwie entsetzlich großformatig, wie so eine allgemeine Ansammlung von Widrigkeiten. Beziehungsweise Anhäufung, Scheiße, jetzt bin ich schon wieder über so was gestolpert.«

»Ich bitte anmerken zu dürfen, dass unser Spiel hier ganz schöne Schrunden abbekommen hat«, sagte Bifi.

»Aber eins kapier ich nicht«, sagte Marschall, betrachtete das Stück Pappe, lernte es schnell auswendig und zerknüllte es dann zu einer kleinen Kugel. »Ich meine, was für eine komische Kategorie soll das denn sein, Brustwarzen- und Schenkelwunden? Haben die vielleicht irgendwas gemeinsam, also Brustwarzen und Schenkel?«

»Ich hab jedenfalls noch nie von einem Menschen gehört, der einen überzähligen Schenkel hat«, sagte Henninen.

»Wolltest du nicht kotzen gehen oder nach dem bisschen Liebe suchen«, sagte Bifi und schüttelte die Faust, denn er hatte noch immer die zwei Würfel, die in die zweite Runde mussten, in seinem Mixgefäß aus Fleisch und Knochen. Er sah ein bisschen so aus, als wäre er in eine brillante Formation gezwungen worden, um dort mit einem ziemlich simplen Instrument zu rasseln.

»Eigentlich habe ich über Schenkel und nicht über Brustwarzen gesprochen, wenn man es genau nimmt. Und hier füge ich jetzt noch ausdrücklich hinzu: lieber Freund.«

»Relativ edles Glücksspiel«, sagte Marschall.

»Joo, stimmt, und ich muss auch nicht mehr kotzen. Irgendwie hast du mich jetzt gerettet, Bifi, weil du mich an das bisschen Liebe erinnert hast, da ist sofort das Bedürfnis in Form von Wellen über alles allgemeine Unglück gespült worden, aber auch über die Hautsymptome.«

»Oho«, sagte Marschall.

»Also danke.«

»Schon gut, aber das wirft natürlich die Frage auf, ob das jetzt schon wieder dieses allgemeine Unglück ist«, sagte Bifi und spähte gleichzeitig erschrocken und erfreut zum Taxistand hinüber. »Als hätte ich diese Typen da schon mal gesehen.«

Kurze Zeit konnten sie noch denken, was ist da denn jetzt wieder im Anzug, oder was heißt kurze Zeit, so lange, wie es halt dauert, bis sie ihren Blick auf ein Objekt gerichtet haben, das sich in der Richtung befindet, in die man eigentlich schon guckt. Aber gut, bei dem, was dort im Anzug war, kamen ihnen wieder alle möglichen Ahnungen schlimmer Art in den Sinn, so was wie: jetzt ist der Moment der Abrechnung da, oder so, jetzt kommt der Wendepunkt, wo für alle bösen oder genau genommen eher unglücklichen Taten bezahlt werden muss, das waren Sachen, die sie immer mal wieder argwöhnen mussten, das hatten sie inzwischen schon gemerkt.

Der gewisse Moment stand aber trotzdem erst bevor. Es waren nämlich Laura und Pasi, die da kamen, das war in gewisser Weise schon furchtbar genug. Zwar hatten sie den richtigen Namen schon gehört, aber dieses Pasi schien irgendwie alles andere zu überbieten, sogar dieses Marjatta, es kam ein Augenblick, den man irgendwo anders wahrscheinlich als flüchtig hätte bezeichnen können, aber gut, schon wieder dieses »aber gut«, da kam also so ein flüchtiger Augenblick des Geratens in die Falle der politischen Korrektheit, ein Augenblick, in dem sie in Form von schnell übereinanderpurzelnden Vorstellungen überlegen mussten, ob das jetzt etwas gewaltsam Geschlechtsteilendes oder geschlechtsteilendes Gewaltsames hatte, dass sie so umstandslos mit dem Pasi daherkam, aber was heißt umstandslos, Umstände waren genug da, so flüchtig die Umstandshaftigkeit auch war.

Jedenfalls kamen sie jetzt unter zwei bedrückt wirkenden Regenschirmen durch den Regen. Wenn man sie anschaute und sich aus dem in der Tat flüchtigen, ziemlich quälenden Augenblick herausschüttelte, verstand man, worauf Bifi mit seinen Worten über das Unglück angespielt hatte. Sie hatten nämlich zwei Jungen oder was auch immer bei sich, die sogar in der Wassersuppe irgendwie gesund und einzigartig aussahen.

Auch Henninen drehte sich zu den Ankömmlingen um, die sich im Moment hinter seinem Rücken befanden, schätzungsweise fünfzehn Meter von dem Rand der Restaurantterrasse, zu dem es vom mittleren Tisch aus vielleicht an die dreieinhalb Meter waren. Alles in allem betrug die Entfernung nach ungefährer Schätzung achtzehneinhalb Meter, sie schrumpfte allerdings um gut drei Meter, während die zähe Schätzung zu ihrem Ergebnis kam.

»Die da bezeichnest du also als allgemeines Unglück?«, fragte Henninen.

»Na ja, ich hab jetzt nicht gerade gedacht, dass wir uns in unmittelbarer Lebensgefahr befinden«, sagte Bifi und runzelte die Stirn mit dem Resultat, dass sich seine Nase irgendwie ein Stück in Richtung Stirn hob, was kurz ein seltsam maskenhaftes Phänomen bewirkte. »Ich meine die Fritzchen, die sie dabeihaben.«

In diese Denkrichtung konnten sie sich aber im abgewandten und insofern sicheren Sinn keineswegs vertiefen, was vor allem dem unerträglichen Umstand geschuldet war, dass Zeit und Distanz aufgezehrt wurden, und dann waren sie auch im Nu dahin, die ursprünglichen achtzehneinhalb Meter. Schon waren sie auf der Höhe des Tisches, sie steckten tief in den Höhlen ihrer Parasole und waren wohl aus diesem Grund schon im Begriff, ganz selbstverständlich vorbeizugehen, als wieder mal ein Taxi an den Taxistand fuhr, um sich dort zu langweilen, und einen langen, geschwungenen Wasserschwall auf die vier spritzte, die daraufhin stehen bleiben, Wichser rufen und die Fäuste schütteln mussten.

»'n Abend!«, bellte Henninen sie an und lächelte weltumarmend, was eigentlich eine ziemlich treffende Formulierung an dieser Stelle war, diese Weltumarmung, wenigstens insofern, als man seinen Augen ansah, dass er mit Sicherheit kein Ding erwischt hätte, das kleiner war als die Welt, wenn er sich tatsächlich angeschickt hätte, in der Situation irgendein Objekt zu umarmen.

Einer von den Jungen oder Typen oder Mannähnlichen oder was sie nun einmal waren, es fiel tatsächlich schwer, sich eine natürliche Bezeichnung für Menschen diesen Alters auszudenken, aber gut, einer von ihnen drehte sich zu Henninen um und schaute ihn irgendwie systematisch genervt an und scannte anschließend wie ein Stromableser auch Bifi und Marschall.

»Hey, da sind die da«, sagte Laura und zog Pasi am Ärmel, es war nun so, dass sie weiterhin in aller Ruhe Pasi heißen durfte, ein anderer Name war für sie nicht mehr zu gebrauchen. Die besagte Pasi drehte sich also um und sagte, ach, sieh an, und brachte sich dann wieder in taxifixierende, nicht sonderlich weltumarmende Position. Dann ging sie dazu über, ihre nass gewordene Seite zu striegeln, gerade so, als würde sie vom Striegeln trocknen.

»Also, genau, setzt euch«, sagte Henninen. »Es regnet, falls ihr es noch nicht bemerkt habt.«

»Was sind 'n das jetzt für welche?«, fragte einer von den männlichen Jugendabteilungsangehörigen, es war derselbe, der den Zählerstand abgelesen hatte, was er eigentlich immer noch tat, es war schwer zu sagen, was der Reisebegleiter seines Misstrauens war, vielleicht hatte es etwas mit Menschlichkeit oder so zu tun.

»Die haben wir heute in der Anlage getroffen«, sagte Laura.

»Ach so, na dann«, sagte der Ableser, er war wohl auf eine satirische Klangfarbe in seiner Stimme aus, etwas schien ihm auf den Zeiger zu gehen, eventuell alles.

Henninen gelang es, die Akzentuierung der kurzen Rede irgendwie zu filtrieren, und er beeilte sich, seine Ansicht vorzutragen. »Ich fürchte leider, dass du zu jung bist, um zu verstehen, dass echte Ironie die Baustoffe Verzweiflung, Schmerz und exponentiell anwachsende Enttäuschungen benötigt«, sagte er.

Das wirkte insofern, als der Bengel in gewissermaßen schroffer Haltung im Regen stand und Henninen eine Weile mit offenem Mund anstarrte. Dann fiel ihm offenbar seine Schutzlosigkeit auf, und er kehrte unter

Lauras Regenschirm zurück und sagte, ach ja. Zu weiteren rätselhaften Bedeutungstransaktionen kam es nicht, es blieb beim bloßen »ach ja«, wenn auch mit einem Hauch von Verwunderung.

»Und, was habt ihr so gemacht, Jungs?«, fragte Pasi dann unter ihrem Schirm, sie hatte den anderen Jungmann neben sich, der bis jetzt geschwiegen hatte und aussah, als wäre er lieber woanders.

Da grübelten sie nun erst mal nur über die Jungs, weil niemand so richtig geschnallt hatte, was oder wer mit diesem »Jungs« eigentlich gemeint war.

»Hey, hallo!«

»Ach, du meinst uns?«, fragte Bifi.

»Nun kommt her und setzt euch, liebe Leute«, sagte Henninen und machte mit der Hand eine weltmännische Geste in Richtung Bank, er dachte dabei wohl an etwas Großartiges, aufgrund der eingeschränkten Leistungsfähigkeit des Ausübenden war es allerdings nur etwas Artiges.

»Jetzt eher nicht«, sagte Laura und kicherte. Daran sah man, dass sie im Verlauf der letzten Stunden mit einigem Erfolg eine Rauschmittelanwendung bei sich vorgenommen hatte.

»Doch, jetzt schon«, sagte Henninen.

»Spiel hier nicht den Boss«, sagte der Zählerableser.

»Eigentlich könnten wir uns auch setzen«, sagte Laura.

»Scheiße, wieso das jetzt.«

»Ich finde, das hier ist eine gute Stelle, um sich den Regen anzugucken und den da«, sagte Marschall und deutete zum Himmel. Das Gewitter entschloss sich, diesen Worten durch leichtes Grummeln Nachdruck zu verleihen.

»Das genau mein ich«, sagte der Leser. »Hier regnet's

echt voll, ich mein, wer ist schon so saublöd, sich im strömenden Regen ins Freie zu hocken!«

»Ich fürchte, es ist in der Tat so weit gekommen, dass wir hier sitzen«, sagte Henninen.

»Bleibt nur in aller Ruhe sitzen.«

»Schreckliche Spannung in der Luft«, sagte Bifi.

»Hey, ein Blitz!«, kreischte Laura. »Habt ihr gesehen? Der war gigantisch!«

»Der wievielte war das heute, der sechshundertste?«, sagte der Typ, der sich unter Pasis Schirm duckte.

»Donnerwetter!«, sagte Henninen dann und kratzte sich den Oberschenkel. »Bei mir ist das Glas leer.«

»Ja, äh, sollte man vielleicht schlafen gehen«, sagte Marschall.

»Vielleicht setzen wir uns jetzt erst mal«, sagte Laura und hüpfte über das durchweichte niedrige Seil, das sich Mühe gab, die Terrasse vom öffentlichen Gehweg zu trennen.

»Ich setz mich nicht«, sagte der Zählerableser. »Ich hab was Besseres zu tun.«

Dann folgte allerhand Hin und Her von A nach B. Zuerst trollte sich der aufgebrachte Maßnehmer in den Regen und löste damit das ein oder andere Achselzucken sowie zwei Blickwechsel zwischen den Mädchen aus, die auch ein Außenstehender so verstehen konnte wie: Der ist halt so. Dann nahm ein kurzer, schwerfälliger und dicklicher Moment Gestalt an, als sich die drei Übriggebliebenen an den Tisch werkelten. Das hatte zur Folge, dass drei andere aus mehrfachem Impuls heraus aufsprangen, Bifi, weil er wohl die Absicht hatte, die Reihen zu verdichten, Marschall am ehesten aus einer allgemeinen und letzten Endes doch recht unwesentlichen, der Höflichkeit enstpringenden Steifheit heraus, und Henninen, weil er Bier holen wollte.

Beim Gehen fiel ihm im letzten Moment ein zu fragen, ob noch jemand was wolle, dann grub er in seinen Taschen und beeilte sich hinzuzufügen, das gelte für diejenigen, die zufällig zahlungsfähig wären, 'tschuldigung, und nachdem Marschall ihm einen Haufen Münzen gegeben hatte, der gerade so für drei Bier reichte, hielt er es für angemessen, ein bisschen zu drucksen und zu bedauern, dass keine Möglichkeit bestand, zu protzen oder auch sonst den Mädchen etwas zu trinken anzubieten. Die Sache war zum Glück aber schnell beendet, denn ihr männlicher Begleiter stand auf und sagte, ich hol was, ging dann forsch zum Eingang, und Henninen pirschte ihm hinterher.

Sie gingen und ließen am Tisch zwei tuschelnde junge Frauen und zwei leistungsunfähige männliche Lächelvarianten zurück sowie den Regen, der mittlerweile so aussah, als würde er abnehmen.

Und gerade, als sie dem Regen diesen geringen Gedanken gegönnt hatten und ihn schon etwas tiefer und inständiger bedenken wollten, ergab es sich, dass die beiden schon zurückkehrten und alles in allem, so gut es ging, sechs Gläser balancierten. Angesichts des ganzen vorangegangenen steifen Getues war das bedenklich schnell über die Bühne gegangen, vielleicht gab es an dieser Stelle der Zeit eine Krümmung, oder jene Instanz, die die Zeit verwaltete, hatte einfach vergessen, gerade diese Stelle mit der ansonsten unaufhörlichen bleidurchsetzten Buttermilch der temporalen und lokalen Unausweichlichkeit zu füllen.

Henninen setzte sich auf seinen vertrauten Platz am Ende der Bank, und sein Bierholkamerad folgte ihm, er machte das ziemlich geschickt dafür, dass er tatsächlich drei Gläser in den wenigen Falten seines Oberkörpers verwahrte. Und als dann endlich alle saßen, bemerkten sie den Umstand, dass nun vier Menschen auf der einen und zwei auf der anderen Seite des Tisches saßen, und das feuchte, beklemmende Gefühl, das dieses Missverhältnis verursachte, wurde zumindest aus Marschalls Sicht in keiner Weise dadurch gemildert, dass Bifi an ihm klebte, der aus irgendeinem Grund vor der neben ihm sitzenden Pasi Angst zu haben schien wie vor einem fremden Onkel.

»Äh, sollten wir vielleicht irgendwie priorisieren oder so«, sagte Marschall. »Das heißt, ich weiß nicht, wie man das jetzt genau nennt, ich dachte bloß, beziehungsweise mir ist aufgefallen, dass wir auf dieser Bank hier zu viert sind und ihr da drüben bloß zu zweit.«

»Oho«, sagte Henninen, nahm einen großen Schluck und stieß anschließend ein Rülpsen aus, das von der Lautstärke her zum Beispiel eine Kriegserklärung hätte sein können, das aber inhaltlich ein wenig atemlos und verstopft blieb, weil er noch eine ziemlich lange Säule Bier in der Speiseröhre hatte.

»Grauenhaft«, sagte Laura und hörte dann zu, wie das Gewitter als Reaktion auf Henninens Ausbruch lachte. »Ach so, wir hatten ja über was anderes geredet.«

»Genau, ich dachte bloß«, sagte Marschall.

»Das hast du schon gesagt«, sagte Bifi.

»Ja okay, ich kann mich umsetzen«, sagte Laura und begab sich dann auf die andere Bank, was bedeutete, dass auf der einen Seite Bifi, Marschall und Pasi zurückblieben. Auf beiden Bänken saßen drei Menschen, und alle waren für eine Weile zufrieden und zeigten diese ihre Zufriedenheit mit wechselndem Erfolg durch ihr Mienenspiel.

»Das war edel«, sagte Bifi dann. »Ich meine, dein opferbereites Umsetzen.«

»Das habe ich mir auch gedacht«, sagte Laura.

Nachdem es sich mit dem Hin und Her dann für eine Weile hatte, nahm jeder einen Schluck, und erst jetzt wurde klar, dass das Jüngelchen, oder was es war, den Mädchen Apfelwein hingestellt hatte, vielleicht hatte er seinen Kletterpart nur so gut absolviert, weil das ja bloß Drittelliterportionen waren. Nach kurzem Mundausspülen fing Bifi an, aus Pflichtgefühl einen Aufhänger zu benutzen und die Mädchen zu fragen, wie ihr Tag so gelaufen sei. Die quittierten das aber ziemlich kurz, indem Pasi sagte, beschissen, und Laura ihrer eigenen Auffassung nach wohl etwas anständiger, zum Hinternabwischen. Und nachdem die andächtige Stille, die solchen Kraftausdrücken immer und überall folgte, durchwandert war, ermannte sich Marschall zu dem Gedanken, dass man sicherlich noch etwas anderes fragen müsste, und fragte also, da die Ermannung nun kurzfristig unvorhersehbare Maße angenommen hatte, wovor Pasi und das dritte Mädchen eigentlich am Tag in der Grünanlage geflohen waren.

Pasi drehte den Kopf, ließ ihr Gesicht irgendwie bedrohlich nahe aufleuchten, sagte, vor der Polizei sind wir geflohen, und guckte ihren Worten noch eine etwas zu lange Weile hinterher. Von diesem Gucken blieb der Eindruck, es könnte eventuell etwas in die Richtung bedeuten wie: Hast du es in deinem Alter immer noch nicht kapiert, mein Lieber?

»Ach so«, sagte Marschall. »Ich war vielleicht ein bisschen ungeschickt oder so.«

»Ach ja, übrigens«, sagte Laura auf der anderen Seite des Tisches und deutete auf den jungen Mann neben sich. »Das ist Erno.«

»Grüß dich«, sagte Marschall, gab diesem Erno umständlich und gequält die Hand und dachte, an diesen Namen würde er sich in fünf Minuten schon nicht mehr erinnern können, das war glasklar. Dieser Typus von Jugend-Demenz wäre durchaus sogar zum Heulen gewesen, wenn er in dem Stadium nicht schon so nass und abgestumpft gewesen wäre.

»Grüß dich«, sagte Bifi.

»Grüß dich, Erno«, sagte Henninen, seine Zunge rutschte am Gaumen aus, es wollte ihr einfach nicht gelingen, den Punkt zu treffen, an dem sie ein ordentliches »r« hätte erzeugen können. »Ich geb dir nicht die Hand, weil ihr Jugendlichen heutzutage so komische geheimnistuerische Händedrücke draufhabt, da komm ich mir so alt und unbrauchbar vor.«

»Verstehe«, sagte Erno.

»Das heißt, ich mein, ich meine es nicht irgendwie böse.«

»Ja, ja, kein Problem«, sagte Erno, er hatte einen irgendwie hoffnungslos schüchternen Gesichtsausdruck, er sah aus, als würde er versuchen, ein Lachen, das unbedingt herauswollte, mit einem lebensgefährlichen Rückhaltemechanismus im Zaum zu halten.

»Ich kapier das mit dem Handgeben übrigens überhaupt nicht«, krähte Bifi dazwischen. In seinem Falsett lag ein Hauch von Panik, man musste unwillkürlich denken, dass er entweder wie ein pubertärer Knabe klang oder aber, was von allen Erklärungen vielleicht letztendlich doch die geeignetste war, dass er nur darauf aus war, diesen Erno, was war an dem Namen denn jetzt dran, verflixt, dass er entgegen aller Anzeichen im Gedächtnis blieb, dass er also versuchte, diesen Erno daran zu hindern, in irgendein Streit säendes Wiehern auszubrechen. Immerhin war Henninen in einem Zustand, wo ihm das sicherlich einen schönen Anlass zu allerlei Erregung geboten hätte.

»Was meinst du damit?«, fragte Henninen dann.

»Das heißt, ich mein, was ich mein, ist, dass ich das mit dem Handgeben nie so richtig kapiert hab, ach so, das hab ich schon gesagt. Ja, also, was ich sagen wollte, die Absicht ist ja wohl die, irgendwie zu zeigen, dass sich Menschen gegenseitig quasi eine sichere Gesellschaft sind, aber meiner Meinung nach distanziert dieses Handgeben irgendwie alles und kühlt alles runter. Als ich klein war, hab ich geschnallt, dass man sich mit den Typen, denen man die Hand geben musste, besser nicht verbrüderte.«

»Du bist praktisch einer von den Menschen, die sich lieber gleich ans Umarmen machen«, sagte Marschall.

»Wahnsinnig interessanter Gesichtspunkt«, sagte Laura und schaute über ihren Apfelwein hinweg zuerst Marschall und dann Bifi an, und zwar mit verdrehten Augen und den Mund zu einem großen Lächeln verzogen und überhaupt das ganze Stillleben in einer so hinreißend verarschend frechen Formation, wie es nur ging. Erst jetzt fiel einem bei der Gelegenheit auf, dass sie zwischen den Vorderzähnen so eine irritierend schöne, dezimalgenaue Lücke hatte, die von einer höheren Macht angefertigt sein musste und das unmittelbare Bedürfnis zu sterben auslöste oder so.

»Also, ich wollte bloß sagen, dass, beziehungsweise quasi, na ja, also sozusagen«, sagte Bifi im krampfhaften Plappertempo eines Erbebten, kam aber dann auf die Idee, den kreisförmig ausartenden Redefluss zu stoppen, und im Nu hatte er einen Doppelknoten, aber durchaus im Guten. »Hätte jemand Lust zu würfeln?«

»Hey, der Regen lässt langsam nach«, sagte Henninen wieder in diesem seltsam gedrückten Tonfall, den er mittlerweile bis zur tautologischen Züchtigungsprovokation pflegte.

»Würfeln?«, fragte Erno.

»Genau, würfeln.«

»Wie würfelt ihr eigentlich so?«, fragte Laura. »Also, ich mein so, spielt ihr irgendwie nach Regeln, oder klackert ihr bloß so rum?«

»Na ja, wir haben zum Beispiel heute schon ziemlich oft versucht zu spielen«, sagte Marschall.

»Normalerweise spielen wir Yatzy«, sagte Bifi, der es ganz offensichtlich eilig hatte, Ordnung in das Thema zu bringen, da nun endlich jemand Interesse für die Würfel-Sache zeigte, also jemand Außenstehendes gewissermaßen, denn das bedeutete die Chance, eine etwas weniger abgehärtete Person hineinziehen zu können.

»Das ist ein bisschen wie diese Musik«, sagte Henninen. »Man schreibt es nur anders. Verdammte Scheiße, wieso klinge ich jedes gottgesegnete Mal, wenn ich den Mund aufmache, wie ein Opa?«

»Ach ja«, sagte Pasi. »Das kommt wahrscheinlich genau vom Gottgesegneten oder so, ich kapier's nicht, leck mich, was für ein Gesülze.«

Henninen machte noch einmal den Mund auf und hauchte eine kleine, verschmachtende Bitte um Entschuldigung, dann schüttelte er den Kopf und ließ ihn hängen.

»Also wir haben drei verschiedene Varianten. Es gibt das traditionelle Basis-Yatzy, das spielen wir, wenn wir bloß spielen, das heißt wenn nicht lange gespielt wird. Dann gibt es noch Leibeigenen-Yatzy und Nazi-Yatzy. Das spielen wir, wenn wir tierische Herausforderungen brauchen.«

»Das heißt immer dann, wenn man schlicht und einfach nix zu tun hat«, sagte Marschall. »Und wenn man die Basisversion schon bis zum Umfallen gespielt hat.«

»Wie spät ist es?«, fragte Henninen hinter seinen Haaren.

»Und zwischen den Leibeigenen und den Nazis besteht ein gradueller Unterschied«, sagte Bifi. »Nazi-Yatzy ist am anspruchsvollsten, da wirst du so richtig beschissen gequält. Das ist fast unerträglich schwer.«

»Was passiert 'n da so?«, fragte Erno. Durch Bifis glühende Begeisterung hatte er vielleicht den Eindruck gewonnen, das Spiel könnte tatsächlich zu irgendwelchen Blut- oder Gräueltaten führen, oder aber er wollte bloß höflich sein oder war eben irgendwie anthropologisch interessiert.

»Eigentlich liegt das ganze Grauen darin, dass es teuflisch schwer ist, Punkte zu machen«, sagte Marschall. »Man darf nur zweimal werfen, im schlimmsten Fall sogar nur einmal.«

»Wie grausam«, sagte Laura.

»Gut, aber was war das jetzt mit den Leibeigenen?«, fragte Erno, weiterhin ganz Erno. »Also, wie geht das?«

»Hör doch auf mit der Scheißfragerei!«, sagte Pasi. »Dieses Scheißgerede über irgendein Spiel. Die Typen sind doch total in anderen Gefilden mit ihrem Yatzy.«

Das weckte in Henninnen offenbar etwas Tiefgründiges. Er hob den Kopf aus den hängenden Gärten oder Gefilden oder wo immer er ihn auch hingehalten hatte, und sagte: »'tschuldige, aber das kapier ich jetzt nicht.«

»Was kapierst du nicht?«, fragte Pasi.

»Also das mit den Gefilden ist mir auch irgendwie nicht ganz klargeworden«, sagte Bifi.

»Na, in Gefilden halt, man muss ja wohl nicht immer jedes einzelne Wort erklären.«

»Nee, ich dachte bloß«, sagte Bifi und sah aus, als könne er seine Hände nicht bewegen, obwohl es ihn juckte. »Das klingt irgendwie so, ich weiß nicht, so städtisch-ländlich. Ach ja, du hast ja auch mal auf dem Land gewohnt, oder?«

»Nee, das war die da, nee, also hier die, das heißt sie«, sagte Marschall. »Aber schon gut, ich will mich nicht einmischen, ist schon chaotisch genug. 'tschuldigung.«

»Komische Deppen, fangen wegen irgendwelchen Gefilden voll den Aufstand an. Das wär genau wie wenn man überlegt, was bedeutet irgendein verfickter, was weiß ich, Saft oder so.«

»Ich hab die übrigens heut schon mal als komische Deppen bezeichnet«, sagte Laura.

»Du hast wahrscheinlich nicht kapiert, was wir für Deppen sind«, sagte Marschall.

»Was macht ihr eigentlich so?«, fragte Erno. Das war wohl ein gutgemeinter Versuch, die Spur zu wechseln.

»Wen oder was meinst du denn so?«, fragte Bifi.

»Also ich bin noch von diesem Saft okkupiert«, sagte Henninen. »Beziehungsweise es ist überhaupt nicht so einfach, was quasi ein Saft ist oder so.«

»Ach okkupiert«, sagte Laura.

»Oh Rhesus!«, sagte Pasi, so sagte sie tatsächlich.

»Beziehungsweise ich mein, dazu müsste einem im Prinzip eigentlich so was quasi eher Erhabenes einfallen oder vielleicht nicht unbedingt was Erhabenes, aber irgendwie was Besonderes, so was wie göttlicher Nektar oder irgendwelche fruchtbarkeitstanzmäßigen Faxen.«

»Fällt dir aber nicht ein, oder?«, fragte Laura.

»Nee, eben, aber meiner Ansicht nach gehört dieser verfickte Saft zu den trostlosesten Wörtern, die ich kenne.«

»Klingt irgendwie ein bisschen bitter«, sagte Bifi.

»Ja, genau! Es hat so einen Geschmack von Enttäuschung und Verschwörung, das Wort lässt sozusagen orgasmische Delikatessen erwarten, aber was man dann am Ende kriegt, ist warmer Saft vorm Wahllokal oder eine laue, halbrote Subtraktion, mit der man bei irgendeinem traumatischen Sturzskilaufrennen die knorpelige Wurst mit schlammigem Senf drauf runterspült.«

»Hier gibt's anscheinend einen, der eine trostlose Kindheit gehabt hat«, sagte Pasi.

»Ich weiß von meiner Kindheit nichts mehr«, sagte Marschall.

»Du bist wahrscheinlich zu besoffen gewesen.«

»Insofern ja, als mir zu diesem Saft nur die elementaren Teenager-Besäufnisse einfallen, da wurde für die Kater am nächsten Morgen immer literweise Orangensaft bereitgestellt, und davon musste man dann so viel trinken, dass einem mit dem Kater einfach tierisch schlecht wurde, so ein schauderhaftes Sodbrennen hatte man da, das bis ins Gehirn ausstrahlte, als hätte man eine Eisstange im Hals stecken, die nach Orange schmeckt.«

»Säfte sind des Teufels«, sagte Henninen und ließ wieder den Kopf hängen. Dann legte er plötzlich seine Stirn auf Ernos Schulter und murmelte: »Jesus, was bin ich blau.«

Erno schien bei dieser Gebärde ein wenig unbehaglich zumute zu sein.

»Habt ihr anderen auch irgendwelche Safterfahrungen?«, fragte Bifi dann auf konstruktive und mitreißende Art.

»Blau, blau, blau«, sagte Henninen und warf den Kopf hin und her und wiederholte im Takt das immergleiche Wort.

»Leider fällt mir jetzt grad keine ein«, sagte Laura. »Ich hab das Gefühl, dass ich nicht so ein aufregendes Verhältnis zu Saftangelegenheiten hab.«

»Ah ja«, sagte Bifi. »Schade.«

Während der kurzen und gewissermaßen enttäuschten Stille, die auf das Säfteln folgte, kam das Gewitter dazu, zweimal zu knurren und dann durch Höfe, Gassen und Straßen zu preschen. Der Regen hatte sich zu einem Allerortsgeniesel ausgedünnt, von dem man schwer sagen konnte, ob es eigentlich eher vom Himmel oder möglicherweise von der Straße kam, wo der ziemlich reißende Strom noch immer schäumte wie ein anerkannter Fluss. Die Lederjacken am Nebentisch hatten schon lange ihre Portionen verzehrt und standen nun gleichzeitig ausdrucks- und wortlos auf und entfernten sich schroff in entgegengesetzte Richtungen. Auf die großen Fenster der Kneipe waren an der Markise vorbei schwere, gedehnte Tropfen geklatscht, wie langgezogene, willensbedingte Spucke, drinnen weckte das Wetter nach wie vor keine explodierenden Leidenschaften. Gelassen und einsam saßen die gebeugten Kreaturen an ihren Tischen wie in abgetrennten Kabinen hinter Plexiglas. In einer Ecke gluckste eine fröhlich bunte Jukebox vor Farbensattheit in niedergeschlagenem, monotonem Rhythmus, in einer anderen stieß und ohrfeigte eine zerknitterte und irgendwie entleert aussehende, mit Baskenmütze ausstaffierte Frau mittleren Alters einen widerspenstigen Pokerautomaten. Nachdem sie den unverständigen Apparat eine Zeit lang malträtiert hatte, beendete das Personal die Schlägerei und führte die Frau in ihre Loge zurück, wo sie in einer Reihe drei angebrochene Getränke stehen hatte, die vollgestopft waren mit allen möglichen Strohhalmen und Schirmen und, weiß der Teufel, Rudern.

»Ich weiß nicht, woher das kommt, aber hier ist es eigentlich sicher, find ich«, sagte Bifi dann. »Beziehungsweise ein bisschen komisch ist das schon angesichts der Tatsache, dass Mutter Natur die ganze Zeit rundum die Rute schwingt.«

»Hier ist man sozusagen von seinen Nächsten umgeben«, sagte Marschall.

»Vielleicht bist du irgendwie angehörigenabhängig«, sagte Laura und klingelte mit den Eiswürfeln in ihrem leeren Apfelweinglas. Dann hielt sie sich das Glas vor den Mund und blökte hinein. Das bedeutete offenbar, dass sie eine neue Füllung haben wollte.

»Da fällt mir ein«, sagte Henninen.

»Gut«, sagte Bifi.

»Das heißt, also, äh, ihr wart nicht dabei, aber ich hab mir vor einiger Zeit, beziehungsweise ich weiß nicht mehr genau, wann, aber irgendwann jedenfalls, also, da hab ich mir überlegt, wie das so mit der Schwerkraft ist.«

»Aha«, sagte Erno.

»Du scheinst ja ein wahnsinnig tiefsinniger Mensch zu sein«, sagte Laura.

»War das genauso schwerer Stoff wie das, was der da am Tag über die Astgabel erzählt hat?«, fragte Pasi.

»Das Tiefsinnige erkennt man schon daran, wie Henninen sich anzieht«, sagte Bifi. »Ich mein bloß, die ist echt individuell, deine Kombination da, also der Anzug zusammen mit dem furchtbar jugendlichen Schuhwerk.«

Henninen begab sich nicht auf diese Spur. Er tippte mit dem Nagel seines Mittelfingers gegen den Rand des Bierglases und sagte: »Genau, ich hab mir das mit den Abhängigkeiten überlegt. Weil das ist ja, wie soll ich sagen, problematisch. Oho. Eigentlich wollte ich dieses probl, also dieses Stottern vermeiden. Aber gut, in mir ist einfach die Frage aufgetaucht, da im Bewusstsein, ob ein Abhängiger sich sozusagen über seinem Abhängungsobjekt befinden kann.«

»Meint der das im Ernst?«, fragte Pasi.

»Ja. Also hoffentlich beziehungsweise leider.«

»Beziehungsweise genau, wenn man sich mal klarmacht, dass Abhängigkeit so was wie echtes Hängen an etwas ist, dann wird einem auch was anderes klar: Wenn der Abhängende losgelassen wird, fällt er runter. Scheiße, das kann man doch nicht als positiv bezeichnen.«

»Willst du damit so was sagen wie: Haltet an euren multiplen Problemen fest?«, fragte Marschall.

»Also ich weiß nicht, ob ich irgendwas meine. Ich dachte bloß irgendwie, dass die Richtung vom Abhängen aus irgendeinem Grund immer nach unten geht. Und genau das kommt von der verfluchten Schwerkraft, dass ihr alles quasi unterworfen ist. Da bin ich auf den Gedanken gekommen, dass, wenn es die Schwerkraft nicht gäbe, alle genauso gut zum Himmel hängen könnten, das heißt, die Füße würden einfach in die Luft stehen.«

»Da wär es dann sicher ein bisschen problematisch, das als Abhängigkeit zu bezeichnen«, sagte Bifi.

»Das mein ich ja gerade, ja, ich hab also tatsächlich was gemeint.«

»Das könnte man jetzt vielleicht so zusammenfassen, dass alles davon abhängt, wo es hängt«, sagte Pasi. Dann zog sie Henninen eine irgendwie seltsam nebenamtliche Grimasse. Es konnte so etwas wie ein fragender Blick sein, aber die Frage brachte gleich auch etwas Problematischeres mit sich, denn vermutlich enthielt sie auch eine Bedeutung wie: Vielleicht könnte man jetzt endlich mal aufhören.

»Na, vielleicht so halt«, sagte Henninen. »Beziehungsweise 'tschuldigung.«

Dann wiederholte plötzlich die Erno-Person ihre Frage über das So-Machen, er begründete das damit, dass es interessant wäre zu erfahren, welche beruflichen

Umstände eine solche geistige Landschaft formten. Er sagte es natürlich nicht wortwörtlich so, der Inhalt war aber trotzdem ungefähr der gleiche, und darum verstand Henninen die Frage und warf schnell die Antwort ein, nichts Besonderes, bevor Bifi ihm das Wort abschnitt. Er sagte, in gewisser Weise sind wir so was wie Unternehmer, und als Erno dafür ein gewisses Maß an Interesse aufbrachte und um weitere Einzelheiten bat und Bifi offenkundig zu einem längeren Redefluss ansetzte, der aller Wahrscheinlichkeit nach mit seinem privaten, schwer gescheiterten Fensterputzbusiness vom letzten Sommer zu tun haben sollte, gingen überall die Lichter aus, und der schöne Eifer kam zum Stillstand.

Und dann wurde es tatsächlich ziemlich finster.

Es war eine derartige Finsternis, dass niemand etwas dazu sagen konnte, eine, die ohne Widerspruch alle Wörter schluckt, wenn man in sie hineinruft.

Es war eine dicke, starre, nasse und zermalmende, überall eindringende Finsternis, ziemlich leicht zu verstehen und darum auch relativ empörend, eine von der Sorte, bei der man am liebsten fragen würde, wer dafür verantwortlich ist.

Es war eine dermaßen dunkle Finsternis, dass sie durch die nervösen Zuckungen des abziehenden Gewitters irgendwo am Stadtrand nur noch dichter wirkte.

Eine Zeit lang war sie auch ziemlich spannend und ein bisschen erschreckend, eine Finsternis, die einen zwang, alle Gedanken in kurzen, stolpernden Brocken zu denken, bis sie ziemlich schnell an die Spannungsverdichtungsbemühungen in einem Kriminalroman erinnerten.

Und dann machte sie auch schon schläfrig.

Das Bewusstsein für all das kehrte nach und nach irgendwie verlorener-Sohn-mäßig und verstohlen nach Hause, also offenbar ins Bewusstsein zurück. Genau genommen geschah das so, dass er plötzlich merkte, wie Bifi ihn mit ausgestrecktem E.-T.-Finger an der Schulter anstupste und ihm ständig den eigenen Namen vorsagte, Marschall. Und als er dann wieder auf die Finsternis aufmerksam wurde, schien es, als hätte er einen kurzen Abstecher in blendendes Licht gemacht, und das wiederum bewirkte als Reaktion, dass er nicht anders konnte, als so etwas wie 'tschuldigung zu nuscheln, von wegen er stünde anscheinend gewissermaßen unter einem Einfluss, und dann glitten einem auch schon wieder die Wörter aus den Händen, und dem Mund entglitt die Frage, wie lang hab ich geschlafen, worauf Bifi antwortete, er habe nicht vor, darauf eine Antwort zu geben. Und als er so weit wieder die Fassung gefunden hatte, dass er mit dem Blick in der Umgebung stocherte, in der ziemlich eindrucksvoll teigigen Finsternis, fiel ihm nicht zuletzt auf, dass doch nicht alles Licht aus der Welt verschwunden war, denn am Taxistand zitterten noch immer in fast lyrischer Manier ein paar gelbe Placken, um die Existenz von Droschken anzuzeigen. Irgendwann hatte sich der schlimmste Stau dort aufgelöst, aber, wie gesagt, ein paar davon standen noch dort, ein Phänomen, das immer in gewisser Weise für Trost und Sicherheit sorgt.

Als er endlich dazu überging, die plötzliche Einschwärzung nach der unleugbar etwas matten und schläfrigen Erstverwunderung zu analysieren und zu kommentieren, schien es, als würde er in einer äußerst kleinen, finsteren Kammer sitzen und ein Gespräch führen, bei dem jeder der Beteiligten in einem muffigen, dicken Sack aus Samt steckte. Bifi hatte in seinem Erweckungsfuror bereits die Truhe geöffnet, und jetzt redete er weiter, er sagte, es sei wahrscheinlich noch nie so finster gewesen, eine Behauptung, die Marschall und Erno nahezu gleichzeitig bestätigten, indem sie nein sagten, und nach Erno, der seine zustimmende Verneinung keinen Bruchteil einer Sekunde später als Marschall ausstieß, nach Erno also machte Laura den Mund auf, die ihrerseits den Sachverhalt bestätigte, indem sie sagte, echt nicht. Und gleich darauf sagte Pasi, Scheiße, ey, und dann rannte in der Finsternis ein Mann vorbei und rief, in der Innenstadt ist eine Bombe explodiert, worauf Henninen schnauzte, Scheiße, Mann, das war keine Bombe, das war das Gewitter, er schnauzte tatsächlich, das muss vermerkt werden, er musste den Akzent wohl auf den Tonfall legen, weil es bei der Finsternis doch ziemlich schwer war, am Gesicht eines anderen den pH-Wert abzulesen.

Der wenigstens vermeintlich informationshaltige Vorbeimarsch bewirkte nun trotzdem, dass sie sich fragten, was es mit der Bombengeschichte auf sich hatte, aufgrund der Finsternis und der zweifelsfreien Ernsthaftigkeit der Drohbilder wurde darüber situationsbezogen tuschelnd gesprochen, und plötzlich fiel auch das Phänomen auf, dass alle die Köpfe so dicht zusammensteckten, dass sie schon wieder Gesichter erkennen konnten, die Mädchen hatten angefangen, miteinander zu flüstern und zu gestikulieren, diesem Erno hingegen merkte man auch durch die eingeschränkte

Sicht hindurch an, dass ihm plötzlich unwohl war, es wurde allerdings nicht deutlich, ob er Angst vor der Finsternis hatte oder ein komplexes Verhältnis zu Bomben. Da stellte sich dann so ein Gefühl ein, als ob sie vielleicht etwas Tröstendes oder Aufmunterndes sagen sollten, aber sie konnten trotzdem nichts sagen, und schnell stellte sich heraus, dass es eigentlich auch gar nicht nötig war, weil sich Bifi um den Teil kümmerte. Er sagte, doch wohl kaum eine Bombe, und Henninen fügte hinzu, der hat bloß in seiner Dunkelheitsangst Quark geredet, er meinte offenbar den Herold, und, erstaunlich genug, das sinnlose, kümmerliche Gerede schien letztendlich irgendwie zu helfen, sie sprachen schon wieder mit normalerer Stimme, und schließlich kamen sie zu dem Schluss, dass es eigentlich ganz schön war, denn durch die Notsituation war eine Art Gemeinschaftswärme entstanden, und die Ermutigung drückte sich dann so aus, dass Henninen aufstand und sagte, er gehe jetzt sein Glas füllen.

»Der wird jetzt wahrscheinlich ein paar Zusammenstöße haben«, sagte Laura und unterstützte ihre Worte mit einigen zirpenden Gaumengeräuschen, die nach pflichtschuldiger Schadenfreude klangen, deren größten Zauber eine Nervosität allgemeiner Natur erstickt hatte. »Die ist nämlich total finster, die Pinte.«

»Irgendeinen Schaden wird er schon anrichten«, sagte Bifi.

Dann geschah alles innerhalb ziemlich kurzer Zeit und irgendwie geballt, letzten Endes kreuzten und verknoteten sich so viele verschiedene Fäden, dass man hätte glauben können, das Opfer von ziemlich ehrgeizigen Drehbuchinfamien geworden zu sein. Es ging damit los, dass Henninen aus der Kneipe gestürmt kam und Fick dich und Scheiße und Schwule Sau und Nazi und allerlei weitere unreine Formulierungen schrie, allem Anschein nach war jenes Maß nun voll, in das den ganzen Tag über geistlicher und weltlicher Auswurf geschöpft worden war, und nachdem er eine Zeit lang an der Tür krakeelt hatte, marschierte er in Form eines ungleichmäßigen, gegenüber der ihn umgebenden Finsternis eine Spur helleren Klumpens auf den Tisch zu und ließ sich in seinem Demonstrationsrausch mit dermaßen kraftvoller Gebärde auf die Bank krachen, dass es ihm ziemlich wehtun musste. Dann fing er an, eine schauerhafte, schaumgekrönte Erklärung abzugeben, die sich natürlich auf Vorkommnisse im Inneren der Kneipe bezog, die aber auch ausgewählte Beispiele von Ungerechtigkeit im Leben allgemein enthielt. Er erzählte, wie das Scheißpersonal, diese armen Säue, diese Teppichhändler und Mollusken, nicht bereit gewesen waren, ihm Bier zu verkaufen, sie hatten sich auf den Stromausfall berufen und behauptet, ihre Hähne funktionierten nicht ohne Strom, und als er dann um Flaschenbier oder irgendwas anderes gebeten hatte, hatten sie gesagt, dass auch die Kasse nicht funktionierte, und als er dann zum Spaß ein bisschen über den Laden gewettert hatte, hatten sie ihm nahegelegt, schlafen zu gehen, und da hatte er dann einen Aschenbecher vom Tresen gewischt, worauf sie gesagt hatten, er brauche hier nicht mehr herzukommen.

Die Geschichte ging weiter, er hatte kaum die letzten Silben des vorigen Satzes ausgehustet, als er schon alles damit in Verbindung brachte, dass er einfach die Schnauze vollhatte von dem ganzen Scheißleben, davon, dass es tagelang bloß regnete und alle schönen Bemühungen, glücklich zu sein, verwässert wurden, so sagte er es. Er klang auf einmal schrecklich überzeugend, trotz aller allgemeinlyrischer Zuladung, und schon war er auf die nächste Ebene weitergeeilt, auf die quasi gesellschaftliche, irgendwie ging es ihm um Staatsangehörigkeit und Kriminalität und besonders um das Leben dazwischen. Aber das blieb doch reichlich unklar, und dann ging es auch schon wieder weiter, und die nächste Etappe in seiner Rede waren die Herren, er fing tatsächlich an, über die Herren zu reden, und jetzt waren seine Worte schon von einer Kategorie, dass man unweigerlich dachte, wenn er tatsächlich in die Herrenabteilung vordringt, wird man ihm ein paar schwerverdauliche nachträgliche Bemerkungen nicht ersparen können.

Sie brauchten sich darüber aber nicht weiter den Kopf zu zerbrechen, denn irgendwo ertönte, gerade als Henninen Luft für den nächsten Ausbruch holte, ein entsetzlicher Schrei und gleich darauf, jedenfalls in kurzem Zeitabstand gemessen, ein Kreischen und Tschackern von ziemlich anhaltender Natur.

Was die Wahrnehmung betraf, kam es zu einem kleinen Glücksfall, indem nämlich ein Taxi, das die Schnauze vollhatte oder aber erschrocken war, vom Taxistand losfuhr, sodass der nächste Wagen in der Reihe das Licht einschaltete und einen Grad weiterrückte. Das konnte man nur hinsichtlich der momentweise ins Blickfeld zurückgekehrten Landschaftsarchitektur als kleinen Glücksfall bezeichnen. Die eigentlich dort herrschende Lage war nämlich beim besten Willen nicht glücklich zu nennen, dieser etwas abseits des Taxistands im dünner werdenden Regen vonstattengehende, sonderbar gliedmaßenreiche Wirrwarr oder Strudel, den man nach ein oder zwei Sekunden schließlich als eine Art ausgelagerte oder veröffentliche paarbeziehungsinterne Auseinandersetzung erfasste. Besonders lange konnte man nicht hingucken, aber doch immerhin genug, um zu erkennen, dass dort ein Mann und eine Frau zugange waren, allem Anschein nach in einer Art mittlerem Alter, wobei die Altersbestimmung mehr auf dem Gebrüll, dem Gekrächze und dem unverkennbar langes Nachtragen signalisiernden zentrifugalen Schwingen der Greiforgane beruhte als auf dem Ablesen der Jahresringe im Gesicht. Sie schrien und gestikulierten und spuckten sich gar an, und dann machte das Taxi, das auf die Poleposition geglitten war, das Licht aus, und es wurde wieder finster.

Man konnte aber gerade noch erkennen, wie ungefähr eine Sekunde vor Einbruch der Finsternis der Mann der Frau eine entsetzliche Ohrfeige verpasste. Es blieb davon in der Luft ein langes, unangenehm feuchtes Geräusch zurück, instinktiv musste man sich das von den Schultern schütteln.

»Habt ihr das gesehn!«, kreischte Pasi und riss Marschall am Ärmel. »Der hat ihr eine gefeuert. Habt ihr gesehn!«

»Scheiße, also ich mein, ja«, sagte Marschall und stand auf, es kam zu einem Moment der Panik und Lähmung, in dem er fast schon glaubte, in Bewegung zu sein, dann aber merkte, dass er immer noch an Ort und Stelle stand.

»Äh, sollten wir da was unternehmen?«, fragte Bifi, er hauchte die Frage gewissermaßen aus sich heraus, und dann begriff er wohl selbst, dass ausgerechnet der jetzige Augenblick nicht der bestmögliche war, um sich hinzusetzen und nachzudenken und hin- und herzuüberlegen, und darum brachte auch er sich in Stehposition und wirkte dabei über und über erschüttert und gequält oder auch so, als könnte er jetzt in der Finsternis sehen.

»Joo«, sagte Marschall. »Beziehungsweise ja, ja.«

Henninen faltete sich mit irgendwie maschineller Schnelligkeit auseinander, als wäre in seinem Inneren ein Mechanismus ausgelöst worden, und im selben Moment setzte er auch schon in verblüffend behändem, paarzeherhaftem Flug über die leeren Bänke und Tische und über das Seil hinweg auf den Bürgersteig. Dort waren bis zum Tatort vielleicht knapp hundert Meter zurückzulegen, und seine wilde, nähmaschinenartige Fortbewegung sah aus, als würde er den Asphalt unter seinen Füßen zu Brei zertrampeln. Als er die Hälfte der Strecke absolviert hatte, geschah es, dass sich ein gewisser Schausteller plötzlich wieder an die Fähigkeiten und Bedürfnisse des Publikums erinnerte, und somit kehrte der Strom zurück, und dadurch gingen die Straßenlampen wieder an und beleuchteten Henninens Sturmangriff. Alles geschah blinzelnd und mit langsamer Gewöhnung, so wie ein uraltes Säugetier langsam erwacht. Aus dem Augenwinkel heraus registrierten sie dabei das Phänomen, dass auch in der Kneipe die Lichter angingen, nachdem sie bereits Kerzen vor den Insassen mit den größten Koordinationsproblemen aufgestellt hatten. Und obwohl der Stromausfall aus geologischer oder anderer, ähnlich grobkörniger Sicht natürlich eine verschwindend kurze Zeit gedauert hatte, kam die plötzliche Erleuchtung oder vielleicht besser Wiedererleuchtung doch irgendwie überraschend, und zumindest bei Laura löste das Ereignis eine Freudenreaktion aus. Sie rief hurra, dachte aber im selben Moment selbst an den gerade herrschenden situativen Würgegriff und räusperte sich quasi amtlich und stand auf und richtete den Blick wieder in Richtung offener Streit.

Es war überhaupt nicht lustig, sich das anzuschauen. Mittlerweile war ihnen auch schon wieder eingefallen, dass Henninens Stützpfeilereinsätze und andere Einmischungen in historischer Perspektive nie und nimmer zu etwas anderem als Massenkundgebungen und Blutbaddrohungen geführt hatten, und so geschah es auch diesmal, dass die Situation am Taxistand ziemlich schnell die Arme ausbreitete. Henninen hatte nun die Zankenden erreicht und fing an, sie auf seine robuste Art zu versöhnen, irgendwie unangenehm und schleimig langsam. Zuerst tätschelte er dem Mann den Rücken, und zwar auf eine Weise, die er selbst vermutlich für maßvoll und kameradschaftlich hielt, mit der Folge, dass der Kerl zurückschreckte und schrie, was mischst du dich da ein, du Arsch, aber Henninen schenkte dem Murren keine Beachtung, er setzte seine Einmischung fort und nahm die Frau in einen halbschützenden Schwitzkasten und fing an, sie von dem Kerl wegzuzerren. Aber die Hilfeleistung und der Kooperationsversuch hatten nur zur Folge, dass die Frau mit einem Ruck Henninen irgendein Trageutensil auf den Kopf schlug. Es war ein zerknautschtes, unförmiges Ding, das an ein Innenorgan erinnerte und über offenbar aus Bambus gebogene, knöchrige Henkel verfügte. Handtasche konnte man es kaum nennen, dafür war es zu groß, es war wohl am ehesten eine Art Rucksack.

Da der Hieb mit der Tasche trotzdem nach der offiziellen Gewaltskala nicht direkt blindwütig oder tödlich aussah, reagierten sie auf die folgende Stellungskriegsphase mit letztlich wesentlich gründlicherer Bestürzung. Die beiden bauten sich vor Henninen auf, die oberen Gliedmaßen in lächerlicher, aber dennoch bedrohlicher Kampfhaltung, und überschütteten ihn mit unausgesetzten grellen Verwünschungen. Sie hatten also in gewisser Weise durch Henninens Mithilfe einen gemeinsamen Nenner gefunden, und es hatte wohl mit ihrem überzeugenden Glauben an die Massenkraft zu tun, dass sie sich plötzlich allerlei Sorgen über Henninens Gesundheitszustand machten. Am Tisch waren alle schon vor geraumer Zeit aufgestanden, und es war Erno, der schließlich eine hilfsbereite Regung zustande brachte. Er sprintete los und zog ohne einen großen Mucks die anderen mit. Am Tisch war aus dem Augenwinkel heraus schon aufgefallen, dass er Henninen, der Himmel weiß, wieso, immer mal wieder ein bisschen bewundernd angesehen hatte, nicht dass er irgendwelche Schleimermacken an den Tag gelegt hätte, es war nur irgendwie zu spüren gewesen. Na, auf jeden Fall rannte er jetzt eben diesem Henninen zu Hilfe, was letztlich in einem Maße recht und billig erschien, dass es keineswegs als großartiges edles Getue interpretiert wurde.

Nachdem das Schlamassel auf diese Weise in Fahrt gebracht worden war, rollte das Unglück schnell und unausweichlich seinem miesen Ende und seinen potenziellen elenden Ergebnissen entgegen. Innerhalb kurzer Zeit verflocht sich mit dem aktuellen Geschehen auf irgendwie halbseidene Art der ganze zurückliegende Tag, als würde sich hier eine billige dramatische Verschwörung offenbaren. Es war im Grunde so widerlich und erbärmlich, dass man auf keinen Fall länger etwas damit zu tun haben wollte, mit dem ganzen Tag. Trotzdem konnte man jetzt schwer anfangen zu meckern, da alle fraglichen Entscheidungen ständig irgendwie aufs Fließband des eigenen Rückenmarks zurückkehrten, all das unberechenbare Lospreschen inmitten des treibenden, trägen Gammelns, wie zum Beispiel jetzt in diesem Moment, als die ganze Traube pflichtbewusst keuchend auf dem nassen Asphalt auf den Taxistand zurannte, der letzten Endes doch das eigentliche Zentrum des Geschehens bildete, obwohl der stumpfe Geist ständig den Cursor auf sich selbst riss und schmiss. Auf der kurzen Strecke kamen sie trotz allem dazu, auch ein wenig von der Umgebung wahrzunehmen, der Regen hatte ganz aufgehört, und die Lichter brannten, wie gesagt, sprich alles in allem präsentierte sich die Welt sozusagen wieder unter Normalbedingungen. In den schwarzen Wänden der brockenartigen Häuser waren ein paar erleuchtete viereckige Löcher aufgebrochen, auch sonst herrschte Bewegung abgesehen von dem Rennen. Man merkte nämlich, dass die Taxis, bis auf eines, beschlossen hatten, mit den Reifen abzustimmen, es war für sie wohl nicht sonderlich reizvoll, das explosive Stillleben zu betrachten, das sich allen Anzeichen nach binnen kurzem in mutwillige Menschenmisshandlung verwandeln würde, und man konnte ihnen die ausweichende Haltung nicht direkt zum Vorwurf machen, jedenfalls nicht insofern, als das Szenario die Möglichkeit beinhaltete, dass die Streithähne sich in ein Taxi zwängten, um die Bezüge mit ihrer vermutlich verschmutzten und blutigen Tracht oder eventuellen Erbrechensresten zu beflecken.

Als die anderen den Taxistand erreichten, hatte sich Henninen bereits vorübergehend retten können. Die Paarbeziehungsangehörigen standen noch immer Seite an Seite vor ihm und fauchten, aber sie mussten verstummen und die Blicke von ihm abziehen, als der Rest der Gruppe ankam. Erno führte sie an und gab sich bedrohlich, er fragte, was soll der Scheiß, worauf der Kerl antwortete, frag dich doch selber, du Arsch, und da war dann schnell die ganze Schar bereit, ihre Argumente fallenzulassen. Aber am Ende konnte man doch nicht Zeuge werden, wie der aufkeimende Schreisturm ausbrach, weil er, noch bevor er richtig angefangen hatte, von einer entsetzten Stille unterbrochen wurde, die wiederum ausgelöst wurde von einem Trupp jener vom Pferd gestiegenen Motorradungeheuer, die in diesem Moment um die Ecke marschiert kamen und bei denen es sich, unabhängig davon, was am Unfallort drüben tatsächlich passiert und wer woran schuld gewesen war, in fast schmerzlicher Weise offensichtlich um dieselben handelte, die an dem erwähnten Kfz-Zwist beteiligt gewesen waren.

»Jetzt sterb ich«, flüsterte Marschall.

Wer weiß, ob sie eine gemeinsame unstimmige Vergangenheit mit den Motoristen hatten, jedenfalls kam es so, dass Laura, Pasi und Erno blitzartig die Beine unter die Arme nahmen. Allerdings benutzten sie die untergenommenen Läufe lediglich auf einer Strecke von zehn Metern, dann hatten sie den Taxistand erreicht und nahmen die Rückbank des einzigen dort stehenden Taxis unter die Beine. Allem Anschein nach begriff der Fahrer, dass sie es irgendwie eilig hatten, er brach auf der Stelle in eine jähe Wendung um 180 Grad aus und düste dermaßen angeberisch davon, dass die Szene zweifellos das Potenzial für wilde Unterhaltungsaction aufgewiesen hätte, hätte nicht die auf der Straße vor sich hin plätschernde Sintflut so unwiderstehlich das ganzheitliche Reifenquietschen verhindert.

Nun war allerdings nicht daran zu denken, dem tontechnischen Problem längere Aufmerksamkeit zu schenken, da man selbst die Kühe bis zum Hals im Graben stehen hatte. Vor Ort waren jetzt vier straffe, mit ehrbewusster Muskelmasse ausgestopfte Lederwesten erschienen, die einen zwangsläufig auf den Gedanken brachten, dass sie mit Sicherheit zu jeder Art von Züchtigungsmaßnahme bereit wären, sobald sie entschieden hatten, wer woran schuld war. Offenbar war niemand zu einer fluchtartigen Regung fähig, und so stand das

Trio noch immer da, samt den zwei Streitsüchtigen, die ebenfalls ergriffen von erschrockener Verehrung auf der Stelle erstarrt waren, und als die denkmalhafte Erstarrung einfach zu lange andauerte, sagte einer von den Gräueln, jetzt, Jungs, werdet ihr gefickt.

Diese Äußerung hätten sie natürlich nur zu gerne etwas länger bedacht, auch hätten sie sich am liebsten überlegt, was sie wohl zu bedeuten hatte. Die angenehmste Schlussfolgerung wäre gewesen, dass hier nur ein wohlmeinender, warmherziger Scherz vorlag, aber dieser Weg war schnell abgeschritten. Erstens weil die sanftwillige Deutung schon auf intuitiver Ebene von Sekunde zu Sekunde unwahrscheinlicher erschien, und zweitens aus dem Grund, dass plötzlich von irgendwoher eine optisch und akustisch hektisch wirkende grüne Minna auf den Gehsteig gerutscht kam, die gemäß der kausalen Unwiderleglichkeit sämtlicher niederträchtiger Gesetzesparagraphen genau jene zwei Schutzmänner ausschied, die am Tag Henninens Hinterteil so humorlos rezipiert hatten.

Sie kamen mit einem Schritt angestampft, dass es aussah, als hätten sie Tennisbälle zwischen den Leisten, und dann fingerten sie an ihren Knüppeln und sahen überstrapaziert aus. Diesmal wünschten sie weder guten Tag noch gute Nacht, sondern fragten, was für ein Standgericht hier denn abgehalten würde.

»Das ist kein Duell, wir wollten bloß was regeln«, sagte derselbe Eber, der gerade die rätselhafte Verlautbarung von sich gegeben hatte, er war der Einzige, der den Mund aufmachte, vielleicht war er der Pressesprecher der Organisation oder so.

»Aha«, sagte einer der Wachtmeister, es war der jüngere.

»Hier scheint also alles in Ordnung zu sein«, sagte

der Motorradler, dann fuhr er mit seinem Blick über die ganze Schar, hob leicht väterlich einen knotigen Finger und ging dann in Richtung Kneipe, wobei er die Arme schwenkte wie eine Vogelscheuche. Seine Spießgesellen folgten ihm.

Die Amtsgewalt blickte ihnen so streng und aufmerksam hinterher, wie es ihre Überanstrengung erlaubte, dann kehrte sie zur aktuellen Lage zurück und musterte das übrig gebliebene Lumpenregiment. Schließlich sagte der ältere Wachtmeister: »Wir haben den Hinweis erhalten, dass hier randaliert wird.«

Die Frau fing an zu quasseln, die Bengel hier mischen sich in unsere Angelegenheiten ein, aber sie kam nicht richtig in Fahrt, weil Henninen ihr ins Wort rappte, sie hätten bloß versucht, einen Menschen in Not zu retten, und dann drehten die Polizisten beiden mit einer Grimasse den Ton ab und stierten Henninen an. Einer von ihnen fragte ihn: »Haben wir dich nicht gewarnt?«

»Joo«, sagte Henninen und ließ den Kopf hängen, und man sah, dass er sich Mühe gab, den Gerügten zu spielen.

Da stellte sich dann plötzlich so ein zweigeteiltes Gefühl ein, irgendwie kam es einem diffus so vor, als hätte man den Kopf aus der Schlinge gezogen, weil es einen vor den mordlüstigen, rustikalen Feuerstuhl-Burschen vielleicht doch eine Spur mehr grauste als vor zwei Polizisten, die durch nächtliche Hausbesuche niedergeschlagen waren. Aber gleichzeitig wurde die angehaltene Lage von Moment zu Moment beklemmender, die Schutzmänner hörten gar nicht mehr auf, Henninen anzuglotzen, der seinerseits den Eindruck machte, als würde er vor lauter Bemühen gleich zerbröckeln. Und so wartete man bloß, dass die beiden etwas Befreiendes sagen würden, zum Beispiel: Geht auseinander.

Doch dann kam es so, dass das Paar, dessen Kampf das ganze Durcheinander ausgelöst hatte, offenbar das Gefühl hatte, gerade den Befehl erhalten zu haben, auseinanderzugehen, natürlich nicht in dem Sinn, dass sie beide zur Trennung aufgefordert worden wären. Nach allem, was geschehen war, bildeten sie nun eine Einheit, aber irgendwie schlichen sie zum Taxistand, an den sich mittlerweile heimlich, still und leise ein Taxi herangepirscht hatte, es waren, genau genommen, wieder mehrere, die die Lage belauerten, für den Fall eines ruhigen Tages, jetzt, da die Amtsgewalt sich eingemischt hatte und somit ein Stich auf Staatskosten für eventuelle Ruhestörer und Unruhestifter zu erwarten war. Genau, tatsächlich, die beiden setzten sich einfach auf die Rückbank eines Taxis und fuhren ihrer Wege, und die Schutzmänner hielten es nicht für nötig, sie aufzuhalten oder festzunehmen oder eine Verfolgungsjagd zu organisieren, sie standen nach wie vor sehr still und sehr störend da.

Und gerade als man unter dem Eindruck der Panik, die sich bis zum Siedepunkt erwärmt hatte, den Mund aufmachen wollte, um zu betteln, liebe Leute, tut doch was, da kam beieinander untergehakt ein zweites Paar anspaziert. Diesmal ein älteres, und als man die beiden kurz anschaute und dann möglichst gehorsam den Blick wieder auf die Polizisten richtete und dann noch einmal einen Blick auf das Paar warf, wurde man von einem derartigen albtraumhaften literarischen Horror gepackt, dass man am liebsten einen gestenreichen Tod oder einen ähnlichen Schwulst hingelegt hätte. Da war nämlich jemand jetzt auf die Idee gekommen, einen solchen Fluch zu verhängen, dass dort zusammen und eben äußerst paarmäßig untergehakt die wütende Dame aus dem Ramschladen und der Seufzer aus dem

Schuhbuchladen gingen. Sie hatten sich offenbar gefunden, oder, wer konnte das wissen, womöglich hatten sie schon vor ewigen Zeiten ihre Habseligkeiten zusammengeworfen, jedenfalls näherten sie sich von der nächsten Straßenecke her und waren schnell auf gleicher Höhe und blieben stehen und fingen an zu glotzen, bei beiden ging der Mund zwei Zentimeter auf und blieb in der etwas stutzenden Position stehen. Und von dieser ganzen Ballung geriet man doch so weit aus der Fassung, dass man dachte, was kann jetzt noch kommen. Man durchkämmte den Tag und suchte nach allen möglichen Begegnungen und möglichen Bedrohungen, und prompt torkelte dort der klitschnasse Würstchentätschler, den sie freilich schon vor einiger Zeit fast an derselben Stelle gesehen hatten. Aber sein Erscheinen verursachte trotzdem unter der Stirn das selten helle und klarsichtige Sicherheitsgefühl, dass man auf der anderen Straßenseite, wenn man sich getraut hätte, einen Blick dorthin zu werfen, noch wer weiß was zu Gesicht bekommen hätte, zumindest den an der Waschmaschinenepisode beteiligten, mit einem schwer zu erinnernden Anlautkonsonsant beseelten Ari, der bürgersteigbreit auf einen verschwommenen Punkt zuwankte. Er trug auf den Schultern eine angespannte Ehe und einen schweren Tag, und insofern war es natürlich völlig legitim, dass er den ganzen Tag und die ganze Nacht in einer Schankstätte gesessen und seine Leiden verarztet hatte. Jetzt strebte er offenbar so gut er konnte nach Hause, um einen seligen schwarzen Schlaf zu schlafen. Und als dieser Anblick seinen Platz irgendwo am Augenrand einnahm, fing im selben Moment eine überdrüssige und betrunkene und schwarze, schwappende Substanz zu flackern an. Man begriff, dass es völlig unmöglich war, jetzt zum Himmel zu blicken, außer dass der Regen aufgehört hatte und die Wolken erste Risse zeigten, hätte man dort das Opfer des Waschmaschinentrubels gesehen, also die Oma, die die Jesuszettel verteilt hatte, mit Hilfe kleiner, durchsichtiger Flügel flatternd, einem jenseits des Horizonts schimmernden, sorgenlosen Licht entgegen. Schließlich hatte sie am Ende im Krankenhaus einen Infarkt erlitten, war um Mitternacht sanft entschlafen, wie man so schön sagt, woher wollte man das wissen, irgendwie wusste man das in diesem Moment einfach und spürte es ohne einen Hauch von Zweifel. Und da schickte man dann vor der unausweichlichen Rückkehr in die straffe momentane Lokalität dem Omalein einen zarten und blauen und irgendwie doch warmen Gedanken, gute Reise, wohin du auch immer unterwegs sein magst.

Und als man dann wieder zu den situativen Randbedingungen zurückkehrte, sah es kurz so aus, als wäre dem Kapitel ein glückliches Ende verschrieben. Es war wohl eine Grille, vielleicht handelte es sich um Güte oder Gnade oder glückliches Beisammensein oder schlicht um Müdigkeit, jedenfalls, Hintergrund unbekannt, begab es sich, dass die von zahlreichen Klauereien gepeinigten und verpaarten Ladenbesitzer nach dem Glotzen ein kleines, selbstzufriedenes Lächeln aufs Gesicht zupften. Die Frau schüttelte zusätzlich den Kopf, das war für sie wohl irgendwie ganz natürlich, und warum hätte sie auch nicht den Kopf schütteln sollen, sie hatte so prächtiges Fleisch an ihrem Schädel, dass man dessen Aufwallen unter geeigneten Umständen gewiss gern betrachtet hätte. Dann zogen sie in gelassener, leicht schaukelnder Fahrt weiter und ließen die Situation noch nackter und stilllebenartiger hinter sich, und Bifi seufzte in der Folge auch schon, ein bisschen wie: Auch das haben wir überstanden. Aber dann stand noch eine Art Die-Bachgasse-hinunter-Gehen bevor, und das war allein Henninens Schuld, er wurde offensichtlich irgendwie ungeduldig, er sah die Schutzmänner an, die in dieser Phase schon ziemlich erschlafft vor ihm standen, als hätten sie Heimweh. Und einen Drittelbruchteil einer Sekunde, bevor sie sich umdrehen und weggehen konnten, musste er sie unbedingt fragen, auf was sie eigentlich noch warteten, und als Anhang, ob sie eventuell Sehnsucht nach seinem Arsch hätten, und da mussten sie natürlich, schon allein von Amts wegen, reagieren, und das taten sie auf eine im ersten Augenblick unerwartete und hinterhältige, letzten Endes aber doch irgendwie polizistische Weise. Das heißt, anstatt zum Beispiel das Feuer zu eröffnen, schnellte der Jüngere, dem in dieser Einheit offenbar der Part des Handlangers zugefallen war, auf einem Bein in die Luft und rammte Henninen die Ferse des anderen Fußes mit einer solchen Wucht auf die Zehen, dass Henninen so entsetzlich schrie, als würde er bei lebendigem Leib verbrannt oder so, und sich in einer Pfütze auf dem Bürgersteig zu einem mindestens vierlagigen Knäuel verkrümmte. Dann gingen sie zu ihrem Wagen und fuhren davon.

Da der Regen nun einmal aufgehört hatte und der Strom zurückgekehrt und die Veränderung allmählich bemerkt worden war, perlten aus Türen und anderen Öffnungen nach und nach Menschen wie in die Länge gezogene Nagetiere. Sie schienen alle auf eine Art zum Himmel zu schauen, als fragten sie sich, ob man dort oben noch eine Plage im Ärmel hatte, aber dann gingen sie einfach an einem vorbei und um einen herum, es war schwer zu sagen, was sie um diese Zeit in der Nacht auf der Straße eigentlich wollten, vielleicht glaubten sie, ein bisschen verlorene Zeit zurückholen zu können.

Sie hatten für die Zeit eines ziemlich langen, von der Dauer des wortlosen Ächzens und Hustens her etwas unklar gebliebenen Nickerchens dort gesessen, wo sie waren, Henninen auf der Straße und Bifi und Marschall auf dem Sockel eines angrenzenden Zauns, und von all dem Sitzen und Nicken wurde jedem der drei allmählich ziemlich kalt.

Henninen fing wieder an zu jammern und sich den Fuß zu halten, er versuchte sich in stehende Position zu stemmen, dann fiel er wieder in sich zusammen und auf die Straße.

»Komm, ich helf dir«, sagte Marschall, stand vom Sockel auf und fing an zu helfen, zunächst in ziemlich behilflicher Manier, aber erst als Bifi auf die Idee kam, auf der anderen Seite anzuheben, bekamen sie Henninen auf die Beine und hielten ihn in der Position.

»Jetzt tut's weh«, sagte er, und sie sahen ihm an, dass es wirklich wehtat. Er hatte Tränen in den Augen, und sie sahen auch, dass ihn die Tränen ebenfalls störten.

»Wo tut's weh?«, fragte Marschall.

»Na, was glaubst du?«

»Tief drinnen«, sagte Bifi.

Henninen sagte, genau da, und dann versuchte er einen Schritt mit seinem verletzten Haxen zu machen, allmählich häufte sich bei ihm wirklich eine Art Glanz durch hohes Mitleidsaufkommen auf Wiederholungsbasis an, er hatte an diesem Tag im Hinblick auf seine Beine und Füße mit Unbill ungewöhnlichen Ausmaßes zu tun gehabt.

»Wie fühlt es sich jetzt an?«, fragte Marschall.

»Scheiße, ich kann überhaupt nicht auftreten«, sagte Henninen und schwankte auf dem gesünderen Bein vor und zurück, als wäre er in eine Böe geraten, und dazu wimmerte er.

»Das ist ein schwerer Schlag für das männliche Selbstbewusstsein«, sagte Bifi und kurbelte aus seinem Maskenvorrat dann wieder eine seiner Meinung nach schelmische Miene auf sein Gesicht mit der Folge, dass Henninen sich demonstrativ aus Bifis Griff befreite und sich ganz auf Marschall stützte. An dem Punkt war alles jetzt irgendwie dermaßen verwässert und verfilzt, dass sie am liebsten geheult hätten.

»Jetzt fang ich an zu heulen«, sagte Marschall und versuchte zu heulen. Es wurde nichts daraus, auch wenn er es noch so wollte, die Erschöpfung war zu groß, es kam ihm vor, als wären sämtliche Flüssigkeiten im Räderwerk der Körpermaschinerie auf einmal irgendwie verklumpft.

»Scheiß verfluchte Engel der Hölle«, piepste Henninen unter Marschalls Achsel, es klang, als hätte er keinerlei Schwierigkeiten, mit dem Heulen anzufangen, und darum erschraken sie auch ein bisschen über seine Höllenengelerwähnung, auch wenn die Litanei am ehesten den Ursprung hatte, dass er vor lauter, lauter seine Kraftausdrücke nicht mehr sauber auf die Reihe bekam.

Dann, als er eine Weile geschwankt und gewehklagt hatte, ging Henninen dazu über, um Entschuldigung zu bitten, Bifi seinerseits ebenso, und also kehrte Bifi an Henninens Seite zurück, und alle waren beinahe zufrieden, obwohl eigentlich nicht so ganz klar war, wofür um Entschuldigung gebeten worden war und warum.

»Jetzt sagt noch, dass wir alle Freunde sind«, sagte Marschall, es klang in einem Maße onkelhaft, dass unbedingt ein paar präzisierende Unverschämtheiten angehängt werden mussten.

»Wir sind Freunde«, sagte Bifi und löste sich von Henninen, um ihm seine Pfote hinzuhalten, musste aber sogleich zurückkehren, weil der Chaotenkrüppel wieder ins Schwanken geriet.

»Wir sind Freunde«, sagte Henninen. Dann gab er Bifi die Hand, wobei er seinen Körper zu einer seltsamen Kurve verbog, es sah aus, als hätte er im Ellbogen ein geöltes und womöglich sogar computergesteuertes, in alle Richtungen bewegliches Kugelgelenk.

»Dann ist ja alles gut«, sagte Marschall.

»Jawoll, zum Kuckuck!«, sagte Henninen. »Alles bestens.«

Dann brachen sie langsam auf. Zunächst war noch ziemlich unklar, wohin sie eigentlich gehen wollten, Bifi zog in die eine und Marschall in die andere Richtung, und Henninen in der Mitte war dadurch kurzzeitig in unübersehbarer Gefahr, auf eigenen Füßen zu stehen. Aber als er dann schrie, lasst mich nicht los, verdammt, kamen die anderen auf den Gedanken, stehen zu bleiben, um ihn zu stützen und abzuwarten, bis von ihm ein Vorschlag bezüglich der Laufrichtung abfiel.

»Ich muss ins Krankenhaus«, sagte er.

»Ach du Scheiße«, sagte Bifi.

»Mir hat's die Zehen total zerbröselt. Ich kann nicht einfach heimgehen und pennen.«

»Apropos«, sagte Marschall.

»Was sollen die da jetzt mit irgendwelchen Fußzehen anfangen?«, sagte Bifi. »Glaubst du vielleicht, die würden sie dir schienen?«

»Mir ist es scheißegal, was die machen, ich will bloß, dass meine Flosse wieder in Ordnung kommt.«

»Du willst bloß ins Krankenhaus.«

»Ich will bloß ins Krankenhaus, genau. Da kriegt man vielleicht auch ein paar Mitleidspunkte oder so.«

»Ich versteh schon«, sagte Marschall. »Wenn man keine Liebe kriegt, ist es gut, wenn man wenigstens ins Krankenhaus kommt. Oder mindestens muss.«

»Ich muss müssen«, sagte Bifi, merkte dann, dass seine Äußerung eine störende Doppelung enthielt, und machte ein gequältes Gesicht.

Dann sagte Henninen trotzdem, kommt, wir gehen. Bifi drang in ihn, um zu erfahren, wohin, er fragte, ob für Henninen nur eine bestimmte Klinik in Frage käme, womöglich eine private, oder ob sich seine Glieder eventuell auch mit Thaimassage zufriedengeben würden. Henninen runzelte eine Zeit lang die Stirn und kam dann zu dem Ergebnis, dass die einzige Möglichkeit offenbar darin bestand, zur Notaufnahme im Marienkrankenhaus aufzubrechen, was wiederum bei Bifi einen ziemlich heftigen Murmelschwall auslöste, heftig angesichts der Tatsache, dass es sich tatsächlich bloß um Murmeln handelte, er sagte, Scheiße, das ist ja fast in einer anderen Stadt. Aber als Marschall dann in einer Art Beschwichtigungsversuch vorschlug, man könnte ja zum Beispiel mit dem Taxi hinfahren, gab er sich damit zufrieden. Wahrscheinlich hatte auch er einfach nicht mehr die Kraft, eine ausgewachsene Sträubung aufrechtzuerhalten.

Wie man leicht vermuten kann, war es nicht weit bis zum Taxistand, auch wenn das Drehen in die Zielrichtung sich ziemlich langatmig gestaltete. Am Taxistand nahm dann folgendes Phänomen aktuelle Gestalt an: Wieder einmal waren alle Taxis weg, sie bekamen das Gefühl, dass in der pulsschlagartigen An- und Abwesenheit eine beängstigend naturgesetzliche Unbändigkeit lag, sie waren ganz unleugbar entweder da oder nicht da, tauchten auf und verschwanden wieder wie blasse Nordlichter. Und darum blieb eigentlich keine andere Möglichkeit, als zu warten und zu hoffen, dass der Gott der Taxis geruhte, an diese Stelle und in diesen Moment wenigstens ein freies und dienstbereites Fahrzeug samt Chauffeur zu befehlen. Und so standen sie nun da und spähten über die verlassene Helsinginkatu, wobei sie den Schädel nach rechts und nach links drehten, als verfolgten sie ein geisterhaftes Tennismatch zwischen irgendwelchen übersinnlichen Wesen.

Es war beinahe unheilverkündend still. Petrus hatte die Wolken und Blitzmusterbögen eingerollt, um sie am Kopfende eines anderen himmlischen Bettes aufzuhängen, hinter den Dächern weitete sich bereits ein vom Gelb ins Hellrote spielender, an Bierreklame erinnernder Streifen. Auf dem Bürgersteig schlug das Wasser keine Wellen mehr, stattdessen glänzten auf der Fahrbahn und an den Straßenecken im zankenden Kombinationslicht von fahler Straßenbeleuchtung und nuanciertem Sonnenaufgang große, unerschütterlich wirkende Lachen und erinnerten an die Tragweite von Naturkatastrophen. Hin und wieder ertönte irgendwo tief aus der Erde ein abklingendes, spastisches Glucksen, als versuchte ein verstopfter Abfluss im Würgegriff der in den Kern der Stadt drängenden Wassermassen Luft zu schnappen.

In der Grünanlage gegenüber fing eine Amsel an zu singen. Es klang, als würde sie auf dem Ast des Ahornbaums Tropfen aus reinem Metall aus ihrem Schnabel auf ein sonderbares, xylophonartiges Instrument fallen lassen. Ab und an wurde das Spiel von einer Portion Regenwasser begleitet, die auf den Sandweg prasselte. Es füllte die ganze Grünanlage aus, dieses beinahe unnötig musikalische Klanggewebe, man sah es förmlich fast, und auf der anderen Straßenseite mischte sich das von hinten herandrängende emsige Rauschen einer Belüftungsanlage und das irgendwo hoch über dem Kopf schwebende Zirpen einer defekten Straßenlampe ein.

Diese ganze Kombination und Aufführung ließ einen in einem Maße still werden, dass Henninen flüstern musste.

»Ich hab das dumpfe Gefühl, dass wir hier bis zum bitteren Ende stehen werden.«

Und kaum hatte er seine düstere Prophezeiung gewispert, hörten sie irgendwo ein ziemlich klar erkennbares verkehrstechnisches Dröhnen, in der Leere klang es so laut und gewalttätig, dass sie schon auf den Gedanken kamen, ob da vielleicht das von Henninen heraufbeschworene bittere Ende im Anzug war, aber dann bog zwei Häuserblocks weiter ein Fahrzeug mit vielversprechendem gelben Schein auf dem Dach in die Hauptstraße ein, und auf der Grundlage all jener Anzeichen fiel es anschließend relativ leicht, sich zu der tröstlichen

Schlussfolgerung verleiten zu lassen, dass in dem dräuenden Ende doch wieder ein neuer Anfang lag.

»Ich weiß nicht, ob ich das heut schon mal gesagt habe, aber ich sag's trotzdem, also, ich mein, dass die Welt nicht durch und durch schlecht ist«, sagte Bifi.

»Sieht schwer danach aus«, sagte Marschall und machte drei forsche Schritte auf den Fahrbahnrand zu, um der näher kommenden Droschke Anhaltebefehle zuzuwinken, aber während er die drei großen Schritte machte, schoss ihm in den Kopf, dass er ja die beiden Kameraden bei sich hatte, einen gebrechlichen und einen irgendwie allgemeinen Unsicherheitsfaktor, aber da war es diesen auch schon gelungen, sich am Bordsteinrand aufzustellen, und da es sich so verhielt, ging das Fuchteln nun sechshändig vonstatten.

»Er bremst ab«, sagte Bifi. Er sprach die Wörter mit ganz normaler Stimme aus, vermutlich hatte ihn das näher kommende Auto von dem Flüsterzwang befreit, der ihn gerade noch beherrscht hatte.

Er bremste tatsächlich ab, der schwarz glänzende Mercedes, er näherte sich von der nächsten Kreuzung und wurde langsamer und langsamer und langsamer, sodass man Zeit fand, sich allerhand Scheußlichkeiten vom Schlaganfall bis zum Selbstmordattentäter, dem auf dem Zielstrich die Entschlossenheit abhandengekommen ist, auszumalen. Dann, als er immer näher kam, sah man durch die Windschutzscheibe den Fahrer, es war ein sauer wirkender großer Mann mit Walrossschnurrbart, der sichtlich ein starkes Verlangen hatte, durch die Scheibe zu erspähen, was für Vieh dort jetzt am Stand stand, und in zwanzig Metern Entfernung bremste er fast auf Schrittgeschwindigkeit ab, damit der Prozessor auch garantiert genug Zeit zum Ticken hatte, und als er eine Zeit lang das Händewedeln betrachtet hatte, gelangte er augenscheinlich zu einer letzten Berechnung und schaltete das Licht auf dem Dach aus und trat das Gaspedal durch und düste mit schroffem Tempo vorbei. Und als wollte er sicherstellen, dass die Botschaft auch wirklich angekommen war, schlug er noch einen Haken und kam bei der Gelegenheit so nah wie möglich an den Bürgersteig heran, sodass ihnen eine kalte, feuchte Wassersäule ins Gesicht stieg.

All das war so evident und irgendwie logisch, dass sie gar nicht erst auf die Idee kamen, zu schimpfen. Henninen seufzte und ließ seinen Arsch auf den nassen Asphalt nieder, und da blieb er dann niedergeschlagen hocken und hielt sich seinen kranken Fuß, den nicht einmal die klobigen neuen Schuhe vor der Verstümmelung bewahrt hatten. Bifi suchte nach Zigaretten und begriff dann, dass keine mehr da waren, und bat Marschall um Hilfe. Als sie die durchweichten und verbogenen Zigaretten mit Müh und Not zum Brennen gebracht hatten, sagte Bifi, sein Gefäß sei jetzt langsam voll, er sei nun in den Hafen der nachlassenden Betrunkenheit eingelaufen, weshalb man von ihm aus schlafen gehen könnte.

»Und was machen wir dann mit dem?«, fragte Marschall. »Das heißt, ich hab wirklich nichts gegen schlafen, das weißt ja du vielleicht, aber irgendwie müssen wir wahrscheinlich Henninen wieder mal auf die Beine bringen.«

»Wir sind die perfekten Verlierer«, erklärte Henninen vom Erdboden aus. »Das ist mir klargeworden, als ich gerade eben diese scheiß nasse Demütigungsmasse in Empfang genommen habe.«

»Meinen Glückwunsch«, sagte Bifi. »Ihr habt meinen Glückwunsch erworben.«

»Wir können das noch in einen Sieg umdrehen«,

sagte Marschall. Das klang ungefähr so, als versuchte ein Vater oder eine Mutter, einen Eishockeyjunior mit selbstzerstörerischen Absichten, der seit drei Monaten auf der Reservebank sitzt, zu beschwören, aus dem verrammelten Bad herauszukommen.

»Rechnet doch mal alles zusammen«, sagte Henninen. »Dieser Tag ist von Anfang an beschissen gelaufen. Diese ganze Trostlosigkeit, hier muss echt irgendein verdammter Trostlosigkeitsstreuer rumgelaufen sein, denkt doch nur mal an meine Verletzung, die sexloseste der Welt, oh Scheiße, ganz zu schweigen von allem, was davor war, ich will gar nicht alles aufzählen, von mir aus kann das jemand anders tun, wenn er es für nötig hält, ich will jetzt jedenfalls ins Lazarett.«

»Scheiße, Scheiße«, sagte Bifi. »Beziehungsweise ich mein bloß, dass das auf Apostels Rappen eine verflucht lange Tour gibt. Ganz zu schweigen, was für eine Safari das erst auf deinem gequetschten Apostels Rappen wird.«

»Also, äh, das hat jetzt nicht so ganz gestimmt«, sagte Marschall.

»Ich weiß selber, was stimmt und was nicht, lass mich, verdammt nochmal, reden, wie ich will, und halt zwischendurch einfach mal das Maul. Ich ruf hier jetzt im Ernst eine verdammte Wertedebatte auf über die Frage, ob es irgendeinen Sinn hat, sich mit einem gebrochenen Fußzeh zu irgendeiner Notaufnahme zu schleppen, die können dort echt nichts anderes machen als ein Schmerzmittel geben, und das wirft der Suffkopf hier dann gegen seine Schmerzen ein, worauf er an einem scheiß Leberschaden zugrunde geht.«

»Es kann auch der Mittelfuß sein«, sagte Henninen.

»Steh jetzt endlich auf«, sagte Marschall. »Sonst kriegst du noch Arschkrebs.«

»Ich mein bloß, glaubst du wirklich, du kriegst dort ein Zimmer mit Spitzengardinen und ein Bett voll Honigsüßen oder so. Die legen dich auf einen Scheißgang oder in eine Abstellkammer, ins selbe Bett mit einem Penner, der hohe Bögen pisst und mit Halsschleim gurgelt.«

Bifis Ausbruch bewirkte schließlich, dass Henninen sich aus irgendeinem Grund aufrappelte. Instinktiv hielten sie ihm die Hand hin, und als er sich dann aufgerappelt hatte und zwischen Marschall und Bifi schwankte, hatte sich in dem Drehbuch mittlerweile, vielleicht auf Kosten des Wesentlichen, so viel Aufstehen und Niedersinken und Schwanken geballt, dass ein Regisseur mit schwächeren Nerven sicherlich schon längst mit dem nächsten Strick ein Jo-Jo aus sich gemacht hätte.

»Jetzt gehen wir einfach«, sagte Henninen dann.

Und ja, irgendwie gingen sie dann einfach. Mit Henninen war das ziemlich beschwerlich. Auch wurde die Reise kein bisschen dadurch beschleunigt, dass sie wussten, wie lang und schmerzhaft sie ausfallen würde, ganz zu schweigen von den darauf folgenden Stunden in einem von der nachlassenden Betrunkenheit und dem Brabbeln von Kranken getrübten Wartezimmerklima. Trotz des Schattens der Hoffnungslosigkeit mussten sie aber nun mal einen Fuß vor den anderen setzen, mit kurzen, staksenden Schritten ging es voran, zusätzlich beeinträchtigt von der auf drei verschiedene Ebenen verteilten Leistungsfähigkeit und der daraus resultierten Taktlosigkeit, es kam ein Zebrastreifen, zwölf saumselige weiße Streifen, wie ein farbschwacher Bericht, der von einem antiken Drucker ausgestoßen wird, eine neue Straßenecke, die hinterhältige Unerschütterlichkeit des Bordsteins, und dann der ohne Vorankündigung rund um einen verstopften Gulli angeschwemmte glaubwürdige künstliche See. Beim Umrunden guckte man bis auf den Grund, und dort schimmerte es, das chinesische Dorf, das dem Bau des Staudamms zum Opfer gefallen war, ein Schwung mit kaltem Wasser gefüllte Räume, in denen mitten in ihren Verrichtungen erstarrte Familien zwischen den Möbeln langsam von einer Wand zur anderen, vom Boden zur Decke, vielleicht auch von der Zeit in die Ewigkeit trieben.

Dort konnten sie allerdings nicht wohnen bleiben, in dieser Verschiebung, und darum gingen sie eben einfach weiter.

Ziemlich bald hatten sie von der nassen Erde und den schon lang genug im Mittelpunkt stehenden Füßen genug und mussten stolz den Kopf anheben. Auf der Seite von Marschall kam ihnen auf dem Bürgersteig ein angespannt wirkender junger Mann entgegen, ein Rohling, der sich aus einem durchaus anständigen Menschen entwickelt hatte und von dessen Sorte es auf den Straßen jeder Stadt und jedes Stadtteils in jeder Nacht mehr als genug gab, auf der Suche nach jemandem, an dem er sich rächen konnte für die Ehefrau, die den Koffer gepackt hatte, für eine ungerechte Ausschankregelung oder eine Hundewurst, die auf der Heizung vergessen worden war. Sie gingen ihm daher energisch und rechtzeitig aus dem Weg, und im Prinzip lief die Ausweichbewegung auch mustergültig ab, aber die unbestreitbare Breite der dreiteiligen, trunkenen Front verursachte schließlich, dass Bifi, der an das hausseitige Ende der Rotte geraten war, so dicht an die Wand gedrückt wurde, dass er mit der Visage gegen eine Regenrinne schepperte.

Er beschwerte sich jedoch nicht fürchterlich über den Aufprall, es überwog wohl die Zufriedenheit, den Zusammenprall mit dem bedrohlichen Entgegenkömmling vermieden zu haben. In dieser Sachlage setzten sie den Weg fort, entlang dem Häuserblock, der noch immer lang war, entlang der Helsinginkatu, die natürlich noch länger war, auf der Strecke zwischen den Stadtvierteln, die alles in allem so lang war, dass es ihnen schon ziemlich abstrakt vorkam.

Dort war es außerdem ganz schön leer. Das Licht wurde ständig mehr, es rann geradezu über die Straßen und Gassen wie leuchtender Morgennebel und ballte sich auch oben zusammen, dort hätte man sich wahrscheinlich auch ohne Straßenbeleuchtung schon recht gut umblicken können, im Grunde hielten die Lampen die Nacht noch ein bisschen fest. An der nächsten Straßenecke hatte noch immer ein Pizza-Etablissement geöffnet, das einen so einprägsamen Namen trug, dass man ihn sich nicht merken konnte, selbst wenn man direkt auf die Buchstaben schaute. Am Fenstertisch bog sich ein durch und durch schläfriger, vor Zeiten schon versteinerter Heini über seine Pizza, irgendwie gelang es ihm, seinen Schnabel ständig die entscheidenden anderthalb Zentimeter von der ranzigen Käsekachel entfernt zu halten.

Es folgte der nächste Block. Dort gab es allerlei sonderbare Ladenlokale: überschriftslose Büroräume, deren geschlossene Jalousien und fleckigen Fenster ganz und gar nicht dazu einluden, einzutreten und sich zu erkundigen, was für Geschäfte hier eigentlich abgewickelt wurden, ein aufgeweckter, auch nachts von Neonröhren erleuchteter Fahrradladen, der die Besonderheit aufwies, auch nähmaschinenkranken Kunden zu Diensten zu stehen. Bei der Gelegenheit kam ihnen das Schuhbuchgeschäft in den Sinn, das lag ebenfalls in der Nähe, zum Glück auf der anderen Straßenseite, gerade jetzt hatten sie nicht gerade Lust, mit seiner Vergangenheit in gerade der Form konfrontiert zu werden. Dann kam ein kleiner, kaum zehn Quadratmeter großer, nachträglich in die Hauswand genagter Verschlag, auf dessen vergittertem Fenster »Morgencafé« stand, man sah ihm irgendwie an, dass die Geschäftsidee sich bereits ihrem Lebensabend näherte, und danach, vor der nächsten Kreuzung, sprang noch ein abgelebter Pornoladen ins Auge, in dessen Schaufenster ein paar staubige Dildos verkümmerten nebst einer ganzen Mauer von Fachliteratur und Lehrvideos, deren Hüllen die verblüffende Vielfalt der Ejakulationsmuster auf den Gesichtern von berauscht wirkenden rotmündigen Wesen zeigten.

Dann waren sie schon wieder im Mittelpunkt angelangt, an der Kreuzung, wo der vom Regen besprühte Mützenkiosk aufragte, ein vertrauter Anblick natürlich, der Kiosk, aber auch er geschlossen, was war das eigentlich, dass all die unterbrochene Geschäftstätigkeit um diese nächtliche Zeit irgendwie so endgültig und trostlos wirkte, vielleicht war es etwas, das aus der inneren Abteilung hervorquoll, aber darin mochten sie in der Situation nun auch nicht sonderlich gründlich herumstochern, im Inneren.

»Jetzt wäre es nicht weit nach Hause«, sagte Bifi.

»Jetzt wäre Mitgefühl und Nächstenliebe gefragt«, flüsterte Henninen.

Diese Formen der Sympathie wurden nicht weiter mündlich erörtert, weil da ja noch immer der Weg war. Es ging also schweigend weiter im triolischen Ruckgang, über die Kreuzung, wo die Ampel unermüdlich gelbe Reflexe auf die glänzende Straße klatschte, wie metronomische Ohrfeigen, vorbei an der Restaurantterrasse, wo das Manöver, die Bänke gegen die Tische zu lehnen, auch nicht viel rettete, von all dem Fließwasser sahen die Holzmöbel aus, als würde es Jahre dauern, bis sie wieder trocken waren. Schon schleppten sie sich am nächsten Häuserblock entlang, nach Katzen- oder Pennerpisse stinkende Hofeinfahrten und Hauseingänge krochen vorbei, das war ziemlich seltsam, dass Penner und Katzen zum Verwechseln ähnliche Ausscheidungen hatten, und als die Stinkernischen zurücklagen, kam ein erleuchteter Nachtimbiss, von dessen nächtlichem Umsatz das Unwetter wohl einen beträchtlichen Brocken weggerissen hatte, eine Taube trampelte davor immerhin auf einem durchweichten Papierfetzen herum und pickte aus einem Senfklecks.

Dann glitt nervenzerfetzend langsam ein schwarz angemalter, knurrender Mustang vorbei, oder was für ein stierartiges Gefährt es auch sein mochte, wieso mussten die eigentlich immer nachts in dieser angsteinflößenden Schrittgeschwindigkeit über die Straßen kreuzen, sie hatten das Gefühl, lieber von demselben Wagen auf der Autobahn überfahren zu werden, als mit seinen Insassen morgens um 2 Uhr 32, oder was es nun mal war, auf menschenleerer Straße Bekanntschaft zu schließen.

Er setzte jedoch seine street-credible Kilometerfresserei fort und verschwand an der nächsten Kreuzung nach links. Während er seine Patrouille fortsetzte, lief das Grummeln des Motors an den Häuserwänden davon. Die drei gingen weiter. Es ging an der Grünanlage vorbei, von der Henninen entführt worden war, zum grünen Gitterzaun des Sportplatzes. Auf dem dunklen Rasen des Fußballfelds pickte ein Möwenschwarm, der aussah wie ein schmelzendes Schneevorkommen, nach für menschliche Augen unsichtbaren Delikatessen. Ab und zu erregten sich die Möwen über etwas und fingen an zu kreischen und die Flügel zu spreizen, als führten sie ein historisches Kostümdrama auf, eines von der

Sorte, bei dem man immer mal wieder großspurig den Umhang schwingen musste. Ihre Laute stiegen hoch über die Dächer empor und hallten ihren fernen Artgenossen in die Empfangsgeräte, und wenn diese dann zurückschrien, war die stille nächtliche Stadt für einen Moment wie materiell angefüllt mit rasendem und elementarem oder zumindest pubertärem Kreischen.

Dann gingen wieder die Lichter aus.

Diesmal lag darin aber nicht die gleiche Dramatik und auch nicht das Katastrophenaroma wie bei dem durch das Gewitter in Kraft getretenen Stromausfall, allerdings hielten sie den Augenblick doch in gewisser Weise für bedeutend oder wenigstens für einen beachtenswerten Vorgang, am ehesten wohl, da es nach dem Erlöschen der Lichter sofort hell wurde und nicht dunkel, wie man es normalerweise beim Erlöschen von Licht begründeterweise annehmen konnte.

Man musste stehen bleiben und erleben. Es hatte etwas Schönes und Prächtiges, aber es war auch ein bisschen trist, man bekam so ein nacktes und luftiges und durchsichtiges Gefühl, ein bisschen so, als wäre man bei etwas erwischt worden, zumindest in der künstlichen Haltung, in der man gerade erstarrt war.

Am anderen Rand des Feldes reflektierten die Fenster der Mietshäuser das im Osten lodernde, kitschige Keimen des Tages, es sah aus, als ginge hinter den Scheiben ein hausgemeinschaftsinterner Sonnenaufgang vor sich. Die feuchten Autos am Straßenrand glänzten, die Scheiben waren beschlagen und glichen dem Kulissenmaterial einer Werbung für Erfrischungsgetränke, die Gelb ausspuckende Ampel schien in ihren Bezugsrahmen zurückgekehrt zu sein und den Nebel der Spiegelungen aufgesogen zu haben, der um sie herum gezuckt hatte, als die Erde noch schwarz und der Himmel noch finster gewesen war. Irgendwo hörte man das knirschende Geräusch eines Schienenfahrzeugs, vielleicht war es eine von den Maschinen, die während des Tages hier und da vorbeigestampft waren, er hatte etwas zugleich Tröstliches und abgrundtief Trauriges, der Gedanke an die Einsamkeit im Führerhaus, die auch über Nacht nicht bezwungen worden war. Irgendwie dachte man, dass in dem zähneknirschenden Schleifen doch vollkommener innerer Frieden oder so etwas zu finden sein mochte.

»Das ist eine schöne Stadt«, flüsterte Bifi mit druckimprägniertem Staunen in Stimme und Körperhaltung. Er hatte den Mund offen, und man sah ihm an, dass er es ernst meinte, sich aber auch ein bisschen schämte für seinen Ernst.

Henninen hob seinen kranken Fuß, legte das Gesicht in Falten, stöhnte so lange, wie er es für notwendig hielt, und sagte: »Ich glaube, du hast recht. Das ist eine schöne Stadt.«

Dann war es irgendwie Zeit, weiterzugehen.

Das war ein ziemlich seltsamer Augenblick, da zwischen den beiden Werktagen, ein leerer Fleck, der eine Art Wendepunkt verhieß, von dem man allerdings Anzeichen von Zerbrechen, einen letzten Atemzug, eine zufallende Tür oder das erste beweiskräftige Pfeifen eines morgendlichen Raucherhustens erwartet hätte. Er war aber einfach nur leer und verlassen und verkapselt, da war die durchnässte Stadt, in deren Gebüschen der Dunst, der auf den Regen folgte, raschelte wie an Dornen verkleistertes Klopapier nach langem Kampf gegen die Schwerkraft, da war das elternlose, eitle Licht, das jetzt zwei Stunden lang ganz umsonst an die mit Vorhängen verdunkelten Fenster klopfen musste und über die Glasgebäude wischte, hinter deren mit Tropfen übersäten Panzern geisterhafte Putzfrauen ihren eigenen Tag zum Abschluss brachten, indem sie summende Bohnermaschinen über lange, hallende Gänge schubsten.

Auf dem Zebrastreifen stieg Henninen in die Eisen und blieb stehen.

»Hört mal«, flüsterte er.

»Wir hören«, hauchte Bifi. Dann brachte er, wahrscheinlich aus purer Bosheit, seinen Rumpf in die gleiche krumme Schieflage wie Henninen.

Sie hörten. Irgendwo hörten sie tatsächlich etwas, aus den Gassen rann das teppichbodenhafte Surren von Belüftungsanlagen, und mit Mühe konnten sie wahrnehmen, wie sich unter einem leichten Klappern so etwas wie ein Wimmern herausquetschte. Sie hörten ihm eine Weile zu, dann gingen sie einige Meter weiter, und gerade als sie eine Straßenecke passierten, verschwand es, das Geräusch.

Henninen blieb wieder stehen. »Es kommt von da, hinter der Ecke«, sagte er. Dann humpelte er rückwärts, und das demütigte die anderen beiden, die es plötzlich eilig hatten, im Fahrwasser des Behinderten zu bleiben.

An der Ecke war ein R-Kiosk und an dessen vorplatzseitiger Wand, neben den mit Klebeband geflickten Fenstern, ein Geldautomat, und zwar eines von den Modellen mit diesen gelben, gegitterten Schmetterlingsflügeln als Intimitätsschutz. Unter dem Gitterwerk lugten zwei knotige, mit Strumpfhosen verhüllte Beine heraus, oberhalb derer das Wimmern offenbar zu entstehen schien. Sie gingen näher heran. Zwei Meter vor der Wand blieben sie stehen. Auch aus diesem Winkel war noch nicht zu erkennen, unter wessen Verwaltung die Beine standen.

»Öhöm«, sagte Henninen. Es hallte in der Menschenleere irgendwie erschreckend kräftig wider. »Äh, können wir irgendwie behilflich sein?«

Da brach das Schluchzen ab, und kurz darauf materialisierte sich auf den Beinen so etwas wie ein Hauptquartier.

Es war für sämtliche Armaturen ein schrecklicher Anblick. Es trat zwischen den schreiend gelben Fliegenklatschen komplett hervor: eine vom Scheitel bis zur Sohle abgenutzte Transe. Sie trug rote, hochhackige Schuhe, von denen sie einen Absatz unterwegs verloren hatte, ihre Strumpfhosen waren von bemerkenswerten Laufmaschen gemustert, und oberhalb einer Art Röckchen und einem roten jackenartigen Fetzen schwebte ein Gesicht, das am ehesten an einen Erdrutsch erinnerte und dessen umfassender Murencharakter nicht wirklich durch die Tränen weich geformt wurde, welche über die bröcklige Spachtelmasse rollten.

Alles in allem hatte das Wesen etwas so Unebenes und Eckiges an sich, dass einem dafür keine andere Charakterisierung einfiel als die, dass es aussah wie mit der Axt geschnitzt, das war so wahr, dass die Kreatur ohne weiteres hätte Blut vergießen können.

»Wassendassenda«, entwich es Bifi zum Auftakt in Form eines erstickten Schreis, dann hielt er sich mit der Hand den Mund zu.

»Also äh«, sagte Henninen. »'tschuldigung.«

»Also, das heißt, wir haben da bloß so was gehört«, sagte Marschall.

Wieder brach sie in Tränen aus. Sie kamen mit verblüffendem Druck, die Tränen, angesichts der Tatsache, dass sie allem Anschein nach schon lange flennte, sie sprühten so kinderstundenclownig tragikomisch auf die ausgestopfte Brust, dass schwer zu entscheiden war, ob man mitheulen sollte oder doch lieber vor Entsetzen kichern oder keuchen.

Dann fing sie trotzdem an zu reden. Sie hatte eine tragende, behaarte Stimme, mit der sie erklärte, sie müsse auf ihrem Konto eigentlich soundso viel von der und der Geldeinheit haben, sie umriss das Problemfeld ziemlich ausführlich, und als sie dann endlich zum Ende kam, wussten alle, dass sie kein Geld hatte.

»Und deswegen heulst du«, sagte Bifi. In seiner Stimmfarbe lag eine etwas schiefe, durch das synchrone Aufkommen von Enttäuschung und Mitleid verursachte Überschneidung.

»Ja, und ich muss heim, aber ich wohne, Gott weiß, wo ich wohne, und muss mit dem Taxi nach Hause.«

Der Fall schien bei Henninen irgendwie widerstandslos scheppernd einzuschlagen. Er hatte den ganzen Tag den Ritter von der traurigen Gestalt gegeben, wahrscheinlich kam es daher, dass er plötzlich einen auf ritterlich machte.

»Haben wir noch was?«, fragte er und schaute Marschall an.

Da hieß es dann wieder, in den Taschen zu graben und den Anschein zu erwecken, dass Anlass zur Hoffnung bestand, dort etwas zu finden, und nachdem das Wühlen nach eigener Einschätzung lange genug gedauert hatte, musste man mit entsetzlicher Mühe die Hände aus den feuchten Taschen rupfen, sie zu einer bedauernden Gebärde ausbreiten und sagen: Leider nicht.

»Ist nicht was übrig geblieben?«, fragte Bifi. »Da war doch der Stromausfall und so.«

»Es ist nix übrig geblieben, das heißt, ich mein, wahnsinnig wenig, also, das würde für gar nix reichen, beziehungsweise klar, wir haben ja auch an ein Taxi gedacht, aber ich muss einfach auch an die Zukunft denken und so, beziehungsweise, das heißt, na, bei mir lässt der Rausch nach, und ich hab tierischen Hunger, Scheiße, was bin ich müde.«

Dieser Ausbruch hinterließ einen irritierenden Kälteschauer in der Luft, und alle mussten sich die Worte erst mal auf der Zunge zergehen lassen.

»Ich versteh schon«, sagte die Onkeltante dann nach einem Weilchen und nickte mit dem Kopf, dessen gelackte Mähne die Sturmflut zu zwei dunklen, hautartigen Schabspuren gegen die Wangen gepresst hatte. »Ich versteh euch schon, meine lieben Kinder.«

Für kurze Zeit stellte sich die Lage dann so dar, dass sie von einer weiß Gott wo hervorgequollenen Andacht ergriffen still herumstehen mussten und dass dieses Herumstehen andauern konnte, eventuell wieder einmal bis zum bitteren Ende, wo immer das auch angesiedelt sein mochte. Aber gerade als sich schon vorauseilende Ungeduld unter den Helm schlich, unternahm Henninen etwas ziemlich Seltsames und Ungehöriges.

Zunächst humpelte er zwei Schritte auf das Wesen zu und sagte, es tue ihm alles leid, er könne ihm auch kein Geld geben, aber er sei mit dem Herzen dabei. Dann umarmte er es lang und mit Gefühl.

Das war ein bisschen bestürzend. Die Transe empfand eventuell ähnlich, sie brach erneut in Tränen aus und sagte in einem fort, ihr goldigen Jungs, ihr goldigen Jungs, und dann kapierte offenbar auch Henninen, dass er sich zu einer Maßnahme ziemlich spezieller Natur hatte verleiten lassen, er löste sich aus der Umarmung und sagte, alles ist gut, und wir müssen jetzt weiter, und dann keilte er sich in Unterhakposition zwischen Marschall und Bifi, ein bisschen wie ein fehlender Gegenstand. Und dann gingen sie tatsächlich weiter, mit kurzen Schritten eilten sie die wenigen Meter vom Automaten zur Straßenecke, hatten leichte Probleme zu bewältigen, als Bifi versuchte, in die falsche Richtung zu gehen, schlossen die Reihen aber wieder und zogen einen halben Block weiter, einen ganzen und dann noch einen, zwischen Häusern, die an Schrauben- und Mutternsortierfächer erinnerten, nach links, einen Hügel hinauf, aus dessen Flanke die Gebäude ragten wie schnarchbehandelte Ballen, und dann merkten sie, dass sie schon eine beträchtliche Strecke zurückgelegt hatten, sie waren auf dem Hügel, zwischen weinerlich wirkenden, in den 50er Jahren erbauten Pappdeckelhäusern in der Nähe der Straßen, die Erste, Zweite und Dritte Zeile hießen, und langsam bekamen sie das Gefühl, dass es vielleicht allmählich mal ein bisschen ruhiger zugehen könnte.

»Hey, lasst mal ein bisschen locker«, sagte Marschall.

Zum Teil wirkte das auf die gewünschte Weise. Bifi blieb auf der Stelle stehen, bei Henninen nahm der Abbruch des Sausens etwas mehr Zeit in Anspruch. Er musste einige hüpfende Bremsschritte mit dem gesunden Bein vornehmen, und es sah ein wenig so aus, als hätte er gerade erst und plötzlich in einer schwabbelnden, schnarrenden Hüpfburg in einer Ecke des Kundenparkplatzes eines Großmarkts auf die Schwingungsfrequenz der Wirklichkeit zurückgefunden.

»Also, was jetzt?«, fragte er.

»Nichts, ich fühl mich bloß schlapp.«

»Na, dann gehen wir halt weiter«, sagte Bifi.

»Hast du nicht gehört? Außerdem hätte ich Lust, Henninens Aktion von eben ein bisschen zu analysieren.«

»Und ich hätte eventuell Lust, dir Geizkragen die Schnauze zu analysieren oder so«, sagte Bifi.

Der Wortwechsel wurde allerdings dadurch unterbrochen, dass aus der Hofeinfahrt neben ihnen ein Zeitungsausträger samt Karren gerattert kam, diesen vor den nächsten Hauseingang stieß und mit einem Packen Zeitungen im Treppenhaus verschwand. Da mussten sie dann natürlich gleich in dem Karren wühlen. Sie hatten es hier mit einem listigen Austräger zu tun, er hatte die schwedischsprachigen Gazetten zuoberst gelegt und den gesamten Stapel mit einem so klausicher emsigen Kordelsystem gefesselt, dass ihnen schnell quasi langweilig wurde. Gewissermaßen anstandshalber mussten sie die schwedischen Überschriften dann einen Moment mit unbequem schief gelegtem Kopf beäugen, allem Anschein nach passierte irgendwo auf der Welt etwas in einer ziemlich abgelegenen und lückenhaften

Sprache. Das hielt Bifi jedoch nicht von dem Versuch ab, eine Zeitung aus dem Joch der Kordeln zu befreien, es wurde lediglich dadurch unterbrochen, dass der Austräger plötzlich wieder auf der Straße erschien, was für eine etwas konfuse Atmosphäre sorgte, so als ob sich jemand aus Versehen gegen die Schnellspultaste lehnt.

Er blieb stehen, rollte mit den Augen, und man konnte ihm von weitem ansehen, dass er seine nächtliche Energie mit Erfrischungen geschärft hatte, die munterer waren als Red Bull. Er sagte nichts, ein Aspekt, der wahrscheinlich der Auslöser dafür war, dass Bifi anfing, etwas zu plappern, von wegen wir wollten uns nur mal dein tolles Befestigungssystem angucken, aber er hatte wohl nicht sonderlich viel übrig für Schmeichelei, sondern setzte mit gerunzelter Stirn seinen Weg fort, und irgendwie war es dann wieder ganz natürlich, selbst einen Fuß vor den anderen zu setzen.

Von der Straße waren noch zwanzig Meter bis zum höchsten Punkt übrig, nach dem es wieder schräg nach unten ging. Auf dem Gipfel lag eine bescheidene Kreuzung, an der ein mit Wurstsonderangeboten zugetapeter Gemischtwarenladen kauerte, dessen Name offenbar im Namen von Fortschritt und Dynamik mit der Zahl »2000« aufgepeppt worden war, und dann gab es noch einen kleinen Lebensmittelkiosk und eine ebenso kleine Kneipe im Saloonstil, wo am Ecktisch noch ein nervenkrank aussehender armer Schlucker mit seinem astartigen Zeigefinger auf einem Taschenrechner von der Größe eines Sandwichtoasters herumstocherte. Dann wurde auch schon der sanfte Abstieg aktuell, sie konnten nicht sagen, dass er ihnen Zustand und Leben wirklich leichter gemacht hätte, für Henninen nahmen gewisse Schwierigkeiten Gestalt an, beim Vorwärtsgehen mitzukommen, weil der Hügel die an sich gesunden, aber ermatteten vier Beine rechts und links gewissermaßen mitriss, und genau genommen war erst da das Frösteln, das der beginnende Tag mit sich brachte, mit Händen zu greifen, und sie spürten die dampfenden feuchten Kleider, die alle Glieder wund scheuerten, den verbrennenden Alkohol, der bei seinem systematischen Schwinden Platz schuf für dröhnende, durchscheinende, universelle Trauer.

»Ei, ei«, sagte Marschall.

»Schon gut«, antwortete Bifi. »Ich wollte eigentlich nicht sagen, dass ich wegen deiner Knickrigkeit irgendwie sauer gewesen wäre oder so.«

»Aha. Das mein ich nicht. Ist aber trotzdem gut.«

»Ei, ei«, sagte Henninen.

Es ging weiter über die nächste Kreuzung. Dort prangte die Brücke, die über die breiten Fahrbahnen und die Straßenbahnschienen zu dem Felsgebirge mit dem Vergnügungspark führte. Die Blitzerei hatte im Tivoli offenbar Schreckliches angerichtet, ein Fahrgerät hatte angefangen, sein nächtliches Eigenleben zu führen, es stieß in kurzen Abständen ein angespanntes, industrielles Zischen aus und unmittelbar darauf ein düsteres, metallisches Gelächter, und als es dann für kurze Zeit schwieg, klang die eingefallene Stille irgendwie noch geisterhafter. Auf der Höhe des Diakonissenkrankenhauses, in der Kurve, wo die Straßenbahnschienen sich bogen und sich außerdem neigten wie auf einer Achterbahn, war zu Gott weiß für welchen verkehrstechnischen Zweck hoch an einer Backsteinwand ein konvexer Spiegel angeschraubt worden. Den mussten sie sich dann genau ansehen, und sie konnten dabei wieder ein bisschen durchatmen, aber der Spiegel verursachte eine gewisse Unsicherheit wegen seiner Form, egal aus welcher Position sie auf ihn schauten, sie blieben immer am Bildrand, als befände man sich in der Mitte der Schlüssel zum Universum, ein Punkt, der zugleich abstieß und anzog.

»Gehen wir«, sagte Henninen dann. »Von diesem Spieglein an der Wand wird mir irgendwie zutiefst schlecht.«

Am Ende der Straße wallte und schäumte zwischen den Häusern als dicke Masse der Park vor dem Felsdurchbruch mit der Eisenbahnlinie. Wenn man darauf zuging, sah es aus, als würde er irgendwie in einem fort verstohlen seine Daseinsform und seinen Zweck verändern. Auf der rechten Seite stand hinter einem Lanzenzaun kerzengerade eine kleine Kirche, die aussah, als wäre sie ein Requisit aus einem billigen Horrorfilm, und dann war da, von einer Hecke abgetrennt, ein leerer Parkplatz, und hinter Bretterzäunen standen zwei irgendwie splendid wirkende Villen aus Holz mit greisenhaften Ahornen und Eichen, schiefen Nebengebäuden und Verbotsschildern im Garten. Beim Betreten des Parkplatzes wurde ihnen dann bewusst, dass die Vögel angefangen hatten zu toben, im Gebüsch herrschte ein ziemlich hysterischer Betrieb, der Zirkus hüpfender Spatzen, das Lallen einer Amsel, das Krächzen von Krähen und das Gebrüll der Möwen, außerdem noch etwas, das nicht im Lehrplan gestanden hatte, und all das ballte sich zu einem derartigen Lärm, dass man sich schnell fragte, wo der Knopf war, mit dem man es ausschalten konnte.

Dann überkam einen plötzlich das Gefühl, nicht mehr zu können, und das musste dann angemerkt werden.

»Ich auch nicht mehr«, sagte Bifi, schaute Henninen an und fuhr fort: »Müssen wir unbedingt?«

Henninen sagte: Ja. Dann schob er wieder weiter, phantastisch unbekümmert schritt er voran, jedenfalls angesichts der Tatsache, dass er ja der Behinderte war, für den sie sich überhaupt auf dem Weg zum Krankenhaus befanden, aber jetzt ging er einfach vorwärts. Da er sicheren Halt am feuchten Hemd hatte, blieb nichts anderes übrig, als ihm zu folgen, die Kraft, sich zu sträuben, wäre auch gar nicht mehr da gewesen. Nach dem Parkplatz bog er in einen schmalen Gang zwischen Bäumen ein, dort war eine kleine Senke, wo die Wasserströme alle mögliche Ausschussware, die nach Müll aussah, angeschwemmt hatten, als hätte der Meeresspiegel noch bis vor kurzem bis hierher gereicht, es lagen dort die üblichen Nadeln und Zeitungen und Zigarettenkippen und Papier- und Flusenkugeln in ziemlich hübscher Unordnung und dazu allerlei ins Auge Stechendes, zwei Spritzen, ein von der Sonne gebleichtes, uhrloses Armband, das wohl aus dem Vergnügungspark stammte oder von einer Wasserrutsche oder aus dem Irrenhaus oder aus der Syphilitikerklinik, ein umgestülptes, vor Zeiten aus der Welt verschwundenes Lederportemonnaie einer Bank, ein verbogenes Stück Jalousie, ein Noppenkondom, dessen Benutzungsgrad diesmal ein Mysterium bleiben durfte, und dann, inmitten all des Büroklammer-, Feueranzünder- und Grundbedarfsschotters, thronte in dem Grübchen ein Würfel, er lag auf einem von Bruchstein geformten Bett und zeigte die Augenzahl sechs.

»Ich werd nicht mehr!«, schrie Bifi. »Wann kommen wir endlich dazu, dieses Scheißwürfelspiel zu machen?«

Erschrocken durch sein Gebrüll flogen aus dem benachbarten, durch den Regen wiederbelebten alten Urin atmenden Gestrüpp wolkengraue, hummelgroße Vögel auf.

Henninen verlangsamte seinen Schritt, war aber nicht

bereit, stehen zu bleiben, er befürchtete wohl, es könnte dann schwer werden, die zwei gesunden, aber zu Zornausbrüchen neigenden Beinpaare, die ihm in der Loipe folgten, wieder dazu zu bringen, sich in Bewegung zu setzen. Er fing an zu reden und erledigte das mit tiefer, ruhiger Stimme, als müsste er von Amts wegen an der Pforte eines Warenhauses eine außer Rand und Band geratene Herde Omas auf der Jagd nach dem Haushaltspapiersonderangebot beschwichtigen. Er sagte, wir gehen gleich in das Krankenhaus, und da ist der Onkel oder die Tante Doktor bestimmt schwer beschäftigt, da werden wir bestimmt ein ganzes Weilchen warten müssen, bis der Fuß hier operiert wird, und falls das jetzt noch nicht angekommen ist, dann können wir während dieses Weilchens dann würfeln, wäre das nicht ein prächtiger Abschluss für diesen Tag und diesen Abend und diese Nacht, das hätte geradezu etwas erzählerisch Zugenageltes, da würde jeder große Erzähler bestimmt vor Zufriedenheit schnurren, wenn er seinem Elaborat so ein harmonisches Ende aufkleben könnte. Außerdem sagte er noch, dass er nicht nur pissen müsse, Schmerzen habe, sondern auch sowohl hungrig als auch einen Hauch von genervt sei, weshalb es ihn außerordentlich freuen würde, wenn sie jetzt einfach flott zu dieser Notaufnahme gehen könnten, und zur Abrundung seiner Worte sah er Bifi noch etwas peinlich appellierend an und fügte hinzu, ein bisschen Würfeln würde jetzt in der Tat guttun.

Es gelang ihm, so gut zu sprechen, dass es Bifi irgendwie beruhigte. Und so zogen sie dann weiter auf dem knirschenden Sandweg unter unbekannten Stadtbäumen dem kleinen, aber mühsamen Hügelchen entgegen, auf dessen Gipfel sie dann wieder Atem schöpfen mussten.

Dort lag gleich nebenan ein hundeloser Hundepark, ein Stück weiter die Vogelsang-Brücke und darunter die tiefe, breite Schlucht, wo die Eisenbahnschienen liefen und natürlich auch die Züge, wenn es an ihrer Zeit war, zu verkehren. Der Vogelgesang war an der Brücke so schlimm geworden, dass sie allmählich verstehen konnten, warum der Ort mit so einem Namen verunziert worden war, und wenn sie darüber nachdachten, fing der Lärm schnell an, die Nerven zu strapazieren und die Grenzen zu verletzen, wie ein Rattenfänger, der an einem U-Bahn-Steig vor Anker gegangen war. Henninen blies den bereits angeschwollenen Verdruss allerdings ab, indem er eine Art Befehl zum Aufbruch knurrte, und als man dann an seinem Arm, in der Tat, man ging jetzt an Henninens Arm, als wären da jetzt zwei Klumpfüße statt dem einen ursprünglichen, genau, als man dann am Arm wieder weitertrottete, wurde auch der Hintergrundlärm vom ohrenzerreißenden Gekreische in ein zur Sache gehöriges und eigentlich ganz schönes Gezwitscher umgebogen.

Bis zur Brücke waren es noch an die dreißig Meter, und sie näherten sich dem Bauwerk gewissermaßen mit Vorsicht und auch mit einem kleinen Widerwillen, schließlich hielten sie es doch für einen ziemlich großen Teiler. Sie rückte aber trotzdem bei jedem Schritt näher, und dann lag sie auch schon vor ihnen, die große Brücke.

Da hieß es anhalten.

Sie war vor gut einem Jahr neu aufgebaut worden. Die alte Version hatte etwas leicht unglaublich Romantisches an sich gehabt, aber da sie nun einmal abgebaut und fortgeschafft worden war, wahrscheinlich um in der Ecke irgendeiner Halle zu verkommen, musste die jetzige genügen. Sie verfügte über mit Maschendraht gestylte Geländer und eine Art Sicherheitszone dahinter. Oben auf den Pfeilern liefen kreuz und quer allerlei zweck- und dekorationsmäßige Stahlseile hin und her, und Bifi deutete auf die Träger und erklärte dann anfallartig, er bekäme gerade affenartige Gelüste. Henninen sagte darauf mit müder Stimme, vielleicht lassen wir das diesmal lieber ausfallen.

»Ich bin mal in genau so einer Sommernacht von irgendwoher gekommen, ich weiß nicht mehr, von wo«, sagte Marschall.

»Tatsächlich?«, sagte Henninen.

»Also, ich mein, ich bin über die Brücke hier gegangen, und da stand dort in der Mitte ein Bürschchen oder was es war, na, jedenfalls, der stand da, und als ich an ihm vorbeiging, war ich mir plötzlich komisch sicher, dass der springen will. Das war ziemlich seltsam, ich war ganz sicher, dass ich da was spürte oder astralmäßig begriff oder so.«

»Das sind wieder genau diese Geschichten aus der Welt der Geister«, sagte Bifi und ging weiter und machte somit ohne spezielle Zeremonie den schicksalhaften ersten Schritt auf die Brücke. Von irgendwo unten aus der Konstruktion heraus tönte es tief und zitternd, aber fast unhörbar, wenn man über die Brücke ging, eventuell handelte es sich um eine Art Trommelbrücke.

»Ich wollte keine Gespenstergeschichte drechseln. Also ich meine, ich machte mir nur so wahnsinnige Sorgen um diesen Kauz, ich musste mich direkt zu ihm umdrehen und fragen, du willst doch nicht etwa springen, und da drehte er sich zu mir um und setzte das sonnigste Lächeln auf, und genau wegen diesem Lächeln dachte ich, na gut, der hat seine Entscheidung getroffen.«

»Da hat man ja auch allen Grund zu lächeln, wenn

man es mal geschafft hat, eine Entscheidung zustande zu bringen«, sagte Henninen, blieb stehen und stützte sich auf das Geländer, das zum Bahnhof hin zeigte, es war im Grunde genau die Stelle, wo die Rückblende, die sich gerade in die Erinnerung geschoben hatte, vor sich ging.

»Wir reden hier immerhin über den Tod«, sagte Bifi.

»Nee, weil es gibt nämlich so was wie ein glückliches Ende. Der dreht sich also zu mir um und lächelt süßlich und sagt, nicht ums Verrecken, in dieser Form hat er es tatsächlich gesagt, er sagte, er guckt sich bloß seine schöne Heimatstadt an, die liebe er nämlich geradezu. Ich musste zugeben, joo, sie war schön. Und dann hab ich mich halt so geniert geräuspert und wollte auch schon weitergehen, da wirft er sich in die Brust und sagt, wahrscheinlich quasi zur Bekräftigung, er sei Lyriker.«

»Ach du grüne Neune«, sagte Henninen und zupfte auf Oberschenkelhöhe an seinen Hosenbeinen, sie wollten nach wie vor unbedingt an den Beinen kleben bleiben. »Was hast du da getan?«

»Auf ihn gepfiffen.«

»Ich hätte ihm einfach die Lyrikererklärung nicht abgekauft«, sagte Bifi.

»Willst du damit sagen, ich hätte jetzt einen Selbstmord auf dem Konto?«

»Eigentlich wollte ich wahrscheinlich gar nichts damit sagen.«

Da entstand dann eine gewissermaßen erleichternde Stille, weil alle endlich auf die Idee kamen, sich das Panorama anzuschauen, bei der Verarbeitung der Rückblende war der konkrete, aktuelle Ort gewissermaßen unter dem Druck der verdoppelten Landschaftsgestaltung ein bisschen abhandengekommen. Wenn man den Blick gerade nach vorn richtete, zeigte sich irgendwie abweisend und blockartig der Bahnhof, die Entfernung bis dorthin war fast unmöglich zu bestimmen, von den glänzenden Gleisen lagen an die zwanzig nebeneinander, und alle reichten bis zum Bahnhof, und hinter dem Gebäude wogte grau und fern und kulissenhaft die Stadt, als hätte jemand davor ein Mulltuch aufgespannt. Von der Töölöbucht stiegen langsam schwankende Dunstgestalten auf, die gottesackermäßigen Alkoiden glichen, im Schienenbegleitgebüsch raschelten die Vögel. Von Menschen war nichts zu sehen und zu hören, allerdings wurde von der Bucht stoßweise Geschnatter herübergeweht, offenbar brachten die Enten dort ab und zu gewisse Anfälle zustande.

Bifi löste den Griff vom Geländer und ging dazu über, sich mit großer Geste zu strecken. Er gab lange winselnde und wimmernde Laute und ein osteoporoses Knacken von sich. Dann wechselte er auf die andere Seite der Brücke, stützte sich dort aufs Geländer, starrte eine Zeit lang auf die Bahnlinie und sagte: »Kommt her und guckt euch das an.«

Die anderen gingen hin, um es sich anzugucken. Henninen platzierte sich links von Bifi und Marschall auf der rechten Seite, und in dieser Position nahmen sie dann das Gucken in Angriff. Auf den ersten Blick gab es nicht so schrecklich viel zu sehen, das gleiche Schienenbegleitgebüsch und Bäume und die Bahnlinie selbst. Allerdings konnten sie auf dieser Seite ungleich weiter die Schienen entlanggucken, die Linie war so lang und gerade, dass sie ein bisschen das Gefühl bekamen, sie könnte ohne weiteres bis ans Eismeer führen.

»Also was?«, fragte Henninen dann.

»Nichts«, sagte Bifi. »Ich hab mich bloß irgendwie einsam gefühlt.«

Sie blieben, wo sie waren. Dampf und Dunst schienen aus jedem möglichen Winkel aufzusteigen. Obdachlos wirkende Fetzen davon lungerten an den Rändern des Felsdurchbruchs herum oder hingen an Ästen. Es war ziemlich nasskalter Wasserdampf, man musste versuchen, sich möglichst genau an Ort und Stelle zu halten, die kleinste Bewegung rächte sich in Form einer kalten, feuchten Berührung der Kleider auf der Haut, es fühlte sich an, als wäre man in eine eisige, menschenförmige Gussform geraten.

Von den Schienen waren in der Tat so viele vorhanden, und sie reichten so weit, dass unweigerlich wieder das Thema Reise mit all seinen Randerscheinungen im Bewusstsein einschnappte, und der Normenkonflikt zwischen dem bekannten Latschbedürfnis, der Erschöpfung und dem Erstarrungswunsch, der von den nassen Klamotten herrührte, brachte sie wieder in ziemliche Kalamitäten. Sobald sie darüber nachdachten, gingen sie dann quasi so wie nebenbei dazu über, die Reise auch durchzuführen, fast hatte es den Anschein, als bewegten sich die Beine tatsächlich, beförderten die leidenden aus Staub Geformten über die brückenförmige Unüberwindlichkeitsstauung hinweg, dann plötzlich einen für den Grips etwas zu steilen Hang hinab ans Ufer der Töölöbucht, auf den Fußgängerweg, der das dampfende, in den Farben einer Benzinlache schimmernde Wasserbecken umrundete, ein gutes Stück ging es an Schilf in Basketballspielergröße vorbei, und bei jedem Schritt regte sich im Gestrüpp unruhig ein Wirbeltier, und als sie nach dem komisch interaktiven Schilfgehusche eine Naturbildung weitergekommen waren und den von Pfützen perforierten Parkplatz der Finlandia-Halle erreicht hatten, merkten sie, dass irgendwo hinter den Dächern Helios die Muskeln spielen ließ, um sein Versprechen zu halten, wie es seine Art war, und die Scheibe genau hinter eine Kuppel oder Schwellung stemmte, sodass sie aussah wie ein über den Dächern schwebender Käseringel von Harmagedon.

Dann, als sie die lebensgefährlich marmorierte, national-akustische Architekturplage endlich hinter sich gelassen hatten und losgeworden waren, befanden sie sich auch schon auf der Hauptverkehrsader, vor der Volksvertretungsanstalt, und wenn sie all die Machtgebäude und Straßennamen und Denkmäler rundum betrachteten, verstanden sie, dass es wohl das Klügste war, einen Fuß vor den anderen zu setzen und Marksteine und andere Erinnerungen der eisernen Schönrednerei der Reiseführerzunft zu überlassen. Noch immer war es still und menschenleer, das war jetzt wohl das Morgengrauen, obwohl das ständig zunehmende Licht etliche jähe Einsprüche gellen ließ, als Gegengewicht zu aller Trostlosigkeit, die Stadt gehörte zu Fuß gehenden Betrunkenen und auf Gummifüßen stehenden, auf ihre hohle Bitterkeit trommelnden Taxifahrern und dann natürlich den Möwen, die ihre Brandreden jetzt in alle Ecken hineinschrien. Sie überquerten die Rautatiekatu, die nördliche oder die südliche, oder waren es beide, zwischen leeren Bürogebäuden schoben sie voran, über Kreuzungen, aber deren Symbolwert mochten sie auf dieser Seite der Stadt eigentlich keine Aufmerksamkeit mehr schenken, über Brücken erreichten sie Leppäsuo, kamen an einer Traube Russenbusse vorbei, beladen mit allen möglichen blind machenden Spirituosen. Sie gingen weiter, redeten über dies und das, vergaßen es wieder, betrachteten die großen, betrübten Häuser, die am Rand der Schienenschlucht schwankten und zwischen denen der nächtliche Regen schon in Form von langsamen, kunstvollen Lamellen zum Himmel zurückkehrte, sie überquerten den Grünstreifen, der als kümmerliches Inselchen mitten auf einer Kreuzung vergessen worden war, und dann standen sie plötzlich vor dem Krankenhaus.

Es war etwas schrecklich nach Krankheit riechendes, komplexes Klotzartiges an dem Gebäude, aber nach dem ersten Schock kamen sie doch ziemlich schnell wieder zu sich und fanden die Tür zur Ambulanz. Im Windfang stand ein sturer Bock, der aussah, als würde er vor die Hunde gehen, und rauchte erstens eine Zigarette und schnatterte zweitens in sein Handy, und als sie an ihm vorbeigingen, kam auch schon irgendein Wachtmeister und scheuchte ihn davon, und im selben Moment öffnete sich die automatische Glastür mit einem irgendwie alltäglichen Rauschen, und sie waren in der Eingangshalle, in einem Raum, wo man sich links anmelden und überall anders niederlassen durfte, er war so voller Wehklage, Seufzen und dem Murren abklingender Betrunkenheit, der Raum, dass man von einer Art Panik ergriffen wurde, da waren sie jetzt hautnah, all die Formen trockenen Hustens, all die Brüche, all die Wunden und Entzugserscheinungen, die vor Schmerz steife Luft, in der dicht nebeneinander Bazillen und anderes Ungeziefer auf glitzernden Schweiß- und Speicheltropfen von einem Menschen zum anderen übersprangen, und über allem schwebte die planierschleppenartige, Geduld beteuernde Stimme der Schwester aus der Empfangsluke, die sich immer wieder aufs Neue Mühe gab, eine Vorstellung von dem Gebrechen zu entwickeln, das sich hinter der Stammelmauer von dreieinhalb Promille verbarg. Von alldem wurde man sehr schnell sehr niedergeschlagen, und da merkte man auch schon, wie man sich auf eine klamme Kunstlederbank mit Wundnahtmuster setzte, in den Geruch verschwitzten

Fleisches hinein, der unter den feuchten Kleidern hervordrang, irgendwie nahm man noch wahr, dass es Bifi gelang, einen Platz gleich daneben zu ergattern, und dass er jetzt die Würfel zum Vorschein brachte, Henninen hatte anscheinend in der schlangenartigen Formation Aufstellung bezogen, die sich löchrig um die Aufnahmeluke krampfte, und dann hieß es einfach nur dasitzen, den Raum durch eine irgendwie vernebelte, fischäugige Linse betrachten und auch belauschen. Er war voller Gemurmel aller Art, dieser Raum, und nach und nach hörte man aus dem Klangteppich einzelne Ausbrüche heraus, eine Frau hatte eine schmerzhafte Verhärtung, die Verarztung verlangte, und zwar ein bisschen dalli, weil sie nämlich schon in drei Stunden auf den Spielplätzen Suppe an diese undankbaren kleinen Teufel verteilen musste, aber dann wurde sie auch schon von anderen Stimmen überwuchert, jemand war im Krieg gewesen und mindestens zwei andere auf der Stelle bereit, einen anzuzetteln, der Erste hauptsächlich gegen die Bonzen da oben und der Zweite gegen Neger, Mohren und andere Kanaken, und dann wurde das ganze Gejammer doch so schmerzhaft für die Ohren, dass man gezwungen war, die anderen Sinne zu schärfen und den Augen Arbeit zu beschaffen, damit die Hörorgane ein bisschen zur Ruhe kommen konnten, und darum guckte man erst mal nur, betrachtete die Gebrechlichen, eigentlich war nichts Einprägsames an ihnen, außer eben die jeweilige Gebrechlichkeit, abgesehen vielleicht von dem Mädchen, das sich in der Ecke auf Krücken stützte und an einem Bein einen Gips trug, der bis zur Mitte des Oberschenkels reichte, und das hatte etwas, das in den von Bierwatte gedämpften Sinnen eine abrupte, aber schnell schwindende Lust auslöste.

Durch diese Lust kam einem mit einem kleinen Ruck dann wieder diese Marjatta in den Sinn, die war vollkommen in Vergessenheit geraten gewesen, und dazu musste dann Bifi gegenüber eine Bemerkung gemacht werden, aber das kurze Aufflackern des Verstandes erlosch schnell wieder und wurde ebenso schnell vergessen, in erster Linie aus dem Grund, dass eben dieser Bifi anfing, einen in Sachen Würfeln zu beknien, da hieß es, so schnell wie möglich die Empfangsorgane schließen, vor allem zu verschließen, vor all dem Mischmasch der Sinne, der sich in diesem Raum aufstaute, als dessen letzte Ausdrucksform Bifis unbezwinglicher Zeigefinger zurückblieb, der einem in den Arm stocherte, und auf einmal fand man sich in einem Schwanken aus nicht lokalisierbarem Grün wieder. Zuerst kam eine angenehm gefühllose Schläfrigkeit, nach der man sofort greifen musste, aber bei jedem Versuch, sie zu erwischen, löste sie sich zu einer brüchigen Girlande in der Luft auf, wie ein Rauchschleierköder, und dann plumpste einem allerlei wichtiger Quatsch in den Sinn wie kuchenartige Schneebatzen aus einer Regenrinne im Frühjahr, zuerst eine ziemlich heitere Schadenfreude über Bifis hoffnungslose Marjatta-Geschichte und gleich darauf eine Art Schuldgefühl und Niedergeschlagenheit, wahrscheinlich gerade wegen der Hoffnungslosigkeit, und dann entwickelte sich daraus ein kompletter deprimierter Allgemeinzustand, eine seltsam dünne Traurigkeit, die insofern äußerst erschreckend war, als man unmöglich sagen konnte, was man auf deren Kehrseite finden würde, falls sie zufällig irgendwie brechen oder aufreißen würde, und dann, als man in dieser Stimmung quasi tiefer stecken blieb, musste man auch schon wieder an etwas anderes denken, musste man alle möglichen zerknüllten Einzelheiten hervorkramen aus dem längst verfilzten Tag, der bestimmt schon vor Jahren hätte enden müssen, und so rollte und gliederte man eine Zeit lang dieses kaugummihafte Gammeln auf und ab, das gleichmäßige Hinken, das einsilbige, melancholische Passiv, das aber trotzdem den Plural enthielt, all die vielleicht nicht so notwendige melodramatische Pampe fiel einem ein bezüglich Wir-Gefühl und anderer solcher Dinge, und dann merkte man, dass es einfach nur weiter und weiter und weiter ging, man schien überhaupt nicht davon loszukommen, von dem peinlichen Bedürfnis, das warme, glückliche Gefühl zu bekennen, was wohl am ehesten daher rührte, dass man nicht ganz und gar allein sein musste, dass immerhin zwei Freunde da waren, und da man das dachte und dachte, geriet man schnell in ein heikles zurückhalteproblematisches Eröffnungsbedürfnis und machte schon den Mund auf, um laut auszurufen, ich liebe euch, oder etwas in der Art, und das wurde dann alles in allem in einem Maße peinlich, dass man etwas sagen musste, um davon loszukommen, und als man dann schließlich anfing zu reden, wusste man irgendwie, dass die vor einem Augenblick geformte Wahrheit doch dabei war, aus dem Mund herauszukommen.

Der Redebeitrag wurde dann mit folgenden Worten in Angriff genommen: Hör mal, Bifi.

Aber es war Henninen, der antwortete, er packte Marschall an der Schulter und sagte: »Ich verstehe genau, was du meinst.«

»Ja, also, ich dich auch«, sagte Bifi hinter Henninen.

Dann war es eine Weile still. Marschall fing an, vorsichtig und ohne Hast die Augen nach und nach aufzumachen, und als der Nebel allmählich nachließ, sah man vor sich wieder die Geleise, die sich bis in die Fernen Finnlands schoben, und all die grüne Masse darum herum und die dazwischen hier und da aufragenden

Bürogebäude, in deren Fenster die Sonne knisterte wie brodelndes Fett.

Und es war nichts Besonderes daran. Da war die Landschaft, und da waren die Vögel, die lauter als zuvor sangen, und irgendwo ringsum die Stadt, die sich anhörte, als hätte sie schon damit begonnen, dem neuen Tag zur Last zu fallen, und nebenan war Bifis Murmeln zu hören, aus dem man etwas heraushörte wie: Komischer Kerl, und das alles war vollkommen normal und berechtigt.

Irgendwo ertönte ein quietschendes Geräusch, weil Güterwaggons sich verschoben oder verschoben wurden.

Die Sonne war komplett am Himmel und sah aus, als würde man sie zirpen hören, wenn man näher mit dem Ohr heranginge.

Und dann rückte doch wieder eine stille Blase an, die all die Stimmen des Erwachens ausschloss und sozusagen Platz schaffte, um etwas zu sagen.

»Also äh, falls ich es auf Wurmlochebene nicht gerade schon gesagt habe, mir ist gerade eingefallen, dass du, Bifi, diese Marjatta überhaupt noch nie angerufen haben dürftest.«

Bifi sog Luft in die Lunge und hauchte sie aus und beließ es mit der Antwort dabei. Es klang aus irgendeinem Grund irgendwie erleichtert, dieses Seufzen. Dann legte er quasi sicherheitshalber das Gesicht in die Hände.

»Und weil ich schon mal angefangen hab zu reden, dann sag ich auch gleich, dass ich wohl geträumt hab oder so, aber wir waren jedenfalls in diesem Krankenhaus.«

Henninen drehte sich um, sah herüber, lächelte ein gestörtes Lächeln und sagte: »Na, dazu kann ich bloß sagen, dass es mir auch schon wesentlich besser geht.«

Dann drehte er das Gesicht praktisch wieder in die Richtung, aus der es gekommen war, und guckte dort vor sich hin.

Bifi nahm seine Visage aus dem Handversteck und guckte ebenfalls vor sich hin und fing dazu an zu pfeifen, es klang, als würde er zärtlich auf eine traurige Anstaltskartoffel pusten. Zwischen den Bäumen war eine Öffnung vergessen worden, in der sahen sie ein scharfes Aufblitzen, weil jemand dort ein Fenster öffnete und die Sonne auf die Scheibe fiel. Offensichtlich erhob sich irgendwo in der Sahara ein Schmetterling auf seine Schwingen, und die Luft regte sich, und als der Luftzug ankam, löste er einen frostigen Schauer aus, als wäre einem gerade ein Unbekannter schnell durch den Körper gerannt.

Ein bisschen Zeit verging, dann kam es wieder angetrieben, in die Gedanken, und da musste die Frage gestellt werden: »Also äh, hat das jetzt eben gerade geheißen, dass wir gar nicht in dieses Krankenhaus gehen?«

Henninen kratzte sich am Kopf, setzte dann sein irgendwie gelähmtes Lächeln fort und sagte schließlich: »Vielleicht.«

»Tja«, sagte Bifi.

Ein Stückchen weiter weg raschelte es in einer Rosenhecke. Dann flatterte dort ein großer, hellgelber Vogel auf, der aussah, als wäre er aus Plastik, und flog schnell über die Geleise ins Gebüsch auf der gegenüberliegenden Seite. Vermutlich wegen seiner Farbe wirkte er dermaßen nicht zur Sache gehörig, dass man das Gefühl hatte, mitten in einen bedrückenden Witz geraten zu sein. Und da kam plötzlich noch einmal das Bedürfnis, etwas zu sagen, und natürlich kam es dann, das warmherzige, noch halbbetrunkene Thema, es musste so beginnen, dass man in dem Traum also tatsächlich an etliches gedacht hatte, aber Henninen machte der Rede rasch ein Ende, indem er sagte: »Marschall. Wir verstehen dich. Das habe ich doch schon gesagt.«

Und somit war dann halt alles irgendwie verstanden.

Von hinten, aus Richtung Innenstadt, hörte man jetzt ein pauschales Rumpeln. Es dröhnte einen Moment unter der Brücke und war dann plötzlich da. Aus dem Schatten sprang eine Art Hase die Geleise entlang. Er war wohl auf dem Weg nach Pasila.